Femmes Fatales

ECON **Krimi**

Zum Buch

Einstmals war das Leben Ellie Haskells wie ein Märchen: wie das Märchen von der übergewichtigen, unterbezahlten Innenarchitektin, die sich leidenschaftlich in einen wunderbaren Prinzen verliebt, zwei wunderschöne Kinder bekommt und glücklich mit ihnen lebt bis ans Ende ihrer Tage. Doch schon viereinhalb Monate nach der Geburt ihrer Zwillinge hat sich die Prinzessin in einen Frosch verwandelt, und die Glückseligkeit ist aus dem ehelichen Schlafzimmer ausgezogen.
Kann nun eine Organisation mit dem Namen »Fully Female« Ellies Kummer besänftigen?
Wird ein Kursus in der Kunst der Sinnlichkeit wirklich den Zauber wiederbringen, der sie mit dem angebeteten Bentley verband? Ellie ist voller Zweifel. Erst als ihre treue Reinigungskraft, Mrs. Malloy, selbstmordgefährdet und liebeskrank, bedrohlich mit einer Pistole herumfuchtelt, sieht sie ein, daß das Schicksal sie beide zu »Fully Female« ruft.
Doch als Mrs. Malloy sich plötzlich in einen sexbesessenen Zombie verwandelt und eine Möchtegern-Sirene in einem elektrisch überschäumenden Bad ihr tragisches Ende findet, keimt in Ellie der Verdacht, daß das Ziel von »Fully Female«, nämlich die Verwandlung in »Die Frau, die er sich schon immer gewünscht hat«, nicht gerade ohne Gefahren ist …

»Ein charmanter und witziger moderner englischer Krimi …«
Publishers Weekly

Die Autorin:

Dorothy Cannell wurde in Nottingham, England, geboren und lebt heute mit ihrer Familie in Illinois, USA. Ihre Krimis »Die dünne Frau«, »Der Witwenklub« und »Seltsame Gelüste« (ECON Taschenbuch Verlag, TB 25030) wurden zu geheimen Bestsellern in der Frauenkrimiszene. Ein weiterer Kriminalroman aus dem Leben der Ellie Haskell ist in Vorbereitung.

Dorothy Cannell

Femmes Fatales

Ein Ellie Haskell-Krimi

Aus dem Amerikanischen
von Brigitta Merschmann

ECON Taschenbuch Verlag

Deutsche Erstausgabe

5. Auflage 1997
Der ECON Taschenbuch Verlag
ist ein Unternehmen der ECON & List Verlagsgesellschaft

First published in the United States of America by Bantam Books
Titel des amerikanischen Originals: Femmes Fatal
Aus dem Amerikanischen übersetzt von Brigitta Merschmann
Umschlaggestaltung: Molesch/Niedertubbesing, Bielefeld
Illustration: Reiner Tintel
Lektorat: Andrea Krug
Gesetzt aus der Baskerville
Satz: Formsatz GmbH, Diepholz
Druck und Bindearbeiten: Ebner Ulm
Printed in Germany
ISBN 3-612-25031-0

Für Meg Ruley, meine Freundin, Agentin und Komplizin

GUTSCHEIN

- Meine Damen, ist das Licht der Liebe in Ihrer Ehe erloschen?
- Fragen Sie sich: Wo sind all die Blumen hin?

Werden Sie zu der Frau, die er sich immer gewünscht hat, und rufen Sie noch heute bei FULLY FEMALE an, für ein *kostenloses* vertrauliches Beratungsgespräch mit einer unserer autorisierten Mitarbeiterinnen.

Die ersten hundert Einsenderinnen dieses Gutscheins erhalten zum Geschenk: unsere Spezialschlafmaske aus schwarzem Satin und ein Probefläschchen *Liebesöl Pfirsich Melba.*

Wählen Sie noch heute 3 43 66, und liegen Sie schon morgen in den Armen Ihres Mannes!

Mindestalter 18 Jahre. Nur gültig im Einklang mit den gesetzlichen Bestimmungen. *Liebesöl Pfirsich Melba* ist ein Warenzeichen von Fully Female Ltd.

Er war ein dunkler, stürmischer Ritter. Ein moderner Lebemann mit Augen in der Farbe von Smaragden, so kostbar wie der Kronschatz einer Königin. Sein Lächeln verhieß Flüge zum Mond. Und der Himmel allein wußte, wie viele weibliche Wesen er in seinem Kielwasser zurückgelassen hatte.

Zu einem Crescendo von Rachmaninoff rauschte er eines Januarabends in meine Londoner Wohnung und eroberte mit seiner hochmütigen Begrüßung auf ewig mein jungfräuliches Herz.

»Miss Ellie Simons? Mein Wagen erwartet uns. Leisten wir uns ein Abendessen oder einen Strafzettel?«

Es machte nichts, daß er keine ehrenhaften oder auch anderen Absichten hatte, mein Leben als übergewichtige, unterbezahlte Innenarchitektin würde nie wieder dasselbe sein. Dieser Mann bestand nicht nur aus einem attraktiven Gesicht. Er konnte mehr, als süffisant die dunklen Brauen hochziehen. Er konnte kochen. Und nicht bloß gebackene Bohnen auf Toast. Bentley T. Haskell war ein Koch erster Klasse.

In der großen Tradition des Groschenromans wandelte

sich unsere heftige Abneigung in unziemlicher Hast zu glühender Zuneigung. Meine ersten beiden Jahre als Mrs. Haskell waren eine stürmische Seefahrt mit dem Auf und Ab reißender Stromschnellen. Unser Liebesspiel ließ so viele Sicherungen durchbrennen, daß eines Abends alle Lichter ausgingen. Unsere Kräche waren herrlich. Die Versöhnungen göttlich. Was kann eine Frau sich noch wünschen?

An einem strahlenden Aprilmorgen erwachte ich in meinem Schlafzimmer auf Merlin's Court mit der wehmütigen Erkenntnis, daß die Flitterwochen vorüber waren. Ellie Haskell war keine heißblütige, den Seiten eines romantisch-erotischen Romans entsprungene Sirene. Ich war eine einunddreißig Jahre alte Matrone, die fast ebensoviel wog wie viereinhalb Monate zuvor, als die Zwillinge, Tochter Abbey und Sohn Tam, zur Welt kamen. Schlimmer noch, meine Ehe war flau geworden.

Seinerzeit hatte schon der Anblick genügt, wie Ben seine Socken anzog, damit das Feuer der Leidenschaft mein Nachthemd in Brand setzte. Doch jetzt hatten nächtliche Imbisse und Schwangerschaftsstreifen, die trotz Anwendung von Mutterschaft-ohne-Folgen-Creme einfach nicht verschwinden wollten, ihren Tribut gefordert.

»Guten Morgen, Liebes.« Ben stand am Fußende unseres Himmelbetts, in einem schwarzen Seidenmorgenmantel, der wahre Wunder für seinen Teint wirkte. Er warf eine Münze in die Luft und fing sie auf seinem Handrücken. »Kopf, du kochst heute abend das Essen. Denk dran, heute bin ich zu Hause. Wir haben die Versammlung des Heim-und-Herd-Vereins im Pfarrhaus. Und ich bin Programmleiter des Komitees für Ganztagsväter.« Ein bedauernder Blick auf die Münze. »Du hast verloren, meine Liebe.«

Was war aus dem Mann geworden, der mich einst nicht

einmal einen Streifen Speck in die Pfanne werfen ließ, weil ich mir die Hände schmutzig machen könnte? Von der äußeren Erscheinung war er nach wie vor absolut hinreißend. Das schwarze Haar war zerwühlt, ein Lächeln lag in diesen Juwelenaugen, und daß er eine Rasur brauchte, verlieh ihm einen Hauch von Raubrittertum. Niemand wäre auf die Idee gekommen, daß er bis Mitternacht im Abigail's, seinem Restaurant im Dorf, gearbeitet hatte.

»Der Ganztagsväter?« fragte ich.

»Ellie, gemeint ist hier eine innere Einstellung.« Wieder warf Ben die Münze in die Luft, diesmal fing er sie in seiner Tasche auf. »Die Vaterschaft ist meine Beschäftigung Nummer eins. Meine Arbeit tue ich« – er grinste –, »um aus dem Haus zu entkommen, wenn die Windeln gewaschen werden müssen.«

Ich setzte ein Lächeln auf, warf die Bettdecke zurück und stand auf, um dem Tag ins Auge zu blicken. Bisher war noch kein Weckruf aus dem Kinderzimmer gekommen. Die Sonne fuhr anklagend mit den Fingern über den Staubschleier auf den Mahagonimöbeln. Und doch war und blieb es ein prächtiger Raum, sein kupferner Kamin hatte den satten Glanz von Harvey's Bristol Cream. Merlin's Court – es war mir so teuer wie an dem Tag, als ich zum erstenmal hierhergekommen war, als pummeliges Kind mit einem Komplex so unabänderlich wie die Gesetzestafeln vom Berg Sinai. Die gute alte Zeit, als ich noch keinen Finger krumm machen mußte, außer um nach Tee zu läuten.

»Ist irgendwas, Ellie?«

»Ich träume nur.« Ich wirbelte zu ihm herum, das heißt, soweit Flanell wirbeln kann.

Ein hoffnungsvolles Funkeln trat in seine Augen. Es war Tage her, Wochen, seit wir … na ja, Sie wissen schon …

»Tut mir leid, Liebes, morgens geht nichts mehr. Ich

muß die Babys wecken, baden und füttern, bevor ich eine Pause mache und die Waschmaschine repariere.«

»Nicht nötig, ich habe den Klempner angerufen.« Typisch Mann, er machte es durch seine Hilfsbereitschaft nur komplizierter.

»Danke. Dann wird Mr. Fixit also den ganzen Morgen meine Küche auf den Kopf stellen.«

»Du brauchst dem Mann nichts vorzusetzen. Eine Tasse Tee höchstens. Aber auf keinen Fall Kuchen. Heutzutage erfüllt Kuchen den Tatbestand sexueller Belästigung.«

»Welch ein Segen.«

»Entschuldige, wenn ich jetzt zur Arbeit düse.«

Wir musterten einander, Ben die Hände tief in den schwarzen Seidentaschen vergraben, ich in tiefe Trübsal versunken. War das aus dem Menuett unserer Liebe geworden? Daß wir auf Zehenspitzen um die Gefühle des anderen herumschlichen? Er ging zur Tür, seine Hand lag schon auf dem Messingknauf.

»Der Kaffee ist fertig, und die Babys ...«

»Ich weiß.« Vor einer halben Stunde hatte ich ihn hineingehen hören, um Abbey und Tam die Windeln zu wechseln. Alles in allem hatte er etwas Besseres verdient als ein Liebesleben, das von Delikatessen zu Tiefkühlkost verkommen war.

»Wie wär's heute abend mit einem Tiefkühlgericht, Liebes?« fragte ich, aber er war bereits im Bad verschwunden.

Zeit für die Schloßherrin, auf Trab zu kommen. Die Mutterschaft hatte mich gelehrt, daß eine gesparte Minute eine gewonnene Minute ist. Als ich den Kleiderschrank aufstieß, um meinen Morgenmantel vom Haken zu nehmen, wich ich vor dem Spiegel an der Tür zurück und wehrte mit erhobenen Händen die böse Vision ab, wie ein Vampir, der von der Sonne geblendet wird. Die Glücklichen!

Sie hatten kein Spiegelbild. War diese flanellgesichtige, flanellgekleidete Frau wirklich ich? Hatten Jugend und Schönheit ohne einen Blick zurück das Weite gesucht?

Mein armes Haar, das heißt, was davon noch übrig war! Ich konnte ein Sofa mit dem füllen, was seit der Geburt der Zwillinge in meiner Bürste hängengeblieben war. Ich flocht die verbliebenen kümmerlichen Strähnen zu einem Zopf und musterte wehmütig die Ringe unter meinen Augen. Mit zitterndem Mund rief ich mir in Erinnerung, daß es Schlimmeres gibt – knubbelige Knie zum Beispiel – und beging dann den Fehler, nach unten zu sehen. Die Lage war verzweifelt. Höchste Zeit, mit meiner Diät Ernst zu machen. Keine Mahlzeiten zwischen den Mahlzeiten, keine Ausflüchte mehr. Wie konnte ich heute abend beim Heim-und-Herd-Verein dem gutaussehenden Reverend Rowland Foxworth mit einer solchen Nase gegenübertreten? Der Spiegel zog mich mit einer solch hypnotischen Kraft zu sich zurück, als sei er der Spiegel von Schneewittchens Stiefmama.

»Ellie ...« Bens Spiegelbild tauchte hinter mir auf, so attraktiv wie eh und je in Manschettenhemd und gebügelter Hose.

»O Gott! Meine Nase. Sie zeigt so weit nach links, daß ich nie mehr etwas anderes als Rot tragen sollte.«

»Mein bezauberndes Dummerchen!«

Na großartig, jetzt hatte ich auch schon keinen Verstand mehr. Ben spähte an mir vorbei und zeigte sich im Spiegel die Zähne. Aus Sorge, vermute ich, daß sie nicht die perfekte Entsprechung zu seinem ultraweißen Hemd waren. Falscher Alarm natürlich.

Seine Lippen drückten jetzt so etwas wie einen Kuß auf meine. Aber keiner von uns war mit dem Herzen dabei. Geistig war er bereits im Abigail's und heckte ein Currygericht aus, das sich als *das* Heilmittel gegen gewöhnliche Erkältung entpuppen würde. Ich hing bitteren Träumereien nach. Mist, das Leben ist eine sexistische Einrichtung. Die Schwangerschaft hatte auf Ben nicht die gleiche ruinöse Wirkung gehabt wie auf mich. Wenn überhaupt, hatten seine männlichen Reize noch zugenommen. Seine Schultern waren breiter, und ich hätte schwören können, daß er ein paar Zentimeter größer geworden war. Vorsicht, warnte mich eine innere Stimme, so sicher wie das Gewinnlos in der Tombola immer verlorengeht, so sicher wirst du Ben verlieren.

Eines Morgens würde ich beim Aufwachen einen Zettel auf dem Kaminsims im Schlafzimmer entdecken, auf dem er mir mitteilte, daß er nach Hause zu Mutter zurückgekehrt war. Die darauffolgenden vierzig Jahre würde ich damit zubringen, ihm seine Post nachzusenden und den Zwillingen zu erklären, weshalb ich ihren Vater aus dem Nest gestoßen hatte. »Daddy war erwachsen geworden, meine Schätzchen, er war zu groß, um weiter zu Hause zu wohnen.«

Großer Gott, ich mußte etwas unternehmen! Vielleicht, wenn ich immerzu glühendheiß duschte ... Mit diesen mitleiderregenden Überlegungen war Schluß, als ich mich umdrehte und sah, daß Ben verschwunden war. Seine Schritte hallten mit schrecklicher Endgültigkeit auf der Treppe wider. Bevor die Haustür zuschlug, wehten einige gedämpfte Worte zu mir herauf.

»Viel Spaß, mein Gemahl.« Wie dumm von mir! Hatte ich denn angenommen, meine Worte würden ihm zum Auto folgen? Wäre ich eine Ehefrau, die diesen Namen verdiente, dann würde ich hinter Ben herlaufen und im Hof stehen, ein Meer gotischer Fenster im Hintergrund. Der Wind würde mein Nachthemd um meine Knöchel kräuseln und Fangen mit meinen Haaren spielen, meine Augen hätten die Farbe der See an einem regengepeitschten Tag, und diese Erinnerung würde er mit sich nehmen. Ein süßes Geheimnis, eine Rose, zwischen die Blätter eines Buchs gepreßt. Eine Ehe besteht aus Erinnerungen.

Vielleicht war ich doch noch nicht tot vom Gehirn abwärts, allerdings sollte ich das jetzt nicht herausfinden. Als ich aus dem Zimmer sauste, war das die Reaktion auf einen Schrei aus dem Kinderzimmer.

»Schon unterwegs, meine Lieblinge!« Erstaunlich, daß noch keine Abgesandte vom Kinderschutzbund an die Tür gepocht hatte. Niemals würde ich mich davon überzeugen lassen, daß die Babys schrien, weil sie hungrig waren oder nasse Höschen hatten. Fast blieb ich mit dem Fuß in meinem Flanellsaum hängen, als ich mit einem flauen Gefühl im Magen das Kinderzimmer betrat. Wie üblich rechnete ich damit, einen Maskierten vorzufinden, der sich einen prallen Sack über die Schulter geworfen hatte – eine moderne Version von Mr. McGregor, dieses schrecklichen Mannes, der sich mit Peter Rabbits Papa davonmacht. Lernt eine Mutter jemals, sich sicher zu fühlen, wenn es um ihre Sprößlinge geht? Würde ich mir Sorgen machen, daß Abbey und Tam einer schlechten Welt ausgeliefert waren, wenn sie sechzig waren? Würde ich sie jemals allein nach unten gehen lassen, geschweige denn nach draußen?

Beim Anblick ihrer sabbernden, süßen Gesichter, die sich gegen die Stäbe ihrer Kinderbettchen drückten, hüpfte mir das Herz im Leibe. Abbeys Bettchen stand auf der Tagseite des Zimmers, unter einer himmelblauen Decke, die mit einer Smiley-Sonne und Wolken mit Lämmergesichtern bemalt war. Tam bewohnte die Nachtseite, wo die Kuh, die ein Halsband aus Butterblumen trug, über den Mond sprang. Ach, hätte ich doch Arme, lang genug, um meine beiden Babys auf einmal hochzunehmen! Was soll eine Mutter tun? Tams Quietschen wetteiferte mit den Sprungfedern von Abbeys Bett, als sie Liegestützen machte.

»Gentlemen first heute.« Ich mied den Blick meiner Tochter und ging an der Fensternische vorbei, in der die Spielzeugkiste in Form einer Holzpantine stand, die Jonas gezimmert hatte. Da – ich habe seinen Namen erwähnt. Jonas, der auf Merlin's Court auf den Titel »Gärtner« hört, war in der vergangenen Woche mit Dorcas, unserer ehemaligen Haushälterin, getürmt. Es handelte sich keineswegs um einen Ausflug nach Gretna Green, da Jonas über siebzig ist und Dorcas den Männern abgeschworen hat. Angeblich halfen sie einer Freundin von Dorcas aus, die mit einem schlimmen Rücken im Bett lag – oder wohl eher mit einem guten Buch. Dorcas vermochte ich ja noch zu glauben, sie ist ein Genie darin, die Kissen eines Krankenlagers zurechtzuklopfen und dir ein Thermometer in den Mund zu stopfen – oder wohin es sich sonst gerade anbietet. Aber Jonas? Ich hatte ihm die Geschichte nicht abgekauft, daß er sich genötigt fühlte, mit seiner Heugabel in Mrs. Sowiesos Garten herumzustochern. Ich hatte seinen verstohlenen Blick gesehen und ihn eine Schockminute lang tatsächlich verdächtigt, von zu Hause auszureißen. Er erzählte mir ein Lügenmärchen über Mrs. Pickle, die Putzfrau des Pfarrers, die es angeblich auf ihn abgesehen hatte. Lächerlich! Aber welchen Grund gab es sonst? Jonas lebte wie Gott in Frankreich hier auf Merlin's Court. Ich verhätschelte ihn zusammen mit den Zwilligen und nutzte nie seine Zuneigung zu ihnen aus. Wenn er sich erbot, sie nach ihrem Nickerchen herunterzuholen, sagte ich, er solle sitzen bleiben und sein Ovomaltine trinken. Wenn er sich erbot, sie im Kinderwagen spazieren zu fahren, ging ich mit, um darauf zu achten, daß er bergauf nicht aus der Puste kam. Jonas muß ewig leben, denn die Vorstellung von Merlin's Court ohne ihn ist unerträglich.

»Stimmt's, Tam, mein Liebling?«

Mein kluger Junge war fast schon in meinen Armen, bevor ich ihn hoch nahm; sein Griff nach meiner Nase erklärte, warum sie schief saß.

»Ich gebe dir statt dessen einen Finger.«

Er packte den Finger, den ich hochhielt, und krähte vor Vergnügen. Ich drückte ihn fest an mich und ging hinüber, um Abbey zu holen. Sie wanden sich wie die Robben, und sie wurden langsam auch zu groß, als daß ich sie beide auf einmal halten konnte, doch als ich ihren milchig-frischen Geruch einatmete, sagte ich mir, daß ich die schlechteste Frau auf Erden war.

Dein Leben ist ein Märchen, Mrs. Haskell, du undankbare Hexe. Du lebst auf einem Schloß, geradewegs dem Reich der Gebrüder Grimm entsprungen. Und wenn du dir auch manchmal vorkommst wie die Prinzessin, die sich in einen Frosch verwandelte – na und? Ein bißchen vernünftige Gymnastik, ein neues Shampoo, streich alles Eßbare aus deiner Diät, und du fühlst dich wieder ganz als Frau – Fully Female. Wo hatte ich diesen Spruch noch mal gehört? Vermutlich eine Reklame für eine Spülung.

Die Zwillinge, die an meinen Ohren rissen, antworteten mit Glucksern, die ihnen gegenseitig völlig verständlich waren. Gelegentlich kam ich mir doch vor wie das fünfte Rad am Wagen. Mal abgesehen von mütterlichem Stolz, sie waren hinreißend mit ihren immergrün-blauen Augen und dem rotgoldenen Haar, das gerade anfing, sich von Flaum in richtigen Flachs zu verwandeln. Keines der beiden Babys sah mir oder Ben besonders ähnlich. Aber ich hatte keine Angst, daß man sie mir untergeschoben hatte.

Sie waren hier in diesem Haus zur Welt gekommen, an einem verschneiten Abend, an dem weder Mensch noch Tier draußen etwas verloren hatte. Ben war eine große Stütze gewesen, er hatte mich erinnert, wann es Zeit für die nächste Wehe war. Der Himmel verhüte, daß wir eine ausließen.

Apropos Daddy, er war jetzt bestimmt schon im Abigail's und inmitten der Edelstahltöpfe und Kupferkasserollen viel zu beschäftigt, um noch der Erinnerung an meine sträfliche Gleichgültigkeit nachzuhängen. Von Scham überwältigt und in Atemnot, weil meine Kleinen mich würgten, ließ ich mich auf dem Fenstersitz nieder und begann mit unserer heutigen Geographiestunde.

»Seht ihr den Garten mit seinen hübschen Bäumen? Hinter dem Eisentor liegt die Cliff Road. Und unter den Klippen ist das Meer. Manchmal hört sich das Meer an wie ein fauchender Tiger, ein andermal hört es sich an wie Kater Tobias, wenn er Milch schlürft, und manchmal schreit die See wie ihr, wenn ihr Hunger habt. Heute morgen ... pssst, das Meer schläft. Wir dürfen es nicht aufwecken.«

Applaus.

»Autsch!« Ich zog Abbeys Hände weg, bevor sie Knochenmehl aus meinem Gesicht machte. »Unser nächster Nachbar, eine Viertelmeile die Straße hinunter, ist der nette Reverend Foxworth. Er ist Pfarrer der historischen St.-Anselm-Kirche, die schon auf die Zeit der Normannen zurückgeht. Wohlgemerkt, meine Lieblinge, ich spreche nicht von Norman the Doorman, dem Star des Kinderfernsehens.«

Für diejenigen, die besagte Figur nicht kennen – tagsüber war er der sanftmütige Portier des Tinseltown Toyshop, eines Spielwarenladens, doch wenn die Schatten länger wurden und das Geschlossen-Schild an der Tür erschien, verwandelte er sich in Norman, den Rächer des mißhandelten Spielzeugs. Mit seinem Hermes-Helm und wasserdichtem Umhang angetan (nur Wasser oder Seife konnten ihm etwas anhaben) und von Kobolden mit – richtig – Wasserpistolen gejagt, kletterte er an Gebäuden hinauf und durch Schornsteine hinunter und rief: »Keine Angst, haha, Norman ist schon da!« Gestern hatte ich die Rettung von Dolly Dimples verpaßt, weil Miss Thorn, die Kirchenorganistin, im entscheidenden Moment an die Tür geklopft hatte. Angeblich kam sie, um Lose für die Tombola zu verkaufen, durch die Geld für ein neues Altartuch beschafft werden sollte, aber ich wußte, ihr Hauptmotiv war, herauszufinden, warum ich an drei – oder auch vier – Sonntagen hintereinander den Gottesdienst verpaßt hatte. Miss Thorn gehört zu den Frauen, die Augen am Hinterkopf haben.

Ihre Brille beschlug, als sie von der jüngsten Predigt des Pfarrers berichtete, und von ihrem schmalen, knubbeligen Gesicht ging ein Leuchten aus.

»Ein Augenblick wie an Dreikönig, Mrs. Haskell. Reverend Foxworth las den Brief des heiligen Paulus an die Korinther, Sie kennen ihn – Glaube, Hoffnung und Liebe, und das höchste der drei ist die Liebe. Ich hatte überall Gänsehaut, Mrs. Haskell, sogar am ... Allerwertesten. Ich konnte kaum still sitzen bleiben.« Ein Kichern hinter vorgehaltener Hand. »Ich wollte aufstehen, die Faust ballen und rufen ›Super, Herr Pfarrer!‹«

Ich sagte ihr, ich müsse wirklich öfter in die Kirche gehen.

»Welch eine *befreiende* Erfahrung!« Miss Thorns Augen waren hinter den Brillengläsern jetzt so groß wie Pilze. »Ich kam mir vor wie Eva nach dem Sündenfall, als sie ihre Feigenblätter abwirft und Adam an ihre Brust drückt. Zum erstenmal fürchtete ich, daß es ein Fehler von mir war, nicht zu heiraten. Man tut ja, was man kann, spendet hier und da Freude ...« Eine Pause, in der wir beide all denen unsere Ehrerbietung erwiesen, die im Dienste der Pflicht gefallen waren – Miss Thorn zu Füßen. Worin ihr Geheimnis bestand, weiß ich nicht. Sie mußte die allerunscheinbarste Frau sein, die ich je gesehen hatte, doch selbst Jonas gestand gewisse Zuckungen unter der Gürtellinie, wenn Miss Thorn kicherte. »Was ich damit sagen will, liebe Mrs. Haskell, ist folgendes: Als ich ein Mädchen war, sprach ich wie ein Mädchen und liebte wie ein Mädchen, aber jetzt, als Frau, muß ich die Mädchengewohnheiten ablegen.«

So wie die Ehemänner anderer Frauen? Und dafür hatte ich Norman the Doorman verpaßt.

»*Sie* tragen die Verantwortung, Mrs. Haskell.«

»Ich?«

»Ja.« Vor Verlegenheit nahmen ihre Wangen einen zart hellgrünen Schimmer an. »Es geschah auf Ihrer Hochzeit – als ich Sie so strahlen sah, da wußte ich, daß der Zeitpunkt gekommen ist, meine alten Flammen zu löschen und mein Feuer im heimischen Herd zu entfachen.« Ihre Hände fuhren an ihren konkaven Busen. »Sie und Ihr Heathcliff sind immer noch so verliebt wie eh und je?«

Mir fehlten die Worte, selbst um zu fragen, welcher Glückspilz denn dazu ausersehen war, ihre Hand zu erringen. Als ich jetzt auf dem Fenstersitz im Kinderzimmer saß, klangen mir Miss Thorns Worte noch in den Ohren, ein Echo meines eigenen betrüblichen Gefühls, versagt zu haben. Einen Mann wie Ben fand man so bald nicht wieder. Irgendwie, irgendwo mußte ich zu ihm zurückfinden, zu der Leidenschaft, die uns einst verbunden hatte ... aber alles hübsch der Reihe nach. Die Babys. Die Schwierigkeiten, die damit verbunden waren, sie beide auf einmal nach unten zu tragen, würden Pu dem Bären einleuchten. Die Doppeltour reizte natürlich die Sportfanatikerin in mir, wäre allerdings das Baby hart angekommen, das an die Stäbe seines Bettchens geklammert zurückgelassen wurde. Daher – Not macht erfinderisch, sie muß auch eine Mutter sein – hatte ich mich darauf verlegt, den Zwillingstragesack zu benutzen – ein Baby vorne, das andere hinten –, ein Geschenk von meinem Cousin Freddy, der für Ben im Abigail's arbeitet.

»Bin sofort fertig, meine Schätzchen!« Ich verstaute beide Babys im nächstbesten Bettchen, angelte den Tragesack vom Wickeltisch und zog ihn mir über den Kopf. Ich kam mir vor wie ein Fallschirmspringer, der sich für Gott und Vaterland in die Tiefe stürzen will. Ein tiefer Atemzug, um meine Lunge mit Luft zu füllen, bevor ich Tam in die vordere Trage steckte und ihn dann auf meinen Rücken hievte. Wenn das nicht allemal besser war als Gewichte zu stemmen! Jetzt hinein mit Abbey. Ein kleiner Stups, damit sie gleichhoch hingen, ein kurzes Innehalten, um Tams Fuß zurechtzurücken, eine letzte Überprüfung, um dafür zu sorgen, daß mein Flanellnachthemd nicht die Sicherheitszone verlassen konnte, und während Abbey an ihrem Fäustchen saugte, hieß es volle Kraft voraus.

Wir gingen hinaus auf den Korridor, die holzgetäfelte Galerie, die bei Tag durch das Buntglasfenster am Treppenabsatz beleuchtet wurde und dazu durch das Foto meiner Schwiegermutter Magdalene Haskell an ihrem Gebetspult. Blickten ihre Augen heute morgen nicht vorwurfsvoller – beziehungsweise *resignierter* denn je? Auf der ersten Stufe fiel es mir wieder ein! Der Brief, den ich letzte Woche an sie und Pa Haskell geschrieben hatte, lag immer noch auf dem Schreibtisch im Arbeitszimmer und wartete darauf, daß Ben sein Siegel darauf drückte. Ich und meine Skrupel! Ich hätte seine Grüße fälschen sollen. Mein halbes Dutzend Seiten war jetzt hoffnungslos veraltet, Ben hatte keine Erkältung mehr, die Zwillinge schliefen nicht mehr die Nacht durch, und ich fuhr auch nicht mehr mit dem Heim-und-Herd-Verein zum Einkaufsbummel nach Peterborough.

Jeder Dummkopf weiß, daß eine Treppe nicht der passende Ort ist, um in Gedanken abzuschweifen. Auf halbem Weg nach unten riß Abbey an meinem Nachthemd, Tam packte mein Haar – wobei er meinen Nacken abknickte wie einen Spargelstrunk –, und wir alle drei kreischten, als ich schwankte und nach dem Messinggeländer der Eisentreppe griff. In diesem Moment lief blitzschnell mein Leben vor mir ab. Ich meine damit nicht vergangene Freuden und Leiden, sondern das Hier und Jetzt – das Frühstück und das Baden der Zwillinge, die Lebensmitteleinkäufe, die erledigt werden mußten, wenn wir nicht alle Skorbut kriegen sollten, und das Bügeln all dieser niedlichen kleinen Anzüge, die keine Stunde länger im Trockenschrank darben durften, wenn sie ein zweites Mal getragen werden sollten. Ich klammerte mich am Geländer fest, als ob es der Mast der *Hesperus* wäre, und sah wieder klarer. Na so was, was war denn das da unten am Fuß der Treppe?

Ein Fremder stand in dem Schatten an der Haustür. Aber ich sollte ihn nicht schlimmer machen, als er war. Gottlob war er kein bulliger Typ, der mit einem .45er Colt herumfuchtelte. Mein Eindringling war ein ziemlich kleiner Bursche mit einem Charlie- Chaplin-Bärtchen und einem Schraubenschlüssel so lang wie sein Arm.

»Morgen, Missus.« Seine belegte, schwerfällige Stimme und sein verzogenes linkes Augenlid veranlaßten mich zu der Überlegung, ob er wohl Mitglied einer Familie war und seinem Paten treu ergeben. Ich stieß so viel Luft aus, daß die Wandteppiche wehten, dann griff ich wie zufällig nach der bronzenen Urne, die praktischerweise in der Nische zu meiner Rechten stand. Der Trick bestand darin, die ruhige, vernünftige Stimme zu benutzen, die immer Erfolg hatte, wenn die Babys heia machen sollten.

»Eine Bewegung«, trällerte ich, »und Sie sind ein toter Mann.«

»Sie brauchen nicht in diesem Ton mit mir zu reden, Missus! Ich hab' mir beim Reinkommen die Füße abgetreten.«

»*Good Housekeeping* sollte Ihnen einen Orden verleihen.« Was fiel ihm ein, ein empörtes Gesicht zu machen! Ich preßte den Hals der Urne an mich und wich einen Schritt zurück. »So hier hereinzuspazieren! Für wen halten Sie sich eigentlich?«

»Jock Bludgett.«

»Nicht doch Pistolen-Sammy?«

»He?« Er starrte mich mit seinem gesunden Auge an, als ob ich ein sprechendes Känguruh wäre. Abbey wand sich in ihrem Sack und brachte mich wieder zur Vernunft. Angriff ist nicht die beste Verteidigung, wenn du ein weibliches Wesen bist, das keine Kondition hat und schon vom Stillstehen atemlos ist, und wenn dich außerdem das eine Baby an den Haaren zieht und das andere an deinem Kragenknopf saugt und dich dabei fast erwürgt. List und Tücke waren mehr mein Fall. Ich würde dem Einbrecher eine Tasse Earl Grey anbieten und, wenn er mir den Rücken zuwandte, ein Fläschchen von diesem Mittel für zahnende Kinder hineinkippen. Versprach das Etikett nicht, ein übellauniges in ein Smiley-Gesicht zu verwandeln, anderenfalls Geld zurück? Jammerschade, daß ich kein Arsen griffbereit hatte, ich hätte es brauchen können. Aber in der Not frißt der Teufel Fliegen.

»Zeit ist Geld, Missus.« Der Einbrecher wärmte den Schraubenschlüssel in seiner schinkengroßen Faust vor. »Ich hab' noch'n paar große Aufträge nach diesem hier.«

»Sie wollen sich doch nicht übernehmen, Mr. Bludgeon*.«

»Mr. Bludgett.«

»Verzeihung.« Mit der Urne unter dem Arm schob ich mich stückchenweise die Treppe hinunter und zählte in einer Direktverhandlung mit Gott wie verrückt meine guten Taten auf. Die Zwillinge schienen eingeschlafen zu sein, und mein Flanellsaum befand sich noch auf Knöchelhöhe. Plötzlich sah ich das alles von der lustigen Seite. Einen Einbrecher in meinem Nachtzeug zu empfangen – was würden die Nachbarn dazu sagen? Eine Lachsalve stieg in meiner Kehle auf, jeden Augenblick würde ich in eine Kakophonie irren Gelächters ausbrechen.

Seltsam! Die Töne, die durch die Halle vibrierten, schienen nicht von mir auszugehen, sondern vom Telefontischchen, das auf dem Steinpodest am anderen Ende der gefliesten Halle stand. Das Telefon. So nah und doch so fern.

»Das ist mein Mann. Wenn ich nicht rangehe, wird er ...« Die Urne glitt mir aus der Hand und übertönte jeden weiteren Gedanken. Sie fiel dröhnend und polternd die Treppe hinunter, knallte mit metallenem Getöse auf die Steinfliesen und rollte immer schneller – wie eine Bowling-Kugel, die alle zehne werfen wird – auf die Kegel – ich meine, die Beine von Einbrecher Bludgett zu. Es war mein großer Augenblick. Meine unfehlbare Ungeschicklichkeit hatte mich gerettet.

* Anm. der Übers.: Anspielung – *bludgeon*, dt.: Totschläger.

Vergeßt das Hurrageschrei. Der Sieg sollte mir entrissen werden. Nachdem er behende über die Urne hinweggesprungen war, die unter einen Tisch abtauchte, steuerte unser Bösewicht auf das Telefon zu.

»Der Anruf ist für mich, Missus.«

»Nein!«

»Dieses Läuten würde ich überall wiedererkennen.« Sein häßliches Gesicht wurde auf entsetzliche Art sanft. Das Charlie-Chaplin-Bärtchen verzog sich zuckend zu einem Lächeln, das seine Züge glättete. Er steckte den Schraubenschlüssel in seine Gesäßtasche, hakte mit dem Daumen seinen Hosengürtel hoch und fuhr sich mit einer Hand über seine Patenfrisur, bevor er den Hörer abnahm und ihn zärtlich ans Ohr hielt.

Sollte mir eine zweite Chance gewährt werden? Voller Angst, die Zwillinge könnten aufwachen und Alarm schlagen, schlich ich zur Haustür und – mein Herz setzte einen Schlag aus – stolperte fast über die Zeitung, die aufgeschlagen unter dem Briefschlitz lag. Wollte das Schicksal mir zum Spaß ein Bein stellen? Gewöhnlich kam der *Daily Chronicle* bevor Ben aus dem Haus ging, und er las ihn bei einer Tasse Kaffee. Die Freiheit war greifbar nahe, meine Finger waren nur Zentimeter vom Türknauf entfernt, als die Standuhr dröhnend die halbe Stunde schlug. Die Schwingungen gingen von meinen Füßen an aufwärts und sandten einen Stromstoß zu meinem Herzen. Ich konnte mich nicht rühren, damit ich nicht auf eine Landmine trat und in die Luft flog. Oh, meine süßen Babys! Eine Sekunde lang glaubte ich, dieses eigenartige Keuchen käme von mir, dann merkte ich, daß es das schwere Atmen von Einbrecher Bludgett war. Er stand da, spielte zärtlich mit der Telefonschnur und hatte glasige Augen.

»Kleine Miss Berg und Tal, ich setz' mich gern auf deinen Hügel. Jederzeit. Du parfümierst dich jetzt schön und machst dich hübsch, und wenn du ein Momentchen Zeit hast, stell eine Flasche von dieser Massagelotion in die Mikrowelle, nur damit sie nicht so eiskalt ist, ja? Und ich setze meinen Hintern in Bewegung und bin in zwei Sekunden daheim ...«

Klick. Er hatte aufgelegt und kam blindlings auf mich zu.

»Das war meine Moll.«

»Das habe ich mir gedacht.«

»Tut mir leid, wenn ich abzische, aber es muß sein. Sie – die Frau – will mich« –, Einbrecher Bludgett leckte sich den Schnäuzer –, »will mich zum Mittagessen daheim haben. Also wenn es Ihnen nichts ausmacht, komm' ich morgen wieder und mach' Ihnen die Waschmaschine fertig. Dann rechne ich mal zusammen und gucke, ob ich Ihnen nicht einen Vorzugspreis machen kann.«

»Ja!« Meine Beine gaben unter dem Gewicht der Babys und meiner eigenen Dummheit fast nach.

»Lady, Sie brauchen eine neue Pumpe.«

»Sie sind der Klempner?«

Er blieb wie angewurzelt stehen.

»Mir scheint, Missus, Sie brauchen mehr als nur eine neue Pumpe.« Sein gutes Auge wandte sich von mir ab, aber erst nachdem ich einen mitleidigen Ausdruck darin erhascht hatte. Im nächsten Moment bückte er sich, hob die Zeitung auf und blätterte sie blitzschnell durch, dann, als er fand, was er suchte, schlug er sie um und drückte sie mir in die Hand.

»Da, Missus, tun Sie sich selbst einen Gefallen, und lesen Sie die Spalte oben auf Seite sechzehn. Meine Moll hat's gemacht, und es hat unser Leben verändert. Sie ist eine andere Frau geworden, und ich bin zweimal so mannhaft wie früher. Ich hab' sogar angefangen, ihr am Morgen danach Blumen zu schicken und eine Dankeschönkarte. Na, tschüs dann und viel Glück.«

Und weg war er, ohne einen Blick zurück, zur Tür hinaus, die Stufen hinunter und über den Hof zu seinem Lieferwagen, in den er mit einem Satz hineinsprang, fast so, als würde er von einer Verrückten verfolgt, die ihn irrtümlich für einen Einbrecher gehalten hatte.

Ich schloß die Tür und sah noch, wie der Lieferwagen die Kieseinfahrt hinunterraste, am Cottage vorbei, in dem Cousin Freddy wohnt, und durch das schmiedeeiserne Tor auf die Cliff Road. Und zu meiner Schande muß ich sagen, daß mir der gemeine Gedanke kam, daß er sich, wenn er über die Klippe stürzte, nicht mit seiner Missus über die Irre mit dem Babysack würde amüsieren können. Ich drehte die Zeitung zu einem Knüppel und wünschte, Ben wäre da, auf der Stelle, damit ich ihm eins überziehen könnte, weil er mir nicht von unten zugerufen hatte, daß er, als er hinausging, Mr. Bludgett hineinließ. Was das Lesen von Seite sechzehn betraf, dachte ich nicht im Traum daran, dergleichen zu tun. Eine Reklame für Eisenpillen nützte mir nun wirklich nichts. Dr. Melrose ließ mich bereits so viele schlucken, daß mein Mund wie eine Gießerei schmeckte. Im übrigen, wieso um alles in der Welt sollte ich auf den Rat von Mr. Bludgett hören, eines übergeschnappten Klempners, der morgens um halb neun zum Mittagessen nach Hause brauste? Die Missus mußte tolle Fischpastensandwiches machen.

Da stand ich, in dem Wissen, daß die Zwillinge dösten, und plötzlich war mir, als ob die Halle alles Vertraute eingebüßt und sich in den eiskalten Vorraum einer der großen Kathedralen verwandelt hätte. Die Zwillingsritterrüstungen, die an der Treppenwand standen, wurden zu St. Rufus und St. Raoul. Unter den Fliesen waren Damen wie ich begraben – Frauen, die ihr Leben lang dem Staub hinterhergejagt und jetzt selbst zu Staub geworden waren. Ein Ort, an dem sämtliche Türen zu den Beichtstühlen führen. Wenn ich mich vor das Sprechgitter kniete, was würde ich sagen? »Helfen Sie mir, Vater! Meine Babys werden im Handumdrehen erwachsen sein, und ich bin dann eine grauhaarige Frau, die in genau dieser Halle auf einen attraktiven Fremden trifft, der sich als mein Ehemann vorstellt. ›Hallo, Mr. Haskell. Sind wir uns vor Jahren nicht schon mal begegnet? Wie wär's, wenn wir uns mal treffen und die Bekanntschaft erneuern, bei einem Glas Wein und einer Balgerei unter der Bettdecke? Und, bitte, verstehen Sie mich nicht falsch, normalerweise mache ich so etwas nicht bei der ersten Verabredung nach zwanzig Jahren, aber ...‹«

Der *Daily Chronicle* fiel mir aus der Hand. Und als ich wieder danach griff, merkte ich, daß mein Blick gebannt an Seite sechzehn hing.

Wie man sich bettet ...

Wollen Sie wieder Lust an der Liebe haben? Unser Dorf Chitterton Fells ist von einer neuen Welle erfaßt, die Ehefrauen in Vamps zu verwandeln droht und Ehemänner in Sexobjekte, die auf den Sirenengesang schwarzer Satinlaken und Liebesöl Pfirsich Melba hin jederzeit vom Sitzungszimmer ins Schlafzimmer überwechseln. Polizeiwachtmeister verlassen ihr Revier und Busfahrer ihre Linien, um für fünf Minuten heimlicher Freuden mit ihren Ehefrauen nach Hause zu eilen.

Das Ziel von FULLY FEMALE *ist es, jede Frau zu befähigen, ihr physisches, emotionales und sexuelles Potential voll auszuschöpfen. Die Klientinnen werden dazu angehalten, an allen Kursen des Programms teilzunehmen. Dazu gehören* Buntes Bodybuilding für Berufstätige, Glück durch Genuß *und* Retro-Relaxing. *In* Erlebnis Ehe *diskutieren die Teilnehmerinnen bewegende Fragen wie die Entdeckung ihres persönlichen G-Punktes …*

Abbey regte sich in ihrem Tragesack, bevor ich den Artikel zu Ende lesen konnte. »Ein Haufen dummes Zeug«, murmelte ich und streichelte ihr Seidenhaar. In dem Sonnenlicht, das durch die Halle schoß wie Tinker Bell, die kleine Fee, die Farbe von Kandiszucker. »Mummy wäre ein komplettes Dummchen, wenn sie bei diesem Fully Female anrufen würde.« Doch noch während meine Lippen das sagten, gingen meine Beine hinüber zum Telefontischchen oben auf dem Podest. Mit ein wenig Glück wäre die Auskunft nicht imstande, mir die Nummer zu geben. Die Tüchtigkeit wird noch der Untergang dieses Landes sein. Die Telefonnummer wurde mir prompt genannt. In banger Erwartung wählte ich die Nummer und zählte die Summtöne. Siebenmal Läuten, und ich würde auflegen. Niemand brauchte jemals zu erfahren, daß ich mir einen Moment lang die archaische Ansicht zu eigen gemacht hatte, daß der Mann der Herr im Haus ist.

Brrrp, brrrp.

Der Himmel steh mir bei, auf was ließ ich mich da ein? Ein gespenstisches Bild trat vor mein geistiges Auge – ich auf einem Fitneß-Rad namens Sexercycle, wie ich um mein Leben strampelte, während mein Gesicht zu einer Landkarte geplatzter Äderchen wurde und mein explodierendes Herz sich nach den guten alten Zeiten sehnte, bevor wir alle anfingen, uns selbst umzubringen, um fit zu bleiben. Wem versuchte ich etwas vorzumachen? Es hat immer schon verrückte Frauen gegeben. »Mummy, warum kann ich, wenn ich erwachsen bin, nicht Galeerensklave werden, so wie mein großer Bruder Ethelwolf?«

Brrrp, brr …

»Guten Morgen, Fully Female hier.«

Die hochnäsig-schrille Stimme erwischte mich, als ich gerade auflegen wollte. Ich konnte mir die Sprecherin so deutlich vorstellen, als würde sie vor mir auf eine Leinwand projiziert. Ein supertüchtiges Model mit modischer Brille, das sich ein Lächeln umband wie eine Krawatte und mit mehr Armen gesegnet war als ein Krake, so daß sie mit einem Dutzend Telefonen auf einmal jonglieren konnte.

Als die Zwillinge zur Welt kamen, habe ich das Lügen aufgegeben, so wie manche Menschen das Rauchen aufgeben, aber hin und wieder werde ich schwach und schwindle, was das Zeug hält. »Verzeihung, falsch verbunden«, murmelte ich.

Die Strafe folgte auf dem Fuße. Die Riemen des Zwillingstragesacks schnitten mir ins Fleisch, Abbey holte mit dem Fuß aus und traf mich unterhalb der Gürtellinie.

»Wen wollten Sie denn erreichen?«

»Ähhhmmm–«

»Die Anmeldung ist das schwierigste, meine Liebe.«

»Aber ich will mich nicht –«

»Ich verstehe vollkommen, Mrs. ...?«

»Haskell.« Mist! Von wegen nie seinen Namen am Telefon nennen! Jetzt würden sie mich auf ihre Adressenliste setzen. Zwei umschnallbare Busenaufsätze würden mit der Post kommen, Ben würde neugierig werden, und ich würde ihm sagen müssen, daß es Augenblenden wären.

»Fully Female hat eine sehr weiche Verkaufstaktik, Mrs. Haskell.«

»Wie schön.«

»Wenn Sie freundlicherweise ein paar Minuten Zeit hätten, um unseren Fragebogen zu beantworten, dann schicken wir Ihnen kostenlos unser herzförmiges Bitte-nicht-stören-Schild, das Sie an die Schlafzimmertür hängen können, wenn Ihre Schwiegermutter zu Besuch ist.«

Ein Angebot, das keine heißblütige Engländerin ausschlagen konnte. »Na ja«, sagte ich zögernd, »wenn es nicht zu lange dauert. Ich habe vier Monate alte Zwillinge, die ihr Frühstück wollen.«

»Die gestreßte Frau, unser 45-Minuten-Schönheitsprogramm, könnte die Rettung sein, Mrs. Haskell.« Papiergeraschel, dann: »Bereit für Frage Nummer eins?«

»Ich ...« Auf was ließ ich mich da ein? Schon jetzt kam ich mir vor wie eine Gefangene, mit der Telefonschnur an Händen und Füßen gefesselt, unfähig, auch nur einen Finger zu rühren, um aufzulegen. Ich, die ich zu den Leuten gehöre, die immer Euphemismen für »Liebe machen« zu finden versuchen, stand im Begriff, mich in ein Gespräch verwickeln zu lassen, in dem es über solche Dinge wie durchsichtige Unterwäsche und multiple Orgasmen zur Sache ging.

»Frage eins: Sind Sie noch genauso in Ihren Mann verliebt wie an dem Tag, als Sie ihn geheiratet haben?«

Resignation übermannte mich. »Ich möchte einen Termin machen.«

»Heute mittag um eins. Sie werden es nicht bereuen.«

Die berühmte Abschiedsfloskel. Ich bereute es schon, als ich auflegte, selbst ohne Blick in die Kristallkugel. In diesem Augenblick fühlte ich mich, als trüge ich die Last der ganzen Welt auf den Schultern, was nicht allzu verwunderlich war, da die Zwillinge stündlich an Gewicht zulegten. Wen konnte ich für heute nachmittag als Babysitter finden? Freddy war meine einzige Hoffnung. Er hatte montags immer frei, und trotz seiner spinnerten Begeisterung für Motorräder kam er erstaunlich gut mit Abbey und Tam zurecht. Dennoch behagte es mir nicht, meine Pflichten zu delegieren. Und dann mußten noch die Windeln gewaschen werden, die Küchenfenster geputzt und mein Haar ... der Tag hatte nicht genug Stunden.

Zum Glück verleihen mir widrige Umstände gewöhnlich zusätzliche Kräfte. Ich funkelte die Ritterrüstungen an und schnauzte: »An die Arbeit, ihr faulen Flegel! Es gibt noch jede Menge Messing zu polieren und Böden zu schrubben.« Mist! Hätte ich nicht wenigstens so lange damit warten können, mir dies in Erinnerung zu rufen, bis ich die Babys gefüttert hatte?

Meine Tante Astrid, die nicht mal einen Finger krumm macht, um sich ihren eigenen Toast mit Butter zu bestreichen, geschweige denn ihr Bett zu machen, schwört darauf, Listen aufzustellen. Mich erschöpft es allerdings, meinen Tagesablauf schwarz auf weiß dastehen zu sehen. Ich mache mir lieber vor, ein junges Dienstmädchen zu sein, das ohne Referenzen entlassen wird, wenn nicht x Aufgaben in einer Zeitspanne von y erledigt werden. Das Problem mit dieser Methode ist, daß ich mich hin und wieder selbst austrickse. An diesem speziellen Tag vergaß ich völlig, daß ich gewissermaßen frei hatte. Denn montags kam

Mrs. Roxie Malloy, um auf Merlin's Court auszuhelfen. Sie kam dann, wenn ihr danach war, daher wunderte es mich keineswegs, daß sie nicht dagewesen war, um Mr. Bludgett in die Zange zu nehmen.

Mrs. M ist eine echte Persönlichkeit. Wir lernten uns auf meinem Hochzeitsempfang kennen, wo sie engagiert worden war, um den Champagner herumzureichen. Was sie auch überaus gewissenhaft tat, denn sie schlürfte ein Schlückchen aus jedem Glas, um sicherzustellen, daß nichts auf die frischen weißen Zierdeckchen schwappte. Zugegeben, es ist falsch, nach der äußeren Erscheinung zu urteilen, aber das Wort Madam paßt auf Mrs. Malloy besser als auf mich. Vielleicht liegt es an ihrem Haar – pechschwarz mit fünf Zentimeter langen weißen Wurzeln. Oder an dem Make-up Marke Gips. Oder auch an den Schönheitsflecken, durch die sie aussah wie gerade von einem Rendezvous mit dem Schwarzen Tod genesen. Wie dem auch sei, bei jener ersten Begegnung hatte ich sie in Verdacht, nebenher in einem Haus von zweifelhaftem Ruf zu arbeiten, einem vornehmen Etablissement von der Art, wo die Herren immer erst die Schuhe ausziehen, bevor sie ins Bett steigen, und ein angemessenes Trinkgeld für gewisse Extras hinterlassen. Aber ich hatte mich gründlich getäuscht. Mrs. Malloy hatte ihre Gunst nur drei, oder vielleicht auch vier Ehemännern zuteil werden lassen und hielt sich an einen strikten Moralkodex – kein Saufen vor der Arbeit. Als sie mich zur Klientin nahm – strikt auf Versuchsbasis, müssen Sie wissen –, entdeckte ich, daß sie mehr Hüte hatte als die Queen Mum, wenigstens vier Pelzmäntel besaß – Abschiedsgeschenke von den Liebsten – und für Pailletten und Taftkleider mit tiefem Ausschnitt schwärmte.

Um zehn Uhr an dem betreffenden Morgen hatte ich

die Zwillinge in ihren Laufstall vor dem Küchenkamin gesetzt. Ich hatte bereits eines der schnellsten Bäder der Geschichte genommen, eine Tasse kalten Kaffee hinuntergekippt und schaltete den Fernseher ein, der zur Zeit seinen Sitz auf dem Bügelbrett hatte, weil ich ihn von der Arbeitsfläche hatte entfernen müssen, um Platz für den Wäschekorb zu schaffen.

Der Fernsehschirm erwachte flimmernd zum Leben und wurde zum Schaufenster des Tinseltown Toyshop. Der vertraute Musicbox-Jingle ertönte, und ich schob jeden Gedanken an das gefürchtete Gespräch mit Fully Female weg, da mein Tag unverzüglich in dem Moment aufgehellt wurde, als Norman the Doorman das Geschlossen-Schild an die Glastür hängte.

»Äußerst wertvoll!« teilte ich den Zwillingen mit. »Das verschafft euch einen großen Vorsprung vor dem übrigen Haufen im Kindergarten.« Wie schade. Meine Lieblinge waren zu beschäftigt damit, mit den Perlen am Laufstall zu spielen, um Zustimmung oder Widerspruch zu glucksen.

Norman öffnete die Ladentür und hielt sie weit auf. »Na, bei meinem Nasenfahrrad, genau die Leute, die ich zu sehen hoffte. Meine Lieblingsjungen und -mädchen. Ein kleiner Vogel hat mir gezwitschert, daß ihr auf einen Sprung vorbeikommen würdet ...« Ein Kakadu mit kaum sichtbaren Marionettenfäden flatterte auf Normans Schulterlitze, spreizte sich und klimperte hinter einer ebensolchen Brille wie die des Portiers mit den Wimpern. »Mir ist etwas ziemlich Beunruhigendes zu Ohren gekommen. Ich habe gehört ...« Im Schaufenster des Spielzeuggeschäfts begann eine eingetopfte Weinrebe mit Smiley-Gesicht, Blättern als Haaren und Trauben als Ohrringen auf und ab zu hüpfen. »Es heißt, daß ein kleines Mädchen namens Annabelle Fandangle ihr Spielzeug nicht gut behandelt.

Wer will mitkommen, um es zu retten?« Norman legte die Hand ans Ohr, und Mr. Kakadu breitete aufmunternd einen Flügel aus.

»Ich bin dabei!« Ich reckte die Faust in die Luft.

Zum Glück bekamen die Zwillinge nicht mit, wie ich mich lächerlich machte. Sie hatten sich auf den Boden des Laufstalls gekuschelt, die Frotteehinterteile in die Höhe gestreckt, und schliefen den friedlichen Schlaf der Unschuldslämmer.

»Hervorragend!« Norman tippte sich an die Mütze, und zum Vorschein kam ein Schädel, so kahl wie Humpty Dumpty. »Aber bevor wir in den magischen Aufzug steigen, laßt uns so laut ihr könnt den Wahlspruch des Tinseltown Toyshop aufsagen, Achtung, fertig, los!«

Ich saß auf einer Ecke des Küchentisches, ließ die Beine baumeln, vergaß völlig, daß ich Mutter war und wurde wieder zum Kind.

»Teddys und Püppchen,
Stoffhasen dazu,
Haben Gefühle
Wie ich und du.
Schmeiß sie nicht in die Ecke,
Lass sie nicht im Regen stehn,
Sonst wirst du dein klein' Schmusetier
Niemals mehr wiedersehn.«

»Da kommen einem die Tränen, nicht?« Ich hatte nicht gehört, wie sich die Tür zum Garten öffnete und Ihre Hoheit hereinkam, doch da stand Mrs. Malloy. Sie knöpfte den Leopardenmantel auf, der wie auf der falschen Seite gebügelt aussah, und warf ihre Provianttasche auf die Anrichte mit dem Porzellan, zum Verdruß von Kater Tobias, der dort ein Nickerchen hielt.

»Für wen zum Teufel hält er sich, den Chat von Persien?«

Das war einer von Mrs. Ms Standardwitzen. Ihr zweiter – oder vielleicht auch dritter – Ehemann stammte von der falschen Seite des Ärmelkanals, wie auch aus dem falschen Bett, und hatte ihr nichts als ein paar Brocken *parlez-vous Français* hinterlassen, als er sie wegen einer anderen verließ.

Ich kletterte vom Tisch, als hätte man mich auf dem Schreibtisch der Direktorin erwischt, schaltete den Fernseher aus und schaute mich wild in dem Chaos um. »Himmel! Sind Sie sicher, daß Sie hier sein sollten?«

»Heute ist Montag, es sei denn, jemand hat am Kalender herumgepfuscht.«

Die grimmige Antwort hätte mir eine Warnung sein sollen, daß Mrs. Malloy nicht ihr übliches angeheitertes Ich war, aber ich war zu beschäftigt damit, das Frühstücksgeschirr aufzustapeln, um auf Nuancen zu achten. Wenn Freundinnen und Freunde mich überraschen, stört mich das nicht. Aber Mrs. Malloy, niemals! Ich schaffe immer schnell Ordnung, bevor sie hochhackig das Haus betritt. Ich habe das Gefühl, daß ich sie enttäusche, wenn sie das Haus nicht in dem Zustand vorfindet, in dem sie es verlassen hat – aller Flor von den Teppichen abgesaugt und die Fenster mit Zeitungspapier und ihrem idiotensicheren Reiniger makellos poliert. Eine Mixtur aus Gin und der Geheimingredienz – *Es.*

»Wenn Sie mich nicht brauchen, Mrs. H, sagen Sie es nur.« Mrs. Malloy stand beim Bügelbrett, noch im Mantel, und hielt ihren Federhut in den Händen wie einen Klingelbeutel in der Kirche.

Beleidige Mrs. M, und ihr Stundenlohn schnellt in die Höhe. »*Natürlich* brauche ich Sie.«

Die Waschmaschine war aus ihrer Nische gezogen worden und stand in schiefem Winkel zum Raum, zusammen mit dem Trockner, dessen Stecker Mr. Bludgett in seiner Weisheit ebenfalls herausgezogen hatte. Sein Werkzeug war über den Tisch verteilt, zusammen mit dem Frühstücksgeschirr. Die Zeitung lag auf einem Stuhl, die Spüle war voller eingeweichter Windeln, und der Besen lehnte an der Tür zur Vorratskammer, als mache er fünf Minuten Zigarettenpause.

Allein die Babys würden einer Überprüfung standhalten. Sie waren wach, taufrisch in ihren mit Häschen bestickten Frotteeanzügen und preßten die Gesichter an die Stäbe des Laufstalls, ihr kupferfarbenes Haar paßte zu Bens Sammlung von Grütze- und Puddingformen.

»Entschuldigen Sie das alles!« Ich rührte die Windeln mit einem Holzlöffel (nicht mit dem, den ich für Suppe benutze). »Wie wär's, wenn ich hier aufräume, Mrs. Malloy, während Sie mit dem Arbeitszimmer anfangen?«

Der symbolische Protest blieb aus.

»Mir soll's recht sein, Mrs. H.« Sie wich Tobias aus, der ihr wegen des Federhuts schöntat, nahm die Provianttasche und schwankte auf ihren Zehn-Zentimeter-Absätzen ohne einen Blick zur Seite am Laufstall vorbei. Sonderbar. Mrs. Malloy hatte eine heimliche Zuneigung zu den Zwillingen entwickelt, während sie nach außen darauf beharrte, sie hätte lieber einen Kanarienvogel.

War sie nicht ganz auf dem Damm? Ich schüttelte mir die Seifenlauge von den Händen, streifte mir die Schlinge einer Schürze über den Kopf und verknotete die Bänder. Mrs. Malloy wandte sich an der Tür zur Halle um.

»Denken Sie dran, Zimmerdecken mache ich nicht, Mrs. H.«

Wenn Michelangelo diese Einstellung gehabt hätte, wo wären wir dann? Egal. Ihr Gesicht sagte mir, daß mehr dahintersteckte, als mich in meine Schranken zu weisen. Der

Schönheitsfleck über ihrem Pflaumenmund war ein einziges Zucken, und ihr Karnevalsmake-up sah aus, als wollte es bei der ersten Bewegung abbröckeln.

Ich griff nach dem Kessel und sagte: »Wie wär's mit einer Tasse Tee, bevor Sie anfangen? Und es ist noch etwas von dem Kirschkuchen da, den Sie so gern mögen.«

»Ich mach' mich lieber gleich an die Arbeit.« Alles Leben war aus ihrer Stimme gewichen. Und ihr Busen, der ihr doppelte Dienste als Schwimmweste geleistet hätte, sollte sie jemals in Seenot geraten, wogte. Doch ich beruhigte mich etwas, als sie das Thema wechselte. »Übrigens habe ich Mr. H gesehen, als ich in den Bus stieg. Er war draußen vor der Post.«

»Ach?«

»Und plauderte mit Miss Gladys Thorn.«

»Tatsächlich?«

»Sagen Sie nicht, ich hätte Sie nicht gewarnt! Diese Frau würde sich für alles, was in Hosen daherkommt, auf den Rücken legen und Victory signalisieren. Ihretwegen ging meine Ehe mit François in die Brüche, wissen Sie.«

Ehe ich ihr mein Mitgefühl aussprechen konnte, verschwand Mrs. Malloys Leopardenmantel durch die Tür zur Halle. Aber wenigstens wußte ich, warum sie nicht ganz auf dem Posten war. Und was Ben betraf ... sagte es etwas über den Zustand unserer Ehe aus, daß ich mich nicht zu einem Wutanfall aufraffen konnte, weil er mit Miss Thorn gesehen worden war? Der Sex-Appeal unserer Kirchenorganistin war legendär – um so mehr, als die Frauen es sich nicht erklären konnten und die Männer es nicht wollten. In einer seltenen stillen Minute hatte ich überlegt, daß Miss Thorn vielleicht ein Exemplar des Typs unansehnliche Sekretärin war, die, um ihre Cary-Grant-Chefs vor einem Schicksal schlimmer als der Tod zu bewahren – gewöhnlich eine andere Frau –, ihre Brille herunterreißen und ihr Haar lösen. Aber irgendwie paßte das nicht zu Miss Thorn. Ich hatte sie ohne Brille gesehen, ihre mausbraunen Locken wehten im Wind, und das war eine Mahnung, daß Mutter Natur nicht immer gütig ist.

Nachdem ich Abbey und Tam hochgenommen, ein bißchen mit ihnen geschmust und sie wieder hingesetzt hatte, kümmerte ich mich um die Windeln. Sie würden eiligst zum Trocknen aufgehängt werden müssen, wenn ich dem Regen entgehen wollte, der, danach zu urteilen, wie die Fliederbüsche zitterten und die Wolken sich drohend zusammenzogen, nicht lange auf sich warten lassen würde. Und dabei hatte der Tag so traumhaft angefangen.

Das Tolle an Hausarbeit ist, daß deine Hände hin- und herhuschen wie Maulwürfe, während der Kopf an Ort und Stelle bleibt. In solchen Momenten grüble ich gewöhnlich besonders gut. Ein Schreckgespenst auf dem Terminplan dieses Vormittags war natürlich Fully Female. Ich konnte mir beim besten Willen nicht vorstellen, warum ich diesen Termin gemacht hatte. Zugegeben, die Begegnung mit Mr. Bludgett auf den Stufen hatte mir klargemacht, daß das Leben bestenfalls kurz ist und wir es möglichst nach Kräften nutzen sollten, aber mußte ich es mit der Eigenverschönerung so überstürzen? Wenn ich irgendwann wirklich bereit war für eine Generalüberholung, hätten die Wissenschaftler doch bestimmt schon alle möglichen Abkürzungen erfunden. Wie zum Beispiel die Je-mehr-Sie-essen-desto-mehr-nehmen-Sie-ab-Diät und Sesselgymnastik.

Ich legte die gespülten Windeln in den Wäschekorb, warf eine Handvoll Wäscheklammern dazu und schaltete um auf Mrs. Malloys Problem. War es voreilig, anzunehmen, daß Miss Thorn der Stachel war? Sie auf der Straße zu sehen konnte so ungewöhnlich nicht sein. Chitterton Fells ist ein kleiner Ort. Konnte das Problem zum Beispiel schlicht darin bestehen, daß sie gestern abend beim Bingo verloren hatte? Oder hatte Mrs. Malloy vielleicht schlimme Nachrichten über ihren Gesundheitszustand erhalten? Ach, das Übel der Trunksucht! Bezahlte ihre Leber jetzt den Preis dafür oder ... vielleicht ihr Herz? Wer hätte das gedacht! Bis auf eine gelegentliche Unsicherheit auf den Beinen wirkte sie immer so robust. Sie war fast doppelt so alt wie ich und steckte mich in puncto Staubsaugen leicht in die Tasche. Wehe dem Einbrecher, den Mrs. Malloy auf der Treppe traf.

Ich seufzte bei der Erinnerung an meine schwache Vorstellung angesichts von Mr. Bludgett, und mich überkam mal wieder der verrückte Drang, meinen Körper in fünf Minuten von Grund auf umzukrempeln. Mit zusammengebissenen Zähnen erwog ich, den Tisch an die Wand zu schieben und Aerobic zu machen. Dann fiel mir ein, daß Gehen für eine der besten Bewegungsarten gehalten wird. Bevor ich die Wäsche aufhängte, würde ich schnell zum Arbeitszimmer gehen und Mrs. Malloy die Zeitung zum Fensterputzen geben.

»Mummy kommt gleich wieder.« Ich ließ die Babys auf den Bäuchlein liegend und schläfrig an ihrer Decke kauend zurück und ging durch die Halle zum Arbeitszimmer. Die Tür ist eines dieser oben gerundeten, mit schweren Nägeln beschlagenen Exemplare aus Eiche, die man einem demnächst zu modernisierenden Verlies entnommen haben mußte. Der ringförmige Türgriff quietscht, wenn man ihn dreht, und manchmal klemmt die Tür, so daß man ihr einen kräftigen Ruck geben muß, um sie von der Stelle zu bewegen. Dahinter befindet sich ein kleiner Raum mit Gitterscheiben, die in tiefe Simse eingelassen sind. Ein scheußliches Ölgemälde einer irischen Totenwache dräut über dem Kamin. Aber ich glaube fest, daß jedes Haus seinen Anteil an Schandflecken haben sollte, sonst geht alles in Perfektion unter. Das Arbeitszimmer selbst enthält auch noch eine Scheußlichkeit – einen krankenhausgrünen Gasofen, vor einer Ewigkeit installiert, weil der Kamin rauchte.

In den Türspalt gezwängt, die Zeitung in den Händen, sagte ich: »Verzeihung, wenn ich so bei Ihnen hereinplatze, Mrs. Malloy.«

Wie peinlich! Ich kam mir vor wie eine Schnüfflerin. Sie war nicht etwa eifrig bei der Arbeit, schwirrte mit dem Staubsauger durchs Zimmer oder wirbelte mit ihrem Staubtuch Ziergegenstände durcheinander. Immer noch in ihrem Leopardenmantel und Federhut, saß sie zusammengesunken, mit herabhängenden Armen und geschlossenen Neonlidern, in dem Sessel am Gasofen.

»Was ist los?« Ich ließ die Zeitung flatternd zu Boden fallen und eilte zu ihr, wobei ich mir die Hüfte am Schreibtisch stieß.

»Mrs. H«, sagte sie, und ihre Schultern bebten, »ich bin mit meinem Latein am Ende.«

»Sagen Sie bloß, mir ist schon wieder Johnson's Lavendelwachs ausgegangen?«

»Ich weiß in diesem Höllenpfuhl nicht mehr weiter.«

»Das meinen Sie doch nicht ernst!« Ich warf mich auf die Knie und ergriff ihre Hand. Ihr Parfüm, *Tequila Sunrise*, ließ mich auf die Fersen hochschnellen und nahm mir den Atem. »Mrs. Malloy, so können Sie nicht Schluß machen. Ich tue alles, gebe Ihnen alles!« Verzweifelt sah ich mich nach etwas um, das ich ihr in die Hand drücken könnte, irgendein Stück Familiensilber, das nicht geputzt werden mußte.

Ihre Augen öffneten sich einen Spalt, und die Schmetterlingslippen zuckten in einem traurigen Lächeln. »Mrs. H, Sie dürfen sich nicht die Schuld geben.«

»Aber das tue ich.«

»Sie schmeicheln sich, wie?« Mrs. Malloy richtete sich auf, und ihre Stimme kräftigte sich zu ihrem gewohnten Schnarren. »Daß ich einen Tag in der Woche für Sie arbeite, heißt nicht, daß ich mit Leib und Seele Ihr Eigentum bin.«

»So etwas Feudales habe ich nie gedacht.« Empört stand ich auf und riß mit dem Knie fast ein Loch in meine Schürze.

»Sie mögen ja hier oben auf Merlin's Court die Schloßherrin sein, Mrs. H, aber die Welt dreht sich ganz von allein, ohne daß Sie ihr einen Schubs geben.«

»Sie haben etwas von einem Höllenpfuhl gesagt.«

»Die Welt an sich, Mrs. H.«

»Oh!«

»Wenn ich beschließe, mich umzubringen, dann ist das *meine* Sache.«

»Sehr richtig.« Ich war so erleichtert zu hören, daß sie nicht kündigte, daß ich das Furchtbare ihrer Aussage nicht gleich begriff.

»Mrs. Malloy – Roxie, meine Liebe!« Mein Blick schoß zu dem krankenhausgrünen Monster. »Sie wollten doch nicht den Gasofen benutzen?«

»Schon mal erlebt, daß ich mir Freiheiten rausnehme?«

»Nie!« log ich.

Ihr Seufzer blies mich halb durchs Zimmer. »Ich möchte betonen, Mrs. H, daß ich volljährig bin. Ich brauch' keine elterliche Erlaubnis und auch kein Entschuldigungsschreiben vom Boß.«

»Aber warum?« Ich stand da, rang die Hände wie der letzte Dorftrottel und sah zu, wie sie in gespenstischer

Zeitlupe die Proviantttasche von der anderen Seite des Stuhls hochnahm und den Verschluß aufschnappen ließ. Du lieber Himmel! Sie holte eine Pistole heraus. Ich schlug die Hände vor's Gesicht. Durch die Lücken zwischen meinen Fingern beobachtete ich, wie sie sie an die Schläfe hob.

Was war ich für ein Ungeheuer? In diesem Augenblick rettete sich mein Verstand auf ungefährlicheres Terrain. Ich dachte an die Windeln, die darauf warteten, auf die Leine zu kommen, und an den drohenden Regen. Ich stellte mir Abbey und Tam allein im Laufstall vor. Wenn doch nur eines der Babys – oder beide – anfangen würden zu schreien. Dieser Laut würde den Bann vielleicht brechen.

»Warum?« fragte Mrs. Malloy, und es dauerte einen Moment, bis ich begriff, daß sie meine Frage von vor einer Ewigkeit wiederholte. »Warum ich mich auf Merlin's Court vom Leben verabschiede?«

Ich wollte sagen: *Warum denn überhaupt?* Doch meine Zunge wollte mir nicht gehorchen. Sie polierte die Pistole an ihrer Manschette. »Sie brauchen nichts zu sagen, Mrs. H. Das sieht doch 'n Blinder, daß Sie mich für anmaßend halten. Und da hatte ich gehofft, Sie würden es statt dessen als Kompliment auffassen, wie's gemeint war. Mein Haus auf der Herring Street ist kein schlechter Ort zum Leben, aber was meinen letzten Atemzug betrifft, hatte ich mir immer etwas Exklusiveres gewünscht. Einen Ort mit ein bißchen Geschichte.«

Mit einem Schluchzer legte Mrs. Malloy die Pistole knapp außer Reichweite auf die Armlehne des Sessels. Sie öffnete die Proviantttasche, holte ein schwarzgerändertes Taschentuch heraus und tupfte sich die Augen. Geziert. Um ihre Wimperntusche nicht zu verschmieren. »Mrs. H, wir hatten unsere Differenzen, aber ich würde keine meiner anderen Damen am Schluß bei mir haben wollen.«

»Vielen Dank.«

Das Taschentuch flatterte zu Boden. »Ist es zuviel verlangt, wenn ich mir erhoffe, daß eines Tages mein Porträt oben im Korridor hängt?«

»Ich lasse ein Fresko machen.«

Der Trick bestand darin, die Ruhe zu bewahren. Was würde es nützen, nach der Waffe zu greifen und zu riskieren, daß ich mir dabei die Finger wegpustete? Eine Mutter kann nicht mit Händen funktionieren, die sich in Boxhandschuhe verwandelt haben. Das beste war, sie davon abzubringen, einen fatalen Fehler zu begehen.

»Mrs. Malloy, warum wollen Sie sich umbringen?«

»Das nehm' ich mit ins Grab.«

»Na gut, wie wär's dann mit einer schönen Tasse ... Gin?«

Ein Märtyrerlächeln. »Noch einen zum Abgewöhnen? Lieber nicht. Man soll nicht sagen, daß ich nicht ganz bei Sinnen war, als ich meine irdischen Güter in Ihre Obhut gab.«

»Was?« Ich sank in einen Stuhl, der nicht da war, und mußte nach dem Schreibtisch greifen.

Sie kramte in der Provianttasche und brachte einen Porzellanpudel und eine Messinglampe zum Vorschein. »Sie brauchen sich vor lauter Dankbarkeit nicht gleich zu überschlagen, Mrs. H! Vorhin, als ich das zweite Röhrchen Tabletten schluckte, hab' ich zu mir gesagt: ›Roxie, altes Mädchen, es gibt niemand sonst, der sich so um deine Siebensachen kümmern wird wie Mrs. H. von Merlin's Court –«

»Tabletten?« Gott sei Dank war Waschtag! Mit etwas Glück könnte ich den Gummischlauch an der Spüle als behelfsmäßige Magenpumpe benutzen.

»Jetzt machen Sie sich man bloß nicht ins Hemd.« Mrs. Malloy sah beleidigt genug aus, um die Davidstatue, die sie aus der Provianttasche geholt hatte, wieder an sich zu nehmen. Armer Kerl, ihm fehlte eines seiner irdischen Güter. »Es waren meine Verdauungspillen.«

Ach, was für ein Stein fiel mir vom Herzen! Klein David kam zu dem Porzellanpudel und der Messinglampe auf den Beistelltisch. Sollte ich über die Unantastbarkeit des Lebens predigen oder es mit der Schuldschiene versuchen? *Wie können Sie mich im Stich lassen, Mrs. Malloy, mitten im Frühjahrsputz?*

»Steht es denn wirklich so schlimm?« Ich pirschte mich an sie heran. »Erst letzte Woche noch waren Sie in Hochstimmung, weil Ihr Horoskop voraussagte, daß der Mann Ihrer Träume in Ihr Leben treten würde.«

Etwas Schlimmeres hätte ich nicht sagen können. Ein Stöhnen brach aus den Tiefen von Mrs. Malloys Sein hervor. Ihr Federhut erbebte.

»Er ist gekommen, mein Romeo! Doch unsere Liebe war vom verdammten Anfang an zum Scheitern verurteilt.« Sie nahm die Pistole und drückte sie zärtlich an ihren Leopardenbusen, als sei sie die Frucht ihrer Lenden, geboren aus seiner Liebe.

»Es wird noch andere geben«, tröstete ich sie mit der ganzen Abgedroschenheit, derer ich fähig war.

»Wenn Sie jenseits der Fünfzig sind, Mrs. H, fliegen die Männer nicht mehr auf Sie wie Fliegen auf Pflaumenmus. In den letzten Jahren bin ich abends meistens alleine ins Bett gegangen und alleine aufgewacht. Was für ein Leben ist das für eine Frau, die mehr Ehemänner hatte als Sie warme Mahlzeiten? In jungen Jahren war ich nicht so wie Sie, Mrs. H – zufrieden damit, in einem eingefahrenen Gleis zu fahren, bis in alle Ewigkeit mit demselben Knaben verheiratet zu sein. Aber jetzt ...« Ein Seufzer, der die Sammlung von Tintenfässern in der Vitrine zum Klirren brachte.

Meine Güte, dachte ich, als mir Miss Thorn einfiel. In Chitterton Fells schien die Liebe los zu sein. Wenn doch Reverend Foxworth da wäre! »Da gibt es diese Passage aus Leviticus«, stammelte ich. »Daß jedes Ziel unter dem Himmel seine Zeit hat. Und vergessen Sie nicht die sieben fetten und die sieben mageren Jahre. Könnte das nicht Ihre Zeit sein, brachzuliegen?«

»Was?« Sie zog ihre Pelzschultern hoch, so daß sie dem König der Tiere mit seiner Halskrause ähnelte. »Wofür zum Teufel halten Sie mich – die Jungfräuliche Königin? Ich bin nicht aus Stein, wissen Sie. Ich bin eine liebende Frau.«

»Und er ist verheiratet ...«

»In gewisser Weise.«

»Die pikanten Einzelheiten lassen die Horoskope immer aus.«

»Die Elende hat ihn vor Jahren verlassen. Ging eines nebligen Winterabends ganz plötzlich auf und davon. Mein Engel kann immer noch nicht darüber reden, ohne weiß wie ein Gespenst zu werden. Das alte Lied. Er fand einen Brief auf dem Kaminsims. Und es war keine von diesen netten Hallmark-Karten drin, das kann ich Ihnen flüstern.«

»Sie war so gleichgültig, daß sie ihm nicht mal das Allerbeste gönnte!« Schlimm von mir, so bissig zu sein, aber zum erstenmal, seit dieser Alptraum angefangen hatte, dachte ich, daß es ein Sturm im Wasserglas sein könnte. Solange niemand erschossen wurde. Mrs. Malloy polierte die Pistole mit ihrer Pelzmanschette und legte sie in ihren Schoß. Genieß den Augenblick. Denk nicht an die Möglichkeit, daß es eines dieser schießwütigen Modelle sein könnte, die schon losgehen, wenn man die Beine übereinanderschlägt.

»Wenn die Ehefrau von der Bildfläche verschwunden ist ...«, wagte ich mich vor.

»Aus den Augen heißt nicht aus dem Sinn.« Mrs. Malloys Rougewangen zitterten, und ihre Augen unter den Neonlidern verschleierten sich. »Aus irgendeinem Grund kann er sie nicht vergessen. Ich sage Ihnen, Mrs. H, ich habe verdammt noch mal mein möglichstes getan, ihn aus meinem Herzen zu verbannen, aber es hat keinen Zweck. Von dem Moment an – Dienstag vor vierzehn Tagen –, als unsere Blicke sich quer durch die überfüllte Bingohalle trafen, kannte ich mein Schicksal. In ganz England oder überhaupt irgendwo da draußen unter dem weiten blauen Himmel gibt es für Roxie Malloy keinen anderen als Walter Fisher. Ohne ihn ist das Leben keine Salzbrezel in einer Tüte Knabberzeug wert. Wenn Walter in der Nähe ist, fühle ich mich wieder wie Vierzig. Mein ganzer Körper macht knack, knister, peng.«

Eifersucht, gemischt mit einer bitter-süßen Traurigkeit, flammte kurz in mir auf, nur, um von dem Namen Walter Fisher erstickt zu werden. Es klingelte bei mir. Klageglocken erklangen.

»Mrs. H, er ist zweimal oder dreimal abends vorbeigekommen ...«

»Zum Essen?«

»Geschäftlich. Er hat mit mir darüber gesprochen ...«

»Ja?«

»Daß ich mein Begräbnis im voraus bezahlen soll.«

»Sie meinen doch nicht ...?« Aber genau das tat sie! Ihr Mr. Liebeskummer war kein anderer als Chitterton Fells' unvergleichlicher Bestattungsunternehmer und Einbalsamierer. Ich war dem Gentleman vor ein paar Jahren begegnet, als er kam, um sein Beileid zum Ableben von Onkel Merlin darzubringen, zusammen mit der Rechnung für geleistete Dienste anläßlich der Beerdigung. Unglaublich! Dieser Mann war ein solch schmächtiges Kerlchen. Mr. Walter Fisher sah so wenig nach einem Sexobjekt aus wie ... Miss Gladys Thorn.

In Gedanken an Walter versunken, übersah Mrs. Malloy mein sprachloses Erstaunen. »Immer der perfekte Gentleman, Mrs. H.«

»Verflixt!«

»Nie auch nur eine Hand auf meinem Knie. Und dann, gestern abend, als ich meine Bluse aufgeknöpft hatte – nur die obersten Knöpfe, auf gut Glück –, fing er an, von *ihr* zu erzählen. Mrs. Fisher. Wenn man ihn hört, könnte man denken, die Frau war eine Heilige. Niemals ein böses Wort. Immer fröhlich und fidel. Immer zum Lachen aufgelegt. Möchte man da nicht speien?«

»Absolut. Macht viel mehr Sinn, als sich selbst umzubringen.« Hin- und hergerissen zwischen Mitgefühl und Ärger rückte ich ihr näher auf den Leib, die Hände flehentlich gefaltet. »Kommen Sie, Mrs. Malloy, legen Sie die Pistole weg. Ich mache uns eine schöne Tasse Tee, und wir versuchen herauszufinden, wie Sie sich Mr. Fisher an Land ziehen können.«

Mist! Bisher war es ein höllischer Tag gewesen. Aber was zuviel ist, ist zuviel. Die Babys waren inzwischen so lange allein, daß sie vermutlich aus der Kleidung, die sie trugen, herausgewachsen waren. Ohne ein »Pardon« trat ich auf den Vorleger und nahm die Pistole von Mrs. Malloys Schoß, genauso wie ich Abbey oder Tam eine Rassel weggenommen hätte.

Wenn Blicke töten könnten, hätte ich selbst Mr. Fishers fachkundige Hilfe gebraucht. »Sie brauchen kein Blatt vor den Mund zu nehmen.« Sie erhob sich schnaufend auf ihre Zehn-Zentimeter-Absätze. »Es macht Ihnen nichts aus, wenn ich mich um die Ecke bringe, solange es nicht in Ihrem Haus oder während der Arbeitszeit geschieht. Schade, daß die Tabletten nur gegen Verdauungsbeschwerden waren. Sonst könnte es jetzt jeden Augenblick vorbei sein. Die Augen würden mir in den Kopf fallen, und meine Knie würden einknicken wie beim Limbo. Tja« – ein gewaltiger Schniefer –, »in der Not frißt der Teufel Fliegen. Ich verschwinde, um mich von der Klippe zu stürzen.«

»O nein und wenn ich Ihnen einen paar Schuß Vernunft in den Körper jagen muß.«

Bis ins Mark erschüttert schaute ich auf meine Hand hinunter, die mit der Pistole auf meine treue Putzfrau zielte, als jucke es sie, meinen Gürtel um eine Kerbe zu bereichern. Ich konnte es nicht glauben. Was würde ich Ben sagen, wenn er heute abend nach Hause kam und fragte, womit ich mich beschäftigt hatte? Das mußte ein Alptraum sein, obwohl es eher nach einem schlechten Western aussah. Wie aufs Stichwort schlug die Uhr auf dem Schreibtisch zwölf Uhr mittags. Als der letzte Ton zitternd verklungen war, schwankte Mrs. Malloy auf ihren Stöckelabsätzen, dann sank sie wieder in den Ledersessel.

»O mein Gott, ich habe sie erschossen!«

Unmöglich. Es hatte kein Geräusch gegeben, es sei denn … konnte dies sein, was man als einen ohrenbetäubenden Knall bezeichnete? Wenn man sich vorstellte, daß ich eben noch wegen Kleinigkeiten ins Schwitzen geraten war. Der ganze Quatsch, ob ich meinen Ein-Uhr-Termin mit Fully Female nun einhalten sollte oder nicht. Ich war eine Mörderin. Ich würde die entscheidenden Jahre meiner Kinder in Holloway verbringen. Ich steckte die Pistole in meine Schürzentasche und pirschte mich an die Leiche heran. Nachdem ich bis drei gezählt hatte, berührte ich blitzschnell ihren herabbaumelnden Arm. O mein Gott! Ihr Federhut rutschte seitlich hinunter, fiel zu Boden wie ein erlegter Vogel, und im selben Moment ... öffneten sich die Augen der Leiche.

»Versprechen Sie's mir«, krächzte sie.

»Was Sie wollen!« Sie lebte!

»Sorgen Sie dafür, daß ich in dem pflaumenblauen Taftkleid mit den Pailletten und meiner Seehundstola begraben werde – Sie müssen sie noch aus der Reinigung holen. Und noch eines ... Sagen Sie Mr. Walter Fisher, er soll sich vor Gram verzehren, wenn er meinen Sargdeckel schließt.«

Welch verrückte Welt. Welch verrückter Tag. Ich hatte Mrs. Malloy nicht erschossen, aber es sagte eine Menge über meinen Geisteszustand aus, daß ich es gedacht hatte. Offenbar hatte Jock Bludgett recht gehabt, als er sagte, ich brauche mehr als nur eine neue Pumpe. Mrs. Malloy brauchte eindeutig mehr Hilfe, als ich geben konnte, und es war keine Zeit mehr zu verlieren, denn die Uhr tickte weiter wie eine Bombe, und die Babys mußten gefüttert werden.

»Mrs. Malloy, rühren Sie sich nicht vom Fleck.«

Ich rannte hinaus in die Halle, schlitterte über die Steinfliesen, sah kurz in die Küche, warf Abbey und Tam eine Kußhand zu, bekam lockende Blicke zur Antwort, schlängelte mich an den glotzenden Ritterrüstungen vorbei, und ohne eine Pause zu machen, um meine Atmung zu regulieren oder meine Gedanken zu einem ordentlichen Packen zusammenzuschieben, nahm ich den Telefonhörer und wählte eine der wenigen Nummern, die ich auswendig kenne.

Beim dritten Läuten wurde abgehoben.

»Pfarrhaus St. Anselm.« Die mißtrauische Stimme gehörte Mrs. Pickle, Rowlands Putzfrau.

»Ein Notfall!« rief ich. »Ich muß mit –«

»Momentchen.«

Stille, dann ein Klonk, als sie den Hörer hinlegte. Mrs. Pickle tut alles in dem ihr eigenen geruhsamen Tempo. Sie nennt es ›Gewissenhaft sein‹. Ich stand auf dem Podest, trat auf der Stelle wie ein Kind, das vom Klo ausgesperrt ist und stellte mir vor, wie sie den Hörer abstaubte und Papier und Stifte auf dem Tisch geraderückte, bevor sie im Schneckentempo loszog und bei jedem dritten Schritt über die Schulter zurücksah, weil es ihr nicht gefiel, auch nur eine Anruferin unbeaufsichtigt in der Diele des Pfarrhauses zurückzulassen. Könnte ja sein, daß sie bei ihrer Rückkehr feststellte, daß ein, zwei Kirchenblättchen fehlten.

Ich kaute an der Telefonschnur und zählte im Geist ihre Schritte, als sie durch die Halle ging. Das gedämpfte Zuschlagen einer Tür. Dann wurde alles von Totenstille geschluckt. Ob Mrs. Pickle einen Schritt zugelegt hätte, wenn ich ihr meinen Namen gesagt hätte? Als mir Jonas' Behauptung einfiel, sie habe es auf ihn abgesehen, hätte ich mir einen Tritt geben können. Die Minuten zogen sich hin, und ich fing an, mich nach der Musik zu sehnen, mit der man mich bei meinem Anruf bei Fully Female berieselt hatte. Aber Mantovani war in meiner unmittelbaren Zukunft nicht vorgesehen.

Stimmen knisterten an meinem Ohr. Natürlich nahm ich an, daß Mrs. Pickle Rowland aus seinem Arbeitszimmer zutage gefördert hatte, doch die Enttäuschung kam nur einen Schrei später.

Kein Hinweis auf die Identität des Schreiers. Doch ein Mann – der nicht Rowland war – sprach, nicht ins Telefon, aber offenbar ganz in der Nähe, mit einer Flüsterstimme, die besser trug als ein Schrei.

Eine Frau, die nicht Mrs. Pickle war, antwortete ihm in

schrillem Ton. Würde Mrs. P ein Ehepaar in Scheidung in der Halle zurücklassen, um dort ihre Gemüter, wenn nicht gar ihr Mütchen aneinander zu kühlen? Niemals! Außerdem war das Szenarium nicht stimmig. Was ich da belauschte, hörte sich eher nach einer unverhofften Begegnung als nach dem großen Finale an.

»Das war ein schlimmer Schock.« Die Stimme des Mannes blies in mein Ohr wie ein Schwall eiskalter Luft durch einen Ventilator. »So geht es nicht, verstehst du. Zwanzig Jahre lang habe ich mich vor deiner Schamlosigkeit sicher gefühlt.«

»Heißt das, du bist nicht freudig erregt, mich zu sehen?« Die weibliche Stimme bebte am Rande der Hysterie.

»Es reicht! Im Namen dessen, was uns einmal verband, bitte ich dich, diese Räumlichkeiten zu verlassen.«

»Nicht, bevor ich mit deiner Frau gesprochen habe.«

»Niemals. Du bist es nicht wert, denselben Raum zu betreten wie diese fromme Frau. Wenn du es versuchst, werde ich alle nötigen Schritte unternehmen, um ...«

»Gladstone, wie kannst du ein solcher Schuft sein?«

Abblende, die mich an dem Ort gefangen zurückließ, wo Fakten und Fiktion verschmelzen. Ich konnte nur vermuten, daß ich einer Schlüsselszene aus einem Hörspiel über das Leben des großen Premierministers gelauscht hatte. Ein Mann, in Stein gehauen, lange bevor der Tod dafür sorgte, daß seine Statue in der Westminster Abbey aufgestellt wurde, den moderne Sensationshaie jedoch verdächtigten, mehr als politisches Interesse an den Königinnen der Nacht gehabt zu haben. Es überraschte mich nicht, daß Mrs. Pickle das Radio mit sich herumschleppte, während sie putzte. Daß sich bloß niemand damit aus dem Staub machte, wenn sie nicht hinsah.

Hatte sie mich vergessen? Wie lange würde es dauern,

bis sie zurückkam, um mir mitzuteilen, daß der Pfarrer nirgends zu finden war? Ich funkelte den Hörer böse an und wollte vor lauter Frustration schon hineinbeißen, als mir ein unerquicklicher Gedanke kam. Was war, wenn Mrs. Malloy, durch meine Abwesenheit ermutigt, durch das Fenster aus dem Haus entfloh? In diesem Augenblick könnte sie bereits auf ihren Zehn-Zentimeter-Absätzen die Kieseinfahrt hinunterstaksen, besessen davon, sich vom Rand der Klippe zu stürzen …

Ich ließ den Hörer fallen – mein Herz ebenso bleischwer wie die Pistole in meiner Tasche – und war an der Tür zum Arbeitszimmer, bevor ich wußte, wie ich dorthin gekommen war. Ich schob sie auf und sah Mrs. Malloys Pelzmantel schlaff über dem Schreibtisch hängen. Kein Grund, einen Herzanfall zu kriegen – sie steckte nicht darin. Ein Rheinkieselklips blinkte in ihrem zweifarbigen Haar, während sie dastand und den Porzellanpudel und andere irdische Güter in die Provianttasche stopfte.

»Bringt nichts, mich immer wieder zum Trinken aufzufordern.«

»Ich wollte nicht …«

»Und gute Worte auch nicht.« Sie rückte den Federhut auf ihrem Kopf zurecht, dann nahm sie ihn ab und gab ihn mir. »Da, geben Sie das diesem verflixten Kater, damit er sich dadurch ab und zu an mich erinnert. Tja, das wär's dann, bis auf das hier.«

Wie betäubt nahm ich den Umschlag, den sie mir überreichte.

»Geben Sie das Mr. Fisher. Ich habe ihm ein Gedicht geschrieben.«

Irgendwie wußte ich, daß es ganz anders sein würde als die Reime von Norman the Doorman.

Sie verzog ihre Schmetterlingslippen zu einem Schmollen, streckte die Brust heraus und, die Hände auf den Bauch gepreßt, deklamierte in einer Lautstärke, die ihr eine Vorsprechprobe in einem Theater ohne Lautsprecheranlage eingebracht hätte:

»Zucker ist süß,
Veilchen sind blau,
Rot fließt mein Blut,
Für dich, ach schau.«

Tränen brannten mir in den Augen. »Mrs. Malloy, es ist wunderschön! Sie müssen weiterleben und es veröffentlichen.« Zwecklos! Sie hielt Kurs auf die Klippen.

Was folgte, ist meinem Gedächtnis als einer dieser überlebensgroßen Augenblicke der Wahrheit eingebrannt. Mrs. M stürzte sich so blitzschnell auf ihren Leopardenmantel wie ein Revolverheld auf sein Halfter. Sie mußte um jeden Preis gestoppt werden. Ich packte die Zeitung, die ich in der kühnen Hoffnung hierhergebracht hatte, daß sie zum Fensterputzen verwendet würde, und machte mich daran, sie zu einem Knüppel zu drehen, um Mrs. M damit bewußtlos zu schlagen, wenn das nötig war, um diese Frau vor sich selbst zu erretten ... und da hatte ich ein Déjà-vu-Erlebnis.

Ich sah mich wenige Stunden zuvor in der Halle stehen, mit der Absicht, genau das gleiche mit Jock Bludgett zu machen. Und mit einem plötzlichen berauschenden Glücksgefühl wußte ich, wenn er in diesem Augenblick an die Tür klopfen sollte, mit einer Pumpe für die Waschmaschine in der Hand, dann würde ich ihm ein Stück Kirschkuchen anbieten, ganz gleich, ob das den Tatbestand der sexuellen Belästigung erfüllte. Denn dank dem Klempner mit dem Charlie-Chaplin-Bärtchen und dem schlimmen Auge *wußte* ich, wie ich Roxie Malloy zu Leben und Liebe zurücklocken konnte.

Sieh dich vor, Mr. Walter Fisher, Bestattungsunternehmer und Einbalsamierer. Dein Horoskop sagt, daß du die Ehefrau vergessen sollst, die dich verließ. Inzwischen hast du dir doch bestimmt das Recht erworben, sie gesetzlich für tot erklären zu lassen und den Reizen einer Fully-Female-Frau zum Opfer zu fallen!

So demütigend es auch ist, es zuzugeben, ich bin keine vollkommene Hausfrau. Wenn Situationen auf Leben und Tod eintreten, neige ich dazu, die Hausarbeit schleifen zu lassen. Ich übersehe die Waschmaschine, die immer noch mitten in der Küche herumsteht. Vergesse die ungemachten Betten und hochfliegenden Pläne, die Regale in der Speisekammer neu mit Papier auszulegen. Ich würde auf meinen Geheimvorrat an Wegwerfwindeln im Trockenschrank zurückgreifen, und Mrs. Malloy und ich würden über die Yellow Brick Road davonfahren, um meinen Ein-Uhr-Termin bei Fully Female wahrzunehmen. Hatte die nette Frau am Telefon nicht gesagt, zwei zum Preis für eine?

Es gab nur ein Problem. Ihre Hoheit legte uns immer neue Steine in den Weg, so schnell wie ich Karottenbrei in die Zwillinge hineinlöffeln konnte, die auf ihren Wippen auf dem Küchentisch saßen, bereit, den Löffel gleich mitzuessen. Ich fühlte mit den Vogelmüttern überall auf der Welt. Wie schafften sie es nur?

»Ein Haufen dummes Zeug, Mrs. H.«

»Mr. Bludgett sieht das nicht so. Er kam heute morgen, um die Waschmaschine zu reparieren, erhielt einen Anruf von seiner Frau – die ein Mitglied von Fully Female ist – und eilte nach Hause zum ... zweiten Frühstück, als ob jemand einen Knallkörper unter ihm angezündet hätte.«

Mrs. Malloy rümpfte die Nase. »Jock Bludgett war immer schon ein geiler Teufel. Jeder weiß, daß er mit Gladys Thorn Vögelchen gespielt hat.«

Würde ich jemals aufhören, ob des Treibens unserer verehrten Kirchenorganistin von ganzen Herzen entsetzt zu sein? Die Dame hatte mehr Männer gehabt als Lieder im Gesangbuch stehen. Aber nach den unüberhörbaren Andeutungen, die sie in der Vergangenheit fallengelassen hatte, konnte Mrs. Malloy es sich nicht leisten, den ersten Stein zu werfen. Scheint so, als mache die wahre Liebe uns alle prüde. So wie Mutterschaft. Ich merkte, daß die Zwillinge ganz Auge und Ohr waren, während sie dasaßen und an ihren Plastikriemen kauten. Möglicherweise hielten sie Ausschau nach Anzeichen dafür, daß weiteres Chaos bevorstand, doch da ich stets gewärtig war, Mißbilligung in diesen immergrünen Augen zu lesen, lenkte ich das Gespräch von verbotenem Sex auf das gesunde, ganzheitliche Angebot, das von Fully Female verschrieben wurde.

»Mrs. Malloy«, erklärte ich, »Sie sind ein Feigling.«

»Bin ich nicht.« Sie richtete sich auf ihren Stelzabsätzen zu voller Größe auf, kreuzte die Arme und stemmte ihren Taftbusen bis zum Kinn hoch. »Wenn es darum geht, einem Mann Vergnügen zu bereiten, gibt es nur wenig, was ich nicht weiß.«

»Es bringt nichts, sich auf seinen Lorbeeren auszuruhen!« Wenn ich mich im Ton vergriff, dann deswegen, weil ich einen Löffel Apfelmus auf seine Temperatur überprüft hatte, indem ich ihn an den Mund führte. Als ich über meine Lippen leckte, zischten sie und schmeckten nach Schweinefleisch.

»Der Mensch ist ein Gewohnheitstier.«

»Blödsinn.« Ich hatte meine Lippen voneinander gelöst, ohne mich zu verletzen. Ich vertrieb Kater Tobias mit einem Klaps vom Tisch, wischte mir die Hände an der Schürze ab und fing an, Reisbrei mit Apfelmus in die Peter-Rabbit-Schüssel zu füllen. »Mrs. Malloy, ich wette mit Ihnen um fünf Pfund, daß Sie Mr. Walter Fisher am Ende der ersten Woche soweit haben, daß er durch einen Reifen springt und den Mond ankläfft.«

»Fünf Eier?« Sie war beleidigt. »Was glauben Sie wohl, wie weit ich damit komme, um diesen Sch...kurs zu bezahlen?«

»Du meine Güte«, sagte ich und schob einen Löffel abgekühltes Apfelmus in Abbeys Rosenmund, »sie bieten uns einen Zwei-für-eine-Sonderpreis an.« Aus den Augenwinkeln sah ich, wie Mrs. Malloy sich in den Schaukelstuhl plumpsen ließ.

»Es kostet mich keinen Penny?« Ihr Gesicht schien zu flackern, als bahnten sich alle möglichen Empfindungen ihren Weg an die Oberfläche. Aber es konnte auch daran liegen, daß ich mit Tam Tauziehen um den Löffel spielte. »Vielen Dank jedenfalls, Mrs. H, aber ich seh' nicht, wie ich das annehmen könnte.« Sie saß wieder auf dem hohen Roß. »Verstehen Sie mich nicht falsch, es liegt nicht an meinem Stolz. Wie Mrs. Pickle vom Pfarrhaus immer sagt: ›Eine Dame trägt ihren Stolz nicht zur Schau. Sie zeigt ihn nicht herum, ebensowenig wie sie in der Öffentlichkeit ihren blanken Hintern zeigt.‹«

Ich konnte mir nicht vorstellen, daß Reverend Foxworth' Putzfrau so etwas sagte. Andererseits hatte ich Jonas ja auch nicht geglaubt, als er behauptete, sie habe es auf ihn abgesehen.

»Und ich weiß, Mrs. Haskell, daß Sie denken, das wär'

das mindeste, was Sie tun können, nach all den Jahren, in denen ich Ihnen treue Dienste geleistet habe. Keine Arbeit war mir je zu schwer – oder zu hoch.« Sie wies mit der Hand nach oben zur Decke.

Während ich an meine Überlegungen zu Michelangelo von vorhin dachte, löffelte ich Reis in den einen, dann in den anderen Schnabel. »Und was genau ist also das Problem?«

»Für mich hört es sich so an, als ob dieses Fully Female nur für verheiratete Frauen gedacht ist.«

»Blödsinn. Das wäre doch Diskriminierung. Außerdem, so oft wie Sie verheiratet waren, lassen Sie mich wie eine ausgesprochene Amateurin aussehen.«

»Nun, wenn Sie es so sehen ...«

Es war an der Zeit, ihrem Widerstand endgültig den Garaus zu machen. »Man wird Sie förmlich anflehen einzutreten. Sie sind eine weitaus interessantere Kandidatin als ich. Denken Sie mal nach. Mr. Walter Fisher ist noch ein bewegliches Ziel, während Ben bereits ...« Ich brach ab, schockiert darüber, worauf mein Gerede hinauslief. Sah ich mich denn so – als Jägerin, die sich, nachdem sie ihren Löwen erbeutet hatte, zurücklehnen und Luft zufächeln konnte, während sie beobachtete, wie er durch den Käfig strich?

Mist! Ich hatte Apfelmus auf meine Schürze gekleckert.

Von der positiven Seite betrachtet, sah Mrs. Malloy glücklicher aus, als ich sie seit Stunden erlebt hatte. Sie erhob sich auf ihren Stöckelabsätzen, rollte ihre Leopardenärmel hoch, schaute auf die Uhr, die Viertel nach zwölf zeigte, und nahm den Toaster – anstelle eines Handspiegels -, um zu überprüfen, ob auch jedes Haar und jeder Schönheitsfleck an seinem Platz war. Zufrieden wickelte sie das Elektrokabel auf, verstaute das Gerät im Schrank und, als Signal, daß die Zeit um war, setzte ihren Federhut auf. Armer Kater Tobias, um seine Erbschaft betrogen.

»Lassen Sie uns eines von Anfang an klarstellen, Mrs. H. Wenn wir Partnerinnen in diesem Kaperzug der Leidenschaft sein sollen, lass' ich nicht zu, daß ich mich Ihretwegen zu Terminen verspäte.«

Erfolg kann süß sein, kann aber auch andere Geschmacksrichtungen haben. In diesem Augenblick hätte ich, die ich gelobt hatte, niemals meine Kinder zu schlagen, meiner Angestellten eine runterhauen können. Erwartete sie, daß ich meinen Mantel anzog, den Zwillingen zum Abschied winkte und ihnen sagte, sie sollten für sich selbst sorgen, bis Mummy nach Hause kam? Ich wollte Mrs. M gerade sagen, daß ich altmodische Vorstellungen von Elternschaft hegte, als die Gartentür aufsprang und – mit dem Schwung von Norman the Doorman auf einer Rettungsmission – mein Cousin Freddy hereinkam. Du liebe Zeit! Warum war er wie ein gehörnter Wikinger gekleidet?

»Hey, Cousinchen!« Nachdem er mit dem Stiefelabsatz die Tür zugeschlagen hatte, ließ Freddy sich auf ein Knie fallen und breitete die Arme aus. Räume, und auch die Menschen darin, ducken sich, wenn Frederick Flatts hereinkommt. Er ist eine ein Meter achtzig lange Dynamitstange, die darauf wartet, zu explodieren. »Ich komme auf deinen Befehl, o du strahlend zerzauste Maid, um mir dein Ohr mit Versen so süß von Balda Dead geneigt zu machen.«

»Was faselt der da?« Mrs. Malloy, die noch lernen muß, Respektspersonen Achtung entgegenzubringen, fuhr mich an, als hätte ich Freddy eigens mit der Absicht erfunden, daß wir zu spät zu Fully Female kamen.

»Ich habe versprochen, ihm beim Proben einer Rolle in dem Stück *Normannen der Götter* zu helfen. Es wird in der Gemeindehalle aufgeführt.« Ich wischte mir die Hände an der Schürze ab und zog Freddy dann an seinem Pferdeschwanz hoch, wobei ich seine Hörner verschob.

»Tolpatsch«, grummelte er, als besagter Schmuck in den Laufstall fiel.

»Dir ist doch wohl klar, daß du dich absolut lächerlich machst? Richtige Wikinger haben diese blöden Dinger nie getragen.« Da, Freddy, für den Witz über mein Aussehen.

Ich und zerzaust? Dieser Mann sollte ab und zu mal in den Spiegel schauen. Vor mehreren Wochen hatte er sich den Bart abrasiert, aber er sah immer noch sehr nach Landstreicher aus. Ein Totenkopf baumelte an seinem einen Ohr, und der linke Ärmel seines Sweatshirts war ausgerissen, um die Tätowierung in Form zweier verschlungener Herzen (vermutlich seines und das seiner Freundin Jill) auf seiner Schulter zu zeigen. In einem ihrer seltenen Versuche, witzig zu sein, hatte Tante Astrid einmal gesagt, daß Freddys Eltern ihn gleich nach der Geburt der Heilsarmee hatten stiften wollen – ohne Erfolg. Solche Giftpfeile prallten jedoch am Panzer meines Cousins ab, ohne auch nur einen Kratzer zu hinterlassen. Die Welt würde ihr Fehlurteil korrigieren müssen, wenn er den Namen seiner Familie berühmt machte. Früher hatte er vorgehabt, das als Rockstar zu erreichen, doch als Lord Olivier starb, hatte Freddy spontan das Gefühl, daß es beim Theater eine Chance für ihn gab – so etwas wie eine leere Pferdebox mit seinem Namen über der Tür. Da ich wußte, wie sehr er tatsächlich darauf zählte, daß ich ihm beim Proben seines Textes zuhörte, den ich aus seiner Tasche hängen sah, erwog ich, Mrs. Malloy auf die Möglichkeit anzusprechen, unseren Termin auf den folgenden Tag zu verschieben. Doch sie las meine Gedanken und wollte nichts davon wissen.

»Fertig, Mrs. H, oder kehre ich zu Plan A zurück?«

Familienzwist ist Freddys Lebenselixier. Und da er von

freundlichem Gemüt ist, betrachtet er Mrs. M als ein Mitglied unseres Stammes. Er starrte uns beide an und schmatzte fast mit den Lippen bei der Aussicht, schmutzige Wäsche zu waschen.

»Meine Damen, bitte!« Er lehnte sich gegen die Tür zur Speisekammer, neben den Besen – und wirklich, die Ähnlichkeit war verblüffend. »Ihr zwei führt ganz offensichtlich etwas im Schilde. Die Zwillinge sind total gespannt, sie hocken auf der Kante ihrer Wippen ...« Er hielt inne, um die Daumen in die Ohren zu stecken und für die Zwillinge mit den Fingern zu wackeln, die prompt nach einer Zugabe quietschten. »Sag es Onkel Freddy. Was ist dieser Plan A?«

»Nichts Wichtiges.« Ein ungünstiger Zeitpunkt, um mich daran zu erinnern, daß Mrs. Ms Pistole noch in meiner Schürzentasche steckte.

»Was?« Sie versengte mich mit ihrem Blick. »Es ist *nicht* wichtig, daß ich wild entschlossen bin, mich wegen des Mannes meiner Träume umzubringen und Sie's mir ausreden –«

»Mit Plan B!« Freddy strahlte übers ganze Gesicht. »Mensch, verflixt, Ellie. Soviel Spaß hatte ich nicht mehr, seit ich letzte Woche von meinem Motorrad gefallen und halb die Klippe runtergeflogen bin. Na komm, erzähl deinem Beichtonkel alles.«

Ich hob Tam aus seiner Wippe, drückte sein klebriges Gesicht an meins und fuhr ihn an: »Wie kommst du eigentlich auf die Idee –«

»Liebes Cousinchen, ich weiß immer, wann du etwas im Schilde führst. Du machst dann so ein tugendhaftes Gesicht.«

»Menschenskind! Sagen Sie's ihm, dann haben wir's hinter uns.«

»Ja, Mrs. Malloy.« Ich reichte ihr Tam, ging in Kampfstellung und sah Freddy an. »Zu deiner Information, du Schnüffler, wir haben um ein Uhr einen Termin, in kaum fünfzehn Minuten, bei – lach ja nicht! – Fully Female.«

Freddys Augenbrauen schnellten in die Höhe wie die Rolläden eines neugierigen Nachbarn. »Bei diesem Laden? Für modernen Sex? Mädchen, das könnt ihr nicht machen! Sie werden euch den Kopf mit allem möglichen Schweinkram vollstopfen. Lektion eins, liebe Studentinnen« – er imitierte eine lehrerinnenhafte Stimme –, »ein Orgasmus ist nichts Ekliges, das ihr versehentlich in eurem Kühlschrank züchtet.« Freddys Grinsen drohte sein Gesicht in zwei Hälften zu spalten. Gut, so sparte ich mir die Mühe! »Weiß Ben davon?«

»Nur wenn er über ÜSW verfügt.«

Freddy nahm Tam von Mrs. Malloy, als spielten wir *Gib das Paket weiter.* Sein Gesicht wurde ernst. »Du und der Boß habt doch keine Probleme? Ihr seid doch nicht den Neuvermählten, die zu Neutoten werden, beigetreten, oder?«

»Ganz bestimmt nicht.« Ich mied seinen Blick und beobachtete, wie Tam an seinem Pferdeschwanz zog. »Mrs. Malloy und ich dachten, es könnte interessant sein, einige gründliche Studien in Ehekunst zu betreiben, mehr nicht. Wir wollten gerade zur Tür hinaus, als du hereinkamst.«

»Klar. Du wolltest deine Schürze beiseite werfen, dir ein Baby unter jeden Arm klemmen und dich auf und davon machen ...«

»Also gut!« Ich gab klein bei. »Ich hatte vor, dich zu bitten, auf Tam und Abbey aufzupassen, aber bis ich dazu kam ...«

»War ich schon da.«

»Freddy, es tut mir leid wegen der Probe.« Ich wusch mir an der Spüle die Hände und trocknete sie mir an der letzten sauberen Windel ab.

»Und mir tut es leid, daß wir zu spät kommen.« Mrs. Malloy rollte ihre Leopardenärmel herunter, rückte ihren Federhut zurecht und steuerte mit der Provianttasche in der Hand auf die Gartentür zu.

»Freddy, würde es dir furchtbar viel ausmachen?« Ich zeigte auf Tam, den er noch auf dem Arm hatte, und Abbey, die noch auf ihrer Wippe saß. Ach du meine Güte! Meine Tochter, ein pingeliges kleines Würmchen, ließ durch ihr sich rötendes Gesicht und Puffpuffgeräusche wissen, daß sie eine neue Windel wünschte. Und zwar dalli.

»Gib her«, sagte unsere höchsteigene Mary Poppins. »Geh nur, ich werde die beiden wickeln und windeln, während du dich für dein Gespräch aufdonnerst. Wir können die Schloßherrin ja nicht ins Hauptquartier schicken, wenn sie aussieht wie Gräfin Rotz, oder?«

Ich drückte ihm Abbey in die Arme und sagte: »Keine Zeit mehr. Du weißt, wo alles ist, ja? Wegwerfwindeln im Trockenschrank und jede Menge Babynahrung in der Vorratskammer, aber bis zu ihrer nächsten Mahlzeit müßte ich längst wieder da sein.« Ich hatte meinen Regenmantel vom Haken in der Nische bei der Tür genommen und streifte ihn über. »Solltest du dir die geringsten Sorgen um einen der beiden machen, ruf Dr. Melrose an. Und noch etwas ...« Mist! Mrs. Malloy zerrte mich schon am Gürtel nach draußen.

»Macht winke-winke zu Mummy!« Freddy hob die Babys höher und winkte mit einem von Tams winzigen Pfötchen. »Keine Sorge. Ich mache sie für ihr Nickerchen fertig, setze meinen Wikingerkopfschmuck auf und lese ihnen von dem bösen Loki und dem tödlichen Mistelzweig vor.«

Während ich rückwärts die Treppe hinunterstolperte, schrie ich: »Was spricht denn gegen ein schönes Märchen?«

»Klar! Wie wär's mit Aschenputtel und den fiesen Schwestern, die sich die Füße abhacken, damit der gläserne Schuh paßt?« Freddy schob die Tür mit dem Ellbogen zu.

»Roger«, sagte ich und rannte hinter Mrs. Malloy her, die in halsbrecherischem Tempo über den Hof stöckelte. Wir stießen unter dem Torbogen, der zu den Ställen führt, zusammen. Dort stellen wir die Autos unter – Bens Heinz-57-Oldtimer und den Kombi, den wir gekauft hatten, als die Zwillinge geboren wurden.

»Dieser Freddy!« Mrs. M kletterte auf den Beifahrersitz. »Sieht aus wie etwas, das die Katze ausgespuckt hat, aber er hat Köpfchen, das muß man ihm lassen. Ich hab' nie davon gehört, daß Mistelzweige giftig sind. Mit Eibenblättern ist das was anderes. Mrs. Pickle hat mir mal erzählt, wie so 'ne Gruppe sicherheitsbewußter Perverser den Vikar gedrängt hat, die Bäume auf dem Kirchhof zu fällen. Na, das nenne ich doch, die Leute auf schlimme Gedanken bringen.«

Während Mrs. Malloy so schwatzte, lenkte ich den Kombi in vorschriftswidrigem Tempo die Kieseinfahrt hinunter, an Freddys Cottage vorbei, durch das Eisentor und auf die Cliff Road. Der Himmel hatte die Farbe von feuchtem Löschpapier. Es war eher dunstig, als daß es regnete, so daß die Windschutzscheibe heftig zu schwitzen schien – genau wie ich. Es war zweifellos eine dieser Gelegenheiten, bei denen dein Deodorant dazu entschlossen ist, den Schurken zu spielen. Der Gedanke, der Gesprächspartnerin bei Fully Female mit fest an die Seiten gepreßten Armen die Hand schütteln zu müssen, bescherte mir einen Schwindelanfall, durch den sich mir eine atemberaubende Ansicht des Meeres bot, wie es den Strand hochwogte und in Kaskaden auf die Felsen am Fuß der Klippe herabfiel.

»Es war ein Pfeil«, murmelte ich.

»Was?«

»In der Geschichte. Balda Dead, er wurde durch einen Pfeil aus Mistelholz getötet.«

»Brechen Sie mir nicht das Herz, wir müssen alle auf die eine oder andere Art abtreten.« Mrs. Malloy federte auf ihrem Sitz, als ich bei dem Versuch, zur Straßenmitte zu steuern, über einen Stein fuhr. Da ihr Fenster offen war, hätten wir die Hagedorn- und Geißblattsträucher anfassen können, die sich am linken Rand des Felshangs entlangrankten, der weiter oben in Wiesen mit blühenden Butterblumen und Klee überging. »Ich sehe es so, Mrs. H, das Sterben ist weltweit ein großes Geschäft. Niemand hat ein Monopol darauf, nicht mal die blöden Amis. Und das ist auch gut so, oder mein Walter müßte dichtmachen.«

Ihr Walter? Das klang ja, als setze sie große Hoffnungen in Fully Female, während ich mit jedem Meter Straße, der unter den Rädern des Wagens entschwand, überzeugter war, daß ich den Fehler meines Lebens gemacht hatte. Zunächst mal hätte ich die Zwillinge nie bei Freddy lassen sollen. Als ich an sein Winken zum Abschied dachte, war ich sicher, daß er sich irgendwie verdächtig benommen hatte, in seinen Augen war ein spitzbübisches Funkeln gewesen. Er würde doch nicht Ben anrufen und mich denunzieren? Nein, welche Fehler Freddy auch sonst haben mochte, er war keine Petze. Aber er heckte etwas aus. Ich hätte einen Eid darauf geschworen.

»Mrs. H, wir sind schon zwei Minuten zu spät dran.«

»Ach herrje! Und wenn Ihre Uhr nachgeht, könnte es sogar noch schlimmer sein. Vielleicht sollten wir lieber umkehren und absagen –«

»Kommt nicht in Frage.«

Mist! Aber die Hoffung wirft – wenn sie nicht eine ewige Quelle ist – wenigstens immer Blasen, wie ein verstopfter

Abfluß. Wir könnten immer noch einen Platten haben oder, noch besser, feststellen, daß wir die Adresse von Fully Female vergessen hatten.

»Tja, da wären wir!« Mit finsterer Miene parkte ich den Wagen unter einem Baldachin aus den Ästen einer Rotbuche, die sich auf einer Grasinsel in der Mitte einer noblen rosaroten Auffahrt erhob. Meine Güte! Brunnen in Hülle und Fülle und Blumenbeete in Form von Achten, alles von Mosaiken aus bunten Fliesen umrandet. Und hinter einem Maschenzaun schlug ein Pfau sein majestätisches Rad und stolzierte königlich dahin, gefolgt von zwei wachsamen Hennen im Gouvernantendreß.

»Man braucht keine große Phantasie zu haben, um zu verstehen, warum das hier Hollywood genannt wird. Von einem großkotzigen Amerikaner in den Sechzigern erbaut. Blöde Amis.« In Mrs. Malloys Stimme schwang widerwillige Bewunderung.

Da ich ihr unermeßlich dankbar war, weil sie sich an die Adresse von Fully Female erinnert hatte, brachte ich ihre Seifenblase nicht zum Platzen, indem ich ihr sagte, daß das Haus für meinen Geschmack zu sehr nach einem Opfertempel für nichtsahnende Jungfrauen aussah.

»Wir können hier nicht sitzen und glotzen, wo uns jemand schon eine Viertelstunde Verspätung eingebrockt hat.« Sie streckte keck ein Bein aus dem Wagen, und ich folgte ihr über eine Mosaikveranda mit einem drachenköpfigen Seepferd in der Mitte und eine breite Marmortreppe hinauf. Der Wind schlug gegen meine Beine und gab mir das unangenehme Gefühl, daß der Saum meines Regenmantels aufgerissen war. Ich blickte angestrengt über meine Schulter, um mich zu überzeugen, daß es nicht so war, während Mrs. Malloy auf die Klingel drückte. Die

Tür öffnete sich so prompt, daß wir uns aneinander festklammerten wie zwei Kinder, die man dabei erwischt hat, wie sie sich mitten in der Nacht mit der Leiche des Kindermädchens treppab schleichen.

Höchst merkwürdig. Niemand stand in der Tür, um uns zu empfangen. Wir betraten ein grellweißes Foyer mit einem Schrägdach aus durch Steinbalken unterteilten Glasfeldern. Direkt vor uns, zwei Stufen tiefer, befand sich ein Wohnzimmer von der Größe eines Fußballfeldes, sachlich-modern eingerichtet, mit ägyptischen Akzenten. Weiße Noppensofas. Stahltische und abstrakte Skulpturen auf Piedestalen. Vor allem ein Wandbehang zog meinen Blick an – ein wandhohes Tuch aus geblockter Leinwand mit Hunderten von Nägeln, die zwischen Bronzeklümpchen gehämmert waren. Die Art Kunst, von der niemand erwartet, daß sie dir gefällt, solange du ihren Wert anerkennst. Das einzige anheimelnde Element war der Flügel, der in einer Art Orchestergraben an der Glaswand mit Blick auf die Terrasse stand, aber ohne das restliche Orchester wirkte er verloren.

»Muß die richtige Adresse sein.« Mrs. Malloy sah aus, als wollte sie mir eins mit ihrer Provianttasche überziehen, wenn ich widersprach.

»Sie können sich nicht geirrt haben«, sagte ich, und mein Blick stahl sich nach links zu einer Küche mit weißen Glasschränken, dann nach rechts zu einer breiten Halle mit einer Vielzahl sehr hoher, sehr geschlossener Türen. »Wie wär's ...?« Ich ging einen Schritt auf Mrs. M zu und hatte zu meinem Schrecken den Eindruck, ich wäre auf den Knopf eines Lautsprechers getreten. Augenblicklich stiegen die Schwingungen einer Stimme vom Fußboden auf und erfüllten das ganze Foyer.

»Willkommen bei Fully Female! Gehen Sie freundlicherweise die Treppe zum unteren Stockwerk hinunter ins Wartezimmer. Bitte verzeihen Sie eine eventuelle Verzögerung. Ich bin so schnell wie möglich bei Ihnen.«

»Nein, so was!« Alles andere als beleidigt über diesen körperlosen Empfang, verzog Mrs. Malloy ihre Pflaumenlippen zu einem Lächeln. »Sie muß eines dieser Fernbedienungsdinger benutzt haben, um die Tür zu öffnen.«

»Verzeihung, wo ist die Treppe?« Ich stampfte mit dem Fuß auf und sprach zum Boden, erhielt jedoch keine Antwort. Anscheinend eine Störung in der Leitung.

»Sie stehen nicht gerade Spalier für uns, wie, Mrs. H? Aber mir scheint – wo Sie doch gelernte Heimdekorateurin sind – daß Sie dem Gefühl nach wissen müßten, wo man in diesem Haus die Treppe versteckt hat.«

Derartig herausgefordert wie ein Vorstehhund, dem man gesagt hat, er solle nicht ohne wenigstens eine tote Ente zurückkommen, machte ich drei Riesenschritte auf die Halle zu, drückte die Finger an meine Stirn, vollführte eine halbe Drehung nach rechts, und da, hinter der Wand zum Foyer versteckt, befand sich eine Wendeltreppe, um deren Geländerstäbe sich Weintrauben und Blätter rankten. Die Stufen waren keilförmig und sahen aus wie extrem knauserig geschnittene Kuchenstücke. »Wer will *Brechen wir uns den Knöchel* spielen?«

Sehr zu meiner Überraschung schafften Mrs. Malloy und ich den Abstieg, ohne übereinander oder vielmehr Hals über Kopf nach unten zu stürzen. Als wir in der geräumigen Halle des unteren Stockwerks anlangten, verschnauften wir einen Augenblick, um den Wasserfall zu bewundern, der in der unteren Windung der Treppe angelegt war und in ein gekiestes Becken fiel, wo eine Nymphe auf einem Felsen saß und die Kaskade in ihren hohlen Händen fing. Überall sonst – zur Rechten, zur Linken, vor und hinter uns – waren geschlossene Türen. Horch! Unter einer kroch Musik hervor, als suche sie dem Getrampel und Gestampfe, das sie begleitete, verzweifelt zu entkommen. »Aerobic«, flüsterte ich Mrs. Malloy zu. Sie erbleichte mitnichten unter ihrem Rouge, sondern legte an Ort und Stelle einen hüftwackelnden Stampftanz hin, wobei ihr Leopardenmantel so schnell hin- und herschwang, daß die Flecke verschwammen.

»Ob Sie's glauben oder nicht, Mrs. H, ich war mal Miss Teenage Twist.«

»Du meine Güte.«

»Und damals war ich über Vierzig.«

»Wir dürfen nicht trödeln«, mahnte ich, und mit etwas, das ich allmählich für echte ÜSW hielt, wählte ich die Tür zum Wartezimmer und komplimentierte Mrs. M vor mir hinein.

Hurra! Wir fanden uns in einer weißen Schachtel wieder, in der an der Wand unter dem schmalen Fenster eine flotte Stuhlreihe Aufstellung genommen hatte. Ein mit Zeitschriften beladener Couchtisch stand in der Mitte, und eine zweite Tür (zum Allerheiligsten) starrte uns an. Nach einer Diskussion, ob wir anklopfen sollten, und dem Entschluß, daß wir es nicht tun wollten – oder sollten, aus Angst, in das Gespräch einer anderen hineinzuplatzen–, hockten wir uns auf zwei benachbarte Stühle, die Füße eng zusammen, die Hände hübsch auf unseren Handtaschen gefaltet. Mrs M sah so schick aus mit ihrem Federhut und in ihrem offenen Mantel, der den adretten Taft ihres Kleides sehen ließ, daß ich mir wie eine echte Landpomeranze vorkam.

»Als ob man verdammt noch mal darauf wartet, in den Beichtstuhl zu gehen.« Mrs. Malloy bekreuzigte sich, eine Angewohnheit, die sie von meiner römisch-katholischen

Schwiegermutter übernommen hatte, aber ob als Glücksbringer oder in der Hoffnung auf Absolution, weil sie geflucht hatte, war mir schleierhaft. Ich war damit beschäftigt, mein Haar neu zu flechten und mir über die Lippen zu lecken, um ihnen ein wenig Glanz zu geben.

»Wir warten so schnell wir können.«

»Sie haben leicht reden, Mrs. H. Sie brauchen nicht nach Hause, um das Abendessen zu machen.«

»Irrtum. Ben frönt neuerdings dem Glauben, daß er meine Weiblichkeit untergräbt, wenn er Essen aus dem Restaurant mit nach Hause bringt.«

»Männer«, sagte Mrs. Malloy, und wir saßen einen Moment in einträchtigem Schweigen da, bis ich – wir hatten die Tür einen Spalt offengelassen – einen Trupp Trikots die Wendeltreppe hinaufgehen sah. Großer Gott! Zwei der Hinterteile erkannte ich wieder. Da ging die Frau von Dr. Melrose und ... Mrs. Pickle aus dem Pfarrhaus. Heftiges Gekeuche, das an einen Nordoststurm erinnerte, drang zu uns, und ich wußte – so prompt, wie wenn man eine Schranktür öffnet und einem ein schwerer Gegenstand auf dem Kopf landet –, daß ich einen entsetzlichen Fehler gemacht hatte. Ich hatte weder die Zeit, das Interesse noch die Kraft, meinen Körper von Grund auf umzukrempeln. Hier war kein Platz für schamhafte Mimosen. Man würde uns zu Gemeinschaftsduschen ganz ohne Kleidung zwingen. Und dabei ließ ich kaum je zu, daß ich mich selbst nackt sah. Für einen Ehemann macht man Ausnahmen. Aber ein Haufen Frauen, und alle mit schmaleren Taillen und größeren ... Ich brach jetzt schon in kalten Schweiß aus.

»Mrs. Malloy, ich stehe das nicht durch!«

Die Proviantasche zitterte auf ihren Knien. Sie schaute zu mir hoch wie ein verwundetes Tier, dabei war ich diejenige, die in der Falle saß. Denn wie konnte ich zurückschrecken, mich auf dem Altar ihres Überlebens zu opfern? Wenn wir von hier verschwanden, wäre Mrs. Malloy zurück bei Plan A. Ich faltete die Hände und sandte ein Gebet um Erleuchtung gen Himmel. Eigentlich eine ziemliche Frechheit. Manchmal mache ich mir Sorgen, daß ich Gott wie einen entfernten Cousin behandele, an den man sich zu Weihnachten und Ostern erinnert, mit einem gelegentlichen R-Gespräch dazwischen.

»Nun?« Der Schönheitsfleck auf Mrs. Malloys Wange bebte und schien tatsächlich zu summen wie eine Biene, die im Begriff ist, abzuheben. Doch bevor ich antworten konnte, öffnete sich die Tür zum Korridor, und herein kam eine Frau ganz in Schwarz, von dem um ihren Kopf drapierten Schal bis zu ihrem Mantel, ihren Handschuhen und ihrer Sonnenbrille.

Ich hatte mein Zeichen erhalten. Ich konnte kaum an dieser Person vorbeiflüchten, ohne große Unruhe auszulösen. Ich sank auf meinen Stuhl zurück und flüsterte Mrs. M zu: »Tut mir leid, die Warterei hat mich ganz nervös gemacht. Das ist schlimmer als beim Zahnarzt.«

Die Frau in Schwarz setzte sich auf einen Stuhl uns gegenüber, und wir drei saßen in keineswegs einträchtigem Schweigen da. Ein paarmal räusperte ich mich, um eine Unterhaltung anzufangen, brachte jedoch nicht einmal ein »Guten Tag« heraus. Die Sonnenbrille sprach eine deutliche Sprache. Leider kann Mrs. Malloy in mancher Hinsicht bemerkenswert taub sein. Sie fiel fast vom Stuhl, solche Stielaugen machte sie. Ich wäre nicht im mindesten überrascht gewesen, wenn sie ein Autogrammalbum aus ihrer Proviantasche zutage gefördert hätte und durch den Raum gekrochen wäre. Sie ist eine eingefleischte Prominentenjägerin.

»Das ist nicht die verstorbene Greta Garbo«, flüsterte ich.

»Erzählen Sie mir lieber was Neues.« Ihr heiseres Flüstern hätte ein Stadion gefüllt. »Das da ist Mrs. Norman the Doorman.«

»Nein!« Jetzt hatte ich Augen so groß wie Frisbees. Welch unglaubliches Erlebnis: im selben Raum zu sein wie die Ehefrau des Lieblingsfernsehstars meiner Kinder. Natürlich hatte ich gewußt, daß er in dieser Gegend wohnte, aber ich hätte mir nie träumen lassen, nie zu hoffen gewagt, daß ich so nah drankommen würde, den Umhang des edlen Verteidigers der Tinseltown Toys zu berühren. »Schnell!« Ich zerrte an Mrs. Malloys Pelzarm. »Stift ... Papier!«

»Immer mit der Ruhe.« Sie öffnete die Proviantasche und brachte eine Rolle Toilettenpapier zum Vorschein. »Da, die kann ich entbehren. Heute morgen hab' ich zwei davon aus Ihrem Vorratsschrank geholt, als ich ganz verheult war.«

Sie erwartete von mir, daß ich Mrs. Norman um eine Unterschrift auf Toilettenpapier bat? Und hatte nicht mal einen Bleistift? Ein Lippenstift war alles, was sie bieten konnte. Wie auch immer, in der Not frißt der Teufel Fliegen. Ich raffte mich von meinem Stuhl hoch, als sich die Tür zum Allerheiligsten öffnete und Mrs. Huffnagle herauskam, fraglos der hochnäsigste Mensch von ganz Chitterton Fells, eine von diesen kräftig geschnürten Frauen, deren Haar es niemals wagt, ohne Dauerwelle zu erscheinen oder sich im Wind zu bewegen. Erstaunlich, sie hier anzutreffen, mit einer Ladung Plastikbehälter und Broschüren unter dem Arm. Sie stolzierte an uns vorbei, ohne sich herabzulassen, von jemand Notiz zu nehmen, ausgenommen von sich selbst.

»Barrakuda.«

Ich ließ das Toilettenpapier fallen. Die Worte paßten zu

Mrs. Malloys Kommentarstil, aber die Stimme ... Wie gebannt beobachtete ich, wie die Frau in Schwarz ihr Kopftuch zurückschob und die Sonnenbrille abnahm. »Immer mit der Ruhe, Mädchen. Wenn die eingebildete Huffnagle keine Angst hat, ihr Fahrgestell hier vorzuzeigen, warum sollten wir uns dann Sorgen machen?« Sie hob eine sehr gepflegte Augenbraue und strich ihr aschblondes Haar zurück. Nicht unbedingt eine Schönheit, aber sie besaß hauchfeinen Schick. Die Schlafzimmeraugen waren schräg geschnitten, ihr Mund wie amüsiert geschwungen. »Hat eine von Ihnen noch eine zweite Zahnbürste mitgebracht? Es scheint, als müßten wir hier übernachten, oder?«

»Sieht so aus«, stieß ich hervor.

»Und ob es das tut!« steuerte Mrs. Malloy in ihrem vornehmsten Tonfall bei. »Es ist eine furchtbare Warterei. Ich hab' gerade schon zu Mrs. H hier gesagt, daß es uns ja nicht das kleinste bißchen was ausmacht. Wir sind Nobodys. Aber eine Lady wie Sie, na, es kommt einem doch nicht richtig vor, das tut's wirklich nicht.«

»Wir haben erraten, wer Sie sind.« Ich beugte mich auf meinem Stuhl vor. »Wir haben uns durch die Brille nicht täuschen lassen, Mrs. ...?«

»Diamond. Mrs. Norman Diamond.«

Es paßte zu ihr. Als sie die Handschuhe auszog, kamen genug Ringe an ihren Fingern zum Vorschein, um ein Zimmer damit zu erleuchten. »Aber nennen Sie mich ruhig Jacqueline.«

»Und ich bin Ellie Haskell.«

»Roxie Malloy.« Schnapp machte der Verschluß der Provianttasche. »Wenn ich Ihnen meine Karte überreichen darf – ich übernehme alle im Haushalt anfallenden Arbeiten, und ich meine alle. Decken, Dachrinnen, Kamine – ganz nach Wunsch!«

Ich bückte mich, um das Toilettenpapier aufzuheben, aber es entwischte mir und wickelte sich quer durchs Zimmer ab.

Mrs. Diamond ... Jacqueline streckte einen Fuß aus, um es davon abzuhalten, unter ihren Stuhl zu rollen und schickte es zu mir zurück. »Sie sind wirklich gut vorbereitet.«

Von diesem kleinen Scherz ermutigt, plapperte ich los: »Sie haben ja keine Ahnung, welche Ehre es ist, im selben Raum wie Sie zu sein ... ich wünschte, ich könnte ausdrücken ... Aber mir fehlen die Worte ... ich kann nur sagen, daß meine Kinder und ich die größten, glühendsten Fans Ihres Mannes sind. Wir ärgern uns, wenn wir eine Folge verpassen.«

»Nein, wie lieb von Ihnen! Da kriegen Sie ihn öfter zu sehen als ich.«

»Unsere absolute Lieblingsszene bisher war, als er die zerbrochenen Spielzeuge zur Werkstatt des Weihnachtsmanns zurückbrachte.«

»Die, als er in 1500 Metern Höhe von Rudolphs Schlitten hing? Ich verrate Ihnen ein Geheimnis.«

»Wie aufregend!« Der Zwischenruf kam von Mrs. Malloy.

»Zu Hause hat Normie selbst Angst, auf einem Stuhl zu stehen.«

»Wäre es eine schreckliche Zumutung, Sie um ein Autogramm zu bitten? Und wenn Sie so freundlich wären, als Mrs. Norman the Doorman zu unterschreiben.« Ich bückte mich nach dem Toilettenpapier, kam jedoch nicht dazu, es aufzuheben. Mein Blick blieb an meinem Regenmantel hängen, der sich einen Spalt geöffnet hatte, und ich war wie gelähmt. Mein Herz vollführte einen Salto und rutschte zu dem Bleigewicht in meiner Schürzentasche. Wie unsäglich peinlich! Bei dem eiligen Aufbruch, in der Panik, zu spät zu dem Termin zu kommen, hatte ich vergessen, meine Schürze abzunehmen. Was mußte die tadellos gekleidete Mrs. Diamond von mir denken? Und sie wußte nicht einmal die Hälfte. Die Pistole! Dumm wie ich war, hätte ich mir die Knie zerschießen können, schon allein indem ich mich bückte, um dieses verflixte Toilettenpapier aufzuheben. Aber dem Himmel sei Dank für kleine Gnadenfristen. Mrs. Malloy machte eine große Schau daraus, das Toilettenpapier einzufangen und es wegzustecken. Bis sie noch zwei weitere Karten hervorgeholt und überreicht hatte, zusammen mit einem Eyeliner-Stift für die begehrte Unterschrift, hatte ich mich wieder gefaßt.

»Entschuldigung, ich muß mal aufs Klo.« Mit diesen Worten flitzte ich aus dem Zimmer, schloß die Tür, knöpfte meinen Regenmantel auf, riß die Schürze ab und versuchte, sie in die Tasche meines Regenmantels zu stopfen. Nichts zu machen. Ich mußte sie irgendwo zwischenlagern, bis ich dieses verwünschte Gespräch hinter mir hatte – wenn es jemals stattfinden sollte, bevor ich starb. Das Plätschern des Wasserfalls lockte mich zu dem gekiesten Becken unter der Wendeltreppe. Neben der Nymphe mit dem triefnassenGesicht auf ihrem Felsen zwischen den Seerosen stand eine Urne aus Terrakotta. Neptun sei gelobt! Nicht so schnell – ich schaute durch den Brunnenschacht im Innern der Treppe nach oben und sah ein dunkles Gehusch von Trikots. Wie peinlich, sollte irgend jemand hinunterschauen und sehen, wie ich hier kauerte und ein verdächtiges Bündel umklammert hielt! Aber die Zeit lief mir davon. Und das Leben ist ein Glücksspiel.

Ich hatte gerade mein Bündel hineinfallen lassen, wobei ich mich naß spritzte und wünschte, ich wäre zu Hause bei einer sinnvollen Beschäftigung, wie den Küchenboden zu schrubben, als die Tür zum Wartezimmer aufsprang. Dort stand Mrs. Malloy, die Hände in die Leopardenhüften gestemmt.

»Das Klo nicht gefunden?«

Während ich terrakottarot anlief, versicherte ich Ihrer Hoheit, daß ich den Krug nicht zu dem Zweck benutzt hatte, den sie vermutete.

»Geht mich doch nichts an, Mrs. H, wo Sie's tun. Haben Sie den Summer nicht gehört? Wir werden zu unserem Gespräch zitiert. Ich hab' Mrs. Diamond angeboten, vor uns reinzugehen, aber da sie eine echte Lady ist, wollte sie nichts davon hören. Daran erkennt man wahre Klasse, wissen Sie – wie sie die kleinen Leute behandeln. Haben Sie Ihre Zunge verschluckt? Sie sehen aus, als ob Ihnen schlecht wäre.«

»Ich bin nervös.«

»Quatsch. Sie haben doch *mich.*«

»Aber Mrs. Malloy«, sagte ich, während sie meinen Arm nahm und mit mir ins Wartezimmer zurückmarschierte. »Ich habe überlegt, es wäre vielleicht besser, wenn wir getrennt hineingehen. Schließlich haben wir beide Dinge persönlicher Natur zu besprechen.«

»Alle Geheimnisse, die ich vor Ihnen hatte, Mrs. H, sind heute morgen zum Fenster rausgeflogen. Als ich Ihnen das Herz ausschüttete, hatte ich gehofft, es wäre eine beiderseitige Sache. *Pardonnez-moi,* daß ich unseren unterschiedlichen Stand vergessen habe. Scheint so, als wäre ich gut genug, Ihre Toiletten zu schrubben, aber nicht gut genug, um über das Rein und Raus Ihres Ehelebens Bescheid zu wissen.«

Hätte Sie es nicht irgendwie anders ausdrücken können?

Als sie merkte, daß Mrs. Diamond jedes Wort aufsaugte, senkte Mrs. M die Stimme um ein halbes Dezibel. »Ich behaupte nicht, daß Sie meine Gefühle nicht ziemlich grausam verletzt haben, aber niemand soll sagen, daß ich nicht weiß, wo mein Platz ist ...«

»Ach, seien Sie doch nicht so empfindlich.« Mit der Hand auf dem Türknauf des Allerheiligsten, drehte ich mich um, lächelte Mrs. Diamond zu, die daraufhin den Daumen hochstreckte, und schob die demütige Dulderin vor mir hinein. Nicht so schnell. Sie wich zurück und trat mir auf die Füße.

»Wenn sie nach meinem Namen fragt, sage ich Mrs. Alvin Vincent-Malloy. Mein erster Ehemann war Albert und der zweite Vincent, deshalb hat es sozusagen sentimentale Gründe, ja?«

»Kapiert«, flüsterte ich zurück.

Die *Sie,* die die Fragen stellen würde, war eine Blonde mit Champagnerhaar in einem schwarzen Lederminikleid. Stichwort Erfolgspose – sie thronte mit gekreuzten Beinen auf der Kante des gewaltigen Schreibtisches in einem Raum, der wie ein von den Kew Gardens überführtes Gewächshaus mit tropischen Pflanzen aussah.

»Guten Tag, Mrs. Hapskill.« Ms. Fully Female schaute von dem Terminkalender auf, den sie überprüfte. Dann begannen ihre großen Augen zu funkeln, und ihr glänzender Mund verzog sich zu einem breiten Lächeln, sie streckte die Arme aus und ließ dabei den Terminkalender fallen.

»Ellie!«

»Bunty!« Mein Vergnügen war mit Entsetzen gemischt. Ich hatte mich auf eine Fremde eingestellt. Die Anonymität des Unpersönlichen. Bunty Wiseman – Ex-Tänzerin und Ehefrau des prominentesten Anwalts von Chitterton Fells – und ich hatten uns eine Zeitlang ziemlich oft getroffen. Die ungesetzlichen Aktivitäten seitens eines feinen Damenclubs hatten uns zusammengeführt, und wir hatten uns angefreundet. Aber nachdem besagte Aufregung sich gelegt hatte, verloren wir uns aus den Augen. Bunty war im Fitneßstudio beschäftigt, und ich war damit beschäftigt, schwanger zu sein. Sie und Ehemann Lionel hatten ein Geschenk geschickt, als die Babys zur Welt kamen. Ich hatte eine Dankeskarte geschickt und ernsthaft vorgehabt, sie zum Abendessen einzuladen. Aber Sie wissen ja, wie das ist.

»Diese dumme Sekretärin! Sie hat Ellen Hapskill geschrieben, und ich wäre nie im Leben darauf gekommen, daß du das bist! Zunächst mal weiß ich, daß dein Vorname nicht Ellen ist und ...« Bunty hörte auf, mich zu umarmen und hielt mich auf Armeslänge von sich. »Um ganz ehrlich zu dir zu sein, Süße, du bist die *allerletzte,* von der ich erwartet hätte, daß sie meine Dienste braucht. Meine Klientinnen sind gewöhnlich nicht mit solchen Traummännern wie Ben verheiratet!«

Ich starrte sie an und wußte nicht, was ich sagen sollte.

Dem Himmel sei Dank für Mrs. Malloy, man konnte sich immer darauf verlassen, daß sie im entscheidenden Moment die Dinge wieder ins Lot brachte.

»Verzeihen Sie, soll ich hier stehen wie ein Türstopper, oder können wir zur Sache kommen?«

Ich erklärte, daß wir das Zwei-zum-Preis-von-einer-Angebot nutzen wollen.

»Recht habt ihr, Mädchen, machen wir's uns gemütlich.« Langbeinig, auf Absätzen, die sogar noch höher waren als die von Mrs. M, zog Bunty zwei Stühle herbei, bedeutete uns, Platz zu nehmen und hockte sich wieder auf den Schreibtisch. »Also, meine Lieben! Ich fange ganz von vorn an. Wollt ihr wissen, wie es kommt, daß ich Fully Female gegründet habe? Tja, dann mal los. Ihr wißt ja, wie die Leute immer über mich und Lionel geredet haben – weil er gut zwanzig Jahre älter ist und ich klassenmäßig zu wünschen übriglasse. Wir haben uns oft köstlich darüber amüsiert. Ich schaute mir diese Frauen mit ihren Perlenketten und Tweedröcken an und dachte, ihr armen Dummchen, ihr habt ja überhaupt keine Ahnung, wie ihr eure Männer glücklich machen könnt. Li war es schnurzegal, wenn ich auf Cocktailpartys einen Schnitzer machte. Ihr hättet ihn lachen hören sollen, als ich einmal irgendeinem hohen Tier erzählte, ich mache mir nichts aus Ballett, weil es nicht in Englisch sei. Li sagte, der alte Langweiler würde jederzeit mit ihm tauschen, um mit mir ins Bett zu steigen. Aber nachdem ich eine gewisse Zeit hier in Chitterton Fells gelebt hatte ...«

»Raus damit«, drängte Mrs. Malloy.

Bunty nahm einen Bleistift und drehte ihn zwischen den manikürten Fingern. »Nach einer Weile lernte ich einige dieser Tweeddamen näher kennen ... und da warst du, Ellie ...«

»Vielen, vielen Dank.«

»Versteht ihr, was ich sagen will?« Ein kurzes perlmuttrosa Lächeln. »Ich begriff allmählich, daß sie hinter ihrer hochnäsigen Fassade und ich mit meiner Cockney-Art doch Schwestern waren.«

»Hat jemand eine Geige?« fragte Mrs. Malloy.

Bunty fuhr fort, als ob es den Einwurf nicht gegeben hätte. »Ich fand nur, daß manche Frauen es sich nicht erlauben, *Frauen* zu sein. Ich hatte schon länger gedacht, daß es lustig sein könnte, wieder auf den Brettern zu stehen und im Sommer zu arbeiten. Da war dieser Typ, der das Theater auf dem Shipston-Pier leitet und hinter mir her war – in mehr als einer Hinsicht. Dann schlug meine Friseuse vor, ich sollte einen Aerobic-Kurs geben, und mir kam ein genialer Einfall. Ich würde alle möglichen Kurse anbieten. Ich würde ein Programm auf die Beine stellen für Frauen, die ganz Frau sein wollten, eben Fully Female. Li erkannte auf Anhieb die Möglichkeiten, die in diesem Plan steckten. Wir verkauften The Laurels ...«

Mrs. Malloys Stirn verfinsterte sich. »Sie haben es hinter meinem Rücken verkauft, ohne mich auch nur zu fragen – nach all den Jahren, in denen ich so treue Dienste geleistet hatte. Damals ging ich zu Ihrer Tür hinaus, Mrs. H, zum letztenmal.«

»Der schlimmste Tag meines Lebens«, sagte Bunty. »Seitdem kann ich kein Johnson's Lavendelwachs riechen, ohne in Tränen auszubrechen.« Ihr Zwinkern wischte erstaunlicherweise den übellaunigen Ausdruck von Mrs. Ms Gesicht.

»Wo war ich stehengeblieben? Ach ja ... Li war ganz dafür, daß ich Unternehmerin werde. Er schickte mich in Kurorte in ganz Europa und in die Staaten. Ich lernte Aromatherapie, Vitanutrition, alles über Aphrodisiaka, was das Herz begehrt, und ... hier bin ich.«

Mein Blick folgte Bunty zu einer Vitrine voll mit durchsichtigen Plastikgläsern, wie Mrs. Huffnagle sie vorhin zur Tür hinausgetragen hatte. »Jede, die sich bei Fully Female einschreibt, benutzt unsere Diätergänzungs- und Kräuterschönheitshilfen, die für uns von einer Klinik in der Schweiz zubereitet werden. Und es läuft ganz hervorragend, trotz der gelegentlichen Pannen. Ich finde keine gute Sekretärin, wie Sie sicher bemerkt haben, Mrs. Hapskill.« Bunty zog ihre hübsche kleine Nase kraus und warf den Bleistift hin, mit dem sie gespielt hatte. Sie hob die Arme über den Kopf, verschränkte die Hände mit den Handflächen nach oben und streckte sich. »Eines der Dinge, die wir hier lehren, ihr Süßen, ist, daß man sich nach dem Sitzen immer die Zeit nimmt, sich wieder beweglich zu machen – ganz gleich, wo man sich befindet, selbst in der Kirche.«

»Da möchte ich das Gesicht des Pfarrers sehen.« Mrs. Malloy kicherte heidnisch.

»'n ziemlicher Stockfisch, oder?« Bunty bog den Hals, so daß ihre blonden Locken im vollen Strahl des elektrischen Lichts golden aufschimmerten. »Das muß der Grund sein, warum er aus dem Verkehr gezogen wird.«

»Oh, das stimmt nicht!« rief ich entgeistert. »Er ist ein gesunder junger Mann.« Die Kirche würde ohne Reverend Rowland Foxworth nie mehr dasselbe sein. »Wo hast du denn das gehört?«

»Von Gladys Thorn, glaube ich. Du weißt schon, die Kirchenorganistin. Womit wir wieder beim Thema Bürohilfen wären. Li hat sogar vorgeschlagen, daß ich ihr einen Job als Sekretärin anbiete. Sie hilft in seinem Büro aus, seit seine Sekretärin gegangen ist. Erinnert ihr euch an Teddy Peerless? Sie hat endlich mit Edwin Dingby, dem Krimiautor, den Bund fürs Leben geschlossen. Wenn man Li glauben darf, ist die gute alte Glad ein Genie an der Schreibmaschine, aber, mal in aller Gehässigkeit, sie hat nicht gerade das Zeug zur Empfangsdame. Ich bitte euch! Eine Frau, deren Hobbys Vogelbeobachtung und das Sammeln von Telefonbüchern sind! Jeder munkelt über das Geheimnis ihres Sex-Appeals, aber wenn ihr mich fragt, ist das die Ente des Jahrhunderts. Selbst meine Wunderprodukte könnten da nichts ausrichten ...«

Bunty wurde grob vom Klingeln des Telefons unterbrochen. »Sekunde mal.« Ihre manikürte Hand griff nach dem Hörer und hielt ihn an ihr Ohr. »Li, Darling! Du hast recht, Süßer, es paßt gerade nicht, aber ... o nein, sag nicht ab, um zum Essen nach Hause zu kommen. Ich stecke bis zum Bauchnabel in Arbeit. Im Augenblick habe ich gerade zwei

Frauen bei mir im Büro, die daran denken, Mitglied zu werden.« Sie legte eine Hand über die Sprechmuschel, sah uns mit funkelnden Augen an und formte mit den Lippen: »Wollt ihr nicht eintreten? Bitte, bitte!«

»Was meinen Sie, Mrs. Alvin Vincent-Malloy?« fragte ich.

In meinen Tagen als alte Jungfer hatte ich über diesen romantischen, vom abendlichen Dämmerlicht weichgezeichneten Augenblick phantasiert, wenn Schlag sechs die Haustür aufgeht und die süße Serenade erklingt: »Liebling, ich bin zu Hause.« Die Phantasie fand mich stets in ein Schaumbad eingelegt vor, ein verführerisches Knie erhob sich aus dem Schaum, meine griechischen Locken quollen unter einem Samtband hervor. Mein Mann würde ins Badezimmer kommen, eine Flasche Champagner in das herzförmige Waschbecken legen und wie angewurzelt dastehen. »Mein Gott, Frau, bist du hinreißend! Rühr dich nicht vom Fleck, mein Schatz. Lass' mich dieses Bild für alle Zeit in mein Herz einbrennen.«

Ben, der zur Hintertür hereinkam, fand mich in der Küche vor, bis zu den Ellbogen in Windellauge.

»Sag bloß, du bist schon zu Hause!« Vorwurfsvoller Blick auf die Uhr. »Du bist doch gerade erst gegangen.« Alle vier Wände wurden naß gespritzt, als ich das Wasser von den Händen schüttelte.

»Ich bin so froh, daß ich mir den Abend freigenommen habe.« Mit sich verfinsterndem Blick sah er sich nach einem freien Platz um, wo er seinen Mantel ablegen konnte, aber der Tisch war übersät mit Überresten von der Fünf-Uhr-Mahlzeit der Babys und jeder Stuhl bis an die Lehnen mit zusammengefalteter Wäsche oder Einkaufstaschen besetzt. Er warf sich den Mantel über die Schulter, stand da, die Hände in die Hüften gestemmt, und schaute sich im Raum um. Nelson auf seiner Säule, der die Taubenscheiße auf dem Trafalgar Square mustert. Dieser Mann hatte mich mit dem Rücken an die Spüle gedrängt.

Ich wischte mir den Seifenschaum von der Stirn und sagte: »Also, hier drin herrscht Chaos.«

»Haben die Babys verrückt gespielt?«

Nur ein Feigling verschanzt sich hinter seinen Kindern. »Sie waren ganz brav und sind schon im Bett.«

»Hat Mrs. Malloy sich nicht blicken lassen?«

»Doch, aber sie fühlte sich nicht wohl ... und mußte früher gehen.« Ich bereitete mich innerlich darauf vor, ihm zu sagen, daß ich mit ihr zu Fully Female gefahren war, als er begann, den Geschirrspüler zu beladen. Ich wußte, wie sehr er es haßte, wenn man während besagter Tätigkeit seine Konzentration störte. Daß nur ja keine Müsli-Schale am falschen Platz landete!

»Ellie, denk nicht, daß ich dich kritisieren will ...«

»Gott bewahre!«

»... aber vielleicht solltest du Listen machen.«

Ich wrang weiter Windeln aus, als würde ich Hühnern den Hals umdrehen. »Ich nehme an, deine Mutter ...«

»Na ja, du kennst ja Mum – eine Perfektionistin.«

»Bis aufs Messer!«

Ich riß den Stöpsel aus dem Spülbecken und lauschte auf das Gurgeln – einem Menschen so ähnlich, vorzugsweise männlich, der erdrosselt wurde. Und wenn ich daran dachte, daß ich bereit gewesen war, mich von Grund auf neu zu gestalten, einzig aus dem Interesse heraus, daß diese Ehe funktionierte. Tja, aus und vorbei. Mrs. Malloy würde ein großes Mädchen sein und allein zu ihrer ersten Fully-Female-Versammlung gehen müssen. Morgen früh würde ich Bunty anrufen und ...

Meine Überlegungen kamen quietschend zum Stillstand. Ich hatte mir die Hände an der Schürze abwischen wollen und stellte fest, daß ich keine trug. Sie war drüben in Buntys Haus, in die Terrakotta-Urne beim Wasserfall gestopft – mit Mrs. Malloys Pistole in der Tasche.

»Was ist los, Ellie?«

»Nichts.«

Ich warf die Windeln in den Wäschekorb und blickte mich in der Küche um. Welch eine Verwandlung! In sage und schreibe fünf Minuten hatte Ben aus Chaos Ordnung geschaffen. Sämtliche Arbeitsflächen waren abgewischt. Die Lebensmittel standen wieder in der Speisekammer, und das Bügelbrett war wieder in seinen Schrank verbannt. Nicht ein einziger Fettfleck an seiner Hemdmanschette verriet, daß dieser Mann in seinem eigenen Haus zu einer Dienstmagd degradiert wurde. In seinen eleganten Händen hätte der Besen ein Spazierstock mit silbernem Knauf sein können.

Das Lächeln, das Ben mir schenkte, hätte einst Paté aus meinem Herzen gemacht. »Wie wär's, wenn ich uns beiden vor dem Abendessen ein Glas Weißwein einschenke?« Sein Blick wanderte zum Herd, der in sträflicher Muße dastand.

»Einverstanden mit Tiefkühlkost?« Ich ging zur Gefriertruhe hinüber und holte eine Aluminiumpackung heraus. »Wie hättest du dein Fleisch gern getaut, Liebes?«

Es war ein Moment von solch erlesener Zerbrechlichkeit, daß es lediglich eines Klagelauts von einem der Babys bedurfte, der durch die Sprechanlage sickerte, um die Stimmung zu zerstören.

»Ich gehe zu ihnen rauf«, sagte er.

»Das Beefsteak ist fertig, sobald du fertig bist.« Mein Lächeln klebte auf meinem Gesicht wie das gefrorene Päckchen an meinen Handflächen.

»Schon gut. Wir stopfen uns beim Heim-und-Herd-Verein mit Käse und Crackern voll.«

Mist! Ben war zur Tür hinaus, bevor ich ihm erklären konnte, daß mir die blöde Versammlung total entfallen war. Bestimmt konnte er doch verstehen, daß nichts auf Gottes grüner Erde es mir ermöglichen würde, um sieben im Pfarrhaus zu sein. Selbst wenn Freddy sich beschwatzen ließ, zum zweitenmal binnen vierundzwanzig Stunden auf die Zwillinge aufzupassen, war ich nicht in der Stimmung für die Mühsal, mich für Reverend Rowland Foxworth zurechtzumachen. Keine Chance, daß ich innerhalb einer Stunde zehn Kilo abnahm. Ben würde allein gehen müssen, da war nichts zu machen. Als Programmleiter des Komitees der Dads auf Draht hätte er mit Sicherheit solch einen Mordsspaß, daß er mich nicht vermissen würde.

Als ich das Fleisch wieder in die Gefriertruhe legte, entdeckte ich das Handbuch von Fully Female auf dem Kühlschrank, wo ich es beim Nachhausekommen abgelegt hatte. Solange es in meiner Handtasche gesteckt hatte, war ich mir wie … nackt vorgekommen. Da lag es nun, lockte mich mit seinem schwarz-weißen Cover, während mir heiß und kalt wurde bei dem Gedanken, daß Ben es gesehen haben könnte und den vorschnellen Schluß zog, daß ich irgendwie pervers war. Das letzte, was ich gebrauchen konnte, wo die Windeln noch draußen aufgehängt werden mußten, war allerdings, daß er platt auf dem Rücken lag und »Nimm mich!« ächzte.

Doch noch während ich diese einer Ehefrau unziemlichen Gedanken hegte, blätterte ich im Fully-Female-Handbuch zu Kapitel eins.

Das Paarungsspiel

Meine Damen, sitzen wir auch gemütlich auf unserer Stuhlkante? Dann beginnen wir mit einer kleinen Geschichte aus dem Leben meiner Wenigkeit – Bunty Wiseman. Und daß mir ja keine von Ihnen auf die Idee kommt, daß diese Publikation von deinem Ghostwriter verfaßt wurde, der auch diese Schweinebauchreklame für Hoskins, den Metzger, schreibt. Diese weisen weiblichen Worte kommen alle aus berufenem Munde. Nun, was ich sagen wollte, bevor ich mich unhöflicherweise selbst unterbrochen habe: Lionel Wiseman von Bragg, Wiseman & Smith, Rechtsanwälte, heiratete mich – eine blonde Sexbombe, jung genug, um seine Tochter zu sein – hinter dem Rücken der Stadt.

Es war ein modernes Märchen! Sie können Ihren Büstenhalter darauf verwetten! Ich begann meine Bühnenkarriere als Kind, tanzte auf der Theke des Pubs meiner Tante Et, The Pig & Whistle, in Luton. Mit Zwanzig und noch was warf ich dann die Beine in einer Cafétheater-Produktion der Tin Can Alley in Gravesend. Da kommt eines Abends dieser Typ hereinmarschiert, der aussieht wie Cary Grant, so spricht wie die BBC und maßgefertigte Socken trägt. Nach der Show klopft er an meine Garderobentür. Ob ich Lust hätte, ihm bei einem kleinen Abendessen Gesellschaft zu leisten? Sein Jaguar warte draußen, und er nennt den Namen eines Nachtclubs, wo ein Glas Wasser mehr kostet als sonst ein Abendessen mit vier Gängen. Man sagte, es würde nicht gutgehen. Aber wir zeigten es ihnen, Li und ich. Wo wir hinsahen, ließen sich die Leute scheiden, während wir weiter das Märchen aus Tausend und einer Nacht lebten.

Dann kam der Tag, als aus dem Mädel mit dem nicht jugendfreien Lächeln eine Frau mit einer Mission wurde. Eine Bekannte von mir – wir wollen sie Mrs. A nennen – fing mich auf der Abfertigungsspur von Tesco's Supermarkt ab und schüttete mir ihr Herz aus. Anscheinend steckte ihre Ehe in großen Schwierigkeiten. Schwierigkeiten mit einer anderen Frau. Und man brauchte nicht in Oxford studiert zu haben, um zu erkennen, warum. Mrs. A hatte keine Ahnung, wie sie die Hormone ihres Mannes auf Trab halten sollte. Sie hatte nie einen schwarzen Strapsgürtel oder durchsichtige Wäsche besessen. Sex war eine Sache, die ein Mann brauchte, so wie eine gewisse Dosis Badesalz, die sie einmal pro Woche immer freitags reichte, zu einem Bad und frischer Unterwäsche. Arme Mrs. A. Sie nutzte »diese Gelegenheiten«, um die Mahlzeiten für die folgende Woche zu planen.

Glauben Sie mir, ich war erschüttert! Ich hatte nicht gewußt, daß es immer noch Frauen gibt, die im finsteren Mittelalter leben, die ihre große Nacktszene immer noch im Dunkeln spielen. Ich gab Mrs. A einige kleine Tips, zum Beispiel, diese alte elektrische Zahnbürste nicht wegzuwerfen. Und sie wurde so zufriedengestellt, daß sie mich Mrs. B empfahl, und im Handumdrehen war ich von Frauen umlagert, die es alle danach dürstete, die glückliche Ehe- und Hausfrau zu werden.

Also was meinen Sie, liebe Mitfrauen? Sind Sie bereit, den alten Körper gegen einen neuen einzutauschen? Sind Sie willens, zu der Frau zu werden, die er sich immer gewünscht hat? Höre ich da ein überwältigendes Ja? Hurra! Dann fangen wir an. Jetzt. Auf der Stelle.

Bevor Sie Ihrem Ehemann etwas Gutes tun können, müssen Sie sich selbst etwas Gutes tun. Zuerst mixen Sie sich mal einen Drink. Zwei Teelöffel Fully-Female-Elixier, aufgelöst in 250 ml Wasser oder Fruchtsaft …

»Ellie?« Bens Stimme schlug über mir zusammen.

»Was?« Ich klappte das Buch zu und versuchte, es in meinen Rockbund zu stecken – völlig sinnlos und unnötig, weil mein Gatte gar nicht zu mir in die Küche gekommen war. Dem akustischen Nachhall zufolge, schrie er über das Treppengeländer.

»Ich habe Freddy angerufen, er kommt in einer halben Stunde rüber, um auf die Zwillinge aufzupassen. Ist es nicht Zeit, daß du dich fertig machst?«

In den letzten Minuten hatte sich etwas für mich verändert. Nein, ich war nicht plötzlich in neuer Leidenschaft entbrannt. Was ich fühlte, war eine aufkeimende süße Erinnerung – an die Tage, als die bloße Berührung seiner Hand ausreichte, um in mir das Verlangen zu wecken, mir die Unterwäsche vom Leib zu reißen. Aber ich konnte ihm schlecht mit dem Fully-Female-Führer in den Händen sagen, daß ich nicht zu der Heim-und-Herd-Versammlung mitgehen wollte. Das wäre so ähnlich gewesen wie mit der Bibel in der Hand zu sagen, ich sei zu beschäftigt, um in die Kirche zu gehen.

»Ich komme in einer Minute rauf, um mich umzuziehen«, rief ich, bevor ich in die Speisekammer ging. Dort schob ich die Mehlkiste und die Keksdose zur Seite, als wären sie die Geheimtür zu einem Priesterversteck, und holte meinen Lebensvorrat an Päckchen mit Kräuter-Kraftkur und Gläsern mit dem Fully-Female-Elixier heraus, den ich bei meinem Gespräch mit Bunty Wiseman erstanden hatte. Mit dem, was ich für mich und Mrs. Malloy bezahlt hatte, hätte ich uns beiden einen neuen Körper kaufen können, aber sie hatte gesagt, sie hänge an ihrem. Ich versteckte die Kräuter wieder, ebenso die Gläser mit dem Elixier, bis auf eines. Ich verrührte meine beiden Eßlöffel (kräftig, dem Rezept entsprechend), bis die körnige Substanz gallertartig wurde. Aha, Gelatine! Mit Buch und Glas in den Händen ging ich die Stufen zum Bad hinauf.

Lektion eins, Mitfrau. Ich will, daß Sie Ihr Bad als eine Lagune sehen, in der Sie sich aalen – und nicht als einen Ort, um sich kochen zu lassen wie ein Hummer. Jawohl, jede Menge schön warmes Wasser. Jetzt gießen Sie einen reichlichen Schuß Fully Female Fantasy hinzu ...

Als ich endlich eine Flasche derselben aus dem Handtuchschrank ausgegraben und die Wasserhähne zugedreht hatte, war mein Glas Fully-Female-Elixier fest geworden. Sollte ich es auf der Seifenschale zerstoßen und so tun, als ob es eine Mousse wäre? Eine kleine Kostprobe mit dem Finger gab den Ausschlag. Schmeiß das in die Toilette und fang morgen noch mal von vorn an. Ich glitt in das parfümierte Wasser und empfand einen Augenblick lang ein Gefühl reinen Friedens, als es über meine Brust schwappte. Mein Haar hatte sich gelöst und trieb auf der Oberfläche. Ich kam mir vor wie eine Wassernymphe, der es bestimmt war, hier zu weilen, bis der Traumprinz um die Ecke des Schicksals geritten kam. War es denn möglich, daß Ben und ich die alte Magie wiederentdeckten?

Ich griff mit triefnasser Hand nach dem Buch und las an der Stelle weiter, wo ich aufgehört hatte.

Tauchen Sie unter, Nixe. Spüren Sie die Bewegungen des Wassers, wenn Sie sich unter seiner warmen Schwere regen. Lassen Sie es Sie wiegen. Lassen Sie es sich Ihrem Körper anpassen, bis die Wellen zu seinen Händen werden, die Ihr feuchtes Fleisch liebkosen ...

»Ellie?« Eine wehleidige Stimme an der Badezimmertür.

Die Stimmung war dahin. Meine Hand platschte auf das kosende Badewasser und sandte eine zwei Meter hohe Fontäne zur Decke. *Peng* ging das Buch zu Boden.

»Was denn, Bentley?«

»Wo sind meine guten Socken?«

»Deine was?«

»Die, die Mum für mich zum Geburtstag gestrickt hat.« Die Tür öffnete sich einen Spalt, dann schloß sie sich wieder, als rechne er mit dem Schlimmsten – einem Waschlappengeschoß oder der Nachricht, daß ich die Socken in den Trockner gesteckt und etwas Größeres und Wolligeres sie aufgefressen hatte.

»In der gewohnten Schublade.«

»Und mein braun-grau gestreiftes Hemd?«

»Im Bügelkorb.«

»Ellie, ich habe dich gebeten – dich *angefleht*–, meine Hemden nicht in den Korb zu legen! Ist es zuviel verlangt, daß du sie aufhängst?« Schritte stapften die Treppe hinunter.

Als ich so zerknittert aus dem Bad stieg wie das blöde Hemd, stellte ich mich den Tatsachen. Ich hatte noch eine Menge Kapitel in diesem Erlebnis-Ehe-Handbuch vor mir und – wenn die Zeiger meiner Uhr mich nicht frech belogen – etwa fünfzehn Minuten, um mich für die Abendgesellschaft fertig zu machen. Entscheidungen waren gefragt! Sollte ich mein Haar zu einem französischen Zopf flechten, oder reichte ein Knoten auf die Schnelle? Konnte ich den ganzen Abend mit eingezogenen Wangen durchstehen, während ich einen geselligen Schlagabtausch in Gang halten mußte?

Klopf, klopf an der Badezimmertür, aber dem Himmel sei Dank für kleine Gnaden. Es war nur der *homme horrible,* Cousin Freddy, dessen Stimme die Stille erfüllte, als ich den Haartrockner ausschaltete.

»Mary Poppins meldet sich zur Stelle.«

Die Hände in meinem Haar verheddert, das schneller wieder hinunterfiel, als ich es aufstecken konnte, stellte ich mir vor, wie er gegen die Tür gelehnt stand, vielleicht mit seinen Wikingerhörnern auf dem Kopf, mit funkelnden Augen und einem hämischen Grinsen.

»Eine Hand wäscht die andere, Ellie, altes Haus. Ich versteh' ja, daß du unter Druck warst, als du heute nachmittag nach Hause kamst, aber jetzt pack mal aus. Wie war deine Sitzung in der Sexklinik? Irgendeine köstliche Ferkelei zu berichten?«

»Halt die Klappe, Freddy«, sagte ich, während ich mich in ein Strandlaken wickelte, »ich habe nicht vor, diese Sache mit dir zu erörtern, nur soviel ... solltest du zufällig auf Gläser mit einem Pulverzeug in der Speisekammer stoßen – sie sind nicht für die Zwillinge.«

»Ein Aphrodisiakum, wie?« Seine Stimme, die jede Silbe betonte, schlich sich von hinten an, als ich das Fully-Female-Handbuch hinter dem Wasserbehälter der Toilette versteckte. »Ein Rat von einem weisen alten Mann: Die können ziemlich gefährlich sein.«

»Gefährlich könnte es werden« – ich blickte finster zur Tür –, » wenn du Ben irgendwas davon sagst.«

»Er hat nicht etwa angedeutet, daß du dich dort anmelden sollst? Die ganze Stadt ist in heller Aufregung wegen dieser Sache.«

»Mit keinem Wort.« Ich nahm eine Haarnadel aus dem Mund, hielt einen Augenblick inne und fragte mich, warum Ben keinen Ton gesagt hatte.

Ben und ich legten in seinem Wagen, einem Vehikel zweifelhafter Herkunft, die lächerlich kurze Strecke über die Cliff Road zum Pfarrhaus zurück. Die Räder ließen den

Kies hochspritzen, als wir auf den Kirchhof brausten und sich eine Schar Vögel flatternd und zwitschernd zwischen die geduckten Grabsteine flüchteten. Die St.-Anselm-Kirche schoß auf uns zu, ganz Glockenturm und Buntglasscheiben. Innen war sie so hell erleuchtet wie ein Weihnachtsbaum.

»Ben, glaubst du, wir treffen uns in der Kirchen, anstatt im Pfarrhaus?«

Er antwortete nicht. Unmittelbar, bevor er eines der Autos rammte, die bereits auf dem schmalen Weg parkten, der aussah, als gehöre er in einen Irrgarten, zog er den Heinz 57 durch eine winzige Lücke im Gebüsch nach links. Wir kamen knirschend auf einem Stück Mosaikpflaster, auf dem in einer Ecke ein Vogelbad kauerte, zum Stehen.

Bens Hand fuhr an seinen Hals.

Ganz meine Meinung.

»Blöder Schlips! Damit sehe ich aus, als hätte ich zehn Pfund zugenommen.«

So ein gefühlloser Klotz! Ich warf ihm einen dieser eisigen Blicke zu, die Tante Astrid jedem zuteil werden läßt, der über ihre Witze lacht, bevor sie es erlaubt. »Sei unbesorgt, Bentley, mein Liebling! Du siehst so strahlend aus wie immer.«

Er schaltete die Zündung aus und ließ seine mannhaften Wangenmuskeln spielen. »Ich mache mir Sorgen, daß ich mir zuviel zugemutet habe, als ich einwilligte, die Programmleitung zu übernehmen. Bist du sicher, daß diese Krawatte das richtige Gleichgewicht zwischen verantwortungsvoller Führung und Mitgliedschaft wahrt?«

»Vollkommen.« Bei aller Doppelzüngigkeit hatte ich doch keinen Schimmer, ob er eine Paisley- oder eine Streifenkrawatte trug. Während ich mich in meine Kleidung kämpfte, hatte Ben den Spiegel in Beschlag genommen und fast ausgesehen wie ein Dandy des Regency, der seine Krawatte selbst binden muß, weil sein Kammerdiener die Syphilis hat.

»Ellie, ich habe auch Zweifel wegen des Redners. Habe ich die ethischen Grundlagen meiner Position verletzt, indem ich das Thema des heutigen Abends eigenmächtig festgesetzt habe?«

»Wenn ich die Identität des ...«

»Die Identität des Redners?« Mein getreuer Programmleiter packte das Lenkrad und schnellte von seinem Sitz hoch. »Es ist mir nicht gestattet, dir das zu sagen! Nicht eher als den anderen Mitgliedern. Das zu tun, wäre ein ebenso übler Nepotismus ...«

Und dafür hatte ich meine Herzensbabys verlassen? Ich stieg aus, knallte die Tür zu und wurde plötzlich von dem Gürtel meines Regenmantels zurückgehalten ... und von dem Anblick einer Gestalt, die die Stufen der Kirche hinunterraste, die inzwischen – wie es sich für einen Montagabend geziemte – in Dunkelheit getaucht waren. Ein eiliges Getrippel, begleitet von geräuschvollen Schluchzern. Und in dem in der offenen Wagentür aufblitzenden Licht erblickte ich die hagere Gestalt von Miss Gladys Thorn. In den Armen hielt sie einen Stapel Blätter. Einige hatte der Wind erwischt und wirbelte sie ihr um den Kopf wie körperlose, weiß behandschuhte Hände. Bemitleidenswerte Kreatur! Ihr strähniges Haar löste sich aus den Nadeln. Ihre Brille saß schief. Hinter den dicken Gläsern wölbten sich ihre Augen, Pilzen gleich.

»Ja, Miss Thorn, was ist denn bloß los?«

Sie hörte mich nicht. Blind für meine Anwesenheit, warf die Gehetzte den Kopf zurück und heulte den Mond an, dann warf sie sich auf Ben, der etwa einen Meter rechts von mir stand.

»Mr. Bentley Haskell! Gott sei Dank sind Sie hier.«

»Ist mir ein Vergnügen.« Ben, der unheimlicherweise genauso klang wie mein Onkel Maurice, als er gebeten wurde, die Damentoilette von Harrods zu verlassen, mühte sich tapfer, die Knie durchzudrücken und aufrecht zu stehen. Kein leichtes Unterfangen. Miss Thorn, die um einiges größer war, hing an ihm wie ein gefällter Baum.

Lautes Schluchzen. Weitere Blätter schlüpften unter ihren Ellbogen hervor und flogen im Wind davon.

»Ach, ich Arme, Mr. Haskell. Niemals in den Jahren meiner unschuldigen Jugend hätte ich mir träumen lassen, daß mir einmal ein solch schmerzliches Unglück widerfahren sollte.«

»Das ist doch bestimmt eine Sache für den Pfarrer?« Ben hatte die Arme an die Seiten gepreßt und hörte sich an, als brauche er sofort einen Luftröhrenschnitt. Hatte er wie ich den Verdacht, daß die Lady ein Kind unter dem Herzen trug, eine freundliche Aufmerksamkeit eines ihrer zahlreichen Verehrer?

Miss Thorn ließ ihn so schnell los, daß er gegen mich prallte und wir beide fast in die Staudenrabatte gefallen wären.

»Für unseren geistlichen Beistand!« Ihr Gesicht zog sich in die Länge wie ein Grabstein, in den Kummerfalten eingemeißelt waren. »Seien Sie versichert, Mr. Haskell, daß ich nie wieder mit dieser Kreatur sprechen werde! Dieses Monster im Priestergewand! Laßt mich ruhig ohne Beichte in mein Grab steigen! Es ist mir gleich!« An dieser Stelle preßte Miss Thorn ihre knubbeligen Hände an die Brust und stieß einen erstickten Seufzer aus.

»Beim Jupiter!« Ben, der aufgehört hatte zu fluchen, als die Zwillinge geboren wurden, bekundete tiefen Schock, gemischt mit Schadenfreude. »Wollen Sie damit sagen,

Madam, daß unser Geistlicher unziemliche Annäherungsversuche gemacht hat?«

Faszinierenderweise wirkte Miss Thorn empört angesichts dieser Unterstellung. »Das will ich doch nicht hoffen! Niemand soll mir nachsagen, daß ich so eine bin! O nein. Dieses Musterbeispiel eines Emporkömmlings hat mich vor etwa einer Viertelstunde davon in Kenntnis gesetzt, daß meine Dienste als Kirchenorganistin nicht länger erwünscht sind. Ist das zu glauben, Mr. Haskell? Nachdem ich all diese Jahre Kirchenlieder auf diesem wurmstichigen Instrument gehämmert habe, gibt man mir den Laufpaß, oder – im volkstümlichen Sprachgebrauch – ich bin gefeuert!«

»O Miss Thorn«, flüsterte ich, »es tut mir so leid.«

»Sehr ... sehr freundlich.« Sie zerrte ein Taschentuch aus ihrer Manteltasche und barg ihr zuckendes Gesicht darin. »Ich komme von der Chorempore. Es wird mich hoffentlich niemand des Diebstahls bezichtigen, da ich nur meine eigenen Notenblätter mitgenommen habe. Lieber Mr. Haskell, wie groß war doch mein Verlangen, auf den Glockenturm zu steigen und mich über die Brüstung zu werfen! Aber ach, ich bin nicht schwindelfrei und konnte die Stufen nicht erklimmen.«

»Wurde Ihnen ein Grund genannt?« Um nicht schon wieder in Versuchung zu geraten, heimlich auf die Uhr zu sehen, steckte Ben die Hände hinter den Rücken.

Sie hob ihre beschlagene Brille zu seinem Gesicht. »Ein Lügenmärchen – ich sei mehrmals in einem ... dieser ... Häuser gesehen worden.«

»Im Dark Horse?« wagte ich mich vor.

»Nicht, nicht in einem Pub.« Miss Thorn schüttelte ihren unscheinbaren Kopf und schickte Haarklemmen in alle *vier Winde.* »Die Methodistenkirche. Als ob ich einer solchen

Abtrünnigkeit fähig wäre, nachdem ich gesehen habe, wie meine Schwester aus dem Schoß der Familie verbannt wurde, weil sie Sympathien für die Wesleyaner hegte. Eine Hedonistin, nannte mein Daddy sie.«

»Und meinte damit vielleicht Heidin?« schlug Ben vor.

»Ach du meine Güte, nein!« Miss Thorn schnaubte. »Daddy sagte ausnahmslos, was er meinte, und meinte, was er sagte. Er nannte mich immer seine Rose ohne Dornen. Verstehen Sie den Witz, Mr. Haskell?«

»O ja.«

»Und meinen Bruder nannte er ›Röckchen‹, weil er gern kochte.«

Ben zuckte zusammen. Doch diese Reminiszenzen an die gute alte Zeit erwiesen sich als des Guten zuviel für Miss Thorn. Sie sank wieder gegen Ben, der im Zeitlupentempo die Arme um sie legte, um sie zu stützen. Über uns lugte der Mond zwischen den Wolken hervor wie ein blutleerer Spanner. In der um sich greifenden Abenddämmerung stahl sich das Pfarrhaus einige Schritte näher, wie um uns ebenfalls zu belauschen. Aus jeder Ecke des Kirchhofs kam das düstere Rauschen der Bäume und aus der Ferne das verschlagene Gemurmel der See.

»Miss Thorn, können mein Mann und ich irgend etwas tun?« Ich griff in meine Manteltasche, weil ich ihr mein Taschentuch leihen wollte, zog statt dessen jedoch eine Windel heraus.

»Wie süß, Familiengröße.« Sie nahm sie und brachte ein heldenmütiges Kichern zustande. »Sie sind überaus liebenswürdig, aber ich allein kann die Scherben meines Lebens aufsammeln. Gottlob habe ich ja noch meine Vogelbeobachtung und meine Sammlung von Telefonbüchern, um meine Zeit auszufüllen … und die Zuneigung eines gewissen Herrn. Sein Name, um kein Geheimnis daraus zu machen« – ein sprödes Senken der Augenlider und ein kokettes Hochziehen der Mundwinkel –, »sein Name beginnt mit W.«

Oh, Mist! Sofort hing mein Blick an ihrem Gesicht, als ob ich den *nom de l'homme* durch schiere Willenskraft aus ihr herauslocken könnte, so wie ein Schlangenbeschwörer die Schlange aus ihrem Versteck. Miss Thorns Verehrer war doch nicht … konnte doch nicht … Mr. Walter Fisher sein, Leichenbestatter *extraordinaire*, der Mrs. Malloys Herz gestohlen hatte?

Miss Thorn war noch nicht halb die Einfahrt hinunter, um ihren Bus zu erwischen, da hatte Ben es schon geschafft, die ganze Schuld daran, daß wir gut zehn Minuten zu spät zur Versammlung kamen, mir in die Schuhe zu schieben. Er drückte mit dem Daumen auf die Klingel des Pfarrhauses, und die sanften Glockentöne fügten Mißklang zu Mißstimmung.

»Ellie, wenn wir pünktlich von zu Hause losgefahren wären, dann hätten wir diese Frau nie getroffen, und wärst du nicht so verdammt mitfühlend gewesen …«

»Ich?« krächzte ich wie ein Käuzchen. »Fast jede ihrer Bemerkungen war an dich gerichtet – *lieber* Mr. Haskell.«

Schsch! Als wir hörten, wie sich drinnen im Pfarrhaus etwas regte, wischten wir die finsteren Blicke von unseren Gesichtern und setzten beide das künstlichste Lächeln auf, das je gesehen wurde. Verfrüht, wie sich herausstellte. Als die Tür sich nicht öffnete, drückte Ben wieder auf die Klingel.

»Eifersucht steht dir nicht an, Frau.«

Ich wollte sagen, daß er kompletten Unsinn redete. Ich eifersüchtig auf Miss Thorn? Das wäre ja noch schöner! Aber eine kleine Stimme tief in meinem Innern flüsterte, daß er durchaus recht haben könnte. Und ich fühlte mich deshalb nicht etwa in die Enge getrieben, sondern irgendwie erregt. Spürte ich womöglich schon die Wirkung ... waren das die Früchte meines Fully-Female-Noviziats? Konnte es sein, daß ich mich wieder ganz neu verlieben sollte? Und angenommen, das Wunder geschah, würden meine Gefühle erwidert werden? Ich sah starr geradeaus und machte vor der Glasscheibe in der Tür Bestandsaufnahme. Mein französischer Zopf sah nett aus, die kühle Abendluft verlieh meinen Wangen eine frische Farbe und machte meine Regenwasser-Augen dunkler. Aber ich durfte nicht anmaßend werden. Es war kein Kunststück, daß eine Großaufnahme der Überprüfung standhielt. Die Ganzkörperversion war eine andere Frage. Mist! Warum hatte ich nicht eine größere Handtasche mitgenommen? Dieses dumme Ding würde nicht mal meine Gürtelschnalle bedecken, geschweige denn irgend etwas anderes.

»Verdammt!« Ben hob schon die Faust, um gegen die Tür zu hämmern, konnte sich jedoch noch zusammenreißen. »Ich hätte mir ein Buch zum Lesen mitbringen sollen.«

Er hatte diese Worte kaum ausgesprochen, als ein Gesicht flüchtig das Glas trübte, bevor die Tür aufging und mich ins Wanken brachte. Ein Gefühl der Unwürdigkeit sprang mich an wie ein Hund, der in der dämmerigen Halle gelauert hatte. Was würde Reverend Foxworth dazu sagen, daß ich in den letzten Wochen den Sonntagsgottesdienst verpaßt hatte? Ob er meine Erklärung, daß Gott Qualität der Quantität vorzog, akzeptierte?

»Guten Abend, Mrs. Pickle.« Ich sprach, ohne nachzudenken, ohne hinzusehen, von früheren Besuchen darauf programmiert, daß die Putzfrau des Pfarrers die Gäste hereinließ.

»Liebes« – Ben nahm wieder die Pose des hingebungsvollen Ehegatten ein –, »ich weiß, ich habe meine Brille nicht auf, aber …«

Kein Wort mehr. Die Frau, die uns unter neonbemalten Lidern hervor musterte, war nicht Mrs. Pickle, sondern unsere liebe Mrs. Roxie Malloy. Eine scharlachrote Organdyschürze verlieh ihrem schwarzen Taftensemble mit seinem Katzenfellkragen einen Farbakzent.

»Mr. und Mrs. H, welche Freude!«

Das war ja so, als wollte ich mir die Zähne nachsehen lassen und fände den Zahnarzt auf dem Behandlungsstuhl vor. Während ich Ben in die Halle mit ihrer gewundenen Treppe, der Porridgetapete und den schokoladenbraunen Heizkörpern folgte, sagte ich: »Mrs. Malloy, ich hatte keine Ahnung, daß Sie hier arbeiten. Was ist mit Mrs. Pickle passiert?«

»Sagen Sie nicht, Sie hätten es noch nicht gehört!« Mrs. Malloys Stimme war voller Tadel, als sie die Tür mit dem Hinterteil zustieß.

»Tot?« Ben hatte sich Euphemismen, gleichzeitig mit gesättigten Fettsäuren, abgewöhnt, als die Zwillinge geboren wurden.

»Na, Sie kennen mich doch, Mr. H, ich mache keine Dachrinnen, ich mache keine Schornsteine, und ich tratsche nicht.« Die Schmetterlingslippen waren versiegelt.

»Sie ist … schwanger?« Ich stieß mit dem Rücken gegen ein Porträt des Erzbischofs von Canterbury. »In ihrem Alter? Na, sie muß an die Siebzig sein!« Gleich darauf wurde mir das Absurde dieser Anschuldigung klar, aber andererseits liest man ja ständig von solchen Dingen in den Skandalblättern … und in der Bibel. Man sehe sich nur Sarah an! Und all diese Knaben, die Abraham auf den Rücken klopfen und ihm sagen, daß er für immer im

Guinness-Buch der Rekorde stehen wird, während seine arme Frau mit Neunzig des Nachts stillen muß.

Mrs. Malloy lachte verächtlich. »Was, Edna in anderen Umständen? Sie machen wohl Witze. Ihr Albert ist seit dreißig Jahren tot. Und wenn ein Mann auch nur eine Hand dahin legen würde, wo er nicht sollte, würde er bald den Sopran im Jungenchor singen. Das heißt, jeder bis auf den alten Jonas. Mrs. P ist in ihn verknallt, seit sie ein junges Küken von Fünfzig war. Na gut«, sagte sie und überprüfte ihr Aussehen im Garderobenspiegel, »wenn Sie mir die Pistole auf die Brust setzen, werd' ich's Ihnen erzählen ...«

»Ja?« drängte ich. Ben musterte die geschlossene Tür auf der anderen Seite der Halle. Nach dem Gemurmel, das zu uns hinausdrang, war die Sitzung des Heim-und-Herd-Vereins in vollem Gange.

»Um sieben nach halb sieben heute abend hat Edna Pickle ihre Schürze hingeworfen und ist gegangen.«

»Sie hat Reverend Foxworth verlassen?« Ich konnte es nicht fassen. »Da muß ein Irrtum vorliegen. Sie war ihm treu ergeben, keine Politur war jemals gut genug für seine Böden, keine Stärke je steif genug für seine Kragen.«

»Wo haben Sie die ganze Zeit gelebt? In einem Iglu?« Mrs. Malloy verschränkte die Arme und schob ihren Busen so hoch, daß er zwei Ballons ähnelte, die jeden Moment platzen konnten. »Reverend F hat sich gestern nachmittag zu einer fetteren Weide aufgemacht.«

»Er ist weg, ohne auch nur auf Wiedersehen zu sagen?« Das Bild des Erzbischofs von Canterbury hing in einem unwahrscheinlichen Winkel.

»Voll ins Schwarze getroffen, Mrs. H. Eine Pfarrei in Kent, wenn ich Edna richtig verstanden habe. Es kam furchtbar plötzlich. Aber so sind Bischöfe nun mal. Der reine Größenwahn unter ihrer Mitra.«

Der Boden wurde mir unter den Füßen weggezogen. Ich mußte mich an Ben festklammern, um nicht zu schwanken. Kein Rowland mehr. Bestimmt war doch etwas Gotteslästerliches an dieser Vorstellung. Die Kanzel von St. Anselm's würde nie mehr dieselbe sein. War das Gottes Strafe für mein häufiges Schwänzen?

»Wie kam denn das?« Ben, der auf einem ausgefransten Stück Teppich auf und ab ging, übernahm es, die Fragen zu stellen.

Mrs. Malloy betastete ihr zweifarbiges Haar und setzte eine verschwiegene Miene auf. »Ich behalte meine Vermutungen lieber für mich.«

»Es fehlt doch«, quäkte ich, »nicht etwa Geld aus der Kollekte?«

»Ellie, nimm dich zusammen.« Mein Ehemann fuhr fort, meinen Mantel aufzuknöpfen, als wäre ich eine Flickenpuppe. »Der Knabe war die Integrität in Person. Weißt du noch, als er die Wettgemeinschaft bannen wollte, die einige Gemeindemitglieder bildeten, bevor die Zwillinge zur Welt kamen?«

»Ja«, flüsterte ich, ganz schwindelig, weil er mich herumgedreht hatte, um mir den Schal abzunehmen. »Der liebe Rowland hielt diese wunderbare Predigt – über die Geldverleiher im Tempel, aber vergeblich. Sie hielten trotzdem Wetten über das Geschlecht der Babys ab. Und jetzt hat der Bischof von dem Glücksspiel erfahren und in einem Anfall ekklesiastischen Zorns diesen frommen Mann in die Wildnis von Kent verbannt. Ben, das ist alles meine Schuld, und ich kann gut verstehen, warum Rowland es nicht fertiggebracht hat, sich zu verabschieden.«

»Na, na, junge Frau«, sagte Mrs. Malloy ungewohnt sanft. »Warum gehen Sie nicht rein und plaudern schön mit seinem Nachfolger darüber?«

So schnell ersetzt! Ich versank in einem Strudel der Erinnerung ... mein Hochzeitstag, die Taufe der Zwillinge und die vielen anderen denkwürdigen Gelegenheiten, die durch Rowlands Gegenwart bereichert wurden. Würde ich jemals wieder Pfeifentabak riechen, ohne mich zu erinnern, wie seine Soutane diesen angenehmsten aller Weihrauchdüfte verströmte?

»Hier verändert sich so einiges.« Ben hängte unsere Mäntel an den Garderobenständer.

»Sie sagen es, Mr. H.« Mrs. Malloy zupfte das Oberteil ihres Kleides zurecht, bis die erforderliche Portion Dekolleté sichtbar war. »Zuerst geht Mrs. Pickle, und ich springe für sie ein. Dann Miss Thorn – sie wird gegangen! Das war besser als 'n Logenplatz in der Oper. Was für ein Gejaule sie angestimmt hat! Und obwohl ich nie übermäßig scharf auf Miss Thorn war, muß ich doch sagen, daß unser neuer geistlicher Beistand einen riesengroßen Fehler gemacht hat. Nächsten Sonntag wird kein einziger Mann in der Kirche sein, sie werden alle draußen demonstrieren.«

Gut möglich.

»Keine Zeit zum Jammern. Die Pflicht ruft.« Mit schwingender Preiselbeerschürze ging Mrs. Malloy in Richtung Küche, während ich Ben durch die Halle zum Wohnzimmer folgte. So viele Erinnerungen hinter dieser geschlossenen Tür. Rowland war mein erster Freund in Chitterton Fells gewesen, und jetzt mußte ich dem neuen Pfarrer gegenübertreten. Um ehrlich zu sein, das Wort *Usurpator* drängte sich mir auf.

Ich hatte kaum Zeit, mein Lächeln anzuknipsen, bevor ich den mit Büchern vollgestopften Raum betrat. Alles war wie immer, von den mönchsbraunen Sofas und der gestreiften Tapete bis zu der alles überragenden Standuhr, den abgetretenen Teppichen und dem Bild der Rippon-

Kathedrale über dem Kamin. Nein, nicht alles. Mohnblumen aus Seide sprossen aus der Vase auf dem Sekretär, und der Kleinkram in der Kuriositätenvitrine war durch etwas ersetzt, das nach Waterford- Kristall aussah.

Ben, in seiner Funktion als Programmleiter, hatte keinen Blick für das Mobiliar. Statt dessen zählte er die anwesenden Mitglieder des Heim-und-Herd-Vereins und gelangte zu dem unausweichlichen Schluß, daß, wie herum er auch zählen mochte, es dennoch nur vier waren. Dr. und Mrs. Melrose und, ja, drüben beim Fenster saßen Jock Bludgett, der Klempner mit dem ausweichenden Blick, und seine bessere Hälfte, die Sirene, die ihn von der Arbeit nach Hause gelockt hatte, woraufhin meine Waschmaschine auf dem Trockenen saß. Ich merkte, daß Ben die geringe Teilnehmerzahl zu schaffen machte. Was mich betraf, war die spärliche Zahl der Anwesenden schlicht von Nachteil. Sie machte es mir unmöglich, die deutlichste Störung der alten Ordnung zu übersehen.

Vor dem Kamin stand, mit einer Teetasse in der Hand, das Klischee eines Pfarrers. Ein Mann mit schütterem Haar, von kleiner Statur und mit krummen Schultern, dessen kurzsichtige Augen durch eine Drahtbrille wehmütig auf die Launen dieser Welt spähten. Neben ihm stand die maßgeschneiderte Pfarrersfrau. Eine Säule der Kirche. Ihr eisgraues Haar war von der Sorte, die eine zweite Funktion als Hut erfüllt. Ihr beigefarbenes Twinset und ihr Rock mit Hahnentrittmuster machten deutlich, daß sie das Sommerfest und den Weihnachtsbasar meisterhaft organisieren würde. Sie würde wöchentliche Altartuchkränzchen einführen, und … sie hatte Ben und mich gesehen.

Sie berührte ihren Mann am Arm. »Wir haben zwei Neuankömmlinge, Gladstone, mein Lieber.«

»Ah, wie nett.« Er lächelte uns vom Kaminvorleger aus

salbungsvoll zu, während ich spürte, wie der Boden unter meinen Füßen ins Wanken geriet. Gladstone! Na so was, das bedeutete ja, daß mir ein tragischer Irrtum unterlaufen war, als ich heute morgen im Pfarrhaus angerufen hatte, um Rat für Mrs. Malloy zu erbitten und mithörte, was ich für ein Radioprogramm über den großen Premierminister hielt ...

»Guten Abend, Reverend«, sagte Ben überschwenglich. »Ich bin Bentley Haskell, Programmleiter, und dies ist meine Frau Ellie.« Normalerweise hätte ich ihm einen diskreten Tritt gegen das Schienbein gegeben, weil er die Frau des Pfarrers übersah, doch ich bekam ihren bestürzten Blick nur am Rande mit. Im Geiste war ich wieder bei Gladstones Worten zu der Frau, die ich mir in Häubchen und Umschlagtuch vorgestellt hatte, mit einem scharlachroten Buchstaben auf der Stirn:

»Im Namen dessen, was uns einmal verband, bitte ich dich, diese Räumlichkeiten zu verlassen.«

Und ihre Antwort:

»Nicht, bevor ich mit deiner Frau gesprochen habe.«

Durch den Blick des Pfarrers, der mir ins Gesicht sah, wurde ich in die Gegenwart zurückgeholt. Sein freundliches Lächeln war schwächer geworden.

»Ich bin nicht der Pfarrer.«

»Sie sind es nicht?«

»*Ich* bin es«, sagte die Frau.

Da ich dem Blick ihres Mannes nicht standzuhalten vermochte, schaute ich ein Stück weit hinunter und sah, daß das, was ich für einen Priesterkragen gehalten hatte, lediglich ein weißer Rollkragen unter einer grauen Strickjacke war. Sinnlos, der Pfarrerin Vorwürfe zu machen, weil sie Zivilkleidung trug.

Du lieber Himmel! Das war ja so, als würde man auf eine

abgedunkelte Bühne geschoben und fände sich als Schauspielerin in einem viktorianischen Melodrama wieder. Vom Publikum – ich meine, von den anderen Mitgliedern des Heim-und-Herd-Vereins – war ein Glucksen über mein Gestotter zu vernehmen. Doch wer in diesem stillen Weiler hätte es ahnen können? Ein weiblicher Pfarrer! Der heilige Paulus würde sich im Grabe umdrehen. Die Gemeinde würde deswegen bestimmt in Streik treten, wenn sie nicht schon allein im Interesse von Miss Thorn zu den Streikplakaten griff. Inzwischen schwirrte mir der Kopf nicht mehr, aber meine Gedanken gingen zwei Schritt vor und drei zurück. Miss Thorn! War sie die Frau aus der Vergangenheit? War der Ehemann der Pfarrerin eine weitere Kerbe auf Miss Thorns schwarzem Spitzenstraps? Sollten alte Geheimnisse und alte Sünden ihren Wohnsitz in diesem Haus nehmen, das bisher nichts Schlimmeres als eine gelegentliche Tabakwolke und ein diskretes Gläschen Sherry gekannt hatte? Und wer von ihnen – die Pfarrerin oder ihr Ehemann – hatte die Kirchenorganistin aufgrund der erfundenen Anschuldigung entlassen, eine heimliche Methodistin zu sein?

»Ich fürchte, ich habe Sie an der Nase herumgeführt.« Die geistliche Dame lächelte. »Ich bin keine richtige Pfarrerin. Ich bin eine bescheidene Diakonin, die man hierher geschickt hat, bis ein dauerhafter *männlicher* Ersatz für Reverend Foxworth gefunden ist.«

»Sie kennen St. Anselm's nicht«, erwiderte ich. »Für uns werden Sie in Gedanken und wahrscheinlich auch den Worten nach die Pfarrerin sein.«

»Etwas zu trinken?« fragte Mr. Gladstone Spike.

Der Argwohn erhob sein Schlangenhaupt. Rowland hatte ein gelegentliches Gläschen in Ehren nicht beanstandet, aber die neue Amtsinhaberin legte vielleicht strengere Maßstäbe in Sachen Nüchternheit an. Die Melroses verrieten nichts. Keiner von beiden nahm eine Stärkung in flüssiger Form zu sich. Sie standen am Erntetisch und hielten Händchen – oder ich sollte besser sagen, Mrs. Melrose, die heute abend ein Sackkleid trug, das sie mehr denn je wie einen weiblichen Prinz Eisenherz aussehen ließ, hielt die Hand des Doktors. Hmmmm! Was war denn hier los? Dr. Melrose wirkte ganz und gar nicht so optimistisch wie sonst, seine Miene erinnerte an meine, wenn ich ihn auf dem Rücken liegend und mit den Füßen in Steigbügeln begrüßte. Keiner der beiden Bludgetts hielt ein Glas in den Händen. Sie standen so dicht nebeneinander, daß man kaum zu sagen wußte, wem das Charlie-Chaplin-Bärtchen gehörte. Während ich dastand und große Augen machte, bat Ben um ein Glas Wein.

»Was auch immer Sie im Keller haben.« Er strahlte Umgänglichkeit aus, bis ich mich zu Wort meldete, nachdem ich beschlossen hatte, lieber auf Nummer Sicher zu gehen.

»Hast du vergessen, Bentley, daß wir es, ausgenommen beim Abendmahl, aufgegeben haben?«

Er hatte sein Lächeln in der Gewalt.

»Wir nehmen einen Tee«, teilte ich unseren Gastgebern mit.

»Milch, keinen Zucker, wenn's recht ist.« Mein Gatte maß die Worte ab, als seien sie zerstoßenes Glas, das in meine Tasse gerührt werden sollte.

Was die Pfarrerin betraf, so hatte ich keine Ahnung, ob ich Punkte bei ihr gesammelt hatte oder nicht. Ihr Lächeln war so neutral wie ihre Art, sich zu kleiden. Ob wenigstens das Auftauchen einer Rivalin um die Zuneigung ihres Mannes ihre Fönwelle durcheinanderbringen würde?

»Könntest du das bitte übernehmen, mein Lieber?« wandte sie sich an ihren Gatten. »Und was ist mit dem Kuchen? Unsere neuen Brüder und Schwestern werden finden, daß sie nicht richtig gelebt haben, bevor sie nicht von deinem Sandkuchen mit Schokolade gekostet haben.«

Seht den guten Mann erröten.

»Gladstones Kuchen hat auf dem Sommerfest immer den ersten Preis gewonnen, als wir in St. Peter's in the Wode waren. Köche von St. Anselm's, seht euch vor.« Jetzt schloß das Lächeln der Diakonin alle Anwesenden ein, besonders, so schien es mir, die Bludgetts, die verlegen aus ihrer eigenen kleinen Welt emportauchten. Dennoch hätte meine Tante Astrid ihre sofortige Exkommunikation anbefohlen, da öffentliches Auspeitschen ja abgeschafft war.

Weh dem, der den kulinarischen Erfolg seines Nächsten begehrt. Mit kunstvollem Gleichmut strich Ben zum Tisch hinüber, wo Gladstone Spike jetzt die silberne Teekanne im Griff hatte. Mit zusammengezogenen schwarzen Brauen schätzte mein Gatte unauffällig die Konkurrenz in Gestalt des Schokolade-Sandkuchens ab. Zusammen mit Dr. Melrose nahm er eine geblümte Tasse samt Untertasse entgegen, stand da und beobachtete, wie der Dampf spiralförmig aufstieg.

»Ein ganz kleines Scheibchen von dem Kuchen, wenn's recht ist«, hörte ich ihn sagen, dann fügte er hinzu, daß der Redner des Abends jeden Augenblick eintreffen müsse. Die Botschaft war, daß die Konzentration, die ein großes Stück Kuchen verlangte, dazu führen könne, daß er die feierliche Ankunft verpaßte und so dem Verlauf der abendlichen Veranstaltung den Todesstoß versetzte.

Worüber unterhielt man sich mit einem weiblichen Priester? Ich hielt mich in ihrem Dunstkreis und fältelte den Riemen meiner Tasche, bis sie das Eis brach.

»Bitte nennen Sie mich doch Eudora.«

»Und ich heiße Ellie.«

»Ich hörte, daß wir Nachbarinnen sind.« Sie hatte große, leicht vortretende haselnußbraune Augen, und ich fing wieder einen Schimmer jenes Erstaunens darin auf, das sie schon an den Tag gelegt hatte, als ich den Raum betrat.

»Ja!« Ich deponierte meine Tasche auf einem Stuhl und versuchte nicht weiter darauf zu achten, als sie mit einem Plumps auf den Fußboden fiel. »Wir wohnen auf Merlin's Court. Sie können das Haus von diesem Fenster aus sehen, was es natürlich furchtbar peinlich macht, daß ich an den vergangenen drei Sonntagen den Gottesdienst verpaßt habe, und ich bin längst nicht engagiert genug im Nähkreis oder im Freundeskreis von St. Anselm's ...« Ich hielt inne, holte unsicher Luft und stellte verblüfft fest, wieviel besser ich mich auf einmal fühlte.

Sie deutete mein Lächeln richtig und sagte: »Es hilft, sich die Dinge von der Seele zu reden, nicht wahr?«

»O ja.«

»Weshalb ich auch hoffe, die Beichtstühle hier in St. Anselm wieder öffnen zu können. Es wird Einwände geben, da bin ich sicher, und Proteste, daß es nicht Rechtens sei, aber ich habe ja vor, Wellen zu schlagen.«

Wie Miss Thorn zu ihrem Leidwesen hatte erfahren müssen? Aber ich durfte mir weder über diese Dame den Kopf zerbrechen noch mich darüber beklagen, daß der liebe Reverend Foxworth aus meinem Leben verschwunden war. In diesen Zimmer strotzte es vor Leben, der Aussicht auf einen neuen Anfang. Zum erstenmal seit Monaten spürte ich, wie sich meine alte Vitalität regte. Wenn Mrs. Eudora Spike es mit der von Männern beherrschten Kirche aufnehmen konnte, dann konnte ich es doch bestimmt mit einer Ehe aufnehmen. Wie hieß es noch im Fully-Female-Handbuch? *Entzünde seine Kerze und mache Liebe, bis du sein Brennen spürst.*

Ich schaute zu Ben hinüber, bereit, mich gleich jetzt an seiner Männlichkeit zu weiden, sein dunkles attraktives Äußeres mit meinen Augen, meinem sehnsüchtigen Atem zu liebkosen ... aber Mrs. Melrose wählte ausgerechnet diesen Augenblick, um mir eine Tasse Tee in die Hand zu drücken. Und ich konnte nicht mal sagen, daß ich die Störung bedauerte. Ich hatte vergessen, wie erschöpfend das Verlangen sein kann.

»Unterhalten Sie sich gut, Sie beide.« Eudora verließ uns, um zum Rest ihrer Herde zu gehen, die zur anderen Seite der Koppel ... ich meine des Zimmers gezogen war.

Aus der Entfernung hatte ich keine besondere Veränderung an Flo Melrose festgestellt – abgesehen davon, wie sie sich an ihren Mann schmiegte. Aber als ich neben ihr stand, war ich erschrocken über diese neue Frau. Das Prinz-Eisenherz-Haar besaß Sprungkraft, und die einst käsigen Wangen hatten einen pfirsichfarbenen Schimmer. Noch erschreckender war, daß die Frau des Arztes unter ihrem Sackkleid splitterfasernackt war ... sie trug nicht mal ein Feigenblatt. Das merkte man am Wippen ihres Busens und daran, wie der Stoff sich an ihre üppigen Formen schmiegte.

»Zugenommen, wie es aussieht.« Flo flüsterte dröhnend in mein Ohr.

Bisher hatte ich diese Frau gemocht. Flo Melrose war der am wenigsten versnobte Mensch, den ich kannte. Sie würde einen Blinden über die Straße bringen, ob er wollte oder nicht, und sie hatte mir tröstend zur Seite gestanden, als ich durch meinen Lamaze-Kurs hechelte. Doch ich war nicht bereit, ihre Bemerkung mit einem gezierten Lächeln hinzunehmen.

»Irrtum, Flo. Ich habe nicht zugenommen. Ich gehöre zu den Unglücklichen, die kein Gramm zunehmen.« Das war keine Lüge, denn ich lege immer gleich in Fünf-Pfund-Einheiten zu. Tiefer Seufzer. »Wenn du nur wüßtest, wie leid ich diese ewigen Milchshakes bin.«

Ihr herzliches Lachen ließ meine Teetasse tanzen. »Komm von deinem hohen Roß herunter, Ellie. Ich habe nicht von dir gesprochen. Ich meinte Ben. Diese zusätzlichen Pfunde stehen ihm gut. Sie haben ihn von einem Einjährigen in einen ausgewachsenen Bock verwandelt, der sich sein Geweih verdient hat.«

Ich starrte ungläubig von Flo Melrose zu meinem Ehemann. Sicher, er stand ewig vor dem Spiegel, zog den Nabel ein, bis er an seine Wirbelsäule stieß und beklagte sich, daß sein Bauch zu einer Wampe wurde. Aber wer konnte ihn ernst nehmen? Vielleicht hatte er an Muskeln zugelegt, aber welcher Mann, der seine Steroiden wert war, durfte sich darüber beschweren?

»Ellie, ich möchte, daß dein Ben für mich Modell steht.«

»Was?«

»Ich habe wieder mit dem Malen angefangen.«

»Wunderbar.«

»Akte.« Mrs. Melrose stand da und zeichnete ganz unverfroren mit den Händen Formen in die Luft, zog Ben bis auf das nackte Spiel von Licht und Schatten aus. »Ellie, vor drei Wochen ist mir etwas Großartiges passiert. Ich bin Fully Female beigetreten. Jetzt, zum erstenmal in meinem Leben, bin ich eins mit meiner Sexualität. Im Alter von zweiundfünfzig sehe ich endlich die Schönheit von Hinterbacken. Ich will sie auf der Leinwand verherrlichen ...«

In diesem günstigen Augenblick öffnete sich die Tür, und Mrs. Malloy, mit dem Strahlen des Abendsterns in den Augen, führte unseren Redner des Abends herein. Großer Gott. Ich wußte nicht, ob ich lachen oder Ben sein Stück Schokolade-Sandkuchen in den Hals stopfen sollte. Dieses schmächtige Kerlchen mit dem Gesicht eines Schellfischs war Mr. Walter Fisher, der Leichenbestatter!

»Bitte untertänigst um Verzeihung, Ladies und Gentlemen.« Er verbeugte sich und knickte über der Aktenmappe ein, die er an seine Nadelstreifentaille drückte. »Gerade als ich das Haus verließ, wurde beruflich nach mir verlangt. Eine Mrs. Huffnagle, die von uns genommen wurde, während sie im Bad war. Ein weiterer Fall versehentlichen Eintauchens eines Elektrogeräts.«

Ach, du lieber Himmel! Diese überhebliche Matriarchin, die noch heute nachmittag im Wartezimmer von Fully Female an mir vorbeigerauscht war. Es schien ein solch impertinenter Tod zu sein – von einem Haarfön verbrutzelt zu werden oder ...

Mein Blick begegnete dem von Flo Melrose und Mrs. Bludgett, mit der ich noch kein Wort gewechselt hatte. Manche Worte braucht man nicht laut auszusprechen. Sie summen in der Luft. Sie vibrieren. An dem Ton, wie Mr. Fisher Elektrogerät sagte, erkannte ich die schaurige Wahrheit.

Durch einen Spalt in den schokoladenbraunen Vorhängen erhaschte ich einen Blick auf die von Mondlicht übergossenen Grabsteine, die in diesem Garten des Todes wildwuchsen. Wie würde der Grabspruch auf dem Stein der herrischen Mrs. Huffnagle wohl lauten?

Es fraß die Frau kein Alligator.
Ihr Schicksal war, ja, ein Vibrator.

»Welch ein Abend, Mrs. H!«

»Sie haben gut reden, Mrs. Malloy«, fuhr ich sie an, als sie am Morgen nach der Versammlung des Heim-und-Herd-Vereins in die Küche spaziert kam. Ich hob Tam von seiner Wippe und drückte sein klebriges Gesicht an meins. »Mein ganzes Leben ist eine Lüge!«

»Wenn das eines von diesen Bekenntnissen einer Wiedergeborenen werden soll, sag' ich nur, abwarten, bis die neue Pfarrerin das Band zerschneidet und die Beichtkammer offiziell eröffnet.«

Ich achtete nicht darauf, daß Tam mich an den Haaren zog. »Entgegen der öffentlichen Meinung bin ich nicht Ellie Haskell, die wandelnde Erfolgsstory. Ich bin eine Frau, die in Tränen und ... Schweiß ertrinkt. Mein Deodorant versagt, die Haare fallen mir aus, meine Kleider passen nicht und, was am allerschlimmsten ist, ich wandere vielleicht ins Gefängnis.«

Mrs. Malloy musterte mich, als wäre ich Jack the Ripper in Frauenkleidern und nahm mir Tam ab.

»Vergangene Woche auf dem Dorfplatz«, rief ich aufgeregt, »wurde ich von einer Frau angehalten, die eine Umfrage zu gefrorenem Joghurt macht. Und ich habe über mein Gewicht gelogen. Hinterher habe ich fast unseren Anwalt angerufen, Lionel Wiseman, um ihn nach der Strafe für die Verfälschung einer offiziellen Aussage zu fragen, aber ich hatte Angst, er würde mir sagen, daß ich sechs Monate kriege, was bedeutet hätte, daß ich niemals mit dem Frühjahrsputz fertig werde.«

»Mrs. H, wollen Sie auf was Bestimmtes hinaus?«

»Ja.« Ich lehnte mich gegen die Waschmaschine, die immer noch mitten im Raum stand. »Ich erkläre mich als Mensch für besiegt. Selbst Fully Female kann mir nicht mehr helfen.«

»Blödsinn!« Mrs. Malloy hörte auf, am Gesicht meines Sonnenscheins herumzuwischen und steckte ihn in den Laufstall zu seiner Schwester, die in ein glucksendes Gespräch mit dem Peter-Rabbit-Mobile vertieft war. »Ich bin nur schnell rübergekommen, um Ihnen zu sagen, daß Sie recht hatten, Mrs. H, mich dorthin mitzuschleppen. Als ich anschließend heimkam, hab' ich gleich meine Hausaufgaben gemacht. Ich hab' Kapitel eins des Handbuchs gelesen, und Sie können mir glauben, es hat mir ganz neue Perspektiven eröffnet. Als ich in meinem Schaumbad lag und mein Fully-Female-Elixier trank, ging mir auf, daß ich Walter Fisher nicht geschenkt kriegen würde. Ich muß mir seine Zuneigung verdienen. Ich muß ein sanftes Täubchen werden, wenn ich jemals sein Herz erobern will.«

Liebe macht wahrhaftig blind.

»Ich habe die Flasche an den Nagel gehängt, Mrs. H.«

»Was? Sie sind Abstinenzlerin geworden?« Ich konnte es nicht fassen.

»Niemals!« Mrs. Malloy sah zutiefst gekränkt aus. »Das würde überhaupt nichts bringen – das hat mir der Arzt verboten.«

»Aber Sie haben gesagt ...«

»Daß ich die Flasche mit der Verdauungsmixtur an den Nagel gehängt habe, die Dr. Melrose mir verschrieben hat. Von jetzt an werd' ich mich auf das Fully-Female-Elixier verlassen, um meine Eingeweide vor dem Einrosten zu bewahren.« Nachdem sie sich die Hände an einer der Windeln abgetrocknet hatte, die ich gerade von der Wäscheleine geholt hatte, verzog Mrs. Malloy die Lippen zu einem verträumten Pflaumenlächeln. »War Walter gestern abend nicht einfach Klasse? Ich sag' Ihnen, Mrs. H, ich lag die halbe Nacht wach und ging immer wieder diese hinreißenden kleinen Verse durch, die er uns aufgesagt hat:

›*Mancher hat Kinder,*
Mancher hat keins,
Aber hier liegt eine Frau,
Die hatte zwanzig und eins.‹«

Jedem das seine. Mr. Fisher erinnerte mich auch weiterhin an Sushi. Aber, um fair zu bleiben, ich war so sauer auf Ben gewesen, weil er diesen Mann gebeten hatte, vor dem Heim-und-Herd-Verein zu sprechen, daß ich von dem Augenblick an, als Mr. Fisher seine Aktenmappe öffnete und Muster von Sargfutterstoffen zum Vorschein brachte, am liebsten nur noch – pardon – die Fische gefüttert hätte.

»Madam Reverend, Ladies und Gentlemen.« Er hatte ein Stück weißen Stoff über seinen Arm gelegt wie ein Ober, der den Wein einschenken will. »Die stets beliebte jungfräuliche Seide.«

»Immer schon mein Lieblingsstoff. So elegant und doch kuschelig weich!« Dieser Kommentar kam von der temperamentvollen Mrs. Bludgett, und mir schien, daß Mr. Fisher sie kalt gemustert hatte.

»Nicht meine erste Wahl, wenn Sie verzeihen, daß ich meinen persönlichen Geschmack ins Spiel bringe.« Mr. Fishers Mund hatte sich zu einem gereizten Lächeln verzogen. »Ich favorisiere die satte Paisley-Optik, wenn wir einen Gentleman bedienen, der ein subtiles ... Understatement vorzieht. Und Paisley macht sich ganz ausgezeichnet, wenn Sie etwas Passendes zur Krawatte des Klienten anstreben. Vorzüglich zu einem Mahagonibehältnis. Für den sportlicheren Gentleman scheint wiederum ein Harris-Tweedfutter mit passender Reisedecke das richtige zu sein.« Mr. Fisher fuhr fort, Stoffbahnen über seinen Arm zu drapieren. »Zu dem Tweed bieten wir entweder Naturkiefer oder gekälkte Eiche an.«

Zu meinem Ärger wählte Ben diesen Moment, um den Anwesenden im allgemeinen und Mr. Fisher im besonderen zu verkünden, daß das Programm von speziellem Interesse für mich sei.

»Meine Frau ist Innenarchitektin. Du findest das faszinierend, nicht wahr, Ellie?«

»Oh, ja.« Bevor ich mich bremsen konnte, war ich herausgeplatzt: »Wie wär's denn mit viktorianischen Teebüchsen, Mr. Fisher? Ich möchte meinen, sie würden sich ganz reizend als Urnen machen.« Ich verhaspelte mich, als ich dem Blick seiner kalten Fischaugen begegnete. Aber anstatt klugerweise zu verstummen, plapperte ich weiter und machte alles noch schlimmer. »Furchtbar peinlich, wenn Sie noch einen Löffel in die Teekanne geben wollen und festellen, daß Sie Grandma hineingelöffelt haben ...«

Eine drückende Stille folgte, von der Dauer eines ganzen Lebens, und ich schmiedete derweil Pläne, was ich mit Ben anstellen würde, wenn ich ihn erst zu Hause hatte. Das war alles seine Schuld. Zugegeben, es machte Sinn, für den eventuellen ... den *sicheren* Tod vorauszuplanen, aber mußte er unbedingt eine Tupper-Party daraus machen? Gleich würden wir noch Schreibspiele um Preise veranstalten – um schwarzgeränderdertes Briefpapier und Armbinden mit Monogramm.

Mr. Fisher warf mir einen Blick zu, der Balsamierflüssigkeit in meine Adern träufelte. Na, na! Schlecht fürs Geschäft. Er rückte seine randlose Brille zurecht, um mich als zukünftige Kundin deutlicher ausmachen zu können. Dann lächelte er angestrengt, räusperte sich und förderte ein weiteres Stück weißer Seide zutage, diesmal eines mit einem Muster aus winzigen blauen Blumen.

»Unser Vergißmeinnicht-*peau de soie* ist die ideale Empfehlung für unser Jahrgangs-Champagner-Behältnis. Nicht jedermanns Fall natürlich, aber hinreißend für Bräute und Jungfrauen jeglichen Alters. Unser Deluxe-Modell zeichnet sich dadurch aus, daß es, wenn der Deckel angehoben wird, ›Wir werden uns wiedersehen‹ spielt.«

Eine eiskalte Hand legte sich um meinen Hals. Mehrere bange Momente verstrichen, bis ich merkte, daß der Übeltäter meine eigene Hand war, nicht irgendein Geist vom Friedhof. Alles und jeder rings um mich, von der Standuhr zu den Personen im Raum – die Pfarrerin und ihr Mann, die Melroses, die Bludgetts und Ben –, waren zu bloßen Schattenrissen an der Wand geworden. Nur noch Mr. Fisher war real ... und ja, Mrs. Malloy, die in der Tür stand, mit einem Gesicht in der Farbe ihrer Preiselbeerschürze und Augen, aus denen grenzenlose Liebe erstrahlte!

»Mein Walter, was für ein Schatz!«

Sie holte uns beide in die Gegenwart zurück, in die Küche von Merlin's Court, am Morgen danach. Sie knöpfte ihren purpurroten Knittersamtmantel auf, schob die Ärmel hoch und schockte mich, indem sie den Kessel mit Wasser füllte. Die Tradition hatte stets vorgeschrieben, daß ich ihr eine

Tasse Tee machte. Selbst Tam und Abbey waren verblüfft. Sie hörten auf, um ihre Rassel zu kämpfen und starrten sie mit geöffneten kleinen Mündern an. Morgens bin ich im allgemeinen schwer von Begriff, aber schließlich dämmerte mir, daß an Mrs. Ms Erscheinen so einiges nicht stimmte. Die Provianttasche hatte sie nicht begleitet und ...

Sie knallte den Kessel auf den Herd und jagte die Gasflamme darunter hoch, als wolle sie in aller Eile das ganze Haus beheizen. Dann drehte sie sich zu mir um, die Hände in die purpurroten Hüften gestemmt. »Nun überschlagen Sie sich man nicht vor lauter Dankbarkeit, Mrs. H, weil ich an meinem freien Tag vorbeigekommen bin. Ich bin eine Frau, die gern ihre Schulden begleicht, und Sie haben für gestern noch was bei mir gut. Sie haben mir das Leben gerettet, Tatsache.«

»Ach, Roxie!« Ich war fast zu Tränen gerührt.

»Nun, wir wollen doch keine Gilbert-und-Sullivan-Nummer daraus machen, oder?« Sie schaltete den Kessel aus, goß inmitten einer Dampfwolke den Tee auf und kam mit den Tassen und Untertellern klappernd herüber. »Also, Mrs. H« – mit dem Fuß angelte sie sich einen Stuhl – ,»Sie entspannen sich jetzt mal, während ich Ihnen von meiner Nacht der Sünde erzähle.«

»Sie meinen doch nicht ...?«

»Und ob ich das tu. Mr. Walter Fisher hat mich vom Pfarrhaus nach Hause begleitet.«

»Nein!«

Wie nicht anders zu erwarten, tauschten Mrs. Malloy und ich nach diesem Schock wieder die Rollen. Ich war diejenige, die den Tee eingoß, während sie es sich auf dem Stuhl bequem machte und ihren Mantel auszog, um ein Outfit zu enthüllen, das aus dem Kleiderschrank des Leaders der Hell's Angels gestohlen war. »Also, bevor Ihr Blutdruck hochgeht, Mrs. H, will ich gleich gestehen, daß meine Sünde darin bestand, mir den Mann entwischen zu lassen, ohne auch nur einen Gutenachtkuß zu kriegen.«

»Aber Sie haben ihn hereingebeten?« Ich zwängte mich an der Waschmaschine vorbei, um den Laufstall aus dem grellen Sonnenlicht zu schieben, das durch das Grünfenster über der Spüle hereinschien, und setzte mich dann wieder zu Mrs. M an den Tisch.

»Sie können Ihren Schlüpfer darauf verwetten, daß ich ihn zu einem kleinen Nachttrunk eingeladen habe, und wissen Sie, was dieser Engel von Mann sagte?«

»Was denn?«

»Daß er gern eine Tasse Kakao hätte.«

»Zum Herzerwärmen.«

Mrs. Malloy lehnte sich auf ihrem Stuhl zurück, faltete die mit Ringen überzogenen Hände über ihrer schwarzen Satintaille und stieß einen wonnevollen Seufzer aus. »Ich sage Ihnen, Mrs. H, der Anblick von Walter, wie er auf meinem Kalbsledersofa saß, na, da hat es bei mir ganz schön gepocht – an einer anderen Stelle als in meinem Herzen, wenn Sie mich verstehen?«

»Ganz und gar.« Ich warf einen besorgten Blick zu den Zwillingen. Sie schienen angestrengt auf jedes Wort zu lauschen, aber vielleicht kam das daher, daß sie noch nicht in ihre Ohren hineingewachsen waren.

»Ich war so befriedigt, Mrs. H …«

»Ja?« Ich drehte mich wieder zu ihr um und merkte, daß ich etwas verpaßt hatte.

»Ich hatte eine orangefarbene Glühbirne in meine Venuslampe gedreht. Welch hübsche Farbe sie auf ihn warf. Sie hätten seine Brille sehen sollen, Mrs. H, die war wie ein Regenbogen. Glauben Sie mir, ich mußte das Feld der Versuchung räumen und mich in den Sessel setzen.«

»Es muß eine Qual gewesen sein.«

»Stimmt, Mrs. H, aber verstehen Sie, es war eine süße Qual – eine religiöse Erfahrung, um es ganz unverblümt zu sagen, und ich war nie eine von denen, die in der Kirche gern Stehaufmännchen spielen.« Sie hob eine Hand an ihr schwarzes Haar mit den fünf Zentimeter langen weißen Wurzeln, als erwarte sie, daß dort ein Heiligenschein thronte. »Ich fühlte mich wieder wie eine Jungfrau, obwohl ich wahrheitshalber sagen muß, wenn ich jemals eine war, dann hab' ich's vergessen. Bis dahin brauchte mein jeweiliger Kerl immer nur zu sagen: ›Wie wär's, Roxie, altes Mädchen?‹ Und ich würde denken: ›Ach, zum Teufel, wenn er die Kohle ranschafft, warum nicht?‹ Aber gestern abend ...«

»Ja?« Ich schenkte ihr eine frische Tasse Tee ein.

»Gestern abend wollte ich es streng nach dem Buch machen.«

»Dem Fully-Female-Handbuch?«

»Nachdem ich Walter seinen Kakao gebracht hatte, entschuldigte ich mich und ging kurz ins Hinterzimmer, um einen Blick in Kapitel zwei zu werfen. Da« – sie zog das Buch aus ihrer Manteltasche –, »ich habe die Stelle gefunden:

›Wenn ein Mann von dem geschäftigen Treiben seines Berufes nach Hause kommt, will er nicht von seiner Frau überfallen werden, als ob sie Rover, der Hund, wäre, der ihm die schlechte Nachricht zubellt, daß der Herd nicht geht und die Wäscheleine in den Dreck gefallen ist. Kommen Sie schon, Mitfrau, knöpfen Sie ihm den Mantel auf, hängen Sie ihn an den Haken, und führen Sie ihn sanft an der Hand ins Wohnzimmer, das Sie in seine Privatoase verwandelt haben. Die Fully-Female-Frau hat frische Blumen in Vasen arrangiert, ihr bestes Parfüm auf die Kissen gesprüht, eine Flasche Wein in eine Karaffe gefüllt, ihre hübschesten Kerzen angezündet und ihre Hundert-Watt-Strahler durch weich gefärbte Birnen ersetzt …‹

Haben Sie das gehört, Mrs. H?«

»Ihr orangefarbenes Licht war vorherbestimmt.«

Mrs. Malloy blätterte einige Seiten weiter. »Jetzt kommt der saftige Teil:

›Laut Dr. Tensel Reubenoff ist eine ruhige Frau wie stilles Wasser. Am Ende eines langen Tages erwartet sie ihren schwitzenden und staubigen Reisenden von seinem Arbeitsplatz zurück. Sie lädt ihn ein, in ihre Ruhe einzutauchen, in ihren besänftigenden Armen dahinzutreiben, und wenn die letzte Kerze am Horizont versinkt, zieht sie ihn in ihre verborgenen Tiefen hinunter …‹«

»Hübsch.« Ich fing an, klappernd die Teetassen zusammenzustellen, mit einem Auge bei den Zwillingen. Wurde mein Liebling Abigail rot?

»Mrs. H, Sie kennen mich! Ich bin nicht der ruhige Typ. Keine, die auf Zehenspitzen durch die Tulpen geht, sozusagen. Und was hat mein munterer Charme mir eingebracht? Ich hab's mit Walter vergeigt, bis ich mir gestern abend das Fully-Female- Handbuch zu Herzen genommen habe. Da saß er auf meinem Sofa und trank seinen Kakao, und er sagt zu mir: ›Mrs. Malloy, ich *mag* dieses Zimmer. Es hat so eine friedliche Atmosphäre, die ich außerhalb meiner Geschäftsräume nur selten finde.«

»Ein dickes Lob.« Ich nahm beide Babys auf den Arm und brachte sie zum Tisch hinüber.

»Walter sagte, ich wäre ganz anders als diese Mrs. Bludgett.« Ein sprödes Senken der Neonlider erinnerte mich nachdrücklich an Miss Gladys Thorn, vormals Kirchenorganistin.

»Wirklich?«

»Anscheinend hatte Walter geschäftlich mit Mrs. B zu tun. Um Tacheles zu reden, sie und der Mister haben sich eine Grabstelle auf Pump gekauft. Und unter uns und dem Wäscheständer gesagt, meinem Walter gefiel die Frau nicht, er nannte sie einen Springteufel. Ich gehe jede Wette ein, was meinen Sie, daß ihm dabei nicht der Typ scheues Veilchen vorschwebt?«

Da die Zwillinge sich verschworen hatten, mich zu erdrosseln, konnte ich nur mit den Augen Zustimmung signalisieren. Aber um ehrlich zu sein, ich hätte jede lebende Frau für zu munter für Mr. Fisher gehalten.

»Kapitel eins meiner Liebesgeschichte.« Mrs. Malloy stand gemessen auf. »Was ist mit Ihnen, Mrs. H? Irgendwelche Fortschritte zu vermelden? Haben Sie und Vater Bär« – sie zwinkerte den Zwillingen zu – »die Laken in Brand gesetzt, als sie von der Versammlung des Heim-und-Herd-Vereins nach Hause kamen?«

»Wir waren nicht in der Stimmung.« Ich spürte, wie mein Gesicht einen tugendhaften Ausdruck annahm. »Zunächst mal konnten wir Freddy nicht loswerden. Er brannte darauf, alles über Mrs. Pfarrer zu hören. Und als Ben und ich schließlich ins Bett kamen, wachte Abbey prompt auf.«

»Und ich nehme an«, sagte sie mit einem selbstgerechten Grinsen, »Sie haben auch Ihr Elixier nicht getrunken?«

»Heute morgen nicht.«

»Sie sind eine verdammte Drückebergerin, Mrs. H, doch ich werde ein Machtwort sprechen. Sie geben jetzt die Kleinen her und ziehen sich Ihren Mantel an. Wir regeln alles so, daß Sie die Morgensitzungen bei Fully Female machen können und ich nachmittags hingehe.« Unter jedem Arm ein Baby, schob Mrs. Malloy mich zur Tür. »Jetzt ab mit Ihnen, und machen Sie mir keine Schande. Ich habe die Absicht, mein Abschlußdiplom von Fully Female zu kriegen, und wenn es mich umbringt.«

»Schon mal gedacht, daß Sie so tief sinken würden, meine Damen?« Bunty Wisemans Stimme gluckste über uns, während ich eine tiefe Kniebeuge vollführte ... und entschied, unten zu bleiben. Es gefiel mir, so klein zu sein. Doch ich stellte fest, daß es nicht ungefährlich war. Stichwort tödliche Trikots. Der Rest des Fully-Female-Aerobic-Kurses hatte sich bereits aufgewärmt und hüpfte und stampfte zu Klaviermusik, in der ich »Old MacDonald« erkannte mit Anklängen an »Bleib bei mir«. Ich hatte mich gerade wieder zum Tageslicht emporgekämpft, als Bunty das Stoppsignal gab.

»Lockern Sie die Nackenmuskeln, meine Damen! Lassen Sie die Schultern hängen, lassen Sie die Arme locker an den Seiten pendeln.«

Der Kurs fand in dem großen Raum im unteren Stockwerk von Buntys Haus statt, aus dem ich schon bei meinem Gesprächstermin Gekeuche und Geschnaufe gehört hatte. Vorn in dem Raum, gegenüber der Tür, befand sich ein kleines Podest. Dort hatte Bunty mit einem Mikro in der Hand Posten bezogen und befehligte die Truppen. Zu ihrer Rechten, hinten an der Fensterwand, saß die allgegenwärtige Miss Thorn am Klavier. Und ich war ringsum von meinen Mitfrauen umzingelt. Mädchen und Matronen. Ich zählte drei Achtzigerinnen – die alle römische Nasen und Staubwedelhüte zu ihren Trikots trugen. Wie unsagbar deprimierend. Ich hatte mich immer darauf verlassen, daß das hohe Alter der große Gleichmacher war. Irgendwann in ferner, verschwommener Zukunft würden die hübschesten und die unansehnlichsten von uns eine wie die andere werden. Wie viele atemberaubend schöne Achtzigerinnen betreten schon einen Raum mit dem Effekt, daß die Männer nach Luft schnappen und Weingläser klirrend zu Boden fallen? Natürlich hinkte ich wieder mal der Zeit hinterher – genau wie den Aerobic-Schritten. Als ich mit dem Fuß nach links trat, anstatt nach rechts, traf ich eine Frau in einem kirschrot- silbernen Ensemble im Hintern.

»Tut mir leid.«

»Macht« – schüttel, rüttel, rums – »nichts!«

Mein Trikot war an den Beinen zu kurz und am Oberteil so eng, daß ich mir vorkam, als hätte ich eines dieser Brustmieder an, die Nonnen früher trugen. Aber in der Not frißt der Teufel Fliegen. Ich hatte das Ding aus der Gesucht-Gefunden-Kiste im Umkleideraum entwendet, und nur die Furcht, daß eine fuchsteufelswilde Frau die Tür aufriß und schrie »Wer ist der Dieb?« trieb mich schließlich dazu, mich unter die anderen zu mischen und mich, wie ich hoffte, in einem wahren Wirbel von Armen und Beinen in Bewegung zu setzen.

Hier ein Keuchen, da ein Keuchen, überall ... Die Haarnadeln flogen nur so von Miss Thorns mausbraunem Kopf, als sie ihre aufgepeppte Version von »Old MacDonald« in die Tasten hämmerte.

»Schluß, meine Damen!« Buntys Schrei dröhnte, als ob sie die Sperrstunde im Pub ihrer Tante Et, The Pig & Whistle, verkündete.

Die Klaviermusik verklang stotternd.

Alles an mir war zum Stillstand gekommen, bis auf mein Herz, das munter weiter hüpfte und sprang. Den Blick auf unsere Anführerin gerichtet, standen die Fully-Female-Damen herum wie ein Haufen Eislutscher.

Über uns ging Bunty auf ihrem Podest auf und ab. Brust raus, Bauch rein, zog sie das Mikrokabel hinter sich her, als wäre sie die ehrenwerte Mrs. Snodgrass, die mit Peaches, dem Hündchen, im Hyde Park Gassi ging.

»Donnerwetter, Klasse, bin ich stolz auf euch! Als ich noch ein Kind war und mit den Rockern und Zockern zusammen aufwuchs, wünschte ich mir nichts sehnlicher, als eines Tages auf der Bühne zu stehen. Und genau das habe ich eine Zeitlang gemacht, aber ich schwöre, diese Bühne hier ist die allerbeste. Hier oben komme ich mir vor wie eine Art Missionarin. Ich weiß genau, daß ich euch helfen kann, euer Leben zu verändern – wenn ich nicht über dieses dumme Mikrokabel stolpere oder ›mir‹ und ›mich‹ verwechsle und darüber zu Fall komme. Mann! Welch ein Augenblick, mich an die Warnung meiner Tante Et zu erinnern, an dem Tag, als ich Lionel Wiseman heiratete: ›Sprechtechnik ist nicht dasselbe wie Bildung, also trag die Nase nicht so hoch, damit kein frecher Piepmatz sie dich abpickt, Bunty, mein Mädchen.‹«

Gelächter.

Hier und da ein gemurmeltes »Ist sie nicht wunderbar!«

Ein Raum voll verzückter Gesichter. Stichwort Götzenverehrung! Jeder würde denken, unsere Anführerin sei eine Kirchenstatue, die plötzlich zum Leben erwacht war und anfing, uns mit Rosenblättern zu bewerfen.

Ich mochte Bunty, aber das war doch des Guten zuviel. Miss Thorn, die auf ihrem Klavierhocker herumrutschte, schien als einzige mein Unbehagen zu teilen. Als sie sich mit dem Ellbogen auf das Klavier stützte, ertönte ein Klimpern, das sich schnell in ein Zehn-Sekunden-Medley verwandelte. Ich fragte mich gerade, was Reverend Mrs. Eudora Spike wohl von all dem halten würde, als jemand »Schsch« machte. Daß ja keine zu laut atmete!

»Mitfrauen!« Bunty, deren Locken im Sonnenlicht glänzten, umschloß das Mikro mit ihren manikürten Händen wie eine Rose. »Euer Leben kann sich für immer ändern, wenn ihr die Tatsache akzeptiert, daß euer Platz in den Armen eures Mannes ist. Versteht mich nicht falsch. Das heißt nicht, daß ihr aufhören sollt, ihr selbst zu sein. Habe ich meinem Haar etwa seine natürliche Farbe wiedergegeben? Nie. Aber ich habe Herz und Verstand meinem wunderbaren Ehemann Lionel Wiseman anvertraut, der aus mir gemacht hat, was ich heute bin.«

Miss Thorns Hände schlugen auf die Klaviertasten und sandten einen Schwarm kreischender Vögel – ich meine Noten in die Luft. Würde diese Frau die Sitzung überstehen, ohne zum zweitenmal in zwei Tagen gefeuert zu werden?

»Tut mir ganz furchtbar leid!« In heller Aufregung rettete Miss T ihre Brille, die ihr die Nase hinunterzurutschen drohte, und duckte sich über das Instrument, als erwarte sie, von einem empörten Publikum mit faulen Tomaten bombardiert zu werden.

»Sie machen Ihre Sache großartig, Gladys«, beruhigte Bunty sie. »Ich bin so froh, daß Lionel Sie als Alternative zu den Schallplatten vorgeschlagen hat. Meine Damen, wie wär's mit einem kräftigen Applaus für Miss Thorn?«

Gehorsames Klatschen.

»Perfekt!« Bunty ließ ihr Vierundzwanzig-Karat-Lächeln erstrahlen. »Höchste Zeit für das Retro-Relaxing, meine Damen. Jede holt sich bitte ihre Matte, legt sich hin und macht es sich gemütlich.«

Verlegen bis an die Kiemen, wollte ich gerade zögernd die Hand heben und gestehen, daß ich keine Matte hatte, als der Rest des Kurses schon wieder an seinen Platz eilte und ein einzelnes rotes Gummirechteck übrigließ, das lässig an der Wand lehnte. Ich stieg über die Körper hinweg, die jetzt den Boden übersäten, stellte mich der Matte vor und sah mich im Raum um. Nicht allzu vielversprechend. Ähnlich wie die Suche nach einem freien Platz für ein Grab auf einem überfüllten Friedhof. Ich war schon drauf und dran, meine Matte zu nehmen und nach Hause zu gehen, da schaute ein Augenpaar vom Fußboden zu mir hoch, und eine Stimme, die ich als Mrs. Thirstys – Direktorin der Dorfschule – erkannte, sagte: »Hier, neben mir, Mrs. Haskell.«

»Danke. Es ist zwar, als wollte man einen Laster in eine Parklücke quetschen, die für einen Kabinenroller reserviert ist, aber ich glaube, ich schaffe es.«

»Warten Sie einen Moment, ich rücke zur Seite.« Noch eine Stimme, die vertraut klang, und ich schaute hinunter in das Gesicht von Jackie Diamond, Ehefrau von Norman the Doorman. Dies war auch *ihr* erster Tag! Erstaunlich, wieviel besser ich mich gleich fühlte, weil ich wußte, daß ich nicht die einzige Neue war.

»Liegt ihr alle bequem?« fragte Bunty, als ich auf den Boden plumpste. »Gut! Jetzt möchte ich, daß ihr alle die Augen schließt und euch vorstellt, daß ihr und euer Schatz allein an einem geheimen Ort seid. Ein Ort, den nur ihr beide kennt ...«

Ich lag auf meiner Gummimatte. Der Klang ihrer Stimme wusch über mich hinweg, und der Sonnenschein kroch über meine geschlossenen Lider. Das Geräusch rhythmischer Atemzüge wurde zu einem Sommerwind, und plötzlich war Ben bei mir. Wir saßen in einem Ruderboot und glitten einen goldenen Fluß hinunter. Ich trug ein weißes Kleid mit Lochstickerei und einen großen schattenspendenden Hut. Sein Profil war von bunten Schatten überzogen. Der Himmel über uns hatte diesen herrlichen Schimmer, den man nur am Wasser findet, und an den

Ufern wuchsen Trauerweiden, die sich weit vorbeugten und ihre Locken auf der glänzenden Oberfläche aus geschliffener Bronze treiben ließen.

Meines Liebsten Hemd kräuselte sich in der warmen Brise, während seine muskulösen Arme rhythmisch die Ruder eintauchten ... *plitsch platsch, plitsch platsch* ... Träumerisch begann ich, aus dem *Einsamen Wassergeist* zu rezitieren. »Die wilden weißen Pferde tummeln sich / hü und hott und holla in der Gischt ...« Brr! Igitt! Ein Schwall übelriechenden Flußwassers trat mir mit dem Huf ins Gesicht.

»Entschuldige, Ellie! Das Ruder ist mir weggerutscht.«

»Macht nichts, Ben, Liebling«, sagte ich und kreuzte meine sonnengesprenkelten Arme. »Romantik ist an uns alte Käuze verschwendet.«

»Ich glaube nicht, daß ich da deiner Meinung bin, altes Haus.«

»Ach ja? Da hatte ich aber einen anderen Eindruck, Mr. Programmleiter des Heim-und-Herd-Vereins. Als ich Mr. Fishers Sargkatalog durchblätterte, hatte ich entschieden das Gefühl, daß ich durchs Leben gehetzt werden soll, um den Leichenwagen nicht warten zu lassen.«

»Ellie, das Thema hatten wir doch gestern abend schon.«

»Und es läßt sich durchaus noch mal anschneiden. Ich hatte auf einige schöne Jahre mit meinen Kindern gehofft, bevor der Deckel zufällt.«

Ben stützte sich auf die Ruder und kniff die Augen gegen die Sonne zusammen. »Meine Liebe, wir tragen ein gewisses Maß an Verantwortung. Unsere Rolle als Eltern verlangt, daß wir unseren Nachwuchs vor sämtlichen unerfreulichen Unvermeidlichkeiten schützen, als da wäre unser gemeinsames Ableben.« Da er spürte, daß ich etwas sagen wollte, hielt er ein Ruder hoch. »Ich bin ein altmodischer Typ, Ellie. Ich teile nicht diesen Jetzt-sterben-später-bezahlen-

Standpunkt. Meine Eltern fingen gleich an ihrem Hochzeitstag an, jede Woche ein paar Shilling für … ihren letzten Ausflug auf die hohe Kante zu legen. Und ich habe die Absicht, es für Abbey und Tam ebenso zu machen.«

»Na gut! Aber können wir nicht wenigstens auf ein Sonderangebot warten?« Mein Seufzer wurde von den Windböen fortgetragen, die fröhlich über uns pfiffen. Plötzlich wurde das Boot in einem Strudel aus Licht und Schatten umhergewirbelt. Schneller und schneller, bis Ben schielte und das Boot kenterte und sich mit dem ganzen Gewicht eines Sargdeckels auf mich herabsenkte, so daß nur noch Dunkelheit war …

»Aufwachen, aufwachen!« Eine körperlose Hand rüttelte mich an der Schulter, und als ich mich auf meiner roten Gummimatte aufsetzte, sah ich eine Mitfrau in einem Zebratrikot vor mir knien. »Sie waren k.o., Süße.«

»Danke fürs Aufwecken.« Noch ganz schlaftrunken rappelte ich mich auf und bildete das Schlußlicht des Kurses beim Hinausgehen. Als ich an Miss Thorns Klavier vorbeikam, winkte sie mir neckisch zu. An der Tür hängte sich Bunty an meinen Arm.

»Ellie, ich freu' mich wie ein Schneekönig, daß du mitmachst.«

»Ich auch.«

»Und wir essen auf jeden Fall mal zusammen zu Abend.« Ihre blonden Locken schimmerten, und ein Lächeln tanzte auf ihrem kessen Gesicht. »Versprechungen, nichts als Versprechungen! Dasselbe sage ich Li schon seit einem Monat, aber du weißt ja, wie es ist.« Offenbar zog sie mich auf. Als Gründerin von Fully Female, die Frau, die Ehemänner zu ihrem Geschäft gemacht hatte, mußte sie mich doch aufziehen, oder?

»Nie reicht die Zeit«, witzelte ich. »Ich habe sogar ein kleines Gedicht darüber gemacht.«

»Sag es auf!« Bunty schien nicht zu bemerken, daß wir die Tür versperrten.

»Nun, wenn du darauf bestehst!« Ich leckte mir die Lippen und begann:

»Neulich ging ich schnell daher,
und traf mich selber, bitte sehr.
Für einen Schwatz war keine Zeit,
war ich wirklich so fett geworden, so breit?
Wir trennten uns mit dem Versprechen,
uns irgendwann noch mal zu treffen.«

Warum bringe ich mich selbst immer so in Verlegenheit? Bunty stand wie angewurzelt auf dem Parkett, ein Lächeln aufs Gesicht gepappt, während ich wünschte, der Fluß hätte mich verschluckt. Die Stille dauerte eine Ewigkeit und vermittelte mir eine gute Vorstellung davon, wie es in der Hölle sein würde …

Plötzlich war aus dem Nichts, das heißt hinter mir, ein Luftschnappen zu hören, gefolgt von dem Ausruf: »Wenn das nicht unbeschreiblich schön ist!«

Dann kam das Tipptapp von Lycrafüßen, und direkt vor mir stand eine übersprudelnde Mrs. Bludgett. »Ich wußte es, ich wußte, daß Sie ein guter Geist sind, als wir uns gestern im Pfarrhaus begegnet sind.« Sie hob eine Hand, um den Rest der Fully-Female-Gruppe anzuhalten, der sich an uns vorbeizuzwängen versuchte. »Alles mal stopp, ihr müßt unbedingt Mrs. Haskells Gedicht hören. Es ist großartig, ich habe eine richtige Gänsehaut. Mich macht es schon fix und fertig, auch nur einen Brief zu schreiben!« Zum Glück entkamen die anderen Damen, während sie so schwärmte, und ich gelangte in die Halle, ohne eine Zugabe darbieten zu müssen.

»Bis gleich oben bei *Erlebnis Ehe*«, trällerte Bunty, als ich mich mit meiner neuen Verehrerin im Schlepptau zum Umkleideraum begab.

»Ist das nicht ein Spaß?« Mrs. Bludgett war der Überschwang in Person. Ihr Bubikopf wippte. Sie hatte Sprungfedern in den Füßen. »Wissen Sie, daß ich meinen Ohren nicht traute, als Jock nach Hause kam und mir erzählte, daß Sie ihn dahatten, um die Waschmaschine zu reparieren? ›Die Mrs. Haskell von Merlin's Court?‹ fragte ich immer wieder, bis er dachte, er müßte mir ein Beruhigungsmittel geben. Ich fühlte mich so scheußlich, weil ich ihn von dem Job weggeholt hatte, daß wir gar nicht dazu kamen, Liebe zu machen. Wir lagen beide bloß auf dem Bett, starrten an die Decke und flüsterten Ihren Namen.«

»Wie nett.« Ich schob die Tür des Umkleideraums auf, und eine Flut von Erinnerungen an meine Schulzeit in St. Roberta stürmte auf mich ein. Der Geruch alter Spinde und abgetretenen Linoleums.

»Und Sie dann gestern abend im Pfarrhaus zu sehen! Mir fehlen die Worte. Es war so unglaublich. Ich wollte dauernd zu Ihnen laufen und Ihnen einen Untersetzer geben. Irgendwas! Nur damit ich den Leuten sagen könnte, ich hätte mit der Märchendame von Merlin's Court gesprochen! Aber zuerst sprachen Sie mit der Pfarrerin und dann mit Mrs. Melrose, und dann kam das Programm ...«

An dieser Stelle verschwand Mrs. Bludgett, sie wurde von dem Gedrängel aus Frauen in unterschiedlichen Stadien des Ankleidens aufgesogen, wie Fusseln von einem Staubsauger, aber kurz darauf tauchte sie wieder auf und redete immer noch.

»Da sind Sie ja. Ich war schon in solcher Panik! Sie wird mich für so unverschämt halten, dachte ich. Diese reizende Frau wird nie wieder mit mir reden! Und ausgerechnet heute könnte ich es nicht ertragen, glaube ich. Nicht nach dem Schock, in diesen Raum zu gehen und *sie* am Klavier sitzen zu sehen!«

Irgendwie schaffte ich es, mein Gesicht in eine Lücke in dem Gewimmel zu quetschen. »Gladys Thorn?«

»Jock hatte vor ein paar Monaten etwas mit ihr.« Mrs. Bludgett wand sich aus ihrem Trikot, und ihre Brüste hüpften wie wild. »Und zu meiner Schande muß ich sagen, daß ich total am Boden zerstört war. Anstatt das Positive zu sehen, rief ich sie an, stieß alle möglichen Drohungen aus ...«

»Tut mir leid, aber das mit dem Positiven verstehe ich nicht.«

»Wenn man recht überlegt, welch größeres Kompliment kann eine Frau einer anderen machen, als ihr den Ehemann ausspannen zu wollen? Deswegen fiel es mir gerade so schwer, ihr unter die Augen zu treten – ich kam mir so kleinlich vor.«

»Seh' ich ein.«

Stimmte nicht. Ich sah überhaupt nichts. Von Mrs. Bludgett war nur noch die Nase übrig. Stimmen trieben über Köpfe hinweg, aber so wie man den Wald vor lauter Bäumen nicht sieht, konnte ich die Frau vor lauter Fully Females nicht sehen.

»Marjorie, leih mir mal deinen Kamm.«

»Kann mir mal jemand die Knöpfe hinten zumachen?«

»Verdammt! Wo habe ich meinen BH hingelegt?«

Ich stand mit dem Rücken zur Wand. Ich gab mir alle Mühe, mich über Wasser zu halten, und doch merkte ich, daß ich unterging. Mein Traum fiel mir ein, der, in dem ich zu meinem Grauen lebendig begraben wurde. Schnaufend stemmte ich mich mit den Händen dagegen, aber es nützte nichts. *Platsch.* Ich plumpste auf eine Fläche – eine

Bank vermutlich. Hurra! Meine Nase befand sich über dem Meeresspiegel. Ich konnte atmen. Jetzt brauchte ich nur noch ruhig sitzen zu bleiben und zu hoffen, daß ich nicht eine Reihe blanker Hintern inspizieren mußte, als die weiblichen Sportskanonen ihre Strumpfhosen anzogen.

Dem Himmel sei Dank! Von einem Atemzug auf den anderen leerte sich der Umkleideraum, bis auf Echos und Moll Bludgett, die vor dem Wandspiegel stand und sich musterte.

»Ich schätze, ich werde mich erst wieder wohl fühlen, wenn ich zu Gladys Thorn gegangen bin und mich für die schlimmen Dinge, die ich gesagt habe, entschuldigt habe.« Die Frau des Klempners sprang munter auf mich zu, ergriff meine Hände und umschloß sie mit ihren. »Danke, danke, Ellie, daß Sie für mich da waren, als ich eine Freundin brauchte. Sie sind die *Beste,* wissen Sie das?«

»Na ja ...«

»O ja, das sind Sie!« Ihr ausgelassenes Lachen verklang, ihre Miene wurde todernst. »Jetzt sprechen Sie es mir mal nach: Ich, Ellie Haskell, bin die Beste ... die Allerbeste.«

Ganz nervös vor Verlegenheit und Auge in Auge mit ihr, sagte ich diesen albernen Quatsch nach.

»Vergessen Sie es nicht, Ellie! Sie sind eine reizende Frau, und lassen Sie sich von niemandem was anderes einreden.«

Ich murmelte dem Fußboden ein Dankeschön zu.

»Schließen Sie Freundschaft mit dem Leben!« Sie winkte zum Abschied von der Tür und war verschwunden. Gott sei Dank! Die Frau war ein Vampir. Ihre Energie hatte mir jeden Lebenstropfen ausgesaugt. Ich hatte kaum noch die Kraft, mein Trikot auszuziehen. Geschweige denn, es wieder in die Gesucht-und-Gefunden-Kiste zurückzulegen ... Meine Knie fingen an zu schlottern, doch dafür konnte ich

Moll Bludgett nicht verantwortlich machen. Ich kam mir vorwie ein Grabräuber, wie einer dieser abgefeimten Schurken, die sich mitten in der Nacht in eine Gruft schleichen und die Ringe von den Fingern der Leichen ziehen. Das Schildchen innen in dem Trikot besagte, das es der verstorbenen Mrs. Huffnagle gehörte. Dieser furchterregenden Frau mit der römischen Nase und dem Skipisten-Kinn. Dieser Matriarchin der Gesellschaft von Chitterton Fells. Eine Frau, die heute noch leben könnte, wenn sie nicht Fully Female beigetreten wäre in der Hoffnung, ihr Sexleben zum Knistern zu bringen. Armes Mädel, es hatte ganz schön geknistert, als ihr Elektrogerät ins Badewasser gefallen war.

In Gedanken an diesen schrecklichen Unfall zog ich mich an und verließ den Umkleideraum. Sollte ich überhaupt zu *Erlebnis Ehe* gehen? Inzwischen mußte ich gut fünf Minuten hinter allen anderen herhinken, was an sich nicht schlecht war. Ich war allein, und das bedeutete, ich könnte Mrs. Malloys Pistole aus der Grotte unter den Stufen holen. Das *Plitsch platsch* des Wasserfalls in den Ohren, kniete ich mich hin und griff mit einer Hand in die Terrakotta-Urne. Nichts. Nicht einmal ein Kieselstein. Die Pistole war verschwunden, zusammen mit der Schürze, in die sie eingewickelt war.

Ich wollte gerade aufstehen, unschlüssig, ob ich mir schreckliche Sorgen machen sollte oder nicht, als ich Schritte auf der Treppe hörte. Ich schaute hoch und sah Mrs. Pickle, die sich über das Geländer beugte.

»Guten Morgen.« Ich richtete mich auf.

Wie es ihre Art war, ließ sie sich Zeit mit der Antwort. So träge wie Sirup fuhr sie mit einem Staubtuch über das Geländer. »Sie haben was verloren, nicht wahr, Mrs. Haskell?«

Jetzt brachte ich meinerseits keinen Ton heraus.

»War es« – sie zog die Worte in die Länge – »… eine Pistole?«

»Ja.«

»In eine Schürze eingewickelt?«

»Ja!« Inzwischen hätte ich am liebsten losgebrüllt.

»Ach, die!« Ihr sachliches Gesicht verriet nichts. Wir hätten über einen vermißten Ohrring sprechen können. »Ich hab' sie entdeckt, als ich heute morgen den Pott da abstaubte, und sie Mr. Wiseman gegeben, als er zur Arbeit fuhr.« Eine weitere lange Pause, während Mrs. Pickle mit dem Staubtuch-Arm den Rückwärtsgang einlegte. »Hoffentlich hab' ich keinen Mist gebaut.«

»Oh, nein!« Zweifellos würde Mrs. Malloy begeistert sein, daß ihre Pistole jetzt in den Händen von Chitterton Fells' prominentestem Anwalt war. Aber in der Zwischenzeit mußte ich die Neugier von Mrs. Pickle befriedigen. »Natürlich brennen Sie darauf zu erfahren, warum ich die Pistole in den Krug gelegt habe …«

»Nein.«

»Aber bestimmt …«

»Ihre Angelegenheiten sind Ihre Sache.« Sie fuhr fort, quälend langsam zu sprechen. »Ich bin dankbar, daß ich einen Job habe. Als ich gestern abend Mrs. Wiseman anrief, um ihr zu sagen, daß ich es mir nicht mehr leisten könnte, an den Kursen teilzunehmen, weil die neue Pfarrerin mich entlassen hat, hat sie gesagt, sie würde mich anstellen.«

»Da bin ich aber froh.« Ebenso zu meiner wie ihrer Überraschung erklomm ich die Wendeltreppe und umarmte Mrs. Pickle. Zu meiner Belohnung gingen die Schleusen auf. Die Worte sprudelten nur so aus der Lady hervor, als ob sie in just diesem Moment von einem Schweigegelübde entbunden worden wäre.

»Die Pfarrerin sagte, sie braucht mich nicht, weil ihr Mann liebend gern selbst den Haushalt führt. Können Sie sich das vorstellen?«

»Nun ja …«

»Ich würde sagen, Liebe ist durchaus dabei im Spiel, aber nicht zum Bödenschrubben und dergleichen, Mrs. Haskell. Gestern hab' ich gehört, wie Mr. Spike mit Gladys Thorn stritt, und mir war gleich klar, daß sie mal was miteinander hatten. Und außerdem *wußte* er, daß ich es gehört hatte. Sie hätten die Blitze in seinen Augen sehen sollen. Ich sag' nur, wenn Blicke töten könnten! Und was passiert dann? Zwei Stunden später gibt man mir und dieser Schlampe, Miss Thorn – man gibt uns beiden den Laufpaß.«

Mrs. Pickle verstummte erschöpft von diesem Wortschwall, das Staubtuch hing schlaff in ihren Händen.

»Ich schätze, Sie haben recht«, war alles, was ich sagen konnte.

»Und ich *weiß,* daß Sie in *Erlebnis Ehe* sein sollten.« Sie sprach, wenn möglich, noch langsamer. Sie ging um mich herum, stapfte die Treppe hinunter und blieb in der Lichtpfütze des Oberlichtes über uns stehen. »Mrs. Haskell« – Mrs. Pickle faltete ihr Staubtuch und legte es über das Geländer –, »ich möchte Ihnen sagen, weshalb Reverend Foxworth darum gebeten hat, ihn von seinen Pflichten in St. Anselm's zu entbinden. Es war Ihretwegen.«

»Meinetwegen?«

»Der Gute, er war von dem Tag an, als Sie nach Merlin's Court kamen, in Sie verliebt.«

»Nein!«

»Er sagte zu mir: ›Mrs. Pickle, ich kann so nicht weitermachen, in Gedanken halb bei meiner Predigt, halb bei ihr. Ich werde mit dem Bischof sprechen und ihn bitten, mich zu versetzen, ganz gleich wohin, wenn ich nur von der Qual befreit bin, ihr Gesicht zu sehen‹.«

»Glauben Sie mir, ich hatte keine Ahnung davon.« Ich stand auf dieser Treppe und zugleich auf Niemandsland. Es gab kein Oben und kein Unten, nur die Entdeckung, daß der liebe, feinfühlige, gutaussehende Rowland Foxworth eine große Leidenschaft für mich gehegt hatte.

»Es gab eine Zeit, da hab' ich Sie gehaßt, Mrs. Haskell, aber mittlerweile weiß ich, daß Sie ihm nie weh tun wollten. Das Leben kann nicht für jeden ein Liebesroman sein. Nehmen Sie mich zum Beispiel. Ich bin seit Anbeginn der Zeit in Ihren Gärtner, Jonas Phipps, verliebt.«

Ich überließ sie ihrer Beschäftigung, weiter in Zeitlupe das Geländer abzustauben und begab mich die Wendeltreppe hinauf. Noch nie in meinem Leben hatte ich mich mehr ganz Frau, Fully Female, gefühlt als in diesem Moment. Ich wußte jetzt, daß ich der Gegenstand von Rowlands unerwiderter Wertschätzung war. An Mrs. Malloys Pistole verschwendete ich keinen Gedanken mehr. Was mich traf wie ein Schlag, als ich auf der obersten Stufe anlangte, war die Erinnerung an den überraschten Gesichtsausdruck der Pfarrerin, als sie mich gestern abend kennengelernt hatte. Jetzt begriff ich, daß sie eine ganz andere Frau erwartet hatte – eine echte Femme Fatale.

Erlebnis Ehe fand im Speisezimmer statt, das wie jeder Raum dieses Hauses im Hollywood-Stil die Gesetze der Geometrie neu bestimmte. Frühes Druidentum hätte Ben es genannt. Ich folgte dem Geräusch von Stimmen und trat mit dem verrückten Gefühl ein, durch ein Schlüsselloch einen verlängerten Blick auf das Zimmer und die Personen darin zu werfen. Bunty saß am anderen Ende des meilenlangen Tisches. Zu beiden Seiten aufgereiht, in strategischen Abständen und mit dem Kinn praktisch auf der Taille, saßen etwa zehn Mitglieder von Fully Female.

Ich schlich auf Zehenspitzen zu einem freien Stuhl, als unsere Anführerin die Hand hob. Stille senkte sich herab wie ein Tuch über einen Vogelkäfig.

»Mitfrauen, sagt hallo zu Ellie Haskell.«

»Hallo, Ellie!« Die Stimmen stürmten auf mich ein, als ich mich zitternd auf meinen Platz fallen ließ. Wohin ich auch sah, wurde gelächelt. Ich war umzingelt von Lächeln.

Buntys Lächeln glänzte so hell wie ihre blonden Locken. »Du brauchst nicht in kalten Schweiß auszubrechen, Liebes! Hier reden wir nur.«

Meine schlimmsten Ängste wurden wahr. Sie würden mich gefangenhalten, bis ich jede kleinste Einzelheit über mein Intimleben preisgegeben hatte ... oder den derzeitigen Mangel daran. Bunty fuhr fort in einem Redeschwall, von dem mir der Kopf schwirrte. Mein Blick schoß hierhin, dorthin, überallhin, suchte nach einer Lücke in der Deckung und entdeckte schließlich das vertraute Gesicht von Jacqueline Diamond, Frau meines liebsten TV-VIPs, Norman the Doorman. Wie großmütig! Die große Dame nahm ihre dunkle Brille ab, um mich eingehender zu betrachten.

Irrtum. Sie schob ihren Stuhl zurück und stand auf. Endlich drang Buntys Blabla zeitverzögert zu mir durch. Jacqueline sollte, da sie eines der neuen anwesenden Mitglieder war, den Stein ins Rollen bringen, indem sie enthüllte, was sie zu Fully Female geführt hatte.

Sie wirkte so weltgewandt mit ihrem schwingenden aschblonden Haar, den Lauren-Bacall-Augen und der 22-Zoll-Taille, die ihr imitiertes Cowboy-Outfit perfekt zur Geltung brachte. Es schien völlig verkehrt, daß sie einem Haufen Bauerntrampel wie uns ihr Herz ausschütten sollte. Auf der anderen Seite des gewaltigen Tisches schnellte Mrs. Wardle, die Bibliothekarin, vor, als ob sie jemand am Träger ihres BHs in Spezialgröße gepackt hätte, um sie durch den Raum zu katapultieren. Zwei Plätze weiter saß Mrs. Thirsty, die Direktorin der Dorfschule, und klapperte mit ihren Stahlstricknadeln wie ein blutdurstige Revolutionärin, die darauf wartet, daß das Fallbeil der Guillotine herabsaust. Nicht auf meinen Nacken, nein danke! Aber natürlich machte ich mir selbst etwas vor. Sobald Jacqueline Diamond mit ihrem seelischen Striptease fertig war, wäre ich an der Reihe. In der verzweifelten Suche nach emotionaler Unterstützung hielt ich in diesem Meer von Gesichtern Ausschau nach jemandem, die ich wenigstens oberflächlich als meine Freundin betrachten konnte. Aber Moll Bludgett hatte es nach ihrem Gespräch mit Miss Thorn nicht mehr hierher geschafft, und Edna Pickle wischte wohl noch immer Staub.

Jacqueline Diamond stand hinter ihrem Stuhl, und ihre glänzendroten Nägel umklammerten die Lehne. »Zunächst mal, meine Damen, lassen Sie mich Ihnen sagen, daß ich eine Perfektionistin bin.« Ihre Schlafzimmeraugen schweiften über den Tisch. »Mein Motto war schon immer, wenn du es nicht richtig machen kannst, Kindchen, dann lass' es ganz sein. Was der Grund dafür ist, weshalb Normie und ich nie allzuviel Sex hatten.«

Bunty stimmte Applaus an. »Einen dicken Beifall für Jacqueline für ihre Ehrlichkeit!«

Ich rutschte tiefer in meinen Stuhl.

»Normie sagt zum Spaß, daß ich zu den Menschen gehöre, die sogar draußen Raumspray versprühen. So bin ich nun mal. Alles muß genau stimmen, vor allem, wenn wir ... eine Party haben, wie wir es nennen. Ich will frische Blumen und tropffreie Kerzen, das ganze Drum und Dran. Normie ist anders, er ...«

»Ja?« summte es wie eine Biene um den Tisch.

»Normie ...« Die roten Nägel zupften an der Stuhllehne. »Früher hat er sich die Kleider vom Leib gerissen und gesagt: ›Wie wär's, altes Haus?‹ Aber seit er Norman the Doorman spielt ...«

»Ja?« Diesmal war es ein Brüllen.

»Jetzt ist er derjenige mit den Kopfschmerzen. Er steckt so tief in dieser blöden Rolle, daß er nie seinen Umhang abnimmt. Er weigert sich, Sex mit mir zu haben, weil er denkt, Tausende von Kindern wären völlig geschockt, wenn sie den Verdacht hätten, daß ihr Held irgendwelche Mätzchen macht, anstatt auf der Jagd nach dem bösen Spielzeuggreifer über die Dächer zu hechten.«

Jacqueline sah erschöpft aus und setzte sich wieder.

»Junge Frau«, sagte Direktorin Thirsty, »Sie müssen Ihre Hausaufgaben machen.«

»Aber Ihr Problem ist nicht unlösbar«, trällerte Mrs. Wardle.

»Irgendwelche Vorschläge aus der Gruppe?« fragte Bunty.

Zu meinem Entsetzen schob sich eine verräterische rechte Hand nach oben. Meine. Sofort schossen die Blicke aller Anwesenden in meine Richtung. Ich rappelte mich auf die Füße und stammelte eine Entschuldigung für meine Dreistigkeit ... meine bloße Existenz.

»Und Sie sind ...?« fragte die Bibliothekarin.

»Ellie Haskell.«

»Unser zweites neues Mitglied«, ergänzte Bunty.

»Mir ist nur gerade so der Gedanke gekommen, daß Mr. Diamond, wenn Mrs. Diamond eine Phantasie inszenieren würde, in der sie ein Püppchen ist, das gerettet werden muß, unter Umständen gern wieder seine Rolle als Ehemann übernehmen würde.«

Die Luft geriet in Bewegung, so scharf wurde eingeatmet. Sollte ich auf der Stelle hinausgeworfen werden? Leider nein. Der Raum schwirrte plötzlich vor Glückwünschen zu meinem großartigen Beitrag. Was Mrs. Diamond dachte, ging in dem Gedränge unter. Mehrere Frauen verließen ihre Plätze, um zu mir zu eilen und mich zu umarmen.

»Mrs. Haskell, willkommen in unserem kleinen Kreis!«

»Sie werden ein solcher Gewinn sein!«

»Ein frischer Wind!«

»Welche Einfühlung!«

Als der Tumult sich etwas gelegt hatte, rief Bunty die Versammlung zur Ordnung. »Liebe neue Mitglieder, jede Woche müssen alle Fully-Female-Kandidatinnen eine Hausaufgabe erledigen. Jacqueline, Sie könnten Ellies Vorschlag als eine Möglichkeit in Betracht ziehen. Womit der Augenblick gekommen ist, in dem unsere zweite Neue uns erzählen wird, was sie zu Fully Female geführt hat.«

Ein Sonnenstrahl schnitt durch die Luft und fiel in Gestalt einer goldenen Guillotine auf den Tisch. Doch eingehüllt in den Mantel der Freundschaft, stand ich unerschrocken auf, bereit, mein Schicksal zu erfüllen. Ehrlich gesagt war meine einzige Befürchtung, als meine Mitfrauen sich auf ihren Stühlen zurücklehnten, daß meine Geschichte sich nach Jacquelines zu zahm anhören würde.

Wenn ich sie vielleicht aufpeppte, indem ich meinen Taufnamen in voller Länge nannte … »Ich heiße Giselle Haskell, und ich wohne auf Merlin's Court, Chitterton Fells, mit meinem Mann Bentley, unseren Zwillingen Abbey und Tam und unserem begabten Kater Tobias. In den letzten Monaten war ich sehr unzufrieden mit meinen Leistungen als Ehefrau … als Mensch. Ich habe alle enttäuscht – sogar meine Pflanzen …«

Es war leichter, als ich gedacht hatte, aber im entscheidenden Moment, als ich drauf und dran war zu gestehen, daß ich in sexueller Hinsicht nicht so hoch motiviert war, wie man wünschen mochte, wurde ich durch das ferne Läuten einer Glocke aus meiner Geschichte herausgerissen.

»Zum Kuckuck noch mal!« Bunty war aufgesprungen und eilte zur Tür. »Das muß die neue Pfarrerin sein. Sie hat heute morgen angerufen und darauf bestanden vorbeizukommen, um dem Fully-Female-Programm ihren Segen zu geben ...« Mitten im Redefluß verschwand Bunty. Wenig später kam sie zurück, gefolgt von einer schwarzgekleideten Gestalt mit Spitzenhandschuhen und einem Blumenmädchenhut. Meine Gefühle waren in Aufruhr. Es ärgerte mich, mittendrin unterbrochen worden zu sein, und es war mir peinlich, daß Reverend Mrs. Eudora Spike mich an einem solchen Ort erwischte. Ich war keines Gedankens mehr fähig, als ich ihr ins Gesicht sah und mich dieses strahlende Lächeln umfing. Ich sank auf meinen Stuhl und faltete die Hände zum Gebet.

»Guten Tag, liebe Damen.« Die Züge von der Hutkrempe überschattet, rauschte die Pfarrerin zum anderen Ende des meilenlangen Tisches und pflanzte sich auf Buntys Stuhl. Das Stimmengewirr legte sich, als sich die schwarzen Spitzenhandschuhe erhoben. »Meine Freundinnen« – sie hielt inne, um unsere Herzen eins werden zu lassen –, »laßt uns einander die Hände zu einem Kreis der Freundschaft reichen, und laßt die Liebe zwischen uns strömen.«

Zum Teufel mit der Liebe! In hilflosem Wiedererkennen, knirschte ich mit den Zähnen. Die »Pfarrerin« war niemand anders als mein verräterischer Verwandter!

»Und nun« – Cousin Freddy neigte seinen schwarzen Hut – »laßt uns über multiple Orgasmen sprechen.«

Ist das Leben nicht herrlich? Der einzelne Horror mag ins Reich der Erinnerung entschwinden, aber es gibt immer eine neue aufregende Folter, die darauf wartet, an seine Stelle zu treten. Am Morgen nach meiner *Erlebnis-Ehe*-Sitzung rief Mrs. Malloy an, um klarzustellen, wo es lang ging.

»Mrs. H, ich hoffe doch, Sie haben die Vorbereitungen für Ihre Hausaufgabe getroffen?«

»Was?« Augenblicklich war ich wieder in der vierten Klasse von St. Roberta's und versuchte verzweifelt, in der Algebrastunde einen Aufsatz über den Hundertjährigen Krieg zu schreiben, wobei ich die ganze Zeit wußte, daß die schwere Hand von Miss Clopper bald auf meiner Schulter landen würde. »Welche Hausaufgabe?« flehte ich.

Mrs. Malloys schweres Atmen verwandelte den Hörer in einen Fön. Ich mußte mein Haar festhalten. »Nachtphantasie in den eigenen vier Wänden, Mrs. H!«

»Stimmt ja!« Ich ließ mich auf einen Stuhl fallen, auf dem sich die Ausgehkleidung der Babys türmte. »Wir sollen eine richtige Verführungsszene komponieren – das Schlafzimmer in ein Zelt aus Tausendundeiner Nacht verwandeln, Satinlaken auf das Bett ziehen und die Rumba der Sieben Schleier tanzen ...«

»Den Teil können Sie nicht bringen«, unterbrach Mrs. Malloy.

»Welchen?«

»Den Salome-Quatsch.«

»Aber ...«

»Ich hab' schon meine Tüllvorhänge abgenommen, also hat's keinen Zweck, zu flennen, Mrs. H, Sie müssen eben Ihre eigene Phantasie entwickeln.«

»Was ich gerade sagen wollte«, fauchte ich ins Telefon. »Für heute abend kann ich unmöglich ein Stelldichein mit Ben arrangieren, ich habe tausend Dinge zu erledigen. Ich muß die Babys zu ihrer Kontrolluntersuchung bringen, ich muß an meine Schwiegereltern und an Dorcas und Jonas schreiben, heute nachmittag kommt Mr. Bludgett, um die Waschmaschine zu reparieren, ich muß Unkraut im Steingarten jäten ...«

»Bringen Sie mich nicht zum Weinen!« Ich hatte den Verdacht, daß Mrs. Malloy sarkastisch war, aber als sie fortfuhr, stockte ihre Stimme. »Ich dachte, wir stehen das zusammen durch. Sie waren diejenige, die den verdammten Vorschlag mit Fully Female gemacht hat, als ich meinem Elend viel lieber ein Ende gesetzt hätte – ein sanfter Druck auf den Abzug und Friede, vollkommener Friede.«

»Genug!« rief ich, als sich die Erinnerung an die verlorene Pistole regte, um mich zu quälen. Sie von Lionel Wiseman zurückzuholen mußte auf meine Zu-erledigen-Liste. Aber alles hübsch der Reihe nach, zuerst mußte ich Mrs. Malloy beschwichtigen. »Ich stehe treu zu Fully Female«, versicherte ich ihr, »aber muß ich meine Hausaufgabe unbedingt *heute abend* machen?«

»Wir sollen morgen Bericht erstatten.«

Ausgeschlossen, ihr zu sagen, daß bei mir vieles von dem, was in *Erlebnis Ehe* gesagt worden war, zum einen Ohr rein- und zum anderen wieder rausgegangen war, nachdem die Pfarrerin ihren ... *seinen* Auftritt gehabt hatte. Indem sie zur Nachmittagssitzung ging, hatte Mrs. Malloy Cousin Freddy, den Wolf im Klerikerpelz, verpaßt.

»Sind Sie noch da, Mrs. H?«

Ich erhob mich von meinem Stuhl wie ein Phönix aus der Asche und versprach, meinen Beitrag zu Ruhm und Ehre von Fully Female zu leisten.

»Ich kann's kaum erwarten, meinen Walter im Naturzustand zu sehen.« Mit dieser grausigen Bemerkung legte Mrs. Malloy auf und ließ mich von Verzweiflung gepackt zurück.

Gab es denn kein Entrinnen, kein Schlupfloch im Stoff meines Lebens? Sollte ich wirklich eine Liebe entwürdigen, die sich in ihrer ruhmreichen Glanzzeit mit der einiger der bedeutendsten Duos aller Zeiten hatte messen können ... Paris und Helena ... Tony und Cleo ... Charlie und Di? So hätte ich den ganzen Morgen dastehen können, eine Wachsfigur des Mißmuts in der Halle auf Merlin's Court, doch es kam eine Begnadigung in Form einer herrischen Vorladung ins Kinderzimmer.

»Bin schon unterwegs, meine Lieblinge!«

Was für Engel! Sie nahmen das Frühstück mit einer Begeisterung zu sich, die das Herz einer Mutter erfreute und begleiteten mich ohne Protest auf der Fahrt zu Dr. Melroses Praxis.

Diejenige, deren Lächeln gelegentlich verblaßte, war ich. Nachdem ich es geschafft hatte, haarscharf in einer Lücke einzuparken, die offenbar für ein Skateboard vorgesehen war, gelang es mir auch noch auszuladen, wobei ich lediglich den Verlust eines Schals zu beklagen hatte, der von einem vorbeifahrenden Laster aufgesaugt wurde. Als nächstes kam das Trauma, mich mit der Schulter voran durch die Doppelglastür zu schieben, während ich mit einer Hand den Sportwagen der Babys hielt und mit der anderen die Windeltasche fallen ließ. Als ich in dem braunen Linoleum-Foyer auf den Aufzug wartete, dachte ich hämisch an diese harten Burschen vom Triathlon, die sich nicht mit einer Sportart zufriedengeben. Mitnichten! Sie müssen die Hänge des Kilimandscharo hochradeln, mit dem Fallschirm auf ihre Hundeschlitten springen und mit dem Kanu unterirdische Flüsse entlangpaddeln, wo Stalaktiten wie Speere aus der fledermausverseuchten Dunkelheit fahren. Was diese Masochisten brauchen, ist ein Tag im Leben einer Mutter.

Als der Aufzug widerwillig seine Türen öffnete, beförderte ich mich und den Sportwagen mit meiner gewohnten flinken Grazie an Bord, aber die Windeltasche schaffte es irgendwie nicht ganz. Die Metallkiefer schnappten zu und ließen fünf Zentimeter Riemen an meinem Arm übrig. Warum ich, lieber Gott? Maschinen hassen mich. Staubsauger, Föne, Wasserkessel, meine Waschmaschine ... sie alle verbringen ihr schäbiges kleines Leben ausschließlich damit, Komplotte zu schmieden, die mich zur Strecke bringen sollen. Zum Glück war der Aufzug nicht in Form. Bevor er aufwärts keuchen konnte, schaffte ich es, mit meiner Nase auf den Öffnen-Knopf zu drücken und die Windeltasche zu retten.

»Mummy hat gewonnen«, prahlte ich und kam mir vor wie Norman the Doorman, der gerade auf Tour war, als wir das Wartezimmer von Dr. Melrose betraten, denn der Fernseher war auf das Lieblingsprogramm meiner Lieblinge eingestellt. Ich flitzte zu der Frau an der Anmeldung – eine Frau, die aussah, als sei sie einzig zu dem

Zweck geboren, »Der nächste!« zu rufen –, nannte die Namen der Zwillinge und schaute mich in dem Raum mit seinen Gummibäumen und dem mit Zeitschriften übersäten Tisch um. An diesem Morgen herrschte reger Betrieb. Gesichter, Gesichter überall und kein einziger freier Stuhl. Die Worte klimperten in meinem Kopf zu der Musik, die aus dem Fernseher kam. Ich schob den Kinderwagen in eine Ecke, als ein asthmatischer alter Herr mit einem tabakfleckigen Schnäuzer mir seinen Platz anbot.

Ich lächelte. »Das ist furchtbar nett, wirklich, aber ich stehe gern.«

Er wies mit der Hand auf den Kinderwagen. »Da haben Sie ja alle Hände voll zu tun, Mutter!«

Rot vor Stolz schlug ich die Decke zurück, um ihn einen Blick auf Abbey und Tam werfen zu lassen, die wie Engel schliefen. Ihre süßen kleinen Hände umklammerten das Satinband an der Decke, ihre Münder bewegten sich, als machten sie Blasen in Traumland.

Eine Frau mit rosigen Wangen zu meiner Linken beugte sich vor, um ebenfalls einen Blick in den Kinderwagen zu werfen. »Nein, wie niedlich.«

»Vielen Dank.«

»Sind es Zwillinge?«

Erstaunlich, wie oft diese Frage gestellt wurde, aber ich ärgerte mich nie darüber. Ein Baby ist ein Wunder, zwei auf einmal sind so umwerfend, daß die Leute oft nicht mehr klar denken können. Ich erzählte wieder einmal die Lebensgeschichte der Babys, angefangen bei meinen gewaltigen Wehen, als eine der Türen zum Wartezimmer aufging und Miss Thorn herauskam. Ein schwarzer Hut war auf ihren Kopf gestülpt, und ihr Mantel hing bis auf den Fußboden, wie bei einer geknechteten Gouvernante. Auf ein Quietschen von Abbey hin schaute sie quer durchs Zimmer und sah mich direkt an.

Ich hob die Hand zum Gruß, doch mein Lächeln gefror. Denn Miss T sah durch mich hindurch – sie vernichtete mich geradezu mit ihrem Blick, bevor sie aus dem Zimmer schwebte. Albern von mir, so erschrocken zu sein, obwohl ich mir sagte, daß wahrscheinlich nur ihre Brille mal geputzt werden mußte.

»Der nächste!« brüllte die Hüterin der Anmeldung, und die Frau mit den rosigen Wangen eilte von dannen.

»Jetzt können Sie sich setzen«, sagte sie noch zu mir, mit einem Abschiedswinken zu den Zwillingen. Ich tat nur zu gern wie geheißen, ging zu ihrem Platz und stellte fest, daß sie dort einen Taschenbuchroman liegengelassen hatte. Dem romantisch- erotischen Umschlag nach sah es nicht aus wie etwas, das ich den Zwillingen vorlesen konnte, deshalb legte ich es auf die Decke des Kinderwagens und machte es mir gemütlich, um mir Norman the Doorman anzusehen. Edel und einsam stand er im Eingang von Tinseltown Toys, und sein schwarzer Umhang umwehte ihn.

»Potzblitz«, sagte er und hielt die Hand an seine Maske, »täuschen mich meine Äuglein, oder sehe ich da jede Menge meiner kleinen Freunde, die mir in einer sehr wichtigen Rettungsaktion zur Hilfe eilen? Ja! Da kommen Billy und Josie – hoffentlich geht es deinem gebrochenen Arm besser, Josie –, und ein großes Hallo an Edward, Nancy, Patrick, Julie, Lisa und alle meine besonderen Freunde. Diesmal« – Norman hob seinen Umhang, als wollte er die Kinder unter seinen Schutz ziehen – »brauche ich wirklich die Hilfe jedes einzelnen von euch. Es war einmal vor nicht sehr langer Zeit und nicht weit von hier eine nette Dame namens Mrs. Brown, die beschloß, zum Geburtstag ihres kleinen Jungen eine besondere Überraschung vorzubereiten. Der Name des kleinen Jungen war Barry, und Mutter machte ihm ein rotes Kaninchen aus Götterspeise mit einem Lakritzschnurrbart. Am Nachmittag, als Mutter ihren großen Löffel nahm, sagte eine Stimme so süß wie roter Wackelpudding: ›Bitte, eßt mich nicht. Ich bin ein Zauberkaninchen. Ich bitte nur darum, in eurem Kühlschrank wohnen zu dürfen.‹ Barrys Daddy war anfangs nicht sonderlich erfreut. ›Was? Wir sollen ein ganzes Fach einem Teller mit Glibber überlassen? Soll ich meine Limoflaschen etwa nach draußen auf die Straße stellen?‹ Aber schließlich hörte Daddy auf zu jammern und zu klagen, und das Wackelpudding- Kaninchen wurde zu einem Mitglied der Familie. Doch gestern nacht wurde es von dem bösen Mr. Melt aus dem Kühlschrank gekidnappt, und wenn wir das Wackelpudding-Kaninchen nicht rechtzeitig finden, wird es Fruchtsaft sein ...«

»Nein!« Das Wort fegte durch den Raum, und als ich meinen glasigen Blick vom Fernsehschirm losriß, entdeckte ich, daß ich nicht als einzige in dem Warteraum vor Spannung auf der Stuhlkante hockte. Der asthmatisch pfeifende alte Herr neben mir hatte fast seinen Schnäuzer abgekaut. Ich teilte ihm lässig mit, daß ich persönlich mit dem Star von Tinseltown Toys bekannt sei.

»Sie kennen *Norman?*« Der alte Herr pfiff fast seinen Geist aus.

»In gewisser Weise.« Mit der einen Hand schaukelte ich den Kinderwagen, während ich mit der anderen mein Haar glättete. »Ich kenne seine Frau.«

»Wie ist sie denn?«

»Freundlich, nett ...«

»Und Sie glauben, eines Tages wird sie Sie mit dem alten Knaben bekanntmachen?«

»So weit hatte ich nicht gedacht ...« Mein Blick kehrte

zum Fernsehschirm zurück, wo Norman eine Leiter an den Mond lehnte. Magischer, harmloser Märchenkram. Phantasien. Plötzlich, wie von ferne, hörte ich Mrs. Malloys Stimme, die mich informierte, daß heute *der* Abend für meine Hausaufgabe sei. Und in mir regte sich eine mädchenhafte, *kindische* Vorfreude. Ich stand nicht am Beginn eines Lebens der Unmoral, sondern ich rettete meine Ehe aus den üblen Klauen der Nachlässigkeit. Als hätte das Schicksal es so bestimmt, trat an die Stelle von Norman the Doorman eine Reklame für Katzenfutter, und mein Blick fiel auf die Decke des Kinderwagens, wo das Taschenbuch *Reise nach Walhalla* lag. Meine Hände griffen danach, und das Buch öffnete sich auf Seite 31, als ob es auf mich gewartet hätte.

Der große Gott Thor, der einst vom Ozean trank und die Gezeiten schuf, zog jetzt mit einem Ruck seiner zornigen Hände die Wolken auseinander. Man hätte eine Stecknadel auf das Schlachtfeld fallen hören können. Söldner fielen katzbuckelnd auf die Knie und sahen gebannt auf einen Grashügel, auf dem die Kriegerprinzessin Marvel stand.

Ihr feuerrotes Haar glühte wie die Strahlen der grellen Sonne. Ihre Amethystaugen konnten sich mit den Juwelen messen, die aus der Burg ihres Vaters geraubt worden waren. Der Saum ihres Gewands war starr von Blut, und ihre zarten Schultern schmerzten vom Schwingen des Schwertes, das sie bei Tagesanbruch aus den Händen ihres sterbenden Gefährten Bod, des Unbarmherzigen, genommen hatte. Trockenen Auges hatte Marvel geschworen, seinen Mörder, diesen übelsten aller Sachsen, – Baron Derick von Dryadsville, zur Strecke zu bringen. Geborgen im Schutze Thors – in einer Hand trug sie das Schwert, die andere preßte sie an eine Taille, die nicht breiter war als ein Lorbeerkranz –, ging sie auf dem Hügel, auf dem überall Butterblumen leuchteten, auf und ab.

Jenseits des Wehres, mit einem Blick so stählern wie sein Schild, stand Derick im Kreise seiner Männer und fand sie lieblicher denn eine Blume. Bei Wodin! Noch ehe der Mond über diesem verwünschten Tal aufging, würde er die Kriegerprinzessin sein eigen nennen. Er verzog seine feingeschnittenen Lippen zu einem jungenhaften Lächeln, das ebenso schnell zu Eis gefror. Herold von Leeth schlich an der anderen Seite des Hügels hinauf. Der schändliche Bube war nur noch ein Handbreit davon entfernt, diesen reizenden Hals mit seinen ungeschlachten Pranken zuzudrücken. Doch plötzlich, mit der ihr kraft ihres königlichen Bluts eigenen Anmut, fuhr Prinzessin Marvel herum und setzte mit einem Aufblitzen des Silberschwertes Herolds Leben ein Ende. In der goldenen Stille jenes Aprilmorgens sprang der leblose Kopf sich überschlagend den Hügel hinunter – mit vorquellenden Augen, die Lippen zu einem Kruzitürken! geformt, bis er ein letztes Mal aufkam und vor Dericks Füßen liegenblieb.

Der kniete sich hin, nahm seinen Helm ab und hob den Blick zu der Frau der Stunde. »Bei den Göttern, du kommst von weit her, Baby ...«

Ich legte die *Reise nach Walhalla* wieder auf die Decke des Kinderwagens, als ein Kriegsschrei des zwanzigsten Jahrhunderts ertönte.

»Der nächste!«

Abbey und Tam schossen hoch und – ja! Hipphipphurra! Wir waren die Auserwählten! Unter den neidischen Blicken des übrigen Haufens, der aussah, als säße er hier seit den Anfängen des Penicillins, schob ich den Kinderwagen in das Allerheiligste von Dr. Melrose.

Du liebe Zeit! Der gute Arzt saß zusammengesunken in

seinem Stuhl, mit geschlossenen Augen, was mich zu der Annahme veranlaßte, daß er tot war (alles andere wäre völlig unprofessionell gewesen), aber plötzlich setzte er sich auf und jagte mir dadurch einen Mordsschreck ein.

»Mrs. Haskell, nicht wahr?« Und das von dem Mann, der seit meiner Ankunft auf Merlin's Court mein Arzt war. Der Doktor war ein Hüne, groß und stämmig. Gewöhnlich trug er Tweed, was seine Ähnlichkeit mit einem Bären unterstrich, heute jedoch wirkte er wie geschrumpft. Sein Gesicht war eingefallen, und er hatte einen glasigen Blick, der erschreckend an den abgeschlagenen Kopf erinnerte, der wie ein Fußball den Hügel hinuntergerollt war.

»Ja, ich bin's«, antwortete *ich,* mit aller mir kraft meiner guten alten bäuerlichen Herkunft eigenen Munterkeit. »Es ist mal wieder Zeit für einen Check-up der Babys.« Es irritierte mich, ihn an den Grund unseres Kommens erinnern, zu müssen. Immer noch sitzend, beobachtete Doc Melrose, wie ich Abbey aus dem Kinderwagen hob, so als hätte er nicht die geringste Ahnung, was – geschweige denn wer – sie war.

»Ich habe nicht gut geschlafen.« Seine Hände zitterten. Unangenehm, denn sie gehörten zu der besonders behaarten Sorte.

»Oje!« Ich setzte mich mit beiden Babys auf dem Schoß ihm gegenüber. »Jede Menge nächtlicher Streß, schätze ich.« Ich meinte Notfälle, Hausbesuche und so weiter, aber seine Reaktion führte fast dazu, daß Tam von meinem rechten Oberschenkel in den Abgrund fiel.

»Ja!« Der Doktor drückte das Stethoskop an seinem Hals zusammen, als wollte er sich selbst erdrosseln. »Morgens, mittags und nachts Streß. Flo ist nicht mehr sie selbst, seit sie dieser Fully-Female-Organisation beigetreten ist. Sie sind doch nicht etwa auch eingetreten, oder?«

»Um Himmels willen!« sagte ich nervös.

»Um Ihret- und Ihres Ehemannes willen bete ich, daß Sie es nie tun.« Seine Augen waren blutunterlaufen, sein Blick ging gehetzt zur Tür. »Sie haben meine Frau nicht da draußen im Wartezimmer gesehen?«

»Nein.«

»Sie könnte verkleidet gewesen sein.« Jetzt verknotete er sein Stethoskop. Schlimmer noch, sein Gesicht verknotete sich. »Flo inszeniert gern solche kleinen Überraschungen. Ich habe keine Ahnung, wann sie diese Tür da aufstoßen und bei meinem Anblick die Zähne fletschen wird ... sämtliche ... Diese Frau hat sich in einen Vampir verwandelt. Sie ist unersättlich. Gestern abend, als ich nach Hause kam ... noch ehe ich meinen Hut abnehmen konnte, hatte sie mich auf den Tisch im Eßzimmer geworfen. Wir hätten eigentlich Bridge spielen sollen.«

»Mrs. Melrose hatte abgesagt?«

»Nein. Und Gott sei Dank läutete es gerade noch rechtzeitig an der Tür. Ich bin zu alt dafür, Mrs. Haskell. Ich freue mich auf die Pensionierung, wenn wir zwei im Garten sitzen, Strohhüte aufhaben und Händchen halten.«

»Sie zeichnet doch so gern.« Ich bot ihm allen Trost, dessen ich fähig war, während ich Abbey und Tam enger an mich zog. Arme Lieblinge, sie rieben sich beide das Näschen, ein sicheres Zeichen, daß sie müde waren.

»Zeichnen!« Dr. Melrose warf sein Stethoskop hin und knirschte mit den Zähnen. »Wissen Sie, von welchen Motiven ihr Künstlerhirn jetzt besessen ist?«

»Ähmmmm ...« Ich erinnerte mich nur zu gut daran, wie Flo mir auf der Versammlung des Heim-und-Herd-Vereins erzählt hatte, sie stehe darauf, nackte Kerle zu malen. Sie hatte ja sogar gemeint, Ben würde ein hübsches Motiv abgeben. Doch dem Doc hatte sie vielleicht erzählt, sie male Stilleben, was als leicht geschönte Version der Wahrheit durchgehen konnte, wenn sie ihre Modelle anwies, sich nicht zu rühren, sich nicht einmal ihre Gänsehaut zu kratzen.

»Mrs. Haskell, Flo interessiert sich für die männliche Anatomie.«

»Tatsächlich?«

»Ganz bestimmte Teile der männlichen Anatomie.«

Es dauerte einen Augenblick, bis der Groschen fiel, woraufhin ich wahrhaft entsetzt war. Vielleicht habe ich ja eine schmutzige Phantasie. Aber in meiner bäuerlichen Sichtweise besteht ein großer Unterschied zwischen einer Künstlerin, die nur Hände malt, und einer, die sich auf das konzentriert, was Bücher wie *Reise nach Walhalla* mit Euphemismen umschreiben. Prinzessin Marvel mochte ihre Augen ruhig zur Freude ihres kleinen nordischen Herzens an Lord Dericks Männlichkeit weiden, doch Flo Melrose würde ihren Pinsel nicht in die Nähe von Bens …

»Und ich bin nicht der einzige, der durchdreht!« Dr. Melrose war aufgestanden und hantierte mit den Instrumenten auf einem Tablett. »Glauben Sie im Ernst, daß der Tod dieser Huffnagle ein Unfall war? Lassen Sie es sich gesagt sein, ihr Ehemann konnte keine weitere Runde mehr durchstehen und machte dem Highlife ein Ende, indem er dieses Elektrogerät in ihr Badewasser warf.«

»Mord?« keuchte ich.

»War nur so dahingesagt.« Dr. Melrose verzog den Mund und winkte mit seiner behaarten Hand ab. »Und es wäre schwer zu beweisen. Glückspilz.«

»Tja, wie Reverend Foxworth immer sagte, und ich bin sicher, die neue Amtsinhaberin würde ihm beipflichten, soll der Himmel sein Richter sein.« Ich steckte die Babys in den Sportwagen und bewegte mich in Richtung Tür.

»Nicht so eilig!« Er hielt eine Spritze hoch, und ihre heimtückische Spitze glitzerte in der Sonne, die durch das gefängnisgroße Fenster hereinschien. »Das ist kein Spaß für Mummy, aber Alice und Tom brauchen ihre Injektionen.«

Entsetzlich unhöflich von mir, ich weiß, aber ich würde nicht zulassen, daß dieser um seinen Schlaf gebrachte Mann mit dem womöglich falschen Serum auf meine Babys losging. Ich stieß die Tür auf, floh durch das Wartezimmer, war in meinem Auto und hatte meine Engel sicher auf dem Rücksitz verstaut, bevor ich richtig Atem schöpfte.

Während ich in einem als Mutter verantwortbaren Tempo über die Cliff Road fuhr, überlegte ich aufs neue, ob ich nicht etwas furchtbar Albernes getan hatte, indem ich Fully Female beitrat, selbst wenn ich davon ausging, daß Dr. Melrose bezüglich der Huffnagles sein professionelles Augenmaß eingebüßt hatte. Was Ben sagen würde, falls – *wenn* – er es herausfand, war die große Frage. Das männliche Ich ist unergründlich. Er könnte erfreut sein, daß ich Zeit und Energie in den Erhalt unserer Ehe investierte, oder er könnte das Ganze als Beleidigung seiner Männlichkeit auffassen – im weitesten Sinne des Wortes.

Ich befand mich auf dem Abschnitt der Straße, wo der Eisenzaun des Kirchhofs sich oben auf dem Hügel brüstet, als ich einen Mann aus dem Torbogen der Eiben auftauchen sah. Leider sah er mich nicht und stapfte um Haaresbreite vor der Schnauze meines Wagens über die Straße. Ohne mein damenhaftes Tempo wäre er entweder auf der Motorhaube gelandet oder holterdipolter über den Klippenrand in das wartende Maul der hungrigen See gefallen, deren Magenknurren laut und deutlich zu uns heraufzog.

Der Wind zauste Mr. Gladstone Spikes spärliches Haar,

während der Rest von ihm völlig unbewegt wirkte, als er durchs Autofenster spähte.

»Mrs. Haskell, wie erfreulich, Ihnen über den Weg zu laufen.« Sein sanftes Lächeln sagte mir, daß kein Wortspiel beabsichtigt war. Der Mann hatte keine Ahnung, daß Petrus an der Himmelspforte gestanden und »Der Nächste!« gerufen hatte.

»Ich bin auf dem Heimweg, ich war mit Abbey und Tam beim Arzt.«

»Ach, wie nett!« sagte er.

Ich erkundigte mich nach seiner Frau, und plötzlich geriet mehr als nur sein Haar durcheinander. In seine Augen trat dieser glasige Blick, den ich für immer mit jenem Morgen in Verbindung bringen würde. »Eudora geht es gut, danke. Beschäftigt, wie nicht anders zu erwarten.«

»Diese Gemeinde kann von Glück sagen, sie zu haben.« Meine Stimme lief jetzt auf Automatik. Die Zwillinge wurden allmählich unruhig. Ohne mich umzudrehen, wußte ich, daß Abbey Tam an der Nase gepackt hatte und jeden Augenblick ein Geheul losbrechen würde, das dem, was Cape Canaveral zu bieten hatte, in nichts nachstand.

»Eudora ist eine großartige Frau.« Seinem Ton nach hätte Mr. Spike mich auch darüber informieren können, daß sie unter einer Weihrauchallergie litt, durch die sie sich zu vorzeitiger Pensionierung veranlaßt sehen könnte. »Eine Heilige. Ich habe nie aufgehört, dem Himmel dafür zu danken, daß sie mich geheiratet hat.« Er trat vom Auto zurück und stand mit hängenden Schultern da, eine frostige Gestalt selbst an diesem Apriltag. Er blickte starr nach vorn, als läge irgendwo an dem blauen Horizont die Antwort auf eine Frage von schicksalhafter Bedeutung.

»Überaus liebenswürdig von Ihrem Mann, Mrs. Haskell, die Schachtel Ingwerkekse zu schicken. Meine Frau wird ihm noch ein paar Zeilen schicken, aber danken Sie ihm doch schon einmal in unser beider Namen.«

»Das mache ich.« Ich brachte den Motor auf Touren, erklärte, daß ich es eilig hätte, nach Hause zu kommen, weil die Babys zu Mittag essen müßten, und er hob die Hand in einer Geste, die wie ein Abschiedsgruß und ein Segen zugleich wirkte. Als ich losfuhr, stand er von meinem Rückspiegel eingerahmt da. Ich hatte angenommen, daß er auf einem Mittagsspaziergang war, aber irgend etwas an seiner Kopfhaltung und seine verkrampften Schultern brachte mich auf den Gedanken, daß er auch auf jemanden warten könnte.

Manche Tage sind voller Überraschungen. Ich betrat Merlin's Court durch die Gartentür, die Arme voll mit den Babys, und fand einen Mann in meiner Küche vor.

»Mr. Bludgett«, sagte ich an den kleinen Mann mit dem Charlie-Chaplin-Bärtchen gewandt, »wie sind Sie hereingekommen?«

Er hörte auf zu tun, was immer er an der Waschmaschine tat, und blickte mich aus seinem gesunden Auge an. Das unter dem verzogenen Lid machte, was es wollte.

»Tut mir leid, wenn ich Sie erschreckt hab', Missus.« Er sah aus, als tue er nichts lieber, aber, wie Reverend Spike mich sicherlich ermahnen würde, du sollst nicht nach dem Schein urteilen. »Als auf mein Rufen niemand gekommen ist, hab' ich's an der Tür probiert und festgestellt, daß sie offen war. Dachte, Sie wollten die Waschmaschine repariert haben, bevor sie noch älter wird, und fertig ist die Laube.«

»Nett, Sie zu sehen.«

»Hier, lassen Sie mich eines der kleinen Scheißerchen nehmen.« Gesagt, getan, Mr. Bludgett nahm mir Tam ab.

»Danke.« Ich knöpfte Abbeys Mantel auf. »Und, bitte,

lassen Sie sich von uns nicht stören. Wir versuchen, Ihnen nicht im Weg zu sein, während Sie arbeiten.«

»Keine Sorge.« Mr. Bludgett mochte hoffnungsvoll auf den Kessel geblickt haben oder auch nicht. So oder so hatte ich keine Zeit, ihm eine Tasse Tee aufzugießen, bevor ich nicht die Babys umgezogen und gefüttert hatte.

»Wenn Sie es sich gemütlich machen wollen«, fing ich an, nahm ihm Tam ab und ging mit je einem Baby unter dem Arm zur Tür.

Er verstand auf Anhieb. »Kein Problem, Missus. Ich setz' Wasser auf.«

»Der Tee ist in der Kupferdose.«

»Alles klar. Meine Moll sagt, ich bin wie ein Bluthund in der Küche. Sie kann nichts vor mir verstecken. Vorige Woche hat sie 'nen Kuchen gebacken – nicht zu unserem Hochzeitstag oder 'ner anderen offiziellen Gelegenheit. Es war ein Dankeschön-Kuchen ... für die Nacht davor. Sie ist ein Genie, meine Moll, mit solchen kleinen Extras, mit denen man einen Mann verwöhnen kann. Jedenfalls, um's kurz zu machen, sie hat ihn im obersten Schrankfach über dem Herd versteckt, aber ich hab' ihn doch erschnüffelt. Wie wir gelacht haben, wir beide, als Moll mich mit der Dose in der Hand erwischt hat. ›Hier braucht jemand eine Tracht Prügel!‹ sagte sie.«

Ach du liebe Zeit! Jetzt wurde es pervers. Knallrot vor Verlegenheit murmelte ich: »Da müßte noch etwas Dundee-Kuchen in der Dose mit dem Parlament drauf sein« und eilte hinaus.

Nachdem ich die Babys frisch gewickelt hatte, fuhr ich mir mit dem Kamm durch die Haare und musterte mich im Spiegel des Kinderzimmers. Das hier war beim besten Willen kein Gesicht, das tausend Schiffe vom Stapel ließ. Nicht mal ein paar Ruderboote. Mist. Aber keine Zeit für

Selbstmitleid. Ich durfte nicht vergessen, daß meine Zeit knapp bemessen war. Wenn ich nicht Mrs. Malloys Staatsfeind Nummer eins werden wollte, mußte ich mich auf die Nachtphantasie mit meinem Ehemann Nummer eins vorbereiten. Sollte ich dem Beispiel von Moll Bludgett folgen und für Ben einen Kuchen backen? Das wäre wie Eulen nach Athen tragen. Alles, was ich backen konnte, konnte Ben besser backen, andererseits haben Speisen, die mit dem Herzen gegessen werden, doch bestimmt eine Garantie auf Genuß. Mit den Babys im Zwillingstragesack und einem Blick auf die tickende Standuhr eilte ich durch die Halle zur Küche zurück. Dort fand ich Mr. Bludgett mit einer Tasse Tee in den Händen und einem Gummischlauch um die Schulter geschlungen vor. Rechnete er mit Hochwasser?

Abbey und Tam machten deutlich, daß sie ihr Mittagessen wollten, und zwar dalli. Küchengewusel mit einem Mann im Weg war noch nie eines meiner Lieblingshobbys. Über Schläuche stolpernd und durch den schmalen Kanal zwischen Waschmaschine und Küchentisch navigierend, schaffte ich es, die Babys wieder in den Laufstall zu setzen, wobei ich gleichzeitig versuchte, mit einer Hand das Fully-Female-Handbuch zu halten und darin zu lesen. Verstehen Sie, ein Fully-Female-Mitglied muß ihr Handbuch so getreu lesen wie ein römisch-katholischer Priester seine Messe. Ich hatte nicht nach Rezepten Ausschau gehalten, doch am Schluß von Kapitel drei stieß ich auf ein Fully-Female-Fondue, das genau richtig klang.

REZEPT

MARINADE: Eine Wanne mit warmem Wasser füllen, behutsam mit Fully Female Fantasy abschmecken und eine halbe Stunde einweichen lassen, notfalls umdrehen, um

Druckstellen zu vermeiden. Aus der Flüssigkeit entfernen, trockentupfen und leicht mit Fully-Female-Kräuterbalsam einreiben.

DRESSING: Wir schlagen Ranch vor – eine lebhafte Mischung aus Cowboystiefeln und einem niedlichen kleinen Halfter, keine Zusätze oder Ersatzstoffe. Oder wählen Sie Französisch – es ist sehr elementar und wirkt garantiert selbst auf den heikelsten Ehemann. Tragen Sie Ihr liebstes Négligé, flechten Sie ein Samtband in Ihr Haar, und schieben Sie die Füßchen in Ihre winzigsten Pantöffelchen.

GARNIERUNG: Besprühen Sie Ihr liebliches Ich und Ihr Liebesnest mit Parfum de Passion von Fully Female, und – nach Wunsch – bestäuben Sie Ihre Schultern mit Puderzucker.

SERVIERVORSCHLAG: Decken Sie Ihren Tisch mit Ihrem feinsten Leinen, Porzellan und Silber. Arrangieren Sie kunstvoll frische Blumen …

Für ein Rezept war dieses hier zweifellos spannend, aber ich fragte mich allmählich, ob wir jemals zum Höhepunkt gelangen würden, dem Teil, wo wir kunstvoll das Essen auf einer Servierplatte arrangierten. Aha, hier kam es – Paradiesvogel-Fondue, was, wie es aussah, im Grunde eine erotische Umschreibung für Brathähnchen war. Die einzige kulinarische Herausforderung, die ich voraussah, wäre das Auffinden des Fonduetopfs. Früher hatten wir zwei besessen, aber Ben, als der Purist, der er ist, hatte den elektrischen verschenkt. Ich fragte mich schon, ob es sich mit verantwortungsvoller Elternschaft vereinbaren ließ, etwas zu frittieren … ach, zum Teufel damit! Haben Menschen, die Abstinenz zum Kult erheben, wirklich ein längeres Leben? Oder läßt die Langeweile es nur länger *erscheinen?*

Hähnchenteile in mit Kräuter-Kraftkur gewürztem Eierkuchenteig tunken und in heißem Öl garen lassen, bis sie durch und durch sexy-saftig sind. Mit einer Beilage zum Anbeißen und Gemüse aus Ihrer taktvollen Tiefkühltruhe servieren. Indem Sie diese Abkürzungen nehmen, liebe Mitfrau, sorgen wir dafür, daß Sie nicht übergekocht sind, wenn Ihr Turteltäubchen zur Tür hereinkommt. Wir wollen, daß er Sie leicht köchelnd vorfindet. Lassen Sie sich von ihm zum Aufwallen bringen, wenn das Fonduelicht zu flackern beginnt ...

»Mrs. Haskell?« Mr. Bludgett holte mich mit einem Plumps auf die Erde zurück. Ich ließ das Handbuch fallen, drehte mich um, sah, daß er den Gummischlauch in den Händen bereithielt und glaubte eine Schocksekunde lang, er wolle mich damit wie mit einem Lasso einfangen. Lächerlich. Ihm lag nur die Waschmaschine am Herzen, aber irgendwie konnte ich die Wirklichkeit nicht von Bludgett, dem Einbrecher, Gefahr für die Gesellschaft, trennen.

»Ja?« Aus dem Augenwinkel beobachtete ich die Zwillinge, die sich an den Seiten des Schinderkarrens – ich meine des Laufstalls – festhielten und uns aus starren immergrünen Augen anstarrten.

»Ich glaube, ich hab' das Problem gefunden, Missus.«

»Ach ja?«

»Und Sie können zwischen zwei Möglichkeiten wählen.« Mr. Bludgett tätschelte das Bullauge der Waschmaschine, eine so ergreifende Geste, daß er nicht auszusprechen brauchte, was er meinte. Wir konnten wählen, ob wir die alte Nellie künstlich am Leben erhalten wollten, an lebensverlängernde Schläuche angeschlossen, oder wir konnten sie mit Würde in den großen Schrotthaufen im Himmel eingehen lassen. Wenn ich eigenmächtig hätte entscheiden können, dann hätte ich dafür optiert, das alte

Mädchen zur Hintertür rauszuschmeißen. Doch Ben hatte diese fixe Idee, technische Geräte bis weit über ihre Zeit hinaus funktionstüchtig zu erhalten. Nehmen wir zum Beispiel seinen Wagen. Er plant, daß dieser ihn überdauern soll und hat in seinem Testament Vorkehrungen für seine spätere Pflege getroffen.

»Mr. Bludgett«, sagte ich, »mein Mann hängt an dieser Waschmaschine. Kann man sie irgendwie retten?«

Zu meinem Staunen zuckte Mr. Bs Schnäuzer, und er griff mit unsicherer Hand nach dem Gummischlauch. Seine Hände waren zwar nicht so behaart wie Dr. Melroses Bärentatzen, doch ich stellte fest, daß an einem Tag schon zwei starke Männer in meiner Gegenwart das große Zittern gekriegt hatten. Was war aus dieser Stadt geworden?

»Mrs. Haskell, Sie brauchen mir nicht zu sagen, daß Sie hingegangen und Fully Female beigetreten sind. Ich kann es an Ihrem Blick sehen, in Ihrer Stimme hören, wenn Sie über den Mister sprechen. Meine Moll ist genauso. Was für 'ne Frau! Jeder Tag wie in den Flitterwochen. Ihr erster Atemzug nach dem Aufwachen und ihr letzter vor dem Einschlafen gilt mir. Nur eins verdirbt unser Glück ...«

»Herrje!«

»Ich muß immer darüber nachdenken ...« Mr. Bludgett zerrte an dem Gummischlauch, als wollte er ihn erdrosseln. »Ich denke darüber nach, wie ich hingegangen und diese ... unmoralischen Sachen mit ... dieser Frau gemacht hab'.« Er brauchte die Ehebrecherin nicht zu nennen. Der Name Miss Gladys Thorn stand in die Luft geschrieben wie eine Comic-Blase. Ich wußte nicht, was ich sagen sollte. Der alte Spruch »Dazu gehören immer zwei!« fiel mir ein, aber Moralpredigten brauchen ihre Zeit, und wir hatten noch keine Entscheidung wegen Nellie gefällt und ... oh, Mist! Da war jemand an der Gartentür.

Poch-klopf-klopf.

Ein albernes, neckisches Klopfen. Wut stieg mir schäumend in der Kehle hoch, als ich durch die Kieselglasscheibe spähte und die große, schmale Gestalt entdeckte. Cousin Freddy! Wie konnte er es wagen, sich nach seiner gräßlichen Scharade bei Fully Female hier blicken zu lassen! Eine Geistliche zu imitieren! Als Varieté-Sketch mochte es ja noch angehen, aber ich fand es ganz und gar nicht lustig. Ich riß die Tür auf und schleuderte ihm einen Wortschwall ins Gesicht.

»Setz einen Fuß in mein Haus, du Eiterbeule, und ich bring' dich um!«

Die Person an der Tür war Miss Thorn.

Bevor ich meine Stimme wiederfand, die in Deckung gegangen war, wich Miss Thorn zurück, die Stufen hinunter, wobei sie über ihre eigenen Füße und Worte stolperte.

»Tut mir so leid, Mrs. Haskell!« Ihre Pilzaugen bohrten sich mir ins Herz. »Ich war gerade in der Gegend und dachte, ich bringe das Taschentuch Ihres lieben Mannes zurück.« Das Flattern einer weißen Fahne, bevor sie es an die Lippen drückte und über die Einfahrt entfloh, eine hagere schwarze Gestalt, hinter der der Teufel her war. Ich fühlte mich schrecklich. Ich dachte daran, ihr zur Bushaltestelle nachzurennen und ihr meine Entschuldigung zu Füßen zu legen. Der Geist war willig, aber das Fleisch, leider, war hoffnungslos aus der Form. Ich wählte den Weg des Feiglings und schloß die Gartentür.

Mr. Bludgett sah aus, als hätte er mir gern einen Orden an die Brust geheftet. »Sie sind voll und ganz eine Fully-Female- Frau – so um Ihren Mann zu kämpfen!«

»Die Waschmaschine«, sagte ich streng.

Mr. Bludgett strich um Nellie herum wie ein Hund um seinen Korb, bevor er sich hineinlegt, dann winkte er mich zu sich. Unter den Blicken meiner Kinder schob ich mich langsam näher. Er ließ sich Zeit, kratzte erst seinen Schnäuzer, um die Spannung zu steigern, dann schlug er mit der Faust gegen Nellies Seite, als klopfe er auf Holz. »Probieren Sie das mal, Missus, und gucken Sie dann, wie's weitergeht.«

»Was? Ich soll ihr jedesmal eins verpassen, wenn sie stehenbleibt?«

»Genau.«

Ich fühlte mich seltsam im Stich gelassen, wie es vermutlich geschah, nachdem man eine Sargkombination bei Mr. Fisher ausgesucht hatte, nur um dann den medizinischen Test mit fliegenden Fahnen zu bestehen. Während Mr. Bludgett Nellie wieder in ihre Nische schob, hastete ich durch die Küche auf der Suche nach meinem *Kochbuch für Schokoholiker,* dem mit dem idiotensicheren Rezept für Schokoladencremetorte.

Auf keinem der Regale. Blätter flogen, als ich erfolglos die Schubladen durchwühlte. Als mein Frust seinen Zenit erreichte, fiel mir ein, daß Dorcas zu meinem Geburtstag einen Kuchen gebacken und dasselbe Buch benutzt hatte. Vermutlich war es noch in ihrem Zimmer.

Wie es aussah, würde Mr. Bludgett noch eine Weile brauchen, und Abbey und Tam unterhielten sich zufrieden in Babysprache, daher schien es völlig ungefährlich, einen Augenblick nach oben zu laufen. Aber kann man dem Leben jemals trauen? Aus dem Augenblick wurden gut zehn Minuten. Dorcas' Zimmer zu durchsuchen, ohne ihre Privatsphäre zu verletzen, war ein heikles Unterfangen. Ich verschwendete wertvolle Zeit, indem ich auf Schubladen starrte, die zu öffnen ich nicht fertigbrachte. Und die ganze Zeit wußte ich, daß das Kochbuch hier war. Ich konnte seine Gegenwart spüren, ich war wie besessen davon, es zu finden. Verlorengegangene Dinge haben etwas furchtbar Bedrohliches. Ich stelle mir immer vor, daß sie in ihrem Versteck liegen und mich auslachen. Typisch für die Spielchen, die solche Dinge spielen!

Schließlich gab ich auf und war gerade im Begriff hinauszugehen, als ich das *Kochbuch für Schokoholiker* ganz offen auf dem unteren Regal von Dorcas' Nachtschrank liegen sah. Ich griff danach, und plötzlich kam mir zu Bewußtsein, daß ich viel länger als geplant hier oben gewesen war. Während ich nach unten rannte, legte ich mir meine Entschuldigung für Mr. Bludgett zurecht. Die Küchentür ging krachend nach innen auf, mit mehr Schwung als beabsichtigt, und ich fand den Raum verlassen vor. Kein Mr. Bludgett. Keine Abbey, kein Tam.

Dieser heimtückische Mensch! Warum, ach warum nur hatte ich meinen spontanen Regungen ihm gegenüber nicht vertraut? Er war schlimmer als ein Einbrecher! Er war ein *Kidnapper!* Er hatte meine Babys entführt! Ohne zu wissen, wie ich dorthin gekommen war, fand ich mich draußen auf dem Hof wieder. Der laue Aprilnachmittag war trübe geworden. Bäume raschelten vor einem Himmel, der so aschfahl war wie mein Gesicht. Die Stalltür sprang auf, und totes Laub, vom Komposthaufen herbeigeweht, wirbelte vor mir auf. Sonnenschein ist kein Talisman gegen das Böse, aber irgendwie machte das Dahinsterben des Tages alles noch hoffnungsloser. Als ich das nächste Mal die Orientierung wiederfand, war ich im Stall. O kühne und törichte Hoffnung! Wie konnten sie hier sein, wenn Mr. Bludgetts Lieferwagen weg war? Ich verdiente es nicht, Kinder zu haben. Jede Mutter, die auch nur ein Quentchen Verstand besaß, hätte sofort die Polizei angerufen. Ich stürzte zurück ins Haus und erlebte dort eine weitere Schockwelle, als die Irrealität des Ganzen über mich hereinbrach.

Freddy kampierte am Küchentisch, ein großes Stück Kuchen in der einen, das Fully-Female-Handbuch in der anderen Hand. Ich wankte zu ihm und schrie: »Gott sei Dank bist du da!«

»Wie bitte?« fragte er mit vollem Mund.

»Man hat die Zwillinge gekidnappt!«

»Hast du den Verstand verloren?« Freddy legte frech die Beine auf den Tisch, schlug sie übereinander und lehnte sich in seinem Stuhl zurück.

»Ich sag' dir doch, Mr. Bludgett, der Klempner ...«

»So'n komisch aussehender Typ? Lahmes Auge?«

»Ja!« Meine Stimme schlug Purzelbäume.

Freddy schluckte seine letzte Handvoll Kuchen hinunter und legte das Handbuch flach auf seine Brust. »Er wollte gerade gehen, als ich reinkam. Ich hab' ihm gesagt, er soll Leine ziehen. Blöder Typ, er hat seine häßliche Visage über den Laufstall gereckt, um den Kleinen tschüs zu sagen, und sie haben sich die Augen ausgeheult. Sobald er verschwunden war, habe ich sie beruhigt und zu ihrem Nickerchen nach oben gebracht. Sag mal, warum guckst du mich so an, Cousinchen?«

»Du Idiot!« Ich kreischte, aber ich hatte keine Ahnung, ob ich ihn meinte oder mich. Ich knallte die Gartentür zu, kam zurück, baute mich mit verschränkten Armen vor ihm auf und blickte zu ihm hinunter. Ach, welche Versuchung, sich eine Schere zu schnappen und ihm seinen Pferdeschwanz abzuschnippeln ... als Ersatz für etwas Besseres!

»Entschuldige, wenn ich dir einen Schreck eingejagt habe«, sagte er und sah aufrichtig zerknirscht aus. »Echt wahr, Ellie, ich bin eines dieser vom Pech verfolgten Individuen, die nichts richtig machen können. Es ist zum Heulen. Dabei wollte ich nach gestern nur wieder in Gnaden von dir aufgenommen werden.«

Verdammt sollte er sein. Er wußte auf meinen Gefühlssaiten zu spielen wie auf einer Harfe, und das Ärgerliche, Frustrierende war, daß er es tatsächlich gut gemeint hatte. Während ich draußen herumraste wie eine Wahnsinnige, hatte er wahrscheinlich die Windeln gewechselt. Aber ich würde mich nicht um meine Wut betrügen lassen.

»Ich nehme an, gestern hast du es auch nur gut gemeint, als du deine gräßliche Imitation von Reverend Spike zum besten gegeben hast – eine Frau, deren Namen zu sagen, geschweige denn zu usurpieren, du nicht wert bist.«

»Ich weiß, es war ungezogen.« Er nahm die Füße vom Tisch – wohl aus Angst, ich könnte seinen Stuhl umstoßen.

»Dumm ist das treffende Wort.« Ich fühlte mich allmählich besser. »Ich weiß nicht, wie du glauben konntest, daß du damit durchkommst. Jede einzelne Frau bei *Erlebnis Ehe* hätte der echten Pfarrerin schon begegnet sein können. Und wenn Mrs. Pickle dich hereingelassen hätte? Wenn Moll Bludgett die Sitzung nicht verpaßt hätte, weil sie mit Miss Thorn sprach? Wäre Moll dagewesen, hättest du sie nicht hinters Licht führen können.«

»Ich gebe zu, es war riskant.« Freddy warf das Fully-Female-Handbuch von einer Hand in die andere. »Aber zumindest wußte ich, daß ich darauf zählen konnte, liebe Ellie, daß du mich nicht verpfeifst. Mußt schließlich die Familienehre schützen!«

Ich entriß das Handbuch seinen Klauen. »Meine Sorge galt Ben und dem Restaurant. Deine kleine Maskerade könnte sehr üble Folgen fürs Geschäft haben.«

»Ellie, ich habe nicht nachgedacht.« Seine Augen schwammen in Reue. Und, zum Kuckuck, mein Herz begann, weich zu werden.

»Schauspieler sind nicht wie normale Menschen, Ellie«, fuhr er fort. »Manchmal bin ich eine gequälte Seele, ein Irrer, der seine Kunst in einer Welt ausübt, in der Zurückweisung die Devise ist. Meine Rolle in *Normannen der Götter* reicht mir nicht, um meine Ambitionen als Mime zu befriedigen und …«

»Treib's nicht zu weit, Freddy«, sagte ich.

Grinsend stand er auf und legte mir den Arm um die Schultern. »Du bist ein gutes Kind, Ellie. Ich werd' an dich und an Ben denken, wenn mein Name eines Tages irgendwo in Neonbuchstaben steht.« Eine Pause. »Du hast wohl keine Zeit, mir meinen Text aus den *Normannen* abzuhören?«

»Freddy«, sagte ich und warf einen wilden Blick auf die Uhr, »ich stecke bis zum Hals …«

»Genug der Worte«, beschwichtigte er mich. »Ich bin vorbeigekommen, weil mir eingefallen ist, daß ich meine Hörner hiergelassen habe.«

»Ach ja?« Schnell wandte ich den Blick von dem Regal über dem Fenster ab. »Tja, ich möchte wissen, wo sie sein könnten!« Bevor ich gezwungen war, einen Betrüger zu betrügen, sprang krachend die Gartentür auf, und da stand Mrs. Malloy. Sie war ein Bild für die Götter – mit riesigen pinkfarbenen Lockenwicklern und ohne Augenbrauen.

»Tut mir furchtbar leid, so reinzuplatzen, Mrs. H!« Sie schleuderte ihre Stola über ihre linke Schulter und stolzierte vorwärts, als ginge sie die Rampe zur Königlichen Yacht hinauf.

»Sie sind hier, um sich eine Tasse Zucker zu borgen, oder, meine Liebe?« Freddy bleckte lächelnd die Zähne.

Er war dicht dran. Mrs. M hatte vor einer halben Stunde beschlossen, daß die erfolgreiche Eroberung von Mr. Walter Fisher davon abhing, daß sie den violetten Kaftan trug, der ganz hinten in meinem Kleiderschrank hing. Ein Blickfang, meinem Herzen lieb und teuer, weil ich ihn an dem Abend getragen hatte, als ich Bentley T. Haskell kennenlernte.

»Was ist mit den Orientpantoffeln?« fragte ich. »Keine Extragebühr.«

»Na, nur Ihnen zuliebe, Mrs. H, und wo ich schon mal hier bin, nehme ich auch ein Paket Kräuter-Kraftkur mit. Ich wollte gerade das Essen machen, da hatte ich plötzlich einen Flattermann, weil ich mich nicht erinnern konnte, wo ich das blöde Zeug hingesteckt habe. Ich brauche Ihnen doch hoffentlich keinen Schuldschein auszuschreiben? Was ich mir leihe, gebe ich immer zurück. Roxie, die Redliche, das bin ich!« Mrs. Malloy sah sich in meiner Küche um. »Ich sehe Ihr Fully-Female-Elixier nicht, Mrs. H, und aus den Augen heißt aus dem Sinn.« Sie verzog frömmlerisch den Mund. »Ich würde nie dran denken, meines regelmäßig einzunehmen, wenn ich es nicht jederzeit griffbereit hätte.«

»Danke für den Tip«, sagte ich. Welch ein Nachmittag! Ich hatte mein Elixier nicht getrunken, ich hatte meinen Kuchen nicht gebacken, und ich würde niemals meine Hausaufgabe machen können.

»Sprich zu mir von Liebe, teures Herz …«

Die Geisterstunde stand dicht bevor. Mondlicht versilberte die Fenster. Die Wände des Ehegemachs waren überhaucht vom rosigen Schimmer der Kerzen, die auf dem Kaminsims flackerten. Und Tobias war nach dem gescheiterten Raubüberfall auf das Hähnchen von der Szene verbannt worden. In ein duftiges grünes, mit Meeresschaumspitze gesäumtes Négligé gehüllt, ging ich auf der Perserbrücke am Fuß des Himmelbetts auf und ab und rezitierte die Zeilen, durch die ich meinen Ehemann aufs neue entzücken würde. »Komm zu mir, mein Vögelchen, und lass' mich deine müde Stirn laben mit Küssen, so feucht und süß.«

Das Glück hatte mir ausnahmsweise gelächelt, anstatt die Zähne zu blecken. Abbey und Tam waren wie kleine Engel eingeschlafen. Als ich vor ein paar Minuten zu ihnen hineingeschaut hatte, lagen sie in ihre Bettchen gekuschelt und machten winzige Phantasieblasen. Komisch, so stellte ich mir meine Liebe zu ihnen vor: leuchtende Regenbogen, die man in der Hand halten konnte, von einer Freude erfüllt, die schwereloser war als Luft. Mr. Bludgett war nicht der Schwarze Mann. Meine Schätzchen waren in Sicherheit. Sie waren immer in Sicherheit gewesen. Nachdem ich ihr flaumiges Haar von der Farbe des Kerzenlichts gestreichelt hatte, war ich auf Zehenspitzen aus dem Kinderzimmer geschlichen.

Der andere wichtige Pluspunkt war, daß Ben kurz nach sechs angerufen hatte, um mir zu sagen, daß er spätabends eine große Gesellschaft zum Essen erwartete und ich nicht vor Mitternacht mit ihm rechnen sollte. Plötzlich schwelgte ich förmlich in Zeit. Ich buk meine Schokoladentorte, und sie kam ganz aufgeblasen vor Wichtigkeit aus dem Ofen. So weit, so gut, aber das Rezept erklärte, daß sie jetzt mit einem kleinen Dampfseufzer zu einer Art heißer Schokoladenmousse in sich zusammensinken sollte. Ah, perfekt! Höchste Zeit für die schwarze Johannisbeersoße. Die übrigen kulinarischen Vorbereitungen waren ein Kinderspiel. Ich wusch Spinatblätter für einen Salat und mixte eine Karaffe Dressing aus Kräuter-Kraftkur nach dem Rezept hinten auf dem wieder verschließbaren Paket. Ich taute meine Hähnchenteile auf und legte sie in einer Marinade aus Honig und Limonensaft ein, während ich im Bad marinierte und Kapitel vier des Fully-Female-Handbuchs las.

Ehemänner wollen umworben werden, aber da sie im Herzen sture kleine Jungs sind, wissen sie nicht immer, was sie wollen. Es ist Ihre Aufgabe – Ihr Privileg –, Ihren Schatz sanft bei der Hand zu nehmen und auf den Liebespfad zu führen. Seien Sie auf leichten anfänglichen Widerstand gefaßt. Er denkt vielleicht, daß er die Spätnachrichten sehen will, er sagt Ihnen vielleicht, daß er zu müde für Sex ist, er mag alles mögliche tun, um Ihre Verführungsversuche zu sabotieren, weil er Angst hat. Vergessen Sie nicht, er soll eine Affäre mit einer Frau eingehen, die er gerade kennengelernt hat. Die neue Sie. Glauben Sie mir, er wird sich vermutlich schuldig fühlen! Für Ihr »erstes Mal« ist das Schlafzimmer wohl die am wenigsten bedrohliche Umgebung, um ihn zu dieser höchsten Entblößung des Körpers und des Geistes zu geleiten, in der die Seele Flügel bekommt, in dem sicheren Wissen, daß die Fully-Female-Frau eher auf dem Scheiterhaufen verbrennen würde, als diesseits des Grabes zu offenbaren, was in diesen Augenblicken der Vertrautheit und Verzückung getan – oder gesagt – wurde. Sparen Sie sich Ihre Nacht unter den Sternen für das nächste Mal auf. Essen Sie im Boudoir, aber bitte keine TV-Tabletts auf den Knien! Decken Sie einen *table à deux* mit ihrer feinsten Spitzendecke, und sorgen Sie dafür, daß Ihr Silber und Ihr Kristall ebenso funkeln wie Ihre Augen, wenn Sie darauf warten, daß der Mann Ihrer Träume diese Tür öffnet, um Sie mit ausgestreckten Armen vorzufinden.

Als die Uhr Mitternacht schlug, hörte ich Bens Schritte auf der Treppe. Mein Mund wurde trocken. Welch ein Zeitpunkt, um kalte Füße zu kriegen! Ich konnte nicht zu dem

Tisch mit dem knallgelben Fonduetopf, der Salatschüssel aus Glas und dem Tongeschirr hinsehen. Was tat ich da, meine Schokoladentorte einem Mann vorzusetzen, der vor nur wenigen Jahren noch ein völlig Fremder gewesen war? Ich war mir noch nie in meinem Leben so billig vorgekommen! Doch als seine Schritte immer näher kamen, dachte ich: Quatsch! Wenn ich schon bis hierher gegangen bin, wollte ich auch eine Eins bekommen!

Her mit den Wikingerhörnern.

Ben stand in der Tür und starrte mich an, als ob er mich noch nie im Leben gesehen hätte. Meine Wangen brannten, während der Rest von mir sich in einen Eisblock verwandelte. Sag etwas, flehte ich, als er sich aufs Bett setzte und den Mund – diese Lippen, die ich mit Küssen überschütten sollte – zu einem harten, geraden Strich verzog.

»Beim Jupiter, Ellie, manchmal denke ich, ich hätte Mönch werden sollen.«

»Ich ...«

»Dann müßte ich mich nicht mit Vertretern der Öffentlichkeit abgeben, die sich selbst für Gourmets halten. Kannst du dir vorstellen, daß ein unerträglicher Kerl mich heute abend aus der Küche rufen ließ, um mir mitzuteilen, sein Prime Rib-Steak schmecke, als lebe es noch? Er wolle es ›rare‹, nicht roh. Du wärst stolz auf mich gewesen, Ellie. Ich hatte mein Temperament voll im Griff – und mein Lächeln. Ich brachte ihm das Stück Leder, das er wollte, und lauschte geduldig seinen Vorschlägen, wie die Senfglasur auf dem Rosenkohl verfeinert werden könnte.«

»Mein tapferer Liebling!«

Bestimmt würde er doch jetzt merken ...

»Verdammt, morgen ist schon wieder so ein Tag.« Er zog seine Schuhe aus. »Lass' uns ins Bett gehen.«

»Ben ...« Ich ging in einem Wirbel grüner Gaze zu ihm.

»Öffne deine Augen, mein Liebster. Sieh dich um, sieh mich an!«

»Was ist denn, Liebes?«

»Ich habe einen besonderen Abend für uns vorbereitet.« Der Schwung meines weiten Ärmels umfing den Tisch für zwei, die Kerzen auf dem Kamin, seinen schwarzen Seidenmorgenrock, der einladend über die Rückenlehne des Kaminstuhls drapiert war.

Erschöpft lehnte meine bessere Hälfte den Kopf an mich, als ich vor ihm stand. »Das ist nett, Ellie, aber können wir das nicht zum Frühstück essen? Ich bin wirklich erschlagen.«

Mich überkam der Drang, mich neben ihn zu setzen und ihn in meine Arme zu nehmen, so wie ich es mit Abbey oder Tam getan hätte, aber hier stand eine Hausaufgabenzensur auf dem Spiel. Ich konnte keine Sechs riskieren. Mrs. Malloy würde es mir ewig vorhalten, und ich mußte auch an Bunty denken. Sie würde glauben, daß ich Fully Female nicht ernst nahm.

Meine Hausaufgabe ließ sich aufs Bett zurückfallen, mit geschlossenen Augen und Nasenlöchern, die arbeiteten wie zwei Blasebälge. In Kürze würde ich eine Röchelsinfonie in a-Moll zu hören bekommen. Höchste Zeit, sich eine Scheibe von *Reise nach Walhalla* abzuschneiden. Prinzessin Marvel hätte doch bestimmt nicht mit herabhängenden Armen dagestanden und zugesehen, wie ihre Spinatblätter dahinwelkten, oder? Nein! Sie, die ihren Feinden aus dem Handgelenk den Kopf abhackte, hätte die Gelegenheit beim Schopf – den Mann beim Schopf gepackt. Ich griff hinunter, packte Ben bei den Ohren und hob seinen Kopf vom Kissen.

»Aufwachen, aufwachen!«

»Was ist denn?« Seine Augen gingen einen Spalt auf.

»Ich kann dich nicht schlafen lassen.«

»Ellie, bitte!« Er machte eine Bewegung, als wollte er sich umdrehen, setzte sich jedoch statt dessen auf und rieb sich die Augen. »Ich hatte einen Alptraum. Du hattest zwei Hörner auf und wolltest mich foltern. Großer Gott! Du hast tatsächlich Hörner auf.«

Ich rückte meine Kopfbedeckung vorteilhafter zurecht und sagte trotzig: »Der Zweck der Übung des heutigen Abends war, das Element einer locker-luftigen Phantasie in unsere Beziehung einzubringen. Ich war fest entschlossen, dich als Vorspiel mit Speis und Trank zu bewirten –«

Das Heben einer dunklen, fragenden Augenbraue. »Geht's hier um Sex?«

»Sozusagen.«

»Um Himmels willen, warum hast du das nicht gesagt!« Apropos alle Bedenken und Bekleidung in den Wind schlagen! Ben war aus dem Bett, mit aufgeknöpftem Hemd, noch ehe ich das Fonduelicht anzünden konnte. Fünf Minuten später kam er von einem Abstecher ins Bad zurück, in schimmernder schwarzer Seide und mit dem Wohlgeruch von Mr.-Right-Aftershave. Ich hätte vor Triumph erstrahlen müssen, aber als wir unsere Plätze am leinengedeckten Tisch einnahmen, fühlte ich mich seltsam enttäuscht. Der Mann hatte keinen Blick für meine Schokoladentorte oder das marinierte Hähnchen. Er saß mit den Händen im Schoß da wie ein braves Kind, das darauf wartet, vom Tisch entlassen zu werden, damit es sich zum Spielen davonmachen kann.

»Hoffentlich denkst du nicht, daß ich zu leicht zu haben bin.« Sein sprödes Lächeln paßte nicht zu dem spitzbübischen Ausdruck in seinen strahlend blaugrünen Augen.

»Ach wo.« Ich machte mich daran, die Fondueflamme höher zu drehen und sah zu meinem Entsetzen, wie der

Spitzensaum an meinem malerisch drapierten Ärmel Feuer fing. Prinzessin Marvel hätte den Augenblick zweifellos genossen. Ihre Kriegernüstern hätten beim Inhalieren des lebensbedrohlichen Rauches vor Ekstase gebebt. Ihr verschmitztes Lachen hätte die Flamme angefacht. Doch Ellie Haskell war noch nicht bereit für die Reise nach Walhalla. Mein Verstand wurde zu einem einzigen großen Schrei, ich bekam jedoch nicht den Mund auf, um wenigstens »Hilfe!« zu krächzen, geschweige denn »You light up my life« zu singen. In gräßlicher Zeitlupe sah ich, wie Ben den Blick von meinem Dekolleté losriß und sich über den Tisch warf, um das Feuer mit den Händen zu löschen.

Alles vorüber, sowohl die Gefahr als auch mein kostbares Abendessen, das jetzt in einer matschigen, fettigen Lache auf dem Fußboden lag. Die gute Nachricht war, daß weder Ben noch ich Schaden genommen hatten. Mein weiter Ärmel hatte mein Handgelenk gerettet, und Ben versicherte mir, seine Hände seien nicht versengt. Vielleicht war es dasselbe wie bei den Leuten, die über glühende Kohlen gehen – ihre Furchtlosigkeit stattet sie mit einem mystischen Schutzschild aus. Dennoch nahm ich meine Hörner ab und bot an, meinem Helden Erste Hilfe zu leisten.

»Meine Hände sind in Ordnung, Ellie.« Er stieg über das Chaos hinweg und schloß mich in seine Arme. »Du hast mir einen Mordsschreck eingejagt.«

»Ich hole die Brandsalbe ...«

»Nicht nötig.« Er fuhr mit dem Finger an meinem Kinn entlang und tastete sich dann bis zu meinem Hals hinunter, wo er mein Négligé auseinanderschob.

»Ich glaube aber doch, daß ich dir etwas Salbe auf die Hände streichen sollte.«

»Schatz, andere Teile meiner Anatomie bedürfen deiner Aufmerksamkeit viel dringender.« Sein Atem war eine tropische Brise, die in mein Dekolleté blies, und ich muß ganz ehrlich sagen, daß ich nicht länger in solchen Begriffen wie Hausaufgaben und Noten dachte. Was mich allerdings eine Spur ärgerte, war der Gedanke, unser Abendessen auf dem Fußboden liegen zu lassen wie die Überbleibsel eines mittelalterlichen Banketts, doch Ben – gewöhnlich solch ein Sauberkeitsapostel – schien es nichts auszumachen.

»Später.« Er schob mich zum Bett.

»Warte einen Moment.« Ich machte mich los und eilte ins Bad, wo ich das Medizinschränkchen öffnete und eine große rosarote Flasche aus dem Arsenal auf dem Glasregal nahm. Als ich zu Ben zurückkam, lag er bäuchlings auf dem Bett. »Achtung, ich komme!« Kaum saß ich neben ihm, streifte ich die schwarze Seide seines Morgenmantels von seinen Schultern, schüttete einen Klecks des kirschroten Zeugs auf meine Hand, rieb meine Handflächen aneinander und fing mit der Massage an. Der Duft eines blühenden Apfelgartens erfüllte den Raum. Langsam, rhythmisch arbeitete ich mich an seinem Rücken hinunter.

»Darf ich mich jetzt umdrehen?«

»›Geduld ist eine Tugend‹«, zitierte ich, »›die besitzt, wer kann. Selten bei einer Frau und nie bei einem Mann.‹«

»Ellie.«

»Ach, schon gut.« Ich sah zu, wie er sich auf den Rücken drehte, und dann verwandelte sich sein Lächeln in einen Ausdruck blanken Entsetzens. »Was ist los?« rief ich.

»Ich fühl' mich so klebrig!«

»Darling!« Ich lachte glucksend. »Wir sind verheiratet!«

»Ich klebe am Laken fest!« Er wollte sich aufsetzen, aber es war, als werde er von Gummisaugnäpfen festgehalten. »Was zum Teufel hast du mit mir gemacht? Was ist das für ein Zeug?« Er klang haargenau so entrüstet wie vermutlich

Herkules, nachdem er sich in die mit einer tödlichen Flüssigkeit beschmierte Löwenhaut gehüllt hatte.

»Das ist eine Bodylotion.« Ich nahm die rosarote Flasche und fing an, von dem Etikett vorzulesen. »›Eine angenehme Mischung aus dem feinsten natürlichen Saft wilder Kirschblüten und Hagebutten für Ihr …‹«

»Weiter.«

»Nun … hier steht ›für Ihr Bad‹, aber ich bin sicher, es ist eigentlich eine Allzweck …«

»Ein Schaumbad!« Er schoß mit einem Reißgeräusch hoch, das ebenso vom Laken wie von Haut herrühren konnte, die von seinem gequälten Körper abgezogen wurde. »Das darf doch wohl nicht wahr sein, Ellie! Wie konnte dir nur so ein blöder Fehler passieren? Konntest du nicht die Augen aufmachen?«

»Bevor ich über dich hergefallen bin? Willst du das damit sagen?« Ich zog mit einem weiteren scharfen Reißgeräusch mein Négligé unter seinem Ellbogen weg, stand auf, schraubte den Verschluß wieder so fest zu, wie es ging und knallte die Flasche auf den Frisiertisch. »Als nächstes wirfst du mir noch vor, daß ich mich dir ungebeten aufdränge.«

»Meine Liebe, das hab' ich nicht verdient!«

»Wenn du nur einen Funken Humor hättest!«

»Gott sei Dank habe ich das nicht, oder ich hätte mich totgelacht über diese blöden, albernen Hörner.« Ben wickelte den Morgenmantel um seine Männlichkeit, im Handtuchstil, und stürmte aus dem Bett. »Hör zu, Schatz, es tut mir leid, aber heute war ein langer Tag.«

»Und du bist wohl der einzige, der hier arbeitet?« Ich jagte ihm ins Bad hinterher und fauchte: »Für *dich* habe ich meinen vollen Terminplan über den Haufen geworfen, für *dich* habe ich gebadet und mich geschniegelt!«

»Danke, daß es sich anhört, als wäre es eine verdammt

lästige Pflicht!« Er drehte die Dusche auf und verschwand in einer Dampfwolke, die sich im Handumdrehen in kirschrosa Schaum verwandelte. Ich war auf dem Weg in den Korridor, als seine Stimme mich zurückhielt. »Ellie?«

So bald eine Entschuldigung? Es geschahen noch Zeichen und Wunder. Ich drehte mich um.

»Ja?«

»Ich hab' vergessen zu fragen, ob du etwas von der Pfarrerin gehört hast. Ich habe ihr etwas rübergeschickt, eine Schachtel ...«

»Ingwerkekse.« Ich kam nicht dazu zu erklären, daß ich durch Mr. Spike an diese Information gelangt war, nachdem ich ihn heute morgen fast über den Haufen gefahren hatte.

»Nicht bloß irgendwelche Ingwerkekse«, ließ sich die körperlose Stimme vernehmen. »Es waren anatomisch korrekte Ingwermännchen.«

»O nein!«

»Den Reinen ist alles rein. Und wir können doch wohl davon ausgehen, daß Reverend Spike und ihr Gatte äußerst keusch denken.«

Wut schnürte mir die Kehle zu. Ich wußte, warum er das getan hatte! Höchste Eitelkeit, dein Name ist Mann. Als Ben die Pfarrerin mit der kulinarischen Potenz ihres Ehemannes und den dafür verliehenen Preisen prahlen hörte, hatte er einen Rivalen in Mr. Spike gesehen, den er übertreffen mußte, bevor dieser in den Küchen von Chitterton Fells die Oberhand gewann. Aber um welchen Preis?

Das Gespenst der Exkommunikation reckte sein bedrohliches Haupt, besonders, wenn Freddys Eskapade durchsickerte. Zum erstenmal kam mir der Gedanke, daß Miss Thorn heute morgen in Doktor Melroses Praxis vielleicht deshalb durch mich hindurchgesehen hatte, weil sie meinen lieben Cousin als Pfarrerin verkleidet erwischt hatte und mich verdächtigte, mit ihm unter einer Decke zu stecken. Womöglich hatte sie die Rückgabe von Bens Taschentuch als Vorwand benutzt, um heute nachmittag vorbeizukommen und es mit mir auszudiskutieren. Was sie der neuen Pfarrerin gegenüber auch empfinden mochte, Miss Thorn könnte gut um Buntys willen empört sein.

In den letzten beiden Tagen war mein Leben zu einem einzigen Schlamassel geworden. Dafür konnte ich nicht nur Fully Female verantwortlich machen. Und doch kam mir, als ich in meinem Dampfbad stand, der Gedanke, daß es gewisse Gefahren mit sich brachte, sich in die Frau seiner Träume zu verwandeln. Wir hatten bereits den Fall von Mrs. Huffnagle, die versehentlich oder anderweitig durch ein Elektrogerät verbrutzelt war, zu verzeichnen. Heute abend wäre ich fast in Flammen aufgegangen und ...

Das Läuten des Telefons riß mich aus meinen Gedanken. Ich griff schnell nach dem Hörer des Nebenapparates auf dem Treppenabsatz, bevor die Babys aufwachten. Da ich innerlich auf ein »Falsch verbunden!« eingestellt war, schockte es mich, als eine erregte Stimme schmetterte: »Ellie Haskell?«

»Ja ...«

»Sie müssen *sofort* kommen.«

»Wer spricht da?«

»Jacqueline Diamond. Bitte! Stellen Sie keine Fragen. Kommen Sie nur her. Rosewood Terrace 21. Schnell! Und was Sie auch tun – bringen Sie niemanden mit!«

Der verzweifelte, eindringliche Appell lähmte mein Gehirn. Wenn ich zu Ben lief, um ihm zu sagen, daß ich wegging, würde er alle möglichen Fragen stellen, auf die ich keine Antwort wußte. Er würde darauf bestehen, mich zu begleiten, trotz der gegenteiligen Anweisungen, was bedeuten würde, die Zwillinge aufzuwecken und sie zu Freddy ins Cottage zu bringen. Bis ich dieses Szenarium zu Ende gedacht und es als unmöglich verworfen hatte, saß ich schon im Kombi und stieß in einer Wolke aus Abgasen rückwärts aus dem Stall. Die Kieseinfahrt blieb unter meinen Rädern zurück, und ich war draußen auf der Cliff Road, raste durch die Nacht, auf dem Weg zu einem unbekannten Haus, auf die Bitte von Mrs. Norman the Doorman. Daß ich im Begriff war, dem Idol meiner Kinder zu begegnen, kam mir nicht in den Sinn. Ebensowenig machte ich mir Sorgen darüber, daß mein grünes Négligé ein wenig passender Aufzug für ein solch bedeutsames Ereignis war. Weder Neugier noch Sorge plagten mein Gemüt. Jacquelines verzweifelter, eindringlicher Appell hatte mir jede Vorsicht ausgetrieben. Ich habe keinen Orientierungssinn, doch ich fuhr zur Rosewood Terrace, als hätte ich einen Stadtplan im Kopf. Wenn mich die Erinnerung nicht trog, wohnte Miss Thorn in dieser Straße. Vor etwa einem Jahr hatte sie mich zum Tee eingeladen, und wir hatten über Zwillinge gesprochen. Prophetisch ... und in diesem Moment ziemlich nebensächlich.

Nummer 21 war ein Einzelhaus im Tudorstil, etwas von der Straße zurückgesetzt, in einem Garten mit dichten Tannen. Nachdem ich am Randstein geparkt hatte, hastete ich den schmalen Weg hinauf. Meine nackten Füße waren unempfindlich gegen die Eiseskälte des Betons, doch in meinem übrigen Körper spürte ich ein Stechen, das nur zum Teil von den Kiefern herrührte, die mich mit ihren Nadeln streiften. Ein Lichtstreifen fiel aus einem Zimmer im oberen Stock, ansonsten war das Haus völlig dunkel. Die überdachte Veranda mochte bei Tageslicht einladend wirken, die Feuchtigkeit jedoch ließ den Geruch von Katzen aufsteigen, die ihre Visitenkarte hinterlassen hatten. Durch

Herumtasten fand ich die Türklingel und hörte, wie ihr Läuten in das dunkle Hausinnere eindrang. Keine herbeieilenden Schritte, dafür glaubte ich eine ferne Stimme »Ellie?« rufen zu hören.

Mein Gefühl kam zurück, als ich mir den Zeh an einem Stein neben der Tür stieß. Der Damm war gebrochen. Panik brach mir aus allen Poren wie Schweiß. Innerhalb dieser Mauern stimmte etwas ganz und gar nicht. Ich bückte mich und hob den Stein auf in der Absicht, eine der Scheiben einzuwerfen, doch das Glück war mir hold. Ich brauchte nicht einzubrechen. Ein verirrter Mondstrahl zeigte mir den Schlüssel, den jemand unter dem Stein versteckt hatte. Ich steckte ihn ins Schloß und trat mit einer Mischung aus Erleichterung und Furcht in die unbeleuchtete Diele.

»Jacqueline?«

»Hier oben!«

Meine Hand fand einen Lichtschalter, und ich stieg so schnell ich konnte die Stufen hinauf – wobei man berücksichtigen muß, daß ich von Beinen behindert wurde, die von einem Zuchthäusler in Fußschellen geliehen waren.

»Ich bin hier drin.«

Was war ich nur für ein Feigling! Ich hatte die größte Lust, kehrtzumachen und vor der Herzensqual zu fliehen, die sich hinter der Tür, die mir jetzt ins Gesicht starrte, verbergen mochte. Doch ich griff nach dem Glasknauf und marschierte in ein Zimmer, das von einer eisernen Bettstatt beherrscht wurde. Darauf lag Mrs. Jacqueline Diamond, an Händen und Füßen gefesselt – *keuch!* – und nackt wie am Tage ihrer Geburt, bis auf ein Paar Cowboystiefel und ein Lederhalfter.

Sprachlos schaute ich auf das Telefon, das halb auf dem Nachtschrank stand, halb in der Luft hing und dessen

Hörer an der Schnur herabbaumelte. Als ich auf sie zuging – wobei ich wünschte, ich hätte einen Schal, ein Taschentuch, irgend etwas, um ihre Scham zu bedecken –, fiel ich fast über die Gestalt im Umhang, die auf dem Fußboden ausgestreckt lag.

»Ich würde einen Mord begehen für eine Zigarette ...« Jacqueline preßte die Fingerknöchel gegen ihren Mund.

Die Arme, ich bin sicher, sie hätte sich am liebsten die Zunge abgebissen, weil wir nämlich kein medizinisches Wörterbuch gebraucht hatten, um zu wissen, daß Norman tot war. Sie war fassungslos an die Seite ihres Ehemannes gewankt, sobald ich ihre Fesseln gelöst hatte. Als ich mich neben sie kniete, um eine Decke um ihre Blöße zu legen, versuchte sie, seinen Puls zu finden, doch ihre Hand zitterte so heftig, daß sie sie nicht kontrollieren konnte. Im Zustand der ewigen Ruhe war Normans Gesicht ebenso freundlich wie früher, wenn er im Fernsehen zu den Kindern gesprochen hatte. Sein starrer Blick schaute auf einen fernen Ort, wo er sie immer noch sah ... Marcie und Andrea, Philip und John. Wohin er auch gegangen sein mochte, bestimmt gab es dort eine freie Stelle für einen Mann, der die Kleinen zum Lächeln gebracht hatte.

»Er ist die Leiter zum Mond hinaufgestiegen«, sagte ich.

Seine Frau, jetzt seine Witwe, saß zusammengekauert auf dem Bett, das aschblonde Haar hing ihr schlaff auf die Schultern hinunter, ihre Wimperntusche war verschmiert, ihre Cowboystiefel schauten unter dem Saum der Decke hervor. Ich war eine schöne Hilfe, wie ich so in meinem dummen Négligé zitternd dastand. Ich wußte, daß ich eigentlich das Telefon vor dem Absturz retten und einen Arzt oder die Polizei anrufen sollte, aber es kam mir unmenschlich vor, ihr nicht erst ein Glas Brandy oder ein heißes Getränk zu holen.

»Dritte Schublade, Frisiertisch.« Ihre krächzende Stimme ließ mich ruckartig in Aktion treten. Ich nahm an, daß ich ihr etwas zum Anziehen holen sollte, doch ihr war schließlich ein versteckter Vorrat an Zigaretten eingefallen.

»Danke.« Sie nahm die Schachtel, die ich ihr reichte, klopfte eine Kingsize-Filterzigarette heraus und bat um das Feuerzeug auf der Kommode mit Aufsatz aus schwarzer Eiche. »Auch eine?«

»Nein danke.« Ganz ehrlich, ich – die ich nie eine Zigarette zwischen meine Lippen gesteckt hatte, es sei denn, man zählt die Schokoladenzigaretten für Kinder mit den zuckerigen rosaroten Mundstücken mit – hätte meinen linken Lungenflügel für einen Zug gegeben. Alles, um nur ja die Erkenntnis abzublocken, daß der Tod stets in den Kulissen wartet, eine schwarzverhüllte Gestalt ... wie die, die zu unseren Füßen ausgestreckt lag.

»Norman hat mir immer zugesetzt, ich soll mit dem Rauchen aufhören. Er mochte es auch nicht, wenn ich fluche. Aber verdammt noch mal, jetzt spielt's ja keine Rolle mehr, oder?« Sie kniff ihre Lauren-Bacall-Augen gegen den Rauch zusammen, der in einer kleinen Wolke aufstieg, und blickte auf das Telefon. »Ich hab' ewig gebraucht, um meine Hand zu befreien, und noch mal fast genauso lange, um mit dem Hinterteil des Hörers die Vermittlung zu erreichen.« Noch eine Rauchwolke. »Sie fragen sich bestimmt, warum ich gerade Sie angerufen habe.«

»Ich denke, daß es jemand von Fully Female sein mußte.«

»Und ob.« Ihre Zigarettenstimme enthielt einen Hauch von Humor. »Und wer war es, Ellie Haskell, die in *Erlebnis Ehe* vorschlug, ich sollte Leben in meine Ehe bringen, indem ich die Rolle eines armen kleinen Püppchens spiele, das von Norman the Doorman gerettet werden muß?«

Ich packte den eisernen Bettpfosten und klammerte mich erschrocken daran fest.

»Machen Sie nicht so ein Gesicht, ich gebe nicht Ihnen die Schuld.« Sie drückte die Zigarette in einem Glasaschenbecher aus und zündete sich gleich darauf eine neue an. »Ich meine damit nur, daß Ihr Name mir auf Anhieb in den Sinn kam. Was mir eine Heidenangst machte, war der Gedanke, Sie könnten eine Geheimnummer haben. Zum Glück bat mich die Vermittlung nicht einmal, Ihren Namen zu buchstabieren.« Jacqueline zog die Decke höher um ihre Schultern. »Wollen Sie wissen, wie es passiert ist?«

»Sollten wir uns denn soviel Zeit lassen?« Mein Verstand scheute wie wild davor zurück, die letzten Momente von Norman the Doorman nachzuerleben. Was in diesem Zimmer geschehen war, um diese Tragödie herbeizuführen, sollte im Herzen seiner Gattin versiegelt bleiben, zumindest bis die Polizei und der Gerichtsmediziner die Geschichte aus ihr herauslockten. »Meinen Sie nicht, ich sollte jetzt die Polizei ...?«

»Noch nicht.« Jacqueline war bei ihrer dritten Zigarette. »Wenn ich es Ihnen erzähle, wird mir alles klarer werden. Die Idee, mich mit Stiefel und Halfter zu verkleiden, hatte ich dem Fully-Female-Handbuch entnommen.«

»Das Ranch-Dressing«, fiel ich ein, »passend zum Paradiesvogel-Fondue.«

»Norman mag kein ... mochte kein Hähnchen. Ich war völlig überrascht, daß er sofort Feuer und Flamme war und auf meine Phantasie einging. Kein Pieps von ihm darüber, was sein Kinderpublikum denken würde, wenn es wüßte, daß er Highlife machte. Normie war immer am glücklichsten im Reich des Tun-wir-so-als-ob. In dem Augenblick, als er mich ans Bett fesselte, wurde ich zu Babbsie Bang-Bang, die von dem schrecklichen Spielzeuggreifer von ihrer Plastikranch gekidnappt worden war. Ehe ich auch nur eine Gänsehaut kriegen konnte, hatte Normie Maske und Umhang angelegt und kletterte am Kleiderschrank hoch ... mit Hilfe eines Stuhls ...«

»Aber haben Sie mir nicht neulich erzählt, daß Norman Höhenangst hatte?«

»Ja, natürlich.« Sie wandte den Blick ab.

Ich nahm Jacqueline die Zigarette ab, bevor fünf Zentimeter Asche auf den Fußboden fielen, drückte sie aus und wartete, daß sie fortfuhr. Aus den Augenwinkeln sah ich Normans Hand, mit weit gespreizten Fingern, als habe er noch ein letztes Mal verzweifelt nach dem Leben gegriffen. Wie schrecklich es auch war, über diesen Mann zu sprechen, während er nicht mal einen Meter entfernt von uns dalag, noch schlimmer war der Gedanke, daß Jacquelines Stimme auf tote Ohren stieß.

»Normie hockte oben auf dem Kleiderschrank, die Arme unter dem Umhang ausgebreitet, im Begriff, aufs Bett zu springen und mich zu retten, als ich mit der Wasserpistole auf ihn zielte, die ich verborgen gehalten hatte. Sie wissen ja, wie es in der Sendung war – Norman the Doorman konnte nur durch Seife oder Wasser vernichtet werden –, und ich dachte, es wäre nett, ein Überraschungselement einzubauen.«

»Aber Babbsie Bang-Bang würde Norman doch nicht weh tun?« Meine Unterbrechung war ein Einwurf aufs Geratewohl, um das Unvermeidliche abzuwehren.

Ein rauchiges Lachen. »Ich war von dem Spielzeuggreifer einer Gehirnwäsche unterzogen worden. Als Norman sprang, schoß ich. Er war wirklich wahnsinnig überrascht. Der arme Liebling verfehlte das Bett ... Ende der Show.« Ihr schroffer Ton täuschte mich nicht. Diese Frau erstickte ... mußte vor Elend und Reue ersticken. Ich sah die blaue Plastikpistole unter dem Nachtschrank hervorlugen.

»Ich habe ihn getötet.«

»Nein.« Ich setzte mich aufs Bett und legte den Arm um sie. »Jacqueline, tun Sie sich das nicht an. Es war ein Unfall.«

»Glauben Sie, die Polizei wird das auch so sehen?«

»Sie erklären es ...«

»Bevor oder nachdem Sie geschildert haben, wie Sie mich ans Bett gefesselt vorfanden, nackt wie ein Zeisig? Und was, meinen Sie, wird das für Normies Tinseltown-Image bedeuten?«

Das Wort befleckt fiel mir dazu ein.

Die Nacht raffte ihren schwarzen Umhang in einem Wirbel aus purpurrotem Futter zusammen und stahl sich über die Häuserdächer, als wisse sie, daß die Morgendämmerung ihr dicht auf den Fersen war, mit einer Strahlenpistole in der heißen kleinen Hand. Während ich durch Straßen fuhr, die verschlungener waren als meine Gedanken, überlegte ich ironisch, daß ich mir noch vor wenigen Tagen Sorgen gemacht hatte, weil ich bei einer Joghurt-Umfrage über mein Gewicht gelogen hatte. War mein Gewissen zu fein gestimmt? Dachte ich in Hyperbeln, wenn ich das Gefühl hatte, daß sich die Hand des Gesetzes auf meine Schulter legen würde, so wie die von Miss Clopper in Algebra?

»Ellie Haskell, geborene Simons, Sie sollen in täuschender Ab-

sicht mit einer gewissen Jacqueline Diamond konspiriert haben, um relevante Umstände des Todes ihres Gatten, der beliebten Fernsehpersönlichkeit Norman the Doorman, zu verschleiern.«

»Euer Lordschaft!«

»Fassen Sie sich kurz, Mrs. Haskell.«

»Der werte Staatsanwalt macht den Versuch, die Geschworenen mit Schlußfolgerungen in die Irre zu führen, die, wenn auch im großen und ganzen zutreffend, nichts über die Motive meiner Person und der trauernden Witwe aussagen. Ja, ich verließ das Haus, bevor die Polizei oder ein Arzt am Schauplatz eintrafen, weil ich Jacqueline Diamond Peinlichkeiten ersparen wollte. Was konnte es denn schaden, daß sie eine verkürzte Version der Ereignisse lieferte – daß ihr Ehemann stürzte und mit dem Kopf aufschlug, als er einen seiner Stunts übte? Es ist ja nicht so, als ob der Verdacht bestünde, daß er eines unnatürlichen Todes gestorben ist.«

»Das hängt davon ab, was Sie unter unnatürlich verstehen, Mrs. Haskell. Ich gehe davon aus, meine Damen und Herren Geschworene, daß Mr. Diamond in der fraglichen Nacht nicht das Knüpfen von Pfadfinderknoten übte. Ich bin der Überzeugung, daß Mrs. Diamond ihren Ehemann – einen Mann von argloser Naivität – dazu verführen wollte, sich auf ein Fesselspiel mit ihr einzulassen, das, wie ich behaupte – mit seinem vorzeitigen Tod endete. Euer Lordschaft, ich lege als Indiz Beweisstück Nr. 43 vor, das Fully-Female-Handbuch.«

»Nicht nötig, meine Frau hat auch eines.«

»Ich ziehe die Unparteilichkeit Eurer Lordschaft nicht in Zweifel …«

»Bitte fahren Sie fort, Mr. Rimple.«

»Meine Damen und Herren Geschworene, ich muß zu meinem Leidwesen davon ausgehen, daß Mr. Diamond die – von diesem Erotica-Pamphlet gespeisten – animalischen Annäherungsversuche seiner Ehefrau zurückwies und sie dadurch so erzürnte, daß sie den tödlichen Sturz provozierte.«

»Einspruch! Euer Lordschaft, der werte Staatsanwalt beschuldigt meine Mitfrau des Mordes!«

»Mrs. Haskell, ich werde Sie wegen Mißachtung des Gerichts belangen.«

»Das ist mir egal. Ich weigere mich, angesichts dieses Unsinns still auf der Anklagebank zu sitzen. Mrs. Diamond liebte *ihren Mann.«*

»Hörensagen!«

»Wollen Sie damit andeuten, Mr. Rimple, daß sie sich selbst ans Bett fesselte, nachdem sie ihrem Ehemann einen tödlichen Stoß gab?«

»Mrs. Haskell, in der Liebe und im Recht ist alles möglich.«

Als ich aus meinem Gerichtssaal-Alptraum auftauchte, merkte ich, daß ich per mentalem Autopilot gefahren war. Ich fing an, um einen Ausweg zu beten, nicht aus meinem moralischen Dilemma, sondern aus der Einbahnstraße, über die ich in der falschen Richtung entlangfuhr, mit weiß Gott welchem Ziel.

Als ich schließlich unter dem Torbogen von Merlin's Court parkte und den Motor ausschaltete, dämmerte mir, daß Ben mit Frug und Recht eine halbwegs vernünftige Erklärung für die Abenteuer erwarten würde, die auf meine überstürzte Flucht von zu Hause gefolgt waren. Eine Freundin hatte mich gebraucht, würde ich sagen. Woraufhin er natürlich nach dem Namen besagter Freundin fragen würde. Harmloses, eheliches Geplauder mit einem möglicherweise peinlichen Nachspiel. Morgen, wenn die Nachricht von Normans Ableben auf der Titelseite des *Daily Chronicle* prangte, wäre es schwierig, Ben davon zu überzeugen, daß Jacqueline und ich die Stunden um Mitternacht damit verbracht hatten, Kreuzstichmuster auszutauschen. Er würde mir alle möglichen leidigen Einzelheiten aus der Nase ziehen wollen, was wider meine Loyalität gegenüber einer Frau war, die ich kaum kannte. Ich würde damit drohen, ihn zu verlassen, wenn er nicht den Mund hielt. Er würde sagen: Mach, was du willst, aber du kriegst die Katze, ich kriege die Kinder ... und ich wäre versucht, mich vom Kleiderschrank zu stürzen.

Ich stieg aus dem Wagen und stand im Hof unter einem grauverschleierten Himmel, dem die Nacht genauso die Farbe geraubt hatte wie meinem Gesicht das Geräusch von Schritten. Ben tauchte unter dem Fallgatter auf und stand da wie Heathcliff, sein Hemd flatterte im Wind, und seine Augen loderten schwarz in einem Gesicht so pergamenten wie der Tod. Gott sei Dank war mein Name nicht Catherine. Ellie ist kein Name für eine vom Unglück verfolgte Heldin, und insofern hatte ich mich nie davor gefürchtet zu hören, daß er in den Nachthimmel geschleudert wurde.

»Ellie!« Der Wind warf den Klageruf zurück.

»Ja, Liebling?« Ich ging auf ihn zu und wünschte dabei, ich wäre ein Geist, der sich bei seiner Berührung in Luft auflösen würde. Aber es gab kein Entrinnen, er streckte die Arme aus und preßte mich an seine männliche Brust. Er beugte den dunklen Kopf und verdeckte den Mond – oder es konnte auch die aufgehende Sonne sein. In solchen Momenten verliert man jedes Gefühl für Zeit und Ort. Sein Mund ergriff Besitz von meinem, in einem Kuß von solch glühender Leidenschaft, daß er mir geradewegs die Seele aus dem Körper saugte. Ich würde ja gern sagen, daß ich mich in diesem Augenblick wieder ganz neu in meinen Mann verliebte, aber die schändliche Wahrheit ist, daß ich den Moment nicht dazu nutzte, um aus mir herauszutreten und meine Empfindungen zu analysieren. Ich schaute nicht in die Augen meines Mannes und dachte, Mensch, was bist du für ein guter Ernährer, und ich finde es hinreißend, wie du mit unserer Steuererklärung klarkommst. Ich wollte, daß wir einander da draußen auf dem Hof in Besitz nahmen, ich wollte seine Geliebte sein, nicht seine Ehefrau ...

Ben riß seine Lippen von meinen los, hielt mich jedoch weiter mit dem Blick fest. »Gott sei Dank, du bist zu mir zurückgekommen, meine Liebste. Ich dachte, ich würde wahnsinnig, als ich im Haus auf und ab lief und wußte, daß ich dich durch meine dumme Gefühllosigkeit vertrieben hatte. Ich hatte schon vor, heute morgen eine Anzeige in den *Daily Chronicle* zu setzen: ›Ellie, bitte komm nach Hause. Es soll alles anders werden. Bitte melde dich, und sag, daß du mir verzeihst.‹«

Mein Atem ging langsamer. Ich erinnerte mich an meine Verzweiflung, als ich sah, daß die Zwillinge aus ihrem Laufstall verschwunden waren.

»Ben, bist du nicht sauer, daß ich weggefahren bin?«

»Schatz, der Gedanke, daß du stundenlang im Kreis herumfährst ...« So weit stimmte es zumindest. »Ich habe mich so geschämt!«

Da waren wir schon zwei.

Er berührte mein Gesicht mit Fingern sanfter als die Brise, die mein grünes Spitzennégligé kräuselte. »Ich mußte immer wieder denken, daß ich kein einziges Porträtfoto von dir mit den Zwillingen besitze.«

»Ben ...« Ich konnte nicht weitersprechen. Ich hatte so viel zu verlieren, wenn ich ihm die Wahrheit sagte.

Er zog meine Hände an sich, und durch den Stoff seines Hemdes konnte ich seine Wärme und seinen Herzschlag spüren, als er sagte: »Noch nie in meinem Leben habe ich solche Angst gehabt.«

»Denk nicht mehr daran«, sagte ich hastig.

»Wie sollte ich nicht? Der Gedanke, meine Mutter zu bitten, herzukommen und für dich einzuspringen, war so entmutigend. Das heißt nicht, daß sie ihre Sache nicht ganz meisterhaft gemacht hätte.«

»Genial!«

»Aber, Ellie, ich wollte die Mutter meiner Kinder, nicht *meine* Mutter.«

Ich legte den Kopf an seine Schulter und fragte ihn, wie er ernsthaft hatte glauben können, daß ich für immer fortbleiben würde. Ihn verlassen, meine Kinder verlassen, nur weil eine Zeitlang die Schaumbadwogen hochgegangen waren?

»In solchen Momenten, Ellie, denkt man nicht rational. Ich habe es verlernt, allein zu sein.«

Der Wind wählte ausgerechnet diesen Augenblick, um wie ein Dritter zwischen uns zu treten. Zu viele machtvolle Gefühle zu spät in der Nacht stellten die Welt völlig auf den Kopf. So erklärte ich es mir jedenfalls, bis mir aufging, daß Ben mich auf die Arme genommen hatte, wobei meine Gazeschleier auf den Boden herabhingen, und, wie Heathcliff mit seiner unbedarften Cathy, mit großen Schritten über den Hof ins Haus ging; durch die Gartentür, die er offengelassen hatte und jetzt mit dem Fuß hinter uns zuschlug, und weiter die Treppe hinauf in unser Schlafzimmer, wo die Fasane auf der Tapete uns aufgeregt flatternd erwarteten.

Ich kann nicht behaupten, daß ich irgendwelche Reue verspürte, als ich an den Schauplatz meines Phantasie-Fiaskos zurückkehrte. Doch als Ben mich in einem Wirbel von Röcken, der einer Reklame für Weichspüler zur Ehre gereicht hätte, aufs Bett legte, schaute ich mit einer gewissen Abscheu zum Kamin hinüber. Kein Grund, zu zittern und zu zagen! Da war ein dienstbarer Geist am Werk gewesen. Der intime Tisch für zwei war von seiner öldurchtränkten

Decke entblößt und wieder in seinen Alltagszustand zurückversetzt worden. Eine Collage aus Büchern und Kerzenhaltern war jetzt auf der Mahagoniplatte arrangiert. Der ruinierte Läufer, der Fonduetopf und alle übrigen Spuren unseres gescheiterten mitternächtlichen Festgelages waren aus der Landschaft getilgt, als hätte es sie nie gegeben.

Ben kam zu mir aufs Bett, hüllte mich in seine Arme und sprach in mein Haar. »Ein neuer Kaminvorleger war längst fällig.«

»O ja! Ich habe dieses kleine Familienerbstück gehaßt!«

Sein Lachen vibrierte an meiner Wirbelsäule entlang, und wenn das Prickeln auch keines der äußersten Leidenschaft für meinen dunklen und stürmischen Ritter war, so spielte es keine Rolle. In diesem Augenblick war ich bereit, mich mit Freundschaft zu begnügen, samt ihrer lebenslangen Garantie. Ich drehte mich zu ihm um und umschloß sein Gesicht mit den Händen.

»Danke.«

»Wofür?«

»Fürs Saubermachen und ...«

»Ja?«

»Dafür, daß du nicht vollkommen bist.«

Seine blaugrünen Augen waren von dem Gold der Sonne des kommenden Tages gesprenkelt, und ich wollte, daß er mich so fest hielt, daß weder der Tod noch der Gedanke an Sechs-Uhr-früh-Mahlzeiten uns trennen konnten.

»Was ist denn das?« Er hob den Kopf.

»Klingt wie Abbey.«

»Und das ist Tam.«

»Vielleicht, wenn wir hier liegenbleiben und den Atem anhalten ...« Doch noch während ich sprach, war ich auf den Beinen, im Geiste schon wieder in Uniform.

»Ellie, du wirst dieses Zimmer nicht verlassen.« Er griff nach meinen Armen und zog mich zurück zum Bett. »Ich kümmere mich um die Zwillinge, während du dich etwas aufs Ohr legst.«

»Aber du mußt in ein paar Stunden zur Arbeit.«

»Du auch.«

Ich vergrub die Finger in seinem verwuschelten schwarzen Haar und flüsterte: »Warum gehen wir nicht beide? Wir könnten ein Rendezvous daraus machen.«

Er antwortete nicht. Statt dessen nahm er meinen Chenillemorgenmantel vom Haken innen an der Schranktür und legte ihn mir um die Schultern, als wäre er eine Zobelstola und wir Lord und Lady Fitzsnob, die einen Abend in der Stadt verbringen wollten.

Ich Glückliche bin mit einer Konstitution gesegnet, die keine üblen Folgen von Schlafmangel davonträgt – bis auf das Gefühl, als hätte ich gerade vier Liter Blut gespendet und jeder einzelne übrige Tropfen wäre in meine Augäpfel gewandert. Als Ben am nächsten Morgen zur unmenschlichen Zeit von zehn Uhr zum Restaurant aufbrach, bot ich ein so hübsches Bild der Häuslichkeit, wie man es sich nur vorstellen kann. Da saß ich am Küchentisch und trank gesetzt Kaffee, während meine Sprößlinge, beide in mintgrünem Outfit, im Laufstall glucksten und gluckerten. Doch ach, welche Falschheit nistet im Herzen einer Frau! Kaum hatte sich die Gartentür hinter Ben geschlossen und reine Luft signalisiert, schnappte ich mir die Zeitung, blätterte sie aufgeregt durch und suchte verzweifelt nach einer in letzter Minute hineingesetzten Notiz über das letzte Stündlein des allseits geschätzten Norman the Doorman. Kein Wort.

Die Tod-der-Woche-Ehrung ging an die jüngst verstorbene Mrs. Huffnagle. Ihr Ehemann, ein distinguierter Gentleman der alten Schule, der einen Plastron und eine kummervolle Miene zur Schau trug, war unter der Überschrift *Trauernder Witwer erfährt: Defekter Elektroanschluß im Bad für den Tod seiner Gattin verantwortlich* abgebildet. Brauchte ich noch diese herzlose Erinnerung daran, daß die Mitgliedschaft bei Fully Female sich als tödlicher Fehler erweisen konnte?

Der letzte Rest meiner Energie verflog, ich sackte vornüber, brachte meine Kaffeetasse auf dem Unterteller ins Wanken und war ganze dreißig Sekunden völlig weg. Scheibenkleister! Etwas rief mich ins Leben zurück – ein beharrliches Klopfen, das mich mit einem Fauchen auffahren ließ.

»Komme!«

Unter den wachsamen Blicken meiner Tochter, die höchst undamenhaft an ihrer Rassel nagte, taumelte ich zur Gartentür und öffnete.

»Was ist das hier, die Königlich-Britische Münzanstalt?« Mrs. Malloy stand auf der Türschwelle, die Provianttasche am Arm und den Tüpfelschleier an ihrem Hut bis über die Augenbrauen heruntergezogen.

Ich war sofort in der Defensive und stammelte, daß die Tür nicht abgeschlossen gewesen sei, sondern nur klemmte. Bevor sie den Mund aufmachen konnte, hatte mein Gehirn die Antwort ausgestoßen, in einer Reihe kleiner Elektroschocks, die die Seiten meines Kopfes zu sprengen drohten. Aber zu meiner Verwunderung sagte Mrs. Malloy kein einziges Wort von wegen klemmende Fenster und Türen. Ihr einleitender Scherz schien sie erschöpft zu haben. Sie segelte in die Küche, als sei sie auf einem Luftstrom zur Welt gekommen, ihre Zehn-Zentimeter-Absätze schienen über die Steinfliesen zu fliegen. Erst jetzt bemerkte ich, daß sie aussah, als hätte sie noch weniger Schlaf gehabt als ich. Ihre Augen starrten aus einem Gesicht so weiß wie ihre Haarwurzeln in ein gewaltiges Nichts. Sie erinnerten mich unangenehm an die letzte Nacht von Norman the Doorman.

Sie blieb mitten im Raum stehen und starrte auf die rotgoldenen Köpfe in dem Laufstall. »Sind die neu?«

»Was?«

»Die Kleinen.«

»Nein, die habe ich schon eine ganze Weile.« Schock macht mich schnodderig. »Ein Sonderangebot—zwei zum Preis von einem.«

»Stimmt. Jetzt fällt's mir wieder ein.« Mrs. Malloy deponierte sich, samt Provianttasche und allem übrigen, auf dem Schaukelstuhl am Kamin und begann sich abzustoßen, als bediene sie eine Nähmaschine mit Tretkurbel, zurück und vor, zurück und vor. Ich wäre durchgedreht, wenn ich nicht solch furchtbare Angst gehabt hätte, daß sie bereits die unsichtbare Linie überschritten hatte. Konnte sie aus dem Bus gefallen sein und eine Gehirnerschütterung erlitten haben? Sollte ich Dr. Melrose anrufen, oder – es dämmerte mir – war ihr Geisteszustand eine Nachwirkung ihres romantischen Stelldicheins mit Walter Fisher? Hatte er sich in einer Art Experiment als Präparator an ihr versucht? Oder hatten wir es mit einem Standardfall postorgasmischer Trance zu tun?

»Erzählen Sie mal«, fragte ich mit einem tapferen Lächeln, »wie war Ihr Abend?«

»Geht Sie nicht das geringste an, Mrs. H«, antwortete sie mit monotoner Stimme.

»Verzeihung.« Zu Recht in meine Schranken gewiesen, versuchte ich mein Unbehagen zu überspielen, indem ich den Kessel auf den Herd knallte und nach der kupfernen Teebüchse kramte. Natürlich stand sie, wo sie immer stand – neben der Teekanne, direkt vor meiner Nase.

Hinter mir ließ sich ein rauhes Schluchzen vernehmen, und ich verstreute überall Teebeutel, als ich zum Schaukelstuhl zurückhastete, wo ich Mrs. M, das Gesicht in ein schwarzgerändertes Taschentuch vergraben, vorfand. Zweifellos ein Geschenk von ihrem Liebsten. Und plötzlich fiel mir ein, daß das, was ich in ihrem Gesicht gelesen hatte, vielleicht gar keine Neuauflage langvermißter Ekstase gewesen war, sondern der Ausdruck nackter Verzweiflung. Durchaus möglich, daß ihre Hausaufgabe sich als ein ebenso schlimmer Reinfall erwiesen hatte wie meine und Jacqueline Diamonds.

»Roxie, meine Liebe!« Ich hielt die Armlehne des Stuhls fest, um einen Anfall von Seekrankheit abzuwehren. »Was macht es schon, wenn Ihr romantisches Rendezvous nicht Ihren Hoffnungen und Träumen gerecht geworden ist!«

»Wieso?« Sie ließ das Taschentuch eine Idee sinken. Ihre Augen sahen aus, als ob sie zwölf Runden im Ring hinter sich hätte, aber in ihrer Stimme schwang ein Ton, der hoffen ließ, daß sie zu alter Kampfstärke zurückfand. »Ich nehme doch an, Mrs. H, Sie wollen damit nicht andeuten, daß ich etwa keine befriedigende Vorstellung gegeben hätte.«

»Da sei Gott vor!«

»Mr. Fisher war *erledigt.*«

»Wie nett!« sagte ich und klang wie der Ehemann der Pfarrerin. Zum Glück kam das schrille Signal des Kessels meinem Erröten zuvor. Wie eine geschäftig-trottelige Jungfer aus einem Charlie-Chaplin-Film huschte ich hin und her, erfüllte die Küche mit Dampf, als ich Tee aufbrühte, und holte die Becher, weil ich die Mühen der Untertassen scheute. Ups! Den Zucker vergessen.

»Hier!« Ich hielt Mrs. Malloy ihren Tee hin.

»Was tun wir, Rauchsignale geben?« kam ihre Stimme wie aus weiter Ferne, was mich zu der Befürchtung veranlaßte, daß sie wieder abtauchte, aber sie breitete das Taschentuch anstelle einer Serviette über ihren Schoß und nahm den Becher. »Walter sagte mir, es wäre für ihn noch nie so gut gewesen. Er hielt mich in den Armen, nachdem er mich zum fünften- oder sechstenmal genommen hatte, und sagte Dinge zu mir, die ich keiner Menschenseele erzählen kann. Tür und Tor gingen auf, verstehen Sie, und ... er ... Der gute Mann weinte, Mrs. H.«

Du liebe Güte! Jetzt kam ich mir tatsächlich wie eine Niete vor. In der ganzen Zeit, die Ben und ich zusammen waren, hatte ich ihn kein einziges Mal in intimen Momenten vor Freude zum Weinen gebracht. Vielleicht hin und wieder ein Schniefen, wenn er mein Parfüm nicht vertrug, aber das zählte ja wohl kaum. Als ich merkte, wie Tam sich schläfrig die Nase rieb, riß ich ihn aus dem Laufstall und bettete seinen seidigen Kopf an meine Schulter. All diese Parfüms, all diese Cremes, und wir Erwachsenen riechen doch nie so gut. Den Blick auf Abbey gerichtet, die jeden Augenblick verlangen konnte, daß sie bei Mummy an die Reihe kam, fragte ich Mrs. Malloy nach Mr. Fishers Gattin.

»Was soll mit der sein?« Mit Eifersucht ist nicht zu spaßen. Der Schaukelstuhl vollführte fast einen Rückwärtssalto. Tee schwappte auf das Taschentuch. »Sie ist seit einer Ewigkeit von der Bildfläche verschwunden.«

»Das haben Sie mir schon erzählt.« Ich verlagerte Tam auf meinen Armen. »Aber sind sie geschieden? Kann er wieder heiraten?« Ich sah die Heiratsanzeige im *Daily Chronicle* schon vor mir: *Mrs. Roxie Malloy heiratete am letzten Dienstag Mr. Walter Fisher, Chitterton Fells' herausragenden Bestattungsunternehmer, in einer schlichten Zeremonie in der Kapelle zur letzten Ruhe. Die Braut trug ein Totenhemd aus weißer Seide mit einer Halbschleppe und einen Kranz aus weißen Rosen.*

»Walter hat mir nicht die Ehe versprochen.«

Aha! Da lag der Hase im Pfeffer.

Der Schaukelstuhl setzte sich wieder in Bewegung. »Sie kapieren nicht, oder, Mrs. H? Ich sag' Ihnen, nach letzter Nacht braucht es kein Stück Papier, damit ich Walter gehöre, bis daß der Tod uns scheidet.« Ihre Stimme versagte.

»Sie wissen ja, wie man so sagt«, fiel ich ein. »›Liebe ist ein guter Diener, aber ein schlechter Herr.‹«

Mrs. Malloy beachtete mich nicht. »Ich brauche seinen Namen ja nicht gleich auf meinem Hintern einzubrennen. Als ich heute morgen die Augen öffnete und über das Kissen hinweg in seine sah, wußte ich, daß ich bis zum Ende die seine bin, durch unsichtbare Ketten gebunden, nie wieder eine freie Frau, solange wir beide leben.«

Dieses Spicken der Unterhaltung mit Anspielungen auf unsere Sterblichkeit beunruhigte mich nicht. Ich nahm an, nach einer in der Gesellschaft von Mr. Fisher verbrachten Nacht mußte man zwangsläufig anfangen, in Begriffen des Großen Schlafs zu denken. Aber gleichzeitig wünschte ich, sie würde nicht so reden. Es machte den Horror, Norman the Doorman tot am Boden liegen zu sehen, lebendig.

Ich beobachtete, wie Mrs. Malloy zum Tisch trottete und die Proviantasche auslud und spürte das volle Gewicht von Tam in meinen Armen. Seit er und Abbey auf der Welt waren, hatte ich so manches Mal gegen den Verlust der Freiheit gewettert. Ich hatte mich gefragt, ob ich jemals wieder mir selbst gehören würde. Aber mit Sicherheit waren Liebhaber keine so schwere Bürde wie Kinder, wenn ich auch einräumen mußte, daß sie mehr Arbeit machten als Ehemänner. Einen Mann in dein Bett einzuladen ist etwas ganz anderes als ein »Gehen wir in die Falle, Bärchen?« zu gähnen, bevor du mit einer Tasse Kakao zu deiner Seite des Bettes gehst. In einer Liebschaft müssen bestimmte Erwartungen erfüllt und gewisse Annehmlichkeiten arrangiert werden. Frische Laken, wenn er die Hosen runterläßt. Das Foto deiner Mutter mit dem Gesicht zur Wand drehen, damit ihre finstere Miene ihm nicht seine Schwungkraft raubt ...

»Zeit für einen Drink«, sagte Mrs. M, und ich verwünschte Mr. Fisher, weil er sie wieder zur Flasche greifen ließ. Aber ich schätzte die Sache falsch ein – wenn schon nicht den Mann. Sie holte ihr Fläschchen Fully-Female-Elixier aus der Provianttasche, nahm sich ein, nein zwei Gläser und hielt sie unter den Wasserhahn. »Sie machen doch mit, oder, Mrs. H? Ich habe keine Ahnung – und ich frag' auch nicht –, was Sie gestern nacht gemacht haben. Aber wir müssen beide Kraft tanken. Keine falsche Scham!« Im Zusammenhang mit Fully Female kam mir dieser Trinkspruch entschieden pikant vor, aber es blieb keine Zeit, um Maulaffen feilzuhalten. Mrs. Malloy trank ihr Glas leer, stellte es ab und nahm mir Tam aus den Armen. »So! Sie setzen sich hin und genießen Ihres.«

»Ich kann wirklich nicht.«

Sie faßte es offenbar so auf, daß ich nicht von ihrem dürftigen Vorrat nehmen wollte. Schnell stellte sie die Sache klar. »Was ist schon ein Eßlöffel Elixier unter Freundinnen? Sie können ja die nächste Runde spendieren. Übrigens, Mrs. H, bei all dem Wirbel habe ich vergessen, Ihnen Ihre Kräuter-Kraftkur und das violette Gewand mitzubringen.«

»Macht nichts.«

»Ich kann's jetzt nicht ändern, verdammt noch mal. Ich seh' doch an Ihrem Gesicht, daß Sie ärgerlich sind.«

»Es ist ... das Elixier«, sagte ich mit verzogenen Lippen. Der flüssige Brei war das übelste Zeug, das man sich vorstellen konnte. Es sah aus, als wäre die Hauptzutat Sägemehl, und es schmeckte wie Klebstoff. Ich war sicher, daß ich meine Zunge nie wieder losbekommen würde. Was Mrs. M nicht wissen konnte – es war das erste Mal, daß ich mehr als zwei Schluck getrunken hatte, bevor ich das Zeug in den Ausguß kippte. »Vielleicht sollte ich so früh am Tag nichts trinken.«

»Runter damit.« Nachdem sie Tam wieder in den Laufstall gesetzt hatte, sah sie mir über die Schulter – bis zum allerletzten Schluck. Der Schönheitsfleck über ihrer Oberlippe zuckte, als sie ihr Pflaumenlächeln lächelte. »So ist's brav, Mrs. H. Jetzt können Sie mit reinem Gewissen zu Ihrer Fully-Female-Sitzung gehen.«

Wenn sie nur wüßte, welche Geheimnisse im Herzen ihrer Arbeitgeberin lauerten.

Es war ein Ding der Unmöglichkeit, es noch zur Morgensitzung zu schaffen, und ich drang energisch in Mrs. Malloy, daß sie die Nachmittagssitzung besuchte. Aber sie ließ sich nicht erweichen. Sie verfiel wieder in ihren Trancezustand, als sie ihren Staubwedel zur Hand nahm.

»Hiermit habe ich Walters Ehrgeiz angestachelt, als ...«

Zum Glück blieben mir die peinlichen Details erspart. Sie verließ die Küche durch die bereits geöffnete Tür, aber auch wenn sie geschlossen gewesen wäre, ich schwöre, sie hätte sie durchschritten. Diese Frau war ebenso über die normalen Hindernisse des täglichen Lebens erhaben wie einst Norman the Doorman. Als die Luft rein war, ging ich zum Telefon und erfragte Jacqueline Diamonds Nummer bei der Vermittlung.

»Soll ich Sie verbinden, Herzchen?«

»Bitte.«

Brrrrppp ... Brrrrppp ...

Beim vierten Läuten legte ich auf. Es länger zu versuchen, hätte ebenso geschmacklos beharrlich gewirkt, wie gegen die Tür des Hauses in der Rosewood Terrace zu hämmern. Entweder war die Witwe für niemanden zu sprechen ... oder stattete sie Mr. Walter Fishers Geschäftsräumen einen Besuch ab? Zeigte er ihr jetzt gerade das Nonplusultra in Sachen freudiger Entspannung – die Ewige-Ruhe-Chaiselongue mit dem Regencystreifenfutter und Schnörkeln?

Machen Sie sich keine Sorgen, weil es so kurzfristig kommt, Mrs. Diamond. Diese Spontantode sind die Basis unseres Gewerbes. Wir statten Ihren Mann schon ordentlich aus. Hier geht es um eine Maßanfertigung, nehme ich an. Wir wollen doch nicht, daß ein Gentleman von der Berühmtheit Ihres Gatten in einem Modell von der Stange unter die Erde kommt, oder?

Niedergeschlagen ging ich meinerseits meinem Gewerbe nach, fütterte die Zwillinge, brachte sie für ihr Nickerchen ins Bett und steckte probehalber eine Ladung Wäsche in die Waschmaschine. Ich war überhaupt nicht in der Stimmung, um zu Fully Female zu fahren. Das heißt, ich war es nicht, bis Freddy an der Gartentür erschien und Dreck und einen Blick auf die Außenwelt mit hereinbrachte.

»Friedensangebot, Cousinchen!« Er hielt einen dürftigen Strauß Blumen hoch. »Die habe ich speziell für dich aus dem Pfarrersgarten geklaut.«

»Das hättest du wirklich nicht ...«

»Für dich ist mir keine Mühe zu groß.« Ein Grinsen durchbrach seine Bartstoppeln, und er machte eine schwungvolle Verbeugung, bei der sein Pferdeschwanz den Fußboden streifte.

»Ich meinte, o großer Hochstapler«, sagte ich und stopfte das gestohlene Sträußchen in einen Krug, »du hättest dich dem Pfarrhaus nicht bis auf einen Meter nähern sollen.«

»Du hast recht.« Freddy schlenderte zum Tisch hinüber und nahm sich das Käse-Tomaten-Sandwich, das mein Lunch hatte sein sollen. »Hätte sehr peinlich werden können, wenn man mich draußen auf Beobachtungsposten vor den Verandatüren entdeckt hätte. Die Pfarrerin – nun ja, ich nehme an, sie war es, aber sicherheitshalber werde ich sie Madam X nennen ...« Freddy machte eine Pause um des dramatischen Effekts willen und um ein großes Stück von dem Sandwich abzubeißen.

Zum Teufel mit diesem Spinner, daß er mich zu ordinärer Neugier verleitete. »Was wolltest du gerade sagen?«

»Madam war beim Gebet.«

»Freddy!« Es gibt einiges, in das ich meine Nase nicht hineinstecke, auf daß sie mir nicht abgeschnitten und in die ewige Finsternis geschleudert wird, auf Nimmerwiedersehen.

»Sie ersuchte um Vergebung für die Sünde der Eifersucht, die sie veranlaßt habe, ungerecht gegen eine Mitreisende durch dieses Tal der Tränen zu handeln.«

Ich brachte ihn zum Schweigen, indem ich ihm ein Geschirrtuch ins Gesicht warf. Doch der Schaden war bereits angerichtet. Ich war nicht imstande, diesen Brocken Klatsch zu vergessen, ehe mein Verstand damit zu spielen begann, so wie Tobias drüben in der Nische bei der Gartentür um eine graue Filzmaus herumschlich. Litt Reverend Eudora Spike unter Gewissensbissen im Hinblick auf Miss Gladys Thorn, die sie als Kirchenorganistin rausgeschmissen hatte – nicht wegen mangelnder Fähigkeit an dem Tasteninstrument, sondern weil Gladys Mr. Spike »Bleib bei mir« zusingen könnte?

Freddy warf mir das Handtuch wieder zu. Ich knüllte es zu einem Ball zusammen und fing an, die Arbeitsfläche zwischen Herd und Spüle zu wienern. Irgendwo im Haus sang Mrs. Malloy »John Brown's Body«, und die moderige Melodie legte sich wie ein Fettfilm auf den Kessel, die Kupferschalen, die Teebüchse und die Stühle. Was die Hängepflanzen im Grünfenster betraf, schienen sie vom Stengel weg zu welken, als warteten sie auf den Beginn der unvermeidlichen Wurzelfäule.

»Wer ist der fröhliche Singvogel?« Freddy biß in den Apfel, der mein Nachtisch hatte sein sollen.

»Mrs. Malloy.«

»Berechnet sie diese Liedchen extra?«

»Sie ist verliebt.«

»Und wer ist der Glückspilz?«

»Geht dich nichts an.« Kaum waren die Worte heraus, bereute ich es auch schon, denjenigen angeschnauzt zu haben, den ich um einen Gefallen bitten wollte. Ich schätze, ich hatte diese Idee im Hinterkopf gehabt, seit er die Küche betreten hatte, aber es hatte des alten John Brown bedurft, um mir endgültig klarzumachen, daß ich zu Fully Female fahren und meine Kündigung einreichen mußte. »Freddy« – ich hängte das Geschirrtuch über die Stange des Herds – »wenn ich verspreche, dir deinen Text für *Normannen der Götter* abzuhören, bleibst du dann und paßt ein Stündchen auf die Zwillinge auf? Mrs. Malloy ist beschäftigt und, wie man hört, nicht ganz bei sich.«

»Meine liebe Ellie« – Freddys Gesicht verzog sich zu einem Stachelschweingrinsen –, »Speichelleckerei steht dir so gut wie den Sternen die Nacht.«

»Ist das ein Ja oder ein Nein?«

»Was glaubst du, Cousine?« Zu meiner Überraschung kam er um den Laufstall herum und umarmte mich. »Zwitscher schon ab, altes Mädchen, und überlasse alles meinen fähigen Händen.«

Den ganzen Weg in die Stadt über probte ich meine Abschiedsrede für Fully Female. *Du wirst mich hassen, Bunty, aber mit den Babys und dem Haus, ganz zu schweigen von dem Garten, wo Jonas nicht da ist, um mir zu helfen, kann ich mich, denke ich, unmöglich so für Fully Female engagieren, wie sowohl du als auch ich es uns wünschen. Meine Ehe wird zweifellos der Verlierer sein, aber momentan denke ich, daß ich mich damit begnügen muß, jeden Tag mein Bett gemacht zu kriegen, anstatt Ben alle halbe Stunde hineinzukriegen.*

Ich konnte meinen Text wie aus dem Effeff, als ich den Wagen in der kreisförmigen Auffahrt parkte. Doch als ich um den Brunnen herum auf die von Bäumen beschattete Hollywood-Villa zuging, entgleisten meine Gedanken. Mir fiel nur noch die Wahrheit ein: daß ich aus Fully Female aussteigen wollte, weil ich die Liebe allmählich als einen gefährlichen und möglicherweise tödlichen Zeitvertreib ansah.

Meine Füße wurden schwer, als ich mich den halbmondförmigen Terrazzostufen näherte, und mein Herz klopfte vor Mitgefühl mit all diesen Menschen, die, da sie keine größeren Probleme haben, sich mit den kleinen behelfen müssen. Mit meiner üblichen Feigheit hoffte ich, daß Bunty mich nicht empfangen könnte, entweder weil sie bei *Erlebnis Ehe* war oder in einem Gespräch mit Fully-Female-Kandidatinnen. Leider war heute nicht mein Glückstag. Die Tür ging auf, als ich auf der obersten Stufe anlangte, und Bunty höchstpersönlich stand auf der Schwelle. Sie sah so hinreißend aus wie immer in einem körperbetonten Outfit, das einem Bodystocking ähnelte und genau zu ihren champagnerfarbenen Locken paßte.

»Ellie! Ich habe dich vom Fenster aus gesehen.«

»Bunty!« Ich brachte ein Lächeln zustande und platzte mit dem ersten heraus, was mir in den Sinn kam. »Wo sind die Pfauen?« Dummes Gelaber! Wenn die Vögel nicht vorn am Haus ihr Rad schlugen und sich spreizten, dann wären sie eben auf dem Rasen hinten ...

Buntys blaue Augen füllten sich mit Tränen, die auf ihre üppigen schwarzen Wimpern überquollen. Sie zog mich ins Haus und schloß die Tür, bevor sie mir die Neuigkeit mitteilte.

»Man hat die Pfauen gekidnappt.«

»Nein!«

»Das habe ich auch gesagt, als ich heute morgen nach draußen ging und sah, daß sie verschwunden sind und ein scheiß Zettel an die Haustür geheftet war. Weißt du, was draufstand?«

»Eine Lösegeldforderung?«

»Quatsch! Nichts derartig Zivilisiertes. Es war das Rezept fürs Paradiesvogel-Fondue, das aus dem Fully-Female-Handbuch. Was sagt dir das, Ellie?«

»Wir haben es nicht mit einem Vegetarier zu tun?«

Sie nahm mich am Ellbogen und beförderte mich durch die geräumige Halle zu dem Weiß-in-weiß-Wohnzimmer mit seinen Oberlichtern, den ägyptischen Pyramidentischen und dem Orchestergraben, in dem der Flügel stand. »Weißt du, was ich glaube, Ellie? Da draußen ist jemand, der grün vor Neid auf den Erfolg von Fully Female ist und das Unternehmen sabotieren will.«

»Du glaubst nicht, daß du es ...« Ich stockte.

»Weiter, raus mit der Sprache.«

Ich heftete den Blick auf den Wandbehang mit dem New-Bronze-Age-Design, während ich die abscheuliche Unterstellung aussprach. »Könnte es möglich sein, daß du es mit einer unzufriedenen Klientin oder deren Gatten zu tun hast?«

Die durch Tränen verdunkelten Wimpern verliehen ihr das unschuldige Aussehen der Zwillinge. »Ellie, du machst Witze, stimmt's? Sicher, in letzter Zeit habe ich ein, zwei Rückschläge erlitten. Zuerst hat Mrs. Huffnagle den Löffel abgegeben, und jetzt muß Mrs. Diamond aufgeben.« Eine Pause. »Aber davon hast du wohl noch nichts gehört.«

Ich gab einen hilflosen Laut von mir, wie man es beim Zahnarzt macht, wenn er dich auf dem Stuhl hat und dein Mund voller Instrumente ist.

»Furchtbar schade. Mr. Diamond ist gestern nacht gestürzt, als er im Schlafzimmer für einen seiner Fernsehstunts übte ... und hatte auf der Stelle ausgeschnauft. Nimmt einem die Luft weg« – Bunty schien das Wortspiel nicht aufzufallen –, »steht aber in keiner Weise mit Fully Female in Zusammenhang.« Die Heftigkeit ihres Dementis brachte mich auf den Gedanken, ob sie nicht doch vermutete, daß Normans Tod mit Jacquelines Hausaufgabe zu tun hatte.

»Welch eine Tragödie!« brachte ich heraus. »Arme Mrs. Diamond. Sie wurde doch von der Polizei verhört, oder?«

»Ja, aber sie sagte, sie hätten einander wirklich geliebt.« Bunty stand auf einem Lamavorleger, und ihre korallenroten Nägel zupften an der Goldkette um ihren Hals. »Scheiße, jedes Geschäftsunternehmen hat seine Rückschläge, und niemand kann mich als gefühllos bezeichnen. Ich habe das Programm von heute nachmittag abgesagt, nachdem ich mit Jacqueline gesprochen hatte. Tut mir leid, daß du dabei unter den Tisch gefallen bist, Ellie. Jetzt siehst du, weshalb ich ständig über das Büropersonal meckere. Was denkst du? Soll ich Lis Rat befolgen und es mit Miss Thorn probieren? Sie war neulich am Klavier nicht schlecht, und es wäre praktisch, jemanden zu haben, die beides kann – die Begleitung zu *Retro-Relaxing* spielen und das Büro managen. Wenn sie nur nicht so aussähe wie etwas, das Rover vom Friedhof angeschleppt hat!«

Ich gab keine Antwort, weil ich versuchte, den Mut aufzubringen, Bunty zu sagen, daß sie einen weiteren Namen von ihrer Klientinnenliste streichen sollte. Aber die Gelegenheit war schon verpaßt. Schritte erklangen in der Halle, und plötzlich – wenn man vom Teufel spricht ... und das in der Mehrzahl – sahen wir uns dem attraktiven silberhaarigen Lionel Wiseman und Miss Thorn gegenüber, die angesichts seiner weltmännischen Art staksiger und kurzsichtiger wirkte denn je.

»Li, Schätzchen! So früh zu Hause?« Bunty schenkte ihm ein munteres Lächeln, aber ich hatte den Verdacht, daß sie nicht nur erfreut war, von ihrem Ehemann überrumpelt zu werden.

»Ich fürchte ja, Schatz!« Mr. W knöpfte mit seiner gewohnten Geschicklichkeit seinen Kaschmirmantel auf, während Miss Thorn von ihrer höheren Warte aus zu ihm hinunterhechelte, mit beschlagenen Brillengläsern und falsch geknöpftem Regenmantel.

»Wenn es Ihnen jetzt nicht paßt ...« Sie verknotete die Finger und zitterte bis hinunter zu ihren zweckmäßigen Schuhen. »Falls ich lieber ein andermal wiederkommen soll, wenn Mrs. Wiseman nicht gerade die liebe Mrs. Haskell zu Gast hat ...«

»Oh, ich wollte gerade gehen.« In meinem Eifer zu verschwinden, schickte ich eine Polstertruhe auf die Reise über den Fußboden.

»Bitte« – Lionel Wiseman schaute mich an, während er Miss Thorn eine Hand auf den Arm legte –, »bleiben Sie doch beide. Wir trinken gemeinsam etwas ... und sprechen alles durch.«

»Genau wie ich vermutet habe«, flüsterte Bunty mir ins Ohr, als die beiden anderen sich mit ihren Mänteln in die Halle zurückzogen. »Li wird mir gleich das Messer an die Kehle setzen. Und was soll's, Miss Thorn kann den Job haben. Eine Frau von meinem Aussehen und Charme«, fuhr sie mit einem koboldhaften Grinsen hinzu, »kann es sich leisten, nett zu sein. Ja, ich schätze, ich sollte sauer auf Li sein, aber er ist ja ein so süßer alter Chauvi ... will immer das Beste für seine kleine Bunty.«

»Aber ich brauche wirklich nicht zu bleiben ...«

»Da liegst du falsch, Ellie. Ich habe gemerkt, daß Li dich dabeihaben wollte, damit es nicht wie zwei gegen eine aussieht, und wenn du dich verdrückst, werden wir fünfundvierzig Minuten über Miss Thorns Telefonbuchsammlung reden, bevor wir zu den Moneten kommen.«

»Danke, dann nehme ich ein Glas Sherry.« Meine zusammenhanglose Antwort machte die unerschrockene Leiterin von Fully Female darauf aufmerksam, daß ihr Ehemann und die Bewerberin zurückkamen. Während er sich an den Karaffen zu schaffen machte, nahmen wir Damen Platz – Bunty und ich in den austernfarbenen Ledersesseln, während Miss Thorn das Sofa wählte. Jedem anderen wäre diese Anmaßung als schlechtes Benehmen ausgelegt worden, aber wie immer war sie so flatterig, daß man sich eines Lächelns kaum erwehren konnte ... bis mir einfiel, wie ich sie gestern nachmittag an der Gartentür zur Schnecke gemacht hatte, als sie anklopfte und ich sie für Freddy hielt.

Erstaunlicherweise zeigte sich in ihren Pilzaugen – als sie sich in meine Richtung verirrten – keinerlei Feindseligkeit. Es war, als habe es den Vorfall außer in meiner Phantasie nie gegeben. Solcher Großmut war sowohl herzerwärmend als auch verdächtig. Aber jetzt war keine Zeit für Psychoanalyse. Jemand mußte das Gespräch in Gang bringen, bevor das Lächeln auf unseren Gesichtern festfror.

»Wie geht es Ihnen, Miss Thorn?«

»Ich bin ganz zitterig.« Sie zog ihren mausbraunen Kopf ein.

»Das hätte ich nie gedacht.« Bunty stellte ihr Lächeln ab. »Sie sehen aus wie die Ruhe selbst in diesem süßen, hübschen Kleid.«

»Vielen Dank.« Miss Thorn zog den Rock ihrer scheußlichen Kreation bis weit über ihre Knie hinunter und hob die Augen zu Lionel Wiseman, der mit dem Getränketablett auf uns zukam. »Für mich nichts, mein lieber Mr. Wiseman. Wie Sie wissen, vertrage ich Hochprozentiges nicht. Ich habe sehr empfindliche Eingeweide.«

»Sie leiden unter Verdauungsbeschwerden?« fragte Bunty.

»Nein, Übelkeit.«

»Ah!« Mein Ausruf stieg wie ein Gerücht zu der hohen Decke auf und beschlug eines der Oberlichter. Ich nahm ein Glas von Lionel entgegen und sah zu, wie er ein weiteres seiner Frau reichte, bevor er das Tablett auf einem Glastisch abstellte und sich zu Miss Thorn auf das Sofa setzte. Als verheiratete Frau sollte ich so etwas eigentlich nicht bemerken, aber er war einer der attraktivsten Männer, die ich jemals auf der Leinwand oder leibhaftig gesehen hatte. Diese buschigen dunklen Brauen, die sich gegen das herrliche Silberhaar abhoben, verhießen Leidenschaft wie Kraft. Ich tupfte meine sabbernden Lippen mit einer Cocktailserviette ab und wartete darauf, daß jemand etwas sagte.

»Also!« Bunty hob so niedlich wie ein Kätzchen ihr Glas. »Ich würde sagen, der Anlaß verlangt nach einem Trinkspruch!«

Lionel beugte sich vor, seine schönen Hände lagen fest auf seinen schönen Knien. »Mein Schatz, ich hätte nie gedacht, daß du so leicht nachgeben, so entgegenkommend sein würdest. Gladys und ich waren auf jede Menge Theater gefaßt.«

»O ja, das kann man wohl sagen.« Miss Thorns Erröten biß sich mit ihrem fahlen Teint. »Ich hatte solche Angst, und Streß ist natürlich das Allerschlimmste in meinem ... Zustand.«

»Na, Sie Gänschen«, sagte Bunty. »Als Fully-Female-Frau sind mir die Wünsche meines Mannes Befehl.«

»Wie liebenswürdig! Aber wie ich schon zu Lionel sagte, nachdem ich so lange gewartet habe, dem Mann meiner Träume meine Hand zu gewähren, wollte ich, daß alles vollkommen ist, und ich habe mich standhaft geweigert, mich offiziell zu verloben, bevor ich nicht Ihren Segen hatte, liebe Mrs. Wiseman. Ist es nicht so, mein Lionel, mein Juwel?«

»Ganz recht, meine Rose ohne Dornen!«

Bunty ließ ihr Sherryglas fallen, und ich erlitt einen Schock, woraufhin Lionel Wiseman Miss Thorns Hand hob und an seine wohlgeformten Lippen drückte. Da saßen sie auf dem weißen Noppensofa mit seinen überdimensionalen Kissen, der feine Herr und die reife Frau – in ihren gegenseitigen Blick versunken. Ein Augenblick der Herzen und Blumen, den man auskostete und ehrfürchtig in das Album der teuren Erinnerungen seines Lebens steckte.

Die ausrangierte Ehefrau packte die Seiten ihres Sessels und stand auf. Ihr schönes Gesicht war starr von den heftigen Gefühlsregungen. Plötzlich warf sie ihren blonden Kopf zurück und stieß ein Lachen aus.

»Das ist ein Witz! Ein verspäteter Aprilscherz, oder? Li, Darling, du hättest mich fast hereingelegt, und ich wäre wirklich sehr wütend auf dich und Miss Thorn, wenn ich nicht noch wütender auf mich selbst wäre, weil ich ein so leichtgläubiger Schwachkopf bin. Ellie!« Bunty fuhr mich an, als wäre ich ein Leibwächer, der sie in einer dunklen Gasse im Stich gelassen hatte. »Hör auf, so zu gucken, als ob gerade jemand deine Großmutter überfahren hätte! Ich sage dir, sie machen *Spaß!*«

»Nein, mein Schatz.« Lionels traurige Augen waren beredter als das tiefe Timbre seiner Stimme. »Ich fühle deinen Kummer mit dir, Liebes, aber in den letzten sechs Wochen, als du dachtest, ich würde in der Kanzlei Überstunden machen, war ich mit Gladys zusammen und mit dem Fall meines Lebens beschäftigt. Unsere Leidenschaft ist so explosiv, daß ich endlich das Prinzip der Kernfusion begreife.«

»O mein Gott!« Buntys Gesicht verzerrte sich vor Verzweiflung. »Wenn ich daran denke, wie stolz ich auf dich war, weil du diesen Organspenderausweis in deiner Brieftasche mit dir herumträgst!«

Mr. Wiseman ließ die breiten Schultern hängen. Er murmelte: »Wir wollten Bunty niemals weh tun, nicht wahr, Geliebte?«

Miss Thorn las seine Hand auf und preßte sie an ihren nicht vorhandenen Busen. »Niemals!«

Das war schlimmer als schlimm. Ich war mir noch nie so schrecklich fehl am Platz vorgekommen. Es war, als wenn man die Tür zu dem öffnete, was man für den Krankenhaus-Geschenkshop hielt und sich im Chaos einer Operation wiederfand – Blut spritzte, Eingeweide flogen umher, und ein Chefarzt sprang mit einem Dickdarm Seilchen. *Bitte … holt mich hier raus!*

»Also«, fauchte Bunty, »war Li nicht Manns genug, es mir allein zu sagen?«

»Wir hielten es für das beste« – Miss Thorn ließ ihr Kichern hören, das ein wesentlicher Bestandteil ihres Charmes war –, »daß wir drei alles zusammen besprechen, in der Hoffnung, daß wir, wenn die Wogen sich erst geglättet haben, die allerbesten Freunde sein können. Ich war immer schon eine Sklavin der Konvention, und ich habe zu Lionel gesagt …« – sie machte eine Pause, um seine gepflegte Hand zu küssen, wobei sie langsam von den Fingerspitzen zum Handgelenk wanderte –« … ich habe gesagt, ich könnte einer offiziellen Verlobung erst meine Zustimmung geben, wenn Sie, liebe Mrs. Wiseman, bereit sind, das Band zu lösen, das Sie verbindet.«

»Geht's hier um Scheidung?« kreischte Bunty.

»Ich habe einen ganz hübschen Ring gesehen.« Eine verträumte Miss Thorn streckte die Hand aus, um sich den Verlobungsring besser an ihrem knubbeligen Finger vorstellen zu können. »Ein diamantener Halbmond in viktorianischer Fassung mit einem Rubin …«

»Passend zu Ihren Augen?« Bunty verlor ganz und gar die Beherrschung. Sie stürzte sich auf das turtelnde Taubenpaar und stieß einen Schrei aus, der fast die Oberlichter auf unsere Köpfe herunterkrachen ließ. »Ich bringe Sie um! Ich bringe euch beide um!«

Dem Himmel sei Dank für die Zwillinge! Sie herumzuschleppen mußte die Muskulatur meines Oberkörpers gestärkt haben. Denn irgendwie schaffte ich es, sie davon abzuhalten, sich über den Kaffeetisch zu werfen und die beiden mit ihren perlweißen Zähnen zu zerfleischen.

Während ich Bunty in Schach hielt, tauschten Mr. Wiseman und Miss Thorn besorgte Blicke aus. »Meine Taube, du siehst, ich hatte recht, das Schlimmste zu befürchten«, sagte er.

»Schsch, liebes Herz! Wie wär's, wenn ich eines meiner Liedchen auf dem Kavier spiele?« Mit geschlossenen Augen, den mausbraunen Kopf zurückgelegt, wappnete die Lady sich für die Qual, einen Abstand von etwa fünf Metern zwischen sich und ihren Herzallerliebsten zu legen. Miss T machte einen weiten Bogen durchs Zimmer, um zu vermeiden, daß sie in Kampfweite der gegenwärtigen Mrs. Wiseman kam und stieg in den Orchestergraben hinunter. Sie setzte sich auf den Klavierhocker, ordnete ihre Röcke über ihren knubbeligen Knien, lockerte die Finger, knackte mit den Knöcheln und fing an, einen so jammervollen Satz zu spielen, daß ich hätte schwören können, das Klavier weinte.

Miss Thorn hob die Brille zu Buntys wutschäumendem Gesicht. »Ach, süße Musik, dein Zauber besänftigt das wilde Biest.«

»Die wilde *Brust,* meine Taube«, berichtigte Lionel, und seine Miene war so zärtlich wie die eines Vaters, der hört, wie sein Kind die ersten Worte falsch ausspricht. »Musik hat solchen Zauber zu besänftigen die wilde Brust.«

»Oh, du kannst nicht erwarten, daß Gladys das richtig hinkriegt!« Bunty entwand sich meinem Griff. »Du bist natürlich der Experte, Li, mein Schatz, aber ich würde sagen, was deine Herzallerliebste an Brüsten vorzuweisen hat, beläuft sich auf nicht mehr als zwei Moskitobisse.«

»Was fällt dir ein!« Mr. Wiseman erhob sich vom Sofa. »Wie kannst du dich unterstehen, an der Statur der Frau, die ich liebe, Kritik zu üben!«

Miss Thorn stieß ein Mäusepiepsen aus.

Irgendwo in diesem *Schöner-Wohnen*-Raum bimmelte eine Uhr die halbe Stunde, aber ich mißdeutete das Geräusch als eine Glocke im Boxring, die den Beginn der nächsten Runde einläutete. Und, du liebe Zeit, jetzt, wo die Gegner beide aufgestanden waren und auf den Zehen tänzelten, konnten sie noch Stunden vom Leder ziehen. Ich hatte durchaus Mitgefühl. Mir war weh ums Herz für Bunty, aber ich hatte auch noch ein eigenes Leben außerhalb dieser Mauern. Meine Babys brauchten mich. Ganz zu schweigen von Freddy, der, als Entschädigung für geleistete Dienste, von mir erwartete, daß ich ihm seinen Text für dieses alberne Stück abhörte.

Und doch war ich dazu ausersehen, an einem zweitklassigen Melodram mitzuwirken. Ächz! Auf ebendieser Bühne zog der silberhaarige männliche Hauptdarsteller mit der goldenen Zunge jetzt eine Pistole aus der Innentasche seiner Anzugjacke und richtete sie auf die Ex-Tänzerin-Ehefrau und – da kein Zentimeter Raum zwischen ihnen war – ihre dämliche Gefährtin.

Miss Thorn hielt vibrierend im Spiel inne.

»Bunty«, redete ich ihr zu, den Blick auf die Pistole in Lionels Hand gerichtet, »versprich ihm die Scheidung.«

»Niemals«, kreischte der blonde Superdummkopf. »Eher will ich ihn und seine Amüsierdame tot sehen, das schwöre ich!«

»Genauso hatte ich es mir gedacht.« Lionel Wiseman starrte auf die Waffe, mit vor Widerwillen zusammengezogenen Nasenlöchern, und mit angehaltenem Atem wartete ich darauf, daß er erklärte, er wisse kein anderes Mittel, als Bunty fertigzumachen, bevor sie ihn fertigmachte. Ich zitterte so heftig, daß ich Mühe hatte, dem zu folgen, was er sagte. »Als Mrs. Pickle mir neulich diese Pistole gab, nachdem sie sie in einer Schürze versteckt in der Terrakotta-Urne am Wasserfall gefunden hatte, versuchte ich mir einzureden, du hättest Angst vor Einbrechern, aber als ich so in meiner Kanzlei saß, Café au lait trank und eine brasilianische Zigarre rauchte, gelangte ich immer mehr zu der Überzeugung, Bunty, daß du über meine Liaison mit Gladys Bescheid wußtest und zur Rache entschlossen warst.«

»Mr. Wiseman, Sie sind völlig auf dem Holzweg!« Meine Stimme überschlug sich, um ihm zuvorzukommen, ehe er mich unterbrechen – oder niederschießen – konnte. »*Ich* habe nämlich diese Pistole in der Urne versteckt!«

»Sie?« Ein mattes Lächeln ließ Fältchen auf seinem attraktiven Gesicht erscheinen. »Liebe Dame, Ihre Loyalität gereicht Ihnen zur Ehre, beleidigt allerdings meine Intelligenz.«

»Aber im Ernst ...«

»Halt den Mund, Ellie!« Bunty hechtete nach vorn und riß, begleitet von bebenden Klavierakkorden, ihrem Ehemann die stumpfnasige Pistole aus der Hand. »So, Freundchen« – sie versetzte ihm mit dem Kolben einen Kinnstüber, bevor sie wieder rückwärts neben mich tänzelte –, »wieso hast du so lange dafür gebraucht? Warum zum Teufel hast du nicht gleich wegen der Pistole ausgepackt, als du sie in deine Grapschpfoten gekriegt hattest?«

Als Reaktion auf die Pistole, die in ihre Richtung schwenkte, schob sich Miss Thorn mit erhobenen Händen quer durchs Zimmer an die Seite ihres Geliebten. »Lionel hielt es für richtig, kein Spektakel zu machen, bis ich seinen Heiratsantrag angenommen hatte.«

»Wie scheißanständig!« Bunty spie die Worte aus. »Versenk das alte Boot nicht, bevor du nicht das neue zu Wasser gelassen hast!«

»Man hat seine Prinzipien«, sagte Lionel.

»Bis heute nachmittag« – Miss Thorn hatte inzwischen den Schutz seiner Arme erreicht – »stand ich immer dicht davor, die Ehre, die zweite Mrs. Wiseman zu werden, auszuschlagen.«

»Die dritte, Sie Hohlkopf!« Bunty rückte den beiden gefährlich auf den Leib. »Ich hatte wenigstens den Anstand zu warten, bis die erste Mrs. Wiseman aus dem Verkehr gezogen war. Lassen Sie sich eins gesagt sein, Sie würgehalsiges Miststück, Sie können sich noch auf einiges gefaßt machen, und es wird kein Diamantring mit einem verdammten großen Rubin sein.« Ein eisiges Lächeln trat auf ihr Gesicht, das noch kälter wurde, als sie die beiden mit der Pistole trennte und in Richtung Halle schubste. »Und jetzt raus, ihr beiden!«

»Du führst dich auf wie ein Kind.« Rechtsanwalt Lionel schaffte es, ein wenig Würde zu bewahren, wenn er und seine Liebste auch zwei x-beinigen Kindern ähnelten, die rückwärts Schlittschuh laufen lernten.

»Raus, hab' ich gesagt, raus mit euch beiden!« Peng fiel die Haustür zu. Bunty kam zurück ins Wohnzimmer, die Pistole in ihrer herabhängenden Hand.

»Komm, gib sie mir.« Ich eilte zu ihr, aber sie winkte mich fort.

»Nein, Ellie! Lass' mir einen Augenblick Zeit – ich werd' mich zusammenreißen.«

»Das ist gut.«

»Ich kann mich ja nicht selbst erschießen, wenn meine Hand zittert, oder?«

»Jetzt hör aber auf!« Ohne nachzudenken, riß ich ihr die Pistole weg. »Und spar dir die Mühe, mit mir darum zu kämpfen, sie ist nicht geladen.« Ich hoffte inständig, daß es tatsächlich so war, als ich sie in die Tasche meines Regenmantels stopfte, aber ich hatte keine Zeit, mir Sorgen zu machen, daß ich mir damit die Füße wegpustete, denn Bunty hatte sich auf das Sofa fallenlassen und schluchzte zum Erbarmen.

»Ist das zu fassen? Li verläßt mich für *diese* Frau? Ich habe ihn vergöttert, weißt du das? Ich dachte, bei uns stimmte alles. Oh, warum habe ich nicht auf den schlauen alten Fuchs, meine Tante Et, gehört? Sie sagte immer zu mir, als ich ein Teenager war: ›Bunty, mein Mädchen, mach nicht denselben Fehler wie ich. Betrachte Sex nicht als das A und O. Bring nicht dein Leben damit zu, am Altar des elften Fingers zu beten.‹ Und jetzt guck dir an, was ich getan habe! Hier sitze ich, die Präsidentin von Fully Female, die anderen Frauen beibringt, wie sie ihre Männer halten können – und meiner läßt sich von Miss Thorn abschleppen!«

Im Gegensatz zu mir, deren Nase dann mein ganzes Gesicht beherrscht, weinte Bunty gepflegt. Tränen perlten von ihren Wimpern, und ihre Wangen wurden noch rosiger. Wie in Gottes Namen konnte Lionel Wiseman sie verlassen? Man konnte sich nur wieder aufs neue über Miss Ts Erfolg beim anderen Geschlecht wundern und staunen, daß sie es so lange gemacht hatte, ohne auf die Nase zu fallen.

»Es tut mir so leid.« Ich ließ mich neben ihrem jüngsten Opfer nieder.

»Es ist zum Totlachen! Nicht damit zufrieden, selbst ein schmachtendes Schaf zu sein, habe ich Dutzende von Frauen überzeugt, sich von Kopf bis Fuß umzukrempeln.«

»Du hast es gut gemeint.«

»Was soll jetzt aus mir werden?«

»Du hast Freunde, Bunty.«

»Ich meine finanziell. Fully Female geht den Bach runter. Und Li kann entweder so großzügig wie Midas oder so geizig wie Old Nick sein, je nachdem, woher der Wind weht. Er wirft Hunderte von Pfund für einen Schlips zum Fenster raus, schmeißt jedoch keine Brotkruste weg. Er hat mich immer mit Kreditkarten überhäuft, aber jetzt würde es mich nicht überraschen, wenn er mich ohne einen roten Heller sitzenläßt.«

»Du mußt dir einen ...«

»Einen guten Anwalt nehmen?« Tränen rannen aus ihren blauen Augen, aber unglaublicherweise lachte sie zugleich. »Weißt du, Ellie, eine Cockney-Göre, die mit Tanzen für ein paar Münzen groß geworden ist, hat ein, zwei Dinge im Überlebenskampf gelernt.«

Trautes Heim, Glück allein. Freddy und Mrs. Malloy waren

jeweils an ihren eigenen Herd zurückgekehrt. Der Nachmittag war der Abenddämmerung gewichen, und ich fütterte verspätet die Zwillinge, ohne mich, wie ich leider gestehen muß, dieser Aufgabe hundertprozentig zu widmen. Ich nahm Abbey die leere Flasche weg, bevor sie sie ganz verschluckte, rieb ihren rosaroten Frotteerücken und setzte sie in den Wippstuhl.

»Du bist ein liebes Mädchen!«

»Papp-papp!«

»Und jetzt zu Mummys großem Jungen.« Während Tobias durch die Küche strich und die milchige Luft schnupperte, machte ich es mir mit Tam im Schaukelstuhl bequem, stopfte ihm eine Windel unters Kinn und flüsterte: *»Bon appétit!«* Ben würde, wenn alles glattlief, erst ziemlich spät nach Hause kommen, was mir Zeit ließ, noch etwas mit dem Tag anzufangen. Lächerlich, dieses Gefühl, das Frauen haben – daß sie dem Mister am Ende des Tages ein Zeugnis vorlegen müssen, mit der Bitte, es abzuzeichnen, wenn es ihm zusagt. Die Behavioristen können so oft sagen, wie sie wollen, daß solche Dinge milieubegründet sind, ich weiß, es ist eine Sache der Biologie. Wenn der Höhlenmann heimkam und überall noch Knochen vom Frühstück herumliegen sah, wollte er wissen, warum, aber frag ihn nicht, ob er den Bären, den er nach Hause geschleppt hat, selbst gefangen oder ihn beim Steinpoker mit den Kumpels gewonnen hat.

Das Schaukeln war friedvoll, und Tam trank sein Fläschchen mit dem ihm eigenen methodischen Eifer, aber mir war das Herz schwer. Ich hatte nicht nur mir selbst gegenüber versagt, sondern auch Mrs. Malloy und dem Rest der Frauenwelt gegenüber, indem ich mich mit Fully Female einließ. Ein Gefühl der Ohnmacht und der Verlorenheit befiel mich. Buntys Tante Et hatte recht: Die Menschen, die Sex zu ihrem Götzen machen, werden einen entsetzlichen Preis bezahlen. Man brauchte sich nur Mrs. Huffnagle und den armen Norman the Doorman anzusehen. Und Mrs. Malloy – von ihrem Svengali in einen Zombie verwandelt. Und jetzt die Gründerin von Fully Female – abgeschoben! Sie hatten den Preis bezahlt, doch wer konnte sagen, wann es genug des Kummers, des Blutzolls war?

»Ihr solltet euch für eure Mutter schämen«, teilte ich sowohl Tam als auch Abbey mit. »Was für Werte bringt sie euch bei? Und nur der Himmel weiß, was Daddy sagen wird, falls – wenn er das mit Fully Female herausfindet.«

»Uuuh!« Abbey hielt sich die Hand vor den Rosenmund.

»Genau.« Ich drückte Tam an meine Schulter und massierte seinen blauen Frotteerücken, während ich Daddy auf dem Kriegspfad imitierte. »›Beim Jupiter, Ellie, was bin ich für dich? Ein Objekt, ein Spielzeug, das du zu deinem Vergnügen manipulieren und zurichten kannst, nach Lust und Laune nehmen und wegwerfen? Ich glaube, ich habe mich noch nie so billig, so ausgesprochen benutzt gefühlt!‹«

Sobald ich meine kleinen Schätzchen in ihre Bettchen gesteckt und das Gebet gesprochen hatte, ging ich wieder in die Küche und durchwühlte die Schrankschubladen nach dem Fully-Female-Handbuch. Verdammt, Freddy mußte es in seine gemeinen Pfoten bekommen haben. Ah, da war es, unter dem Toaster.

Meine Händen zitterten, und ich beschloß, das Ding in Stücke zu reißen und zu verbrennen, falls es brennen würde – irgendwo hatte ich gelesen, daß Hexenbücher feuerbeständig waren, und diese Seiten hier machten auf jeden Fall, was sie wollten. Das Handbuch klappte bei Kapitel fünf auf.

Gesteht, Mitfrauen, wie viele von euch haben sich mit Liebemachen im Dunkeln begnügt? Wie aufregend, he? Ab und zu, wenn ihr am wenigsten damit rechnet, tastet sich dieses gesichtslose Nachtgeschöpf aus dem Sumpf, um sich an eurem unsichtbaren Fleisch zu weiden ...

»Igitt!« Ich wollte das Buch schon fallen lassen, als es an der Gartentür klopfte. Unfähig, mich zu rühren, krächzte ich: »Herein!« Und siehe da, Reverend Eudora Spike betrat mein Haus der Freuden. »Welch nette Überraschung!«

Jedes einzelne Haar an seinem Platz, ebenso wie ihr entschlossenes Lächeln – so stand die neue Pfarrerin da und hielt eine zugedeckte Auflaufform in ihren glacébehandschuhten Händen. »Verzeihen Sie, daß ich nicht erst angerufen habe, aber ...«

»Sie haben ja so recht.« Ich wurde rot. »Das beste daran, Nachbarn zu haben, ist, nie zu wissen, wann sie auf einen Sprung vorbeikommen.«

»Ich hoffe, ich störe Sie nicht beim Abendessen.«

»Himmel, nein! Ben arbeitet abends, und ich habe mir gerade eine anregende Lektüre gegönnt.« Idiot! Sie würde nach dem Titel des Buchs fragen.

»Wie nett.«

»Lassen Sie mich ...« – ich konnte kaum nach der Auflaufform fragen, ohne gierig zu wirken – »Ihnen den Mantel abnehmen.«

»Vielen Dank, aber ich bleibe nicht lange.«

»Oh, aber bestimmt doch zu einer Tasse Tee?« Ich ließ das Fully-Female-Handbuch hinter den Toaster fallen und atmete wieder freier, was man über Eudora nicht sagen konnte. Sie wirkte so gestelzt wie unser Gespräch.

»Nun, wenn Sie darauf bestehen, Ellie. Und ich hoffe doch« – sie hielt mir die Auflaufform hin –, »daß Sie nicht mißtrauisch sind, wenn, wie unsere jungen Leute sagen, alte Gruftis Geschenke mitbringen.«

»Was für ein Gedanke! Aber eigentlich sollte ich *Ihnen* ein Einzugsgeschenk bringen.«

Sie erwiderte mein Lächeln. »Bitte nehmen Sie das hier als Freundschaftsgabe an. Das Vergnügen ist ganz auf meiner Seite. Ihr Mann war so freundlich, uns diese köstlichen Kekse zu schicken, ich werde ihm noch ein paar Zeilen schreiben. Ich hätte es längst tun sollen, aber es ging alles ... ziemlich drunter und drüber.«

Ich schlug die Augen nieder, weil ich mir die anatomisch korrekten Lebkuchenmännchen vorstellte.

»Heute nachmittag hat Gladstone diesen Lachs gedünstet und erhielt natürlich fünf Minuten vor dem Essen einen Anruf von ... jemandem und mußte unerwartet weg, deshalb dachte ich, ich bringe ihn vorbei, in der Hoffnung, daß Sie ihn sich schmecken lassen – wenn nicht heute, vielleicht morgen.«

»Wie nett.« An all dem war entschieden etwas faul. Wieso hatte sie den Lachs nicht aufbewahren können, bis sie und Gladstone, wieder vereint, sich sein korallenfarbenes Fleisch teilen konnten? Der Himmel sei mir gnädig, ich dachte allmählich so wie das Fully-Female-Handbuch. Und wenn meine Augen mich nicht trogen, blickte Eudora zum Toaster hinüber.

»Wie gefällt es Ihnen in dieser Gemeinde?« Ich stopfte die Auflaufform in den Kühlschrank und stieß dabei ein Glas mit Mayonnaise um.

»Sehr gut, vielen Dank.« Mrs. Spike streifte ihre Handschuhe ab und knöpfte ihren Mantel auf. »Doch in Chitterton Fells sind alle so beschäftigt. Wenn die Frauen nicht außer Haus arbeiten, dann sind sie in diesem Fitneßcenter ... Fully Sowieso.«

»Ach, ja«, sagte ich und schlängelte mich zu ihr. »Der Name kommt mir bekannt vor. Fully Female ... glaube ich.«

»Sie sind nicht selbst Mitglied?«

»Eudora, wie Sie sich vorstellen können« – ich formte mit den Armen eine Wiege –, »bin ich voll mit meinen vier Monate alten Zwillingen ausgelastet, und mein Kater Tobias gewöhnt sich nur schwer daran, Konkurrenz zu haben.« Besagter Kater miaute laut, als er hörte, wie sein Name mißbraucht wurde und fegte einen Stapel Windeln von der Arbeitsfläche.

»Und wir dürfen Ihren jungen und, wenn der äußere Anschein nicht trügt, sehr männlichen Gatten nicht vergessen.« Die Pfarrerin legte ihren vorgeschriebenen marineblauen Mantel über einen Stuhl und strich ihren Haarhelm glatt. »Ich weiß noch, wie sehr mich Gladstone in der Zeit nach der Geburt unserer Tochter Brigitta beanspruchte. Mit anderen Worten, Ellie, ich hätte sie für eine Musterkandidatin dieser Fully-Female-Organisation gehalten.« Ihre vorstehenden haselnußbraunen Augen bohrten Löcher in meine Seele. Ach, du lieber Gott, dachte ich. Der Lachs ist ein Vorwand. Sie weiß Bescheid über Freddys Maskerade, und sie ist hier, weil sie denkt, ich hätte ihn dazu angestiftet.

»Na schön.« Ich ließ mich auf den Stuhl ihr gegenüber fallen und stützte die Ellbogen auf den Tisch. »Ich bekenne es! Ich bin tatsächlich eingetragenes Mitglied von Fully Female, aber ich hatte absolut nichts mit der dreisten Scharade meines Cousins zu schaffen, und obwohl ich voll und ganz verstehe, warum Sie den Dummkopf vielleicht gern vor dem Römischen Tribunal sehen wollen, oder besser vor dem von Canterbury, bitte ich Sie zu bedenken, daß Freddy ein leicht beeinflußbarer Dreißigjähriger ist, der durchaus auch seine guten Seiten hat.

Er mag Kinder, ist gut zu Tieren und ißt nicht übermäßig viel rotes Fleisch.«

Leider sah die Pfarrerin so unbewegt aus wie eines der Granitgrabmale auf dem Kirchhof von St. Anselm. »Ellie, es tut mir leid, das sagen zu müssen ...«

»Ja?« Meine Knie vollführten ein Trommelsolo.

»Ich habe keine Ahnung, wovon Sie reden.«

»Nein?«

»Nun, ich begreife schon, daß der Name Ihres nichtsnutzigen Cousins Freddy ist und daß er irgendeinen Streich gespielt hat, aber was das mit mir zu tun hat, ist mir schleierhaft. Sie müssen verstehen, Ellie, ich bin eine Geistliche, nicht der Scharfrichter.«

»Ah!« In meinem Ungestüm, einem Ergebnis meines derzeitigen neurotischen Zustandes, hatte ich meinen Cousin *und* Babysitter den Wölfen zum Fraß vorgeworfen. Und so gern ich das Thema an diesem Punkt fallengelassen hätte, es ging nicht, sonst vermutete Eudora noch irgendeine kriminelle Aktion von Freddy, wenn die Almosenbüchse das nächste Mal dürftig ausfiel.

»Möchten Sie nicht eine Tasse Tee?«

»Nein, vielen Dank«, sagte sie und hob eine ihrer kompetenten Hände, »und bitte machen Sie nicht ein so besorgtes Gesicht.«

Hieß das, wir waren noch Freundinnen? Mit gesenktem Kopf erzählte ich die schreckliche Geschichte. »Es war so, wissen Sie: Freddy bekam Wind davon, daß ich Fully Female beigetreten war, und auf einmal taten sich unbegrenzte Möglichkeiten auf, Unfug zu machen – wenn man die eigenartige Weise bedenkt, in der sein Verstand arbeitet. Er wußte auch von Ihrem Erscheinen auf der Bildfläche von Chitterton Fells und ...«

»Ja?«

»Er tauchte im Fully-Female-Hauptquartier als Reverend Eudora Spike verkleidet auf, mit einem schwarzen Schleierhut, und sprach das Gebet in der *Erlebnis-Ehe*-Sitzung. Ach, Hochwürden« – ich hob mein tränennasses Gesicht – »ich fühlte mich so entweiht für Sie. Er ließ uns einander an den Händen fassen …«

»Zum Vaterunser?«

Dic Träumerin. »Ach wo. Freddy schloß die Augen, wiegte sich auf seinem Stuhl und forderte uns auf, die Liebe strömen zu lassen. Und als wir den Zustand des Einsseins erreicht hatten, sagte er uns, wir sollten einander das Herz öffnen, indem wir uns an die Person zu unserer Rechten wandten und ihr sagten, was uns am meisten an ihr mißfiele. Ach, es war furchtbar! Mrs. Wardle, die Bibliothekarin, sagte dem Mädchen vom Backshop, daß sie sie nicht ausstehen könne, weil ihr Haar solche Sprungkraft habe. Mrs. Sturgess sagte zu Mrs. Olsen, sie habe es gründlich satt, von ihren multiplen Orga … – Sie wissen schon – zu hören, und Mrs. Best sagte zu Mrs. Rose, der die Boutique auf der Market Street gehört, daß sie sich für ihre Spiegel schämen sollte und es sei ein Wunder, daß sich nicht jede Menge Frauen an den Kleiderhaken in den Umkleidekabinen aufhängen würden. Für das letztere hatte ich Verständnis. Mrs. Roses Kleider passen den Bügeln immer viel besser als mir, aber ich habe den Mund nicht aufgemacht, um Buh! zu sagen, geschweige denn, um Freddy zu denunzieren. Er arbeitet bei meinem Mann Ben im Restaurant, und ich hatte solche Angst, daß diese Frauen, wenn sie wüßten, was er da abzog, das Abigail's boykottieren würden.«

Reverend Spikes haselnußbraune Augen drängten mich, fortzufahren.

»Als Mutter – nein, sagen wir lieber als Feigling – sagte ich kein Wort zu Freddy, bis ich ihn allein zu fassen bekam.«

»Ich verstehe.« Die Pfarrerin stand auf, aber statt sich zur Gartentür zu wenden, ging sie hinüber zum Aga-Herd und stellte den Kessel an. »Ich denke, darauf müssen wir eine Tasse Tee trinken.«

»Sie sind nicht wütend?«

»Nein.« Sie griff nach der kupfernen Teebüchse und wandte sich mir mit der Dose in ihren kräftigen Händen zu. »Ich bin belustigt und …«

»Was?«

»Dankbar.«

»Ich verstehe nicht.«

»Ich bin froh, daß Sie offen zu mir sein konnten.«

»Aber …«

»Die meisten Menschen sind im alltäglichen Umgang mit der Geistlichkeit nicht sie selbst. Sie sehen das Image, nicht die Person.« Reverend Spike – Eudora – machte sich daran, die Kanne anzuwärmen.

»Ich glaube, ich weiß, was Sie meinen«, wagte ich mich vor. »Als kleines Mädchen dachte ich, daß Nonnen keine Unterhosen tragen.«

»Und ich dachte, daß Nonnen keine Frauen wären.«

»Sie dachten, sie seien *Männer?*«

»Nein, das auch nicht. Ich dachte, sie wären einfach … Nonnen.« Eudora kam mit einem mit Tassen und Untertassen, Milchkanne, Zuckerdose und Teekanne beladenen Tablett zum Tisch zurück. Das Fenster über der Spüle war so dunkel wie ein lebloser Fernsehschirm, und Eudora mußte Tobias von ihrem Stuhl scheuchen, bevor sie sich hinsetzen konnte. Behagen hatte sich in der Küche zu uns gesellt, so wirklich wie eine dritte Person, so vertraut wie eine Freundin. Zum erstenmal an diesem Tag fühlte ich mich sicher vor dem um sich greifenden Übel von Fully Female.

»Ellie, ich hatte einen Hintergedanken für meinen Besuch bei Ihnen.« Eudora reichte mir die Milch.

»Erzählen Sie.«

»Das fällt mir nicht leicht.« Sie rührte in ihrem Tee. »Aber Sie waren ehrlich zu mir, deshalb ist wohl das mindeste, was ich tun kann, mich bei Ihnen zu revanchieren. Ich ...« Sie fügte zwei Löffel Zucker hinzu. »Ich möchte, daß Sie mir sagen, ob Sie glauben, daß die Glaubenssätze von Fully Female nützlich wären für ... den Wiederaufbau meiner Ehe.«

»Oh!«

»Heute nachmittag bin ich sehr langsam dorthin gefahren. Ich war die ganze Zeit direkt hinter Ihrem Wagen. Ich sah, wie sie am Tor einbogen, und da verließ mich der Mut, oder vielmehr kam ich wieder zu mir. Ich konnte nicht vor eine Gruppe von Menschen treten, einige davon Mitglieder meiner Gemeinde, und ihnen mein Herz ausschütten. Die Ratgeberin kann selbst keinen Rat suchen. Sie muß die Antworten haben, sie darf sie nicht suchen müssen. Doch auf der Heimfahrt, Ellie, hatte ich Ihr Gesicht vor Augen.«

»Wirklich?« Ich vermochte meine Tasse nicht zu heben.

»Als ich Sie am Montag kennenlernte, war ich ehrlich gesagt überrascht. Ich hatte erwartet, daß die Frau, die das Herz von Reverend Foxworth erobert hatte, um nicht um den heißen Brei herumzureden, ein Vamp wäre. Aber was ich sah, war ein Landmädchen mit frischem Gesicht, das ein Mensch nach meinem Herzen zu sein schien. Jemand, der die Dinge nicht immer auf Anhieb richtig hinkriegt und deshalb Mitgefühl kennt. Also überlegte ich mir heute nachmittag auf der Heimfahrt zum Pfarrhaus einen Kompromiß. Ich kann Fully Female nicht beitreten, aber ich kann an dem Wissen eines der Mitglieder teilhaben und mir vielleicht« – ihr Blick wanderte zum Toaster –, »mir vielleicht sogar das Handbuch leihen.«

»Nein!« Ich warf klappernd meine Tasse um, so daß sie in einer teeschwimmenden Untertasse lag.

Langsam stand sie auf. »Ich verstehe.«

»Nein, Sie verstehen nicht! Eudora, ich spreche als Ihre Freundin. Begeben Sie sich nicht auf die Abwege dieses verabscheuungswürdigen Vereins!«

Noch langsamer nahm sie ihren Platz wieder ein. »Nanu, Ellie! Das hört sich ja an, als wäre es eine Heimstatt des Teufels.«

»Das war nie die Absicht der Gründerin. Glauben Sie mir, Bunty Wiseman ist ein wenig oberflächlich, aber ein netter Mensch. Und doch ist ihr kleines Unternehmen irgendwie entsetzlich danebengegangen. Mein erster Anhaltspunkt war, daß Jonas, der hier den Garten macht, von zu Hause weglief, weil er sich durch die Avancen von Mrs. Pickle terrorisiert fühlte. Jetzt sind zwei Leute tot, eine meiner Freundinnen ist ein liebeskranker Zombie, und Bunty selbst, die versucht hat, andere Frauen in schmachtende Schafe zu verwandeln, merkt jetzt, daß sie selbst das allerschmachtendste Oberschaf war. Ihr Mann, Lionel Wiseman, ist ein Opfer der Machenschaften von ... nun, es schadet wohl nichts, Namen zu nennen, da die Verlobung bald offiziell bekanntgegeben werden soll ...«

»Ja?«

»Die betreffende Dame ist Miss Gladys Thorn, Ihre frühere Kirchenorganistin.«

»Die Frau aus Gladstones Vergangenheit!« Eudora packte mit solcher Kraft den Tisch, daß Milchkanne und Zuckerdose auf dem Tablett hüpften. »Das ergibt keinen Sinn. Ich weiß, daß immer noch etwas zwischen meinem Mann und dieser Frau ist. Er ist nicht er selbst, seit wir in der Kirche auf sie gestoßen sind. Sie saß an der Orgel, hämmerte irgendein Kirchenlied in die Tasten, und als Gladstone sie ansah und sie einen Freudenschrei ausstieß, wußte ich, daß es in meiner dreißigjährigen Ehe gebumst hatte. Dann, als ich im Arbeitszimmer war, hörte ich sie draußen in der Halle. Es bestand kein Zweifel, daß sie da ansetzen wollte, wo sie aufgehört hatten, während er, armes Lämmchen, mit aller Kraft zu widerstehen versuchte. Ich *wußte*, daß ich sie loswerden mußte, deshalb gab ich ihnen beiden den Laufpaß – Miss Thorn und Mrs. Pickle –, damit es mehr nach einem Kehraus aussah.«

»Miss Thorn sagte, Sie hätten ihr vorgeworfen, die Methodistenkirche zu besuchen.«

»Ich sagte, daß jemand, Mrs. Melrose, glaube ich, erwähnt hatte, sie habe sie in die Unity Methodist gehen sehen und daß ich mich fragte, ob es sie nicht glücklicher machen würde, jener Kongregation zu dienen.«

»Und als es geschehen war, fühlten Sie sich furchtbar.« Ich stellte meine Tasse hin und goß uns beiden einen frischen Tee ein.

»Diese nette Mrs. Pickle!«

»Wenn es ein Trost ist, Rowland brannte darauf, sie zu feuern, aber er …«

»Sagen Sie's nicht! Er war zu gutmütig.« Eudora sah mich mit dem verwundeten Blick einer frühen Märtyrerin an, die auf einem von St. Anselm's Buntglasfenstern auf dem Spieß briet. »Alles hat sich verändert. Gestern hat Gladstone den Pudding anbrennen lassen, und das Frühstück heute morgen war eine Katastrophe. Nur ein Würstchen, kein Speck und bloß ein winziger Klecks Rührei.«

»Aber bestimmt«, sagte ich, während ich mir einen … eineinhalb … Teelöffel Zucker gönnte, was ich nie tue, nur bei Streß, »bestimmt sind Ihre Probleme doch gelöst, wenn Miss Thorn Lionel Wiseman heiratet.«

Eudora schüttelte den Kopf. »Ellie! Das ist ein Ablenkungsmanöver, nichts anderes. Ich sage Ihnen, diese Frau ist in meinen Mann verliebt.«

»Schon möglich, aber was Sie nicht verstehen, ist ...«

Ich suchte nach einer netten Art zu sagen, was Mrs. Malloy so kraß formuliert hatte – »Gladys Thorn würde für alles in Hosen die Beine in die Luft strecken und Victory signalisieren« –, als es an der Gartentür klopfte. Und wer kam hereingeschwebt? Mrs. M höchstpersönlich.

Sie hatte meinen violetten Kaftan über dem Arm, ansonsten war sie ganz in Schwarz, von der Provianttasche in ihrer Hand bis zu dem Turban auf ihrem Kopf. Selbst ihr Pflaumenlippenstift hatte einen schwärzlichen Schimmer, als ob er in ihren Diensten alt geworden wäre. Ihr Teint, seines Rouges beraubt, war weiß wie der Tod, und in ihren Augen lag noch immer dieser entrückte Ausdruck.

»Guten Morgen, Mrs. H.«

Mit einem Seitenblick auf Eudora wollte ich stammeln, daß es sechs Uhr abends war, aber Mrs. Malloy war bereits in die Vorratskammer schlafgewandelt, so wie eine Figur in einer Farce in einen Wandschrank geht und denkt, es sei der Ausgang. Mehrere peinliche Sekunden später tauchte sie wieder auf und ging, ohne nach links oder rechts zu schauen, an Eudora und mir vorbei, um durch die Tür zur Halle zu entschwinden.

»Und das« – ich lächelte Eudora Spike sanft zu – »ist das Werk von Fully Female. Sind Sie sicher, daß Sie sich immer noch das Handbuch leihen wollen?«

Als Ben – die Bartstoppeln an seinem Kinn harmonierten mit der Dunkelheit im Fenster – von einem harten Tag im Restaurant zurückkam, fand er mich im Salon sitzend vor, der mehr denn je einem Museum glich, das das Leben eines unbekannten Paares irgendwann v.d.K. dokumentierte –

vor den Kindern. Die cremefarbenen Seidentapeten und Queen-Anne-Möbel hatten soviel mit meinem derzeitigen Lebensstil zu tun wie meine Tante Astrid mit dem Vorführen frecher Wäsche auf Dessous-Partys.

Mein Gatte lockerte seinen Schlips und überquerte den rosaroten und pfauenblauen Perserteppich, um dann dazustehen und nicht mich, sondern das Porträt über dem Kamin anzuschauen – Abigail mit den rotbraunen Haaren und immergrünen Augen, die edwardianische Herrin von Merlin's Court.

»Schatz?«

»Redest du mit mir?« Ich erhob mich vom Sofa, schüttelte die Falten aus meinem Wäscherinnenrock und machte mich auf Fragen bezüglich meines Tagewerks gefaßt.

»Jedesmal, wenn ich mir dieses Porträt ansehe« – sein dunkler Kopf war geneigt, so daß das Licht von den Wandleuchten sein Gesicht bemalte wie ein Aquarellpinsel –, »verzehre ich mich vor Sehnsucht.«

»Nach Abigail?«

»Nein! Nach einem Porträt von dir mit den Zwillingen.«

»Ben, du weißt, wie ich es hasse, mich fotografieren zu lassen.«

»O ja.« Ein nachdenkliches Funkeln verdunkelte seine Augen zu dem Pfauenblau der Vase auf dem Bleiglasbücherregal.

»Ich würde mich eher im guten altmodischen Sinne des Wortes hängen lassen, als für die Nachwelt an einer Wand dieses Haus aufgehängt zu werden. Ich hasse den Gedanken, daß ein völlig Fremder mich irgendwann in ferner Zukunft anglotzt und sagt: ›Meinst du nicht auch, daß sie wie eine Bulldogge aussieht?‹«

»Ellie!«

»Erzähl mir nicht, daß ich Abbey und Tam um die Gelegenheit betrüge, unsterblich zu werden und deine Mutter und deinen Vater um ihre Rechte als Großeltern, weil ich nämlich die feste Absicht habe, mit den Zwillingen zu Belamo's Studio in der …«

Er ließ mich nicht ausreden. Seine Hände fanden mich, und mit einem Ruck war ich in seinen Armen, sein Atem war warm auf meinen Lippen, seine Stimme so rauh wie sein stoppeliges Gesicht unter meinen Fingern. »Bist du verrückt?«

»Du magst Belamo's nicht?«

»Der Laden soll meinetwegen zum Henker gehen.« Er hielt mich ein Stück weg. »Was mich interessiert, ist, daß du dich mal ganz genau anschaust.«

Unsicher, worauf er hinauswollte, flüchtete ich mich in Geplänkel. »Tut mir leid, Liebes! Ich habe keinen Handspiegel dabei.«

»Du brauchst keinen.« Er umschloß mein Kinn mit seiner Hand, und plötzlich rieben wir die Nasen aneinander wie zwei leidenschaftliche Eskimos. »Mach meine Augen zu deinem Spiegel, Schatz. Schau hinein, und sieh dich so, wie ich dich sehe.«

»Lieber nicht.« Ich brachte ein Lachen zustande.

»Hör auf damit!« Er schüttelte mich sanft, bis sein Gesicht verschwommen wurde. »Ich lasse nicht zu, daß du die Frau, die ich liebe, verspottest.«

»Du blinder Narr!« Mein Lächeln war den Tränen nahe. »Du bist derjenige, der den Tatsachen ins Auge sehen muß. Ich bin nicht das Mädchen, das du geheiratet hast. Ich bin ein Hausmütterchen. Ach, hören wir doch auf, die Wahrheit zu schönen – ich bin *fett.*«

»Nein.«

»Du siehst, was du sehen willst.«

»Ich sehe eine bezaubernde Frau.«

»Dann siehst du mit dem Herzen, nicht mit den Augen.«

»Na und«, sagte er, dann zog er meinen Zopf nach vorn, entfernte das Gummiband und fing an, langsam und andächtig mein Haar mit den Fingern zu lösen. »Siehst du mich denn nicht genauso?«

»Sei nicht albern.« Aus irgendeinem unersichtlichen Grund hatte ich Mühe zu atmen. »Wir reden nicht über die gleiche Sache. Du, Bentley T. Haskell, bist atemberaubend.«

»Meine arme blinde Närrin!« Seine Lippen fanden meine, und ich lag in einer Umarmung, die meine Sinne durcheinanderwirbelte. Vielleicht war es der würzige, frische Duft seines Mr.-Right-Aftershaves, der mich schwindlig machte. Ich wußte nur noch, daß der Augenblick zu einer Ewigkeit wurde und es nichts gab als dieses schwere Atmen und mein Herzklopfen. Und es gab niemanden außer uns beiden, vollständig bekleidet, und doch aus siedendheißem Wachs zu nur einem Wesen gegossen.

Schließlich hob er den Kopf. »Ellie, ich habe eine Idee.«

»Ich auch.«

»Ich hatte an ein kleines Abenteuer im Mondschein gedacht.«

»Hört sich gut an.«

»Ein Picknick.«

»Ein *was?*«

Sanft löste er meine Arme von seinem Hals und übersah meine Lippen, die danach dürsteten, sich wieder mit seinen zu vereinen. »Schatz, weißt du noch, wie wir es in der Anfangszeit immer genossen haben, *al fresco* unter der Birke zu essen?«

»Ja«, sagte ich und rieb mir die Arme, weil ich schon den frischen Frühlingswind spürte, »aber am Tag.«

»Ach, meine Liebste.« Er führte meine Hand aufreizend

langsam an seine Lippen. »Was ist aus deinem Sinn für Abenteuer geworden?«

»Außer Betrieb.« Unmöglich, ihm zu sagen, daß er im Dienst von Fully Female verschieden war, wobei mir etwas einfiel – ich hatte Ben noch nicht von Mrs. Malloy erzählt. Und jetzt sollte ich auch nicht die Gelegenheit dazu bekommen. Ich wurde in die Halle geschoben und angewiesen, nach oben zu gehen und etwas Bequemes überzuziehen, zum Beispiel einen Mantel und eine Wollmütze, während der Schloßherr sich in die Küche zurückzog, um unser Mitternachtsmahl zu improvisieren.

»Die Babys!« jammerte ich.

»Keine Sorge. Ich rufe kurz Freddy an.«

»Wirklich, Ben. Wir dürfen ihn nicht immer so ausnutzen.«

»Unsinn. Der alte Knabe liebt die Kleinen abgöttisch, fast so abgöttisch, wie er die Gelegenheit liebt, unseren Kühlschrank zu plündern.«

»Er ist vielleicht schon im Bett.« Offenbar konnte ich jetzt nur noch Unsinn reden. Mein Cousin brüstete sich damit, daß er nie mehr als drei Stunden pro Nacht schlief und sich selten vor drei oder vier Uhr morgens hinlegte.

Also ging Ben pfeifend in die Küche, und ich begab mich widerstrebend nach oben, ging auf Zehenspitzen durch den Korridor zum Schlafzimmer. Noch nie hatte dieses alte Himmelbett verlockender ausgesehen, aber ich riß den Blick davon los und öffnete den Kleiderschrank mit der Absicht, meinen marineblauen Dufflecoat mit seiner winddichten Kapuze auszugraben. Doch das Kleidungsstück, das mir entgegenstarrte, war ausgerechnet die Purpurrote Gefahr, der Kaftan, den Mrs. Malloy sich geliehen und, Gott sei Dank, zurückgegeben hatte.

Als ich so vor dem Kleiderschrank stand, die Hände

voller falscher Seide und Goldborten, stürmten Erinnerungen an den Abend auf mich ein, als ich Bentley T. Haskell kennenlernte. Damals wollte ich gerade in meine Orientpantoffel schlüpfen, als er zur Tür hereinkam. Sein Schal flatterte bei jedem Schritt, die feuchte Nacht machte sein Haar schwärzer, und in seinen schönen Augen lag ein Funkeln, Augen, die nichts Gutes ahnen ließen, zumindest für die Frau, die ihn warten ließ, während sie in letzter Minute einen Abstecher ins Bad machte, die Tür schloß, fast ohnmächtig dagegensank und der benommenen Frau, die sie aus dem Spiegel anstarrte, mitteilte: »Der Mann ist ein Teufel, aber ich wollte weiß Gott nie eine Heilige sein.«

»Ellie!« In der Gegenwart öffnete sich die Schlafzimmertür und knallte zu, und als ich mich umwandte, sah ich, wie Ben fast ohnmächtig dagegensank.

»Was ist denn los?« Ich zog so heftig an der Purpurroten Gefahr, daß der Bügel durchbrach.

»Ich hatte gerade einen überaus gräßlichen Schock.«

»Erzähl!«

»Den Babys geht's gut.« Ben fand die Kraft, die rechte Hand zu heben und an seine Stirn zu drücken. »Ich ging nach oben, um die Reisedecke aus dem Blauen Zimmer zu holen, damit wir nicht im feuchten Gras sitzen müssen, und was, meinst du, habe ich dort gefunden? Ellie, da liegt eine Fremde im Bett und schnarcht sich um Kopf und Kragen!«

»Ach, die!«

»Was soll denn das heißen?«

»Liebling, tut mir leid! Ich habe vergessen, dir zu erzählen, daß ich Mrs. Malloy vorgeschlagen habe, hier zu übernachten.«

»Ich habe sie nicht erkannt.«

»Du bist eben nicht daran gewöhnt, sie mit Lockenwicklern und Kinnbinde zu sehen. Außerdem ist sie in letzter Zeit auch nicht ganz auf der Höhe. Sie ist heute am späten Nachmittag aufgetaucht und deutete an, daß ihr nicht wohl sei bei dem Gedanken, nach Hause zu gehen. Sie hat sich mit einem Mann eingelassen – mit Walter Fisher, deinem Leichenbestatterfreund –, und ich glaube, sie hat Angst vor ihm.«

»Vor diesem Duckmäuser?«

»Ben, sie hat mir erzählt, daß er eine Leidenschaft in ihr geweckt hat, die sie nie gekannt hat … und offen gesagt, ich erinnere mich noch und kann mich in sie hineinversetzen. Diese köstliche Angst bei jenem ersten Mal, von den Stromschnellen in den Strudel zu geraten, hat nicht ihresgleichen.«

»Ist das so?« Ben öffnete die Tür und streckte die Hand aus.

»Ja, aber …«

»Liebes, ich schmeichle mir mit dem Gedanken, daß es viele erste Male im Leben einer Liebesaffäre gibt.«

»Du hast mir das Wort aus dem Mund genommen.« Ich warf den Bügel hin und schloß die Tür vor der Purpurroten Gefahr. »Ben, mein Schatz, nach dem Schreck, den du gerade ausgestanden hast, habe ich volles Verständnis, wenn du das Picknick abblasen willst.«

»Kommt nicht in Frage.«

»Ich mag Männer nicht, die sich zieren.«

»Ich denke dabei an dich!« Er nahm meinen Arm, als schlenderten wir durch das Seufzergäßchen und ging mit mir zum Kinderzimmer. »Das war ein toller Lachs, den ich da im Kühlschrank gefunden habe, und er verdient das richtige Ambiente, um seinen vollen Geschmack zu entfalten.« Er öffnete die Tür, und wir schlichen hinein, um einen Blick auf unsere Sprößlinge zu werfen. Die lieben Schätzchen, sie schliefen beide wie verzaubert, bewacht von Mutter Gans, der Calico-Katze und Tommy und Topsy, den Zwillingsbären. Albern von mir, aber ich glaubte fast, daß diese Spielzeuge, sobald wir das Zimmer verlassen hatten und die Tür sich schloß, lebendig werden und die Geheimlosung flüstern würden: Norman the Doorman.

Auf dem Weg nach unten sagte ich: »Apropos Lachs ... ich habe ihn nicht gekocht. Die Pfarrerin hat ihn vorbeigebracht. Ihr Mann hatte ihn als Abendmahlzeit zubereitet, aber er mußte unerwartet weg, und sie wollte gutnachbarliche Beziehungen knüpfen.«

»Sehr liebenswürdig.«

»Du klingst eingeschnappt.«

»Ach wo.« Ben prustete. »Ich bin entzückt über die Gelegenheit, noch eines der preiswürdigen Rezepte des Burschen kosten zu können.«

Ich befürchtete diese Reaktion, hatte es ihm aber sagen müssen. Ich war nicht bereit, mein Leben lang das Wort Lachs zu meiden, wenn wir in der Gesellschaft des einen oder der anderen Spike waren. Mein Leben war ja so schon gerammelt voll mit Dingen, die ich Ben nicht erzählt hatte. Und als ich die letzte Stufe hinunterstolperte, holte mich eines davon ein.

»Ellie, ich habe ein Paket Kräuter-Kraftkur in der Vorratskammer gefunden.«

»Ach ja?«

»Eine hübsche Mischung.«

»Was du nicht sagst.«

Sein dunkler, rätselhafter Blick bestätigte meine schlimmsten Befürchtungen. Er hatte das Etikett von vorn bis hinten gelesen und war im Begriff, mir vorzuwerfen, insgeheim Mitglied von Fully Female zu sein. Ich stand so reglos da wie die Zwillingsritterrüstungen an der Treppenwand und harrte der Dinge, die da kommen sollten. »Ellie, ich weiß nicht recht, wie ich es ausdrücken soll ...«

»Nur zu, raus mit der Sprache.«

»Na gut, aber vergiß nicht, daß ich keine böse Absicht hatte. Es liegt mir völlig fern, die kulinarische Integrität von Mr. Gladstone Spike anzuzweifeln.«

»Wovon redest du eigentlich?« Meine Stimmung hob sich, noch während ich auf die unterste Stufe sank.

»Ich habe das Paket Kräuter-Kraftkur dazu benutzt, eine Glasur für den Lachs zu machen, wobei ich natürlich annahm, daß du ihn zubereitet hättest.« Er sah mich mißtrauisch an. »Warum lächelst du?«

»Ich hab' keine Ahnung.«

»Ellie, ich will keinesfalls andeuten, daß Mr. Spike den Fisch fad und langweilig zubereitet hat.«

»Gott bewahre.«

»Innerhalb seiner Grenzen ...«

Oh, Mist! Der Rest von Bens schmeichelhafter Bemerkung ging unter, weil Freddy die Tür zur Halle öffnete und jubilierte: »Mary Poppins meldet sich zur Stelle. Übrigens, wer von euch Schlaumeiern hat eigentlich den Lachs allein und unbewacht auf dem Küchentisch stehenlassen?«

»Sag bloß, du hast dich bedient.« Ich versuchte, einen strengen Ton anzuschlagen.

»Nicht ich, Euer Ehren, aber vielleicht solltest du dir mal Kater Tobias vorknöpfen. Er hat sich gerade mit einem halben Pfund Fisch an den Schnurrbarthaaren davongestohlen.«

»Ich werde den Halunken umbringen!« Bens Schrei ließ die Dachbalken erbeben.

Das Mondlicht malte Bilder auf den Hof, die eines talentierten Pflastermalers würdig gewesen wären. Und kurz nachdem wir das Haus verlassen hatten, merkte ich an der Art, wie Ben lässig den Picknickkorb schwang und seine Schritte beschleunigte, daß sich seine Stimmung allmählich besserte. Er hatte einen halbherzigen Versuch unternommen, mich davon zu überzeugen, daß nicht das geringste dagegen sprach, das, was von dem Lachs übrig war, aufzuessen, aber meine Miene mußte klargemacht haben, daß ich, selbst um der Ehre willen, von der Kräuter-Kraftkur-Glasur zu kosten, nicht die Essensreste mit meiner Katze teilen würde. Auf halber Höhe der Kieseinfahrt erhaschte ich einen Blick auf Tobias, der sich zwischen den Bäumen herumdrückte. Ha, gut! Die Art, wie er seinen pelzigen Kopf hängen ließ, erweckte den Eindruck, daß der unselige Kater sich seiner Tat bereits schämte.

»Mögest du eine Magenverstimmung kriegen«, brüllte ich durch die vorgehaltenen Hände, bevor ich mich beeilte, um mit Ben Schritt zu halten. Anstatt wieder nach oben zu gehen, um meinen Dufflecoat zu holen, den ich vergessen hatte, als Ben ins Zimmer platzte und mir von Mrs. Malloy berichtete, hatte ich mir lieber eine alte Strickjacke geschnappt, die in der Nische an der Gartentür hing. Der Wind fuhr hindurch, aber es war eine neckende, fast sinnliche Berührung, und plötzlich konnte ich es nicht erwarten, auf der Reisedecke zu kampieren und zuzusehen, wie Ben mit diesen eleganten, geschickten Fingern den Wein entkorkte, während ich darauf brannte, daß er mich berührte, wenn auch nur, um eine Weinbrandkirsche zwischen meine geöffneten Lippen zu stecken.

Wir kamen an Freddys Cottage vorbei und gingen durch das Eisentor, das bei Tageslicht so massiv und vertraut war, jetzt hingegen etwas Magisches, Phantastisches hatte, als sei es wie die Schatten im Hof von einem Phantomkünstler der Nacht gemalt worden. Erst als wir auf der Cliff Road waren und in die Richtung der St.-Anselm's-Kirche gingen, sagte ich: »Ben, ich dachte, wir wollten unter der Birke im Garten picknicken.«

»Hab's mir anders überlegt.« Er legte den Arm um mich. »Seit Jonas die Schaukel an dem alten Baum aufgehängt hat, betrachte ich ihn als einen Platz der Zwillinge.«

»Auch wenn sie noch zu klein zum Schaukeln sind?«

»Ellie, die Schaukel wartet da draußen auf sie. Ein wesentlicher Bestandteil ihrer Kindheit. Du und ich müssen ein neues Plätzchen für uns finden. Mir ist jeder Vorschlag willkommen, ich hatte allerdings an diesen kleinen Hügel am Kirchhof gedacht.«

»Den mit der Grotte aus Weißbirken, der aussieht, als warte er nur darauf, daß ein Wunder geschieht?«

»Genau.« Bens Lächeln, vom Strahl der Taschenlampe eingefangen, war golden. Ohne ein weiteres Wort folgten wir unserem Lichtpfeil den steinigen Hang hinauf, der im Sommer eine wahre Pracht aus Wildblumen sein würde. Auf halbem Weg spürte ich, eher als es zu hören war, das Tap-tap von Pfoten hinter uns, aber falls es Tobias war, der uns hinterherzockelte, wollte ich ihn mit Nichtachtung strafen. Ich mußte ihm erst noch seine rüden Tischmanieren verzeihen. Außerdem hätte jeder Dritte, selbst ein Kater, unsere traute Zweisamkeit gestört..

»Da sind wir.« Ben stellte den Picknickkorb auf einen moosbewachsenen Stein. Die Weißbirken bildeten einen Kreis um uns, als seine Arme sich um mich schlossen. Wir mochten zwar nur wenige Meter oberhalb der Straße sein, und doch waren wir Schloßherr und Schloßherrin. Uns gehörte eine wahre Festung, ein Ort, an dem uns kein Hauch des Bösen etwas anhaben konnte, weil Liebe unser Schild war. Da! Ich hatte mich endlich getraut, das Wort zu denken, das schon den ganzen Abend im Schatten meiner Gedanken gelauert hatte. Und ich hatte immer noch Angst. Das Gefühl war so zerbrechlich, wie ein Ballkleid, das man trägt und liebt und dann in einen dunklen Schrankkoffer legt, bis eines Tages der Deckel gehoben wird, und da liegt es – schöner, schimmernder, strahlender als in der Erinnerung. Aber sind die Motten darüber hergefallen? Wird es bei der Berührung zu Staub zerfallen?

»Sieh dir den Mond an«, sagte mein Liebster.

»Ja!« flüsterte ich.

Rein wie Kindheitsträume, vollkommen in seiner Symmetrie schien er direkt über der Kirche zu hängen – Gottes ureigene Abendmahlshostie. Und als mein Blick zu Ben zurückkehrte, wußte ich mit stiller, leuchtender Klarheit, daß Liebe mehr ist als Satinlaken und ein Paar Wikingerhörner. Sie ist ein Geschenk, das an uns zu reißen uns nicht zusteht. Versuch es, und sie rinnt dir durch die Finger wie eine Handvoll Wasser.

»Hungrig, Liebes?«

»Heißhungrig.« Ich löste mich aus seinen Armen und sah mit träumerischem Blick zu, wie er die Reisedecke auf dem Boden ausbreitete und anfing, den Picknickkorb auszupacken. Die Luft roch nach Schlüsselblumenwein. Allein schon das Einatmen konnte mich trunken machen.

»Was hältst du von Fleischtaschen, Spinatsalat, Grapefruitcrème und einem reifen Camembert?«

»Köstlich.« Aus den Augenwinkeln bemerkte ich, wie in einem der Buntglasfenster von St. Anselm diamantenes Feuer aufblitzte. Smaragde, Rubine, Saphire. Strich die Pfarrerin durch ihren Herrschaftsbereich? Oder ging ein Geist um?

Bens Hand langte hoch, um mich auf die Decke hinunterzuziehen, aber ich sträubte mich. Zu unserer Rechten, unten auf der Straße, durchdrangen zwei bernsteingelbe Kreise die Dämmerung, ein rauhes Knurren zerriß den Abend, und ein Auto kam mit, wie mir in meiner Schäferstimmung schien, furchterregender Geschwindigkeit um die Kurve. Ein Trippeln aus den Sträuchern direkt unter unserer Birkengrotte, und ich sah den dunklen Umriß eines Tieres zur Straße schnellen. Meine Taschenlampe war in meiner Tasche, und ein Schauder kroch unter meinen Ärmeln hoch und legte mir seine eiskalten Finger um den Hals.

»Was ist los, Ellie?« Ben war aufgesprungen.

»Tobias!« Ich stolperte bereits über Steine und durch Geißblattgestrüpp, rannte verzweifelt, um mein Haustier an mich zu raffen, bevor es unter den Rädern dieses Todesvehikels zerquetscht wurde. Zu spät! Ich landete mit den Fersen auf der Straße, rechtzeitig, um zu sehen, wie mein liebstes Fellknäuel wie hypnotisiert auf diese rasenden Lichter zutaumelte. Bevor ich auf die Straße stürzen konnte, packte Ben mich von hinten, und eine Sekunde – ein Jahrhundert – darauf war ein scheußliches Kreischen von Bremsen zu hören, als der Wagen abrupt zum Stehen kam.

Ich sah, daß Tobias nur wenige Zentimeter vor den Vorderrädern lag, ich sah, wie sein Schwanz zuckte und dann still dalag. Noch zu hoffen war eine Märchentorheit ... Die Tür ging auf, und eine dunkle männliche Gestalt mit einem Dick-Tracy-Hut stieg aus.

»Mörder!« flüsterte ich.

»Ellie, du wartest hier.«

»Bitte, halt mich fest.«

Der Mann mit dem Hut öffnete seinen Kofferraum. Holte er einen Spaten heraus? Nein! Er ... du lieber Himmel! Das war ja noch schlimmer als das mit Tobias. Ja, der arme Tobias, er ruhe in Frieden, entschwand meinem Gedächtnis, als ich Mr. Straßenschreck eine Leiche herausholen sah ... die Leiche eines Menschen. Dann, mit eingeknickten Knien, lud er sich den schlaffen Körper über die Schulter.

»Beim Jupiter!« murmelte Ben. »Hier ist irgendwas faul.«

»Was du nicht sagst!«

Der Mann war auf der anderen Straßenseite, am Rand unseres Gesichtsfeldes, ein Wesen, das sich durch Grauen und Distanz in den Glöckner von Notre Dame verwandelte. Die Erkenntnis kam mir und meinem Gatten gleichzeitig: Wir standen im Begriff, das Entsetzliche mitzuerleben – wie ein Leichnam über den Rand der Klippe geschleudert wurde – hinunter, hinunter, um an den scharfen Zähnen der Felsen in der Tiefe abzuprallen und in das schäumende Maul der See zu stürzen.

»Halt!« Ben hechelte los und berührte dabei kaum den Boden. »Im Namen des Gesetzes! Dies ist eine Festnahme durch eine Zivilperson!«

Nur die See gab Antwort, ein Schwall irren, tobenden Gelächters, und dann ... der Schurke drehte sich um, und selbst in der teilweisen Dunkelheit erkannte ich sein Gesicht.

»O nein!« rief ich. »Nicht Sie!«

»Dr. Melrose!« Meine Taschenlampe zielte nacheinander auf seine Knöpfe, von unten nach oben, bis zu seinem von der Hutkrempe beschatteten Gesicht. »Was führt Sie denn hierher?«

Seine Lippen verzogen sich zu einem blutleeren Lächeln, und während die Nacht sich niederkauerte wie ein geduldiger Polizist, der wartet und horcht, schrumpfte er vor unseren Augen zusammen, bis er nur mehr ein Überzieher war, der im Wind wehte. »Nanu, Mrs. Haskell … und Mr. Haskell … was für eine angenehme Überraschung. Ich habe eine Spazierfahrt im Mondschein gemacht und beschlossen, anzuhalten und den Duft der Rosen zu schnuppern … Ich meine, des Seetangs«, sagte er mit einem unechten Lachen.

»Und wer ist Ihre bezaubernde Begleiterin?« Ben stellte sich entschlossen vor mich, obwohl uns beiden kaum die verrückte Idee kam, einen Mörder aufhalten zu wollen. »Könnte das Ihre Frau Flo sein?«

Der Wind stimmte einen klagenden Seufzer an, in den unser Opfer einfiel. »Messerscharf geschlossen.« Der Arzt verlagerte seine Last, so daß der baumelnde Fuß ihn dort traf, wo es, so hoffte ich, am meisten weh tat. »Sie hatte einen Anfall von Reiseübelkeit, um es laienhaft auszudrücken, und …«

Ich streckte den Kopf um Ben herum und sprach mit sonorer, scharfer Stimme. »Flo hat mein volles Mitgefühl. Wenn ich im Kofferraum fahre, geht es mir auch immer so.«

»O Allmächtiger!« Dr. Melrose trat zurück und hätte dem Gespräch auf der Stelle ein Ende bereitet, indem er über den Klippenrand stürzte, wäre Ben ihm nicht mit einem Satz zur Hilfe geeilt.

»Nicht so schnell!« Er packte den Doktor hinten am Mantelkragen. »Meine Frau und ich möchten Mrs. Melrose gern unsere Aufwartung machen.«

Jeder Kampfgeist, jede Hoffnung hatte den umzingelten Mann verlassen. Er legte seine Last in das kalte, dunkle Gras und stand mit gebeugtem Kopf da, während sich die Bäume zusammenzogen wie ein Trupp professioneller Trauergäste. In Schwarz gehüllt, krümmten sie sich und stöhnten und hoben ihre zerrauften Flechten in die gefühllose Nacht.

»Einzig um meinetwillen wird man das Erhängen wieder einführen.«

»Darauf würde ich mich nicht verlassen«, sagte ich gehässig und hatte Angst hinzusehen, fühlte mich jedoch gleichzeitig unwiderstehlich von Flos verschlossenem Gesicht angezogen. Den Prinz-Eisenherz-Pony glatt in der Stirn, die Füße dicht nebeneinander, die Arme an den Seiten, lag sie da, als sollte sie von Walter Fisher, Leichenbestatter, eingesargt werden. Und doch hatte ich nicht das Gefühl, daß der Tod persönlich zugegen war, so wie neulich, als ich auf Norman the Doorman hinunterschaute. Vielleicht war es nur der Wind, der ihre Nasenlöcher zusammendrückte, aber ich hätte schwören können, daß sie atmete.

»Glauben Sie mir, ich wollte sie auf keinen Fall töten, aber seit sie in diese verrückte Organisation eingetreten ist, Fully Female ...«

»Diese was?« fragte Ben.

»Ein Fitneßclub«, informierte ich seine Füße.

»Ach ja, ich habe den Namen auf dem Paket Kräuter-Kraftkur gelesen.« Das Heben seiner linken Augenbraue ging mir eiskalt durch und durch.

»Mrs. Malloy ist Mitglied.« Die Hälfte der Wahrheit, im Schatten der Kirche ausgesprochen. Ich konnte nur beten, daß Gott mit schlimmeren Sünden beschäftigt war.

Dr. Melrose holte zitternd Luft. »Mrs. Haskell, als Sie Tabby und Tom zum Check-up zu mir brachten, habe ich Ihnen doch erzählt, daß mich die neuerwachte Sexualität meiner Frau zur Raserei treibt. Keinen einzigen Moment der Ruhe. Nie zu wissen, wann sie sich das nächste Mal auf mich stürzt. Neulich war es in der Herrentoilette. Gestern abend, als ich in meinen Wagen stieg, um nach Hause zu fahren, saß sie auf dem Rücksitz und hatte nur ihren Sicherheitsgurt an. Und dann heute morgen! Ich wurde ins Leichenschauhaus gerufen, um einen Patienten zu identifizieren, und als ich das Kühlfach aufzog, traute ich meinen Augen nicht – da lag Flo, zwinkerte mir zu und rückte zur Seite, um Platz für zwei zu machen.«

»Unheimlich.« Ben sah mich an. Rief er die Erinnerung an seine Frau mit einem Paar Wikingerhörnern wach, wie sie ihn partout verführen wollte?

»Sie haben ja keine Ahnung, wie es war.« Dr. Melrose rang die behaarten Hände.

»Stimmt allerdings. Meine Frau und ich sind zu jung verheiratet und bei weitem zu verliebt, um Verwendung für die Art von künstlichem Stimulus zu haben, die dieses Fully-Female-Institut anbietet.« Ben hielt inne. »Ich erinnere mich schwach, etwas darüber im *Daily Chronicle* gesehen zu haben, aber ich habe es nicht behalten, weil es mich nicht ansprach.« Ein halbes Lächeln umspielte seine Lippen, wie der Abdruck eines erinnerten Kusses, und mich überkam die entsetzliche Gewißheit, daß mein Gatte keinerlei Verdacht bezüglich meiner persönlichen Verwicklung in Fully Female hegte. Doch wenn er es herausfinden sollte, wäre es dann jemals noch dasselbe zwischen uns?

»Wollen Sie uns damit sagen, Doktor« – Ben sprach mit höchster Verachtung –, »daß Sie Ihre Frau *umgebracht* haben, weil Sie ihren sexuellen Wünschen nicht nachkommen konnten?«

»Ich bitte um Ihr Verständnis!« Dr. Melroses Augen waren von Kummer umflort. »Ich war so verzweifelt, daß ich sogar zur Einschüchterungstaktik griff. Ich ließ ein Pfauenpärchen vom Fully-Female-Gelände kidnappen und schickte einen Brief, in dem ich andeutete, sie würden im Suppentopf enden, wenn das Institut nicht dichtmachte.«

»Das war nicht nett«, sagte ich.

»Glauben Sie mir« – die Stimme des Doktors versagte –, »ich bin gestraft worden. Der Bursche, der den Auftrag ausführte, verlangte ein zusätzliches Entgelt, um sie in den Zoo zu schmuggeln. Aber das spielt jetzt keine Rolle. Versuchen Sie bitte, sich die Szene des heutigen Abends vorzustellen. Als ich zu Hause eintraf, stellte ich fest, daß Flo nicht da war. Ich empfand ein Gefühl des Friedens, das sich nicht beschreiben läßt. Dann läutete es an der Tür, und als ich aufmachte, sah ich mich einer Frau mit einer Halloweenmaske gegenüber. Erschrocken fragte ich, was ich für sie tun könne, und zu meinem Entsetzen schrie sie: ›Gib mir was oder du kriegst was!‹, und dann riß sie ihren Regenmantel auf. Nackt! Völlig nackt! Und irgend etwas in mir hakte aus. Ich nahm den Türkeil und schlug ihr damit auf den Kopf.

Ich brauchte die Maske nicht abzunehmen, um zu wissen, daß es Flo war. Diese Blinddarmnarbe hätte ich überall wiedererkannt. Ich brauchte sie nicht anzusehen oder zu berühren, um zu wissen, daß sie tot war.« Ob Dr. Melrose seine Professionalität demonstrieren wollte oder nur über seinen Schmerz hinwegredete, war nicht klar. Seine monotone Stimme überspülte uns, wie die dunklen Wellen in der Tiefe die arme Flo überspült hätten, wenn der trauernde Witwer seinen Plan, sich ihrer Leiche zu entledigen, erfolgreich in die Tat umgesetzt hätte.

»Doktor«, sagte ich mit so eisiger Stimme, als wäre ich gerade einem nächtlichen Bad im Meer entstiegen, »der Himmel verhüte, daß ich Ihr ärztliches Urteil anzweifle, aber ich glaube, Sie wären gut beraten, einen zweiten Befund einzuholen.«

»Was wollen Sie damit sagen, Mrs. Haskell?«

»Daß Ihre Frau nicht so tot ist, wie Sie glauben.«

»Ellie!« Ben packte meinen Arm und starrte auf die Leiche. »Beim Jupiter, ich glaube, du hast recht!«

»Unmöglich!« Dr. Melrose schien selbst wieder lebendig zu werden. Ja, er schien sogar leicht verärgert zu sein, weil seine Diagnose angefochten wurde.

»Sie hat sich bewegt!« Mein Schrei ließ Erde und Himmel erbeben. »Sehen Sie!« Ich ließ mich neben Flo fallen und spürte kaum, wie sich die Kieselsteine schmerzhaft durch meine Hose in meine Knie bohrten. »Sie öffnet die Augen. Oh, Gott sei Dank! Sie drückt meine Hand.«

»John ...?«

»Ich bin hier, mein Schatz!« Dr. Melrose drückte die Faust an den Mund, um ein Schluchzen zu unterdrücken.

»Wo bist du?« Flos Finger lösten sich aus meinen und tasteten in der Luft nach einer vertrauteren Berührung.

Trotzdem rührte Dr. Melrose sich nicht. »Ich muß einen

Schock gehabt haben«, murmelte er immer wieder. Ich stand auf und half Ben, den Mann in die Büßerstellung hinunterzudrücken. Endlich kam er wieder zu sich. Er nahm den Hut ab, formte ein behelfsmäßiges Kissen daraus und legte es unter den Kopf seiner Frau, bevor er dann seinen Mantel aufknöpfte, um ihn als Decke zu benutzen.

»John ...?«

»Still jetzt, solange ich dich untersuche.« Während ich beobachtete, wie seine Hände sanft ihren Kopf abtasteten und sich dann weiter an ihrem Hals hinunterarbeiteten, überlegte ich, ob er wohl auf den Moment vorbereitet war, wenn sie ihm in die Augen sehen und fragen würde: »Warum hast du versucht, mich zu töten?«

»Drück meine Hand mit deiner rechten Hand.«

»John ...?«

»Jetzt mit der linken.«

»Bitte ...!« Flo warf den Kopf hin und her, aber falls die Ärmste Ben und mich sah, ließ sie es sich nicht anmerken. »Warum tut mein Kopf so weh? Warum liege ich hier mitten in der Nacht am Straßenrand?«

»Ich erwarte nicht, daß du mir verzeihst.«

»Als letztes erinnere ich mich daran, daß ich auf dem Sofa saß. Das Wohnzimmerfenster war offen, und eine Brise kräuselte die Tüllgardinen. Ich las in dem Fully-Female-Handbuch und kam zu dem Kapitel über Feiertagsfreuden. Meine Güte, das mit Halloween klang wirklich lustig! Wie schade, daß erst April ist, dachte ich, und dann ... peng.«

Mein Blick begegnete dem von Ben. Demnach war ihr Zeitgefühl leicht daneben. Wer konnte unter diesen Umständen schon eine perfekte Chronologie erwarten?

Dr. Melrose barg seinen Kopf in den Händen. »Es tut mir so leid, mein Schatz.«

»Und dann«, fuhr Flo über ihn hinweg fort, »fiel mir ein, daß es, wenn ich meine Halloween-Nummer jetzt schon abzog, einen ganz besonderen Kitzel hätte, so wie Weihnachten im Juli. Ich kann mich schwach erinnern, daß ich das Handbuch weglegte und danach … nichts mehr.«

Dr. Melrose hob den Kopf und preßte die gefalteten Hände aneinander. »Was hast du gesagt?«

»Alles ist wie ein dichter Nebel.«

»Gott sei Dank!« Die Worte kamen in solch einer Lautstärke heraus, daß es ausgereicht hätte, um ein Publikum wachzurütteln, das die Oper verschlief.

»Amnesie«, erklärte Dr. Melrose schnell seiner nichtsahnenden Frau, während Ben und ich angewurzelt dastanden wie zwei Bäume, »ist das Mittel von Mutter Natur, einen Menschen vor der Erinnerung eines Traumas abzuschirmen.«

»Welches Trauma?« Flo preßte eine Hand an ihren vermutlich dröhnenden Kopf.

»Lieg still, mein Schatz, dann werde ich's dir erklären.« Dr. Melrose schaute zu Ben und mir hoch. »Siehst du Mr. und Mrs. Haskell da drüben stehen?«

»Wo?« Flo reckte den Hals, schien jedoch immer noch Schwierigkeiten zu haben, uns klar zu erkennen. »Oh, ja, John, aber was haben sie mit … all dem zu tun?«

»Lass' mich von Anfang an erzählen. Nachdem du deine Halloween-Nummer abgezogen hattest« – der Doktor konnte sich eines Schauders nicht erwehren –, »schlug ich vor, wir sollten … das Vorspiel mit einer Fahrt über die Cliff Road fortsetzen. Alles war perfekt, von der Musik im Radio bis zu den Liebesworten, die du mir ins Ohr flüstertest, als die Idylle ein jähes Ende fand. Wir kamen an eine Biegung in der Straße, kurz hinter der Kirche, und eine Katze flitzte vor den Wagen.«

»Arme Muschi!«

»Genau deine Worte in diesem Moment, mein Schatz.« Dr. Melrose, der immer noch kniete, wand sich. »Als ich dich so erschüttert sah, konnte ich das Tier nicht zu einem Kaminvorleger plattwalzen, und so tat ich, was kein Autofahrer tun sollte, vor allem nicht auf einer Straße wie dieser. Ich riß den Wagen herum, trat auf die Bremse ... und als ich den Kopf vom Lenkrad hob, stellte ich fest, daß du aus dem Auto geschleudert worden warst und dich fragte, wie du an diese Beule an deinem Hinterkopf gekommen warst.«

»Hatte ich denn meinen Sicherheitsgurt nicht angelegt?« Flo kämpfte sichtlich, um die Augen offenzuhalten.

»Du sagtest, du fändest ihn zu einengend.«

»Was war ich doch für ein Dummkopf!« Sie streckte ihrem Mann die Hand hin, sah jedoch mich und Ben an. »War es Ihre Katze?«

Ich nickte, unfähig zu sprechen, und wandte mich mit Ben auf den Fersen ab. Einen makabren Segen hatte der »Tod« von Flo Melrose gehabt, er hatte mich unempfindlich gegen den Verlust meines geliebten Tobias gemacht. Doch jetzt kehrte das Gefühl zurück mit dem schmerzhaften Stechen eines eingeschlafenen Glieds. Nie wieder würde ich meinen kuscheligen Freund auf Zehenspitzen durch das Sommergras schleichen sehen, mit einer Kette aus Schmetterlingen um den Hals. Die Zwillinge würden weder seinen Namen brabbeln noch seinem Schwanz nachjagen. Und nie wieder würde ich an Winterabenden mit meinem kuscheligen Heizkissen auf dem Schoß dasitzen.

Meine Eloge wurde von Ben unterbrochen, der den Wagen einen Schritt vor mir erreicht hatte. »Er ist fort.«

»Ja«, murmelte ich und wünschte, er würde nicht aussprechen, was wir bereits wußten.

»Ellie, hast du vergessen, daß ich die Euphemismen nach der Geburt der Zwillinge aufgegeben habe? Wenn ich sage, daß Tobias fort ist, dann meine ich, daß er nicht da ist, wo wir ihn zurückgelassen haben.«

»Ach, du meine Güte!« Ich ließ mich auf alle viere fallen, streckte mich bäuchlings auf der Straße aus, um unter den Wagen zu spähen, und tatsächlich sah ich kein einziges Schnurrbarthaar. »Weißt du, was das bedeutet?« Ich fing an zu heulen, als Ben mir hochhalf. »Ein wildes Tier hat sich mit ihm aus dem Staub gemacht!«

»Schatz« – sein Ton war eine Mischung aus Verzweiflung und Zärtlichkeit –, »das hier ist Chitterton Fells. Hier binden sich die Hyänen nicht ihre Servietten um den Hals, um Tobias als Nachtmahl zu verspeisen. Offensichtlich war sein Tod ebenso zeitlich begrenzt wie der von Flo Melrose.«

»Er war so still!«

»Zugegeben. Aber hinterher hat er sich wieder erholt und ... Ellie!« rief er, sprang einen halben Meter hoch und reckte den Arm in die Luft. »Ich glaube, ich sehe ihn da drüben bei diesem Stein, wo sich das Gras bewegt!« Noch immer rufend, lief Ben einige Meter nach rechts, verwandelte sich in eine dunkle Silhouette und kam wenig später mit Armen zurück, auf denen plötzlich Fell gewachsen war. »Verdammt!« Er trat seinen Schuh ab. »Armer Kerl, er hat sich übergeben, und ich bin reingetreten.«

»Was für ein Abend!« Ich schloß Tobias in die Arme, immer noch außerstande zu glauben, daß er kein Geist war. Jedenfalls war er kalt genug, um seit Jahrhunderten an diesem Ort zu spuken, aber dem konnte abgeholfen werden, indem ich ihn unter meine Strickjacke steckte, so daß von ihm nur noch ein Ohr und ein wie high wirkendes Auge sichtbar waren.

»Ben ...«

»Ja?« Er blickte über die Straße zu der Stelle, wo Dr. Melrose nach wie vor neben seiner Frau kauerte.

»Ich habe nachgedacht.«

»Ich auch.«

»Na ja«, sagte ich und schob Tobias höher, »mir ist diese alte Anekdote über die Katze und den Lachs eingefallen. Du kennst ihn doch – eine Frau bereitet Lachs für eine Dinnerparty zu und läßt ihn auf dem Tisch stehen, als sie nach oben geht, um sich anzuziehen. Als sie wieder in die Küche kommt, entdeckt sie, daß ihre Katze von dem Lachs gefressen hat. Da sie nichts anderes anzubieten hat, bessert sie es notdürftig mit Radieschen und gehackten Eiern aus, und die Dinnerparty verläuft wie geplant, alle lassen sich den Lachs schmecken und erklären ihn als eines Königs würdig. Als es Zeit für den Nachtisch ist, geht die Frau wieder in die Küche und merkt plötzlich, daß sie die Katze eine ganze Weile nicht gesehen hat. Sie öffnet die Hintertür, und da liegt sie, mausetot. Überzeugt, daß der Lachs der Übeltäter ist, geht sie hinein und beichtet die ganze Geschichte ihren Gästen, so daß alle in die Notaufnahme abziehen und sich den Magen auspumpen lassen. Aber später, als die Frau wieder zu Hause ist, kommt ein Nachbar vorbei und gesteht ihr verlegen, daß er die Katze überfahren hat, als er an diesem Abend aus seiner Garage setzte.«

»Was willst du damit sagen, Ellie?«

»Sagen ist ein zu starkes Wort. Ich frage mich bloß, ob das, was mit Tobias passiert ist, nicht eine Umkehrung der Geschichte sein könnte, mehr nicht. Wir haben angenommen, daß er von dem Wagen der Melrose erfaßt wurde, aber auf einmal frage ich mich, ob es nicht der Lachs war, der ihn fast zur Strecke gebracht hätte. Ich sage nicht, daß er schlecht war – nur zu schwer für seinen Blutkreislauf. Ben, ich habe ihn gesehen, als er auf die Straße lief, und ich schwöre, schon da stimmte etwas nicht mit ihm. Er taumelte, und als der Wagen auf ihn zukam, stand er da und glotzte nur.«

»Vermutlich von den Scheinwerfern hypnotisiert.«

»Das dachte ich auch, aber ...« Ich lachte nervös. »Ach, vergessen wir's. Wahrscheinlich macht mir die späte Stunde zu schaffen. Warum holst du nicht die Picknicksachen, und wir gehen nach Hause?«

Während ich zusah, wie Ben den Hügel zu der Birkengrotte hochlief, umarmte ich Tobias fester, um ihn und mich zu wärmen. Mir war so kalt, als läge ich im Grab! Ich unterdrückte ein Frösteln, blickte zum Friedhof hinüber und sah entweder einen kleinen Baum oder eine große Gestalt in der Nähe des Tores. Schöpfte Mr. Gladstone Spike Nachtluft, weil er nicht schlafen konnte, oder ließ ich nur wieder einmal meine Phantasie mit mir durchgehen?

»Ellie?«

Anders als Ben und die meisten normalen Menschen, bin ich noch nie in der Lage gewesen, einen guten Meter in die Luft zu springen, auch nicht, wenn ich erschrocken bin. Im Höchstfall bringe ich eine Art Hasenhoppeln zustande. Dr. Melrose half seiner Frau gerade auf den Beifahrersitz des Wagens, und sie war es, die mir zugerufen hatte.

»Tut mir so leid wegen der Katze.« Sie hob die Hand zu einem Winken, das so matt war wie ihr Lächeln, und bevor ich ihr versichern konnte, daß selbst im Tod noch Leben ist, hatte ihr Mann die Tür zugeschlagen und kam auf mich zu.

»Ein Wort zum Abschied, wenn's erlaubt ist?« Er nahm den Hut ab, drückte ihn an die Brust und senkte den Kopf. »Mrs. Haskell, ich bin Ihnen und Ihrem Ehemann auf Gnade und Ungnade ausgeliefert. Wenn die Vorfälle dieses Abends bekannt werden, bin ich ruiniert.«

»Das sollte man meinen«, sagte ich kalt. »Ein Arzt, der nicht sagen kann, ob seine Frau tot ist oder lebendig, erweckt nicht gerade Vertrauen.«

»Ich war außer mir.«

»Gut!«

»Habe ich Ihr Versprechen, daß Sie schweigen?«

»Das hat seinen Preis.« Ich schaute ihm in die Augen und sah tief in seinen Kopf, bis dahin, wo die Rädchen sich drehten.

»Erpressung, Mrs. Haskell?«

»Ein großes Wort, Dr. Melrose.« Ich öffnete meine Strickjacke, beförderte Tobias in seine Arme und zerquetschte dabei seinen Hut. »Wie Sie sehen, lebt meine Katze. Und ich will wissen, ob es auch so bleibt.«

»Das ist Ihr Preis?«

»Zusammen mit dem Versprechen, daß Sie niemals wieder Hand an Ihre Frau legen.«

»Mrs. Haskell, ich bin seit über dreißig Jahren mit Flo verheiratet ...«

»Und das gibt Ihnen das Recht, sie auch nur einmal zu schlagen?«

Er antwortete nicht, sondern machte sich daran, Tobias zu untersuchen, hob erst das eine Augenlid, dann das andere, bevor er sich die Bauchgegend vornahm. »Unter den gegebenen Umständen mag das verdächtig klingen« – Dr. Melroses verlegene Miene hatte sich in einen Ausdruck der Überraschung verwandelt –, »aber ich würde sagen, daß dieses Tier vergiftet wurde. Ansonsten wäre es nämlich gesund wie ein Fisch im Wasser.«

»Fisch ist hier das Schlüsselwort!« Mein Blick schweifte zum Friedhof hinüber, aber bevor ich noch etwas sagen konnte, tauchte Ben aus dem Dunkel auf, komplett mit Picknickkorb und Reisedecke. Dr. Melrose gab mir Tobias rasch zurück und stülpte wieder seinen Hut auf – wohl um größer auszusehen, als er sich wappnete, aufs neue zu Kreuze zu kriechen.

Das Telefon läutete irgendwo am Rande des Schlafs, und ich schnellte am nächsten Morgen im Bett hoch, um festzustellen, daß Ben fort war und der Zeiger der Uhr vorwurfsvoll auf acht wies. Ich war so strubbelig wie ein Bernhardiner und nahm mir nicht mal die Zeit, mir meinen Morgenmantel zu schnappen, ehe ich auf den Treppenabsatz hinaushechelte, um den Hörer abzunehmen.

»Hallo?« Ich zupfte am Kragen meines Flanellnachthemds herum, weil mir der Gedanke nicht gefiel, daß mich jemand hörte, wenn ich so aussah.

»Ellie, hier ist Bunty Wiseman.«

»Oh … wie geht es dir?«

»Himmlisch!«

»Wirklich?« Ich zog mir einen Hocker heran und ließ mich mit einem Plumpser darauf fallen.

»Was hast du denn erwartet, ein Trauerjahr?« Buntys Lachen ließ mein Trommelfell vibrieren. »Verflixt noch mal, Herzchen! Ich hatte eine ganze Nacht, um mich zusammenzureißen. So wie ich es sehe, kriegt Gladys Thorn Li, und ich kriege sein Haus.«

Solch nonchalante Haltung machte mich sprachlos. Mein Blick fiel auf das Foto meiner Schwiegermutter Magdalene Haskell, und ich las ihre Gedanken. Ehen werden nicht aufgelöst wie Gelatine mit Geschmack in heißem Wasser, sie zerfasern Stück für Stück wie das verbrannte Fleisch eines Schweinebratens.

»Wenn ich irgend etwas tun kann …« Meine Lippen formten das abgenutzte Klischee.

»Aber sicher kannst du das«, sagte Bunty munter. »Du

kannst zu der Party kommen, die ich für Li und seine schnuckelige Verlobte gebe.«

»Zu der *was?«* Der Hocker rutschte unter mir weg, ich landete auf den Knien und klammerte mich an der Telefonschnur fest, als ob sie eine Rettungsleine wäre.

»Du hast mich schon verstanden. Ich habe vor, der Welt zu zeigen, wie die Fully-Female-Frau sich verhält, wenn das Unmögliche passiert. Kriecht sie etwas ins Bett, um dort ihren Winterschlaf zu machen, bis die Scheidung rechtskräftig ist? Nie im Leben! Sie legt ihre Kriegsbemalung an und macht die Stadt unsicher. Also, Ellie, kann ich heute abend um sieben mit dir rechnen?«

»Ähhhmmm!« Ich rappelte mich auf und versuchte, mir eine Ausrede einfallen zu lassen, um dem zu entgehen, was die ungeselligste Fête der Saison werden mußte.

»Es wird keine echte Verlobungsparty ohne dich.«

»Na schön.«

»Und bring doch Ben mit.«

»Das kann ich nicht!« Schon der Gedanke daran ließ das Geländer vor meinen Augen verschwimmen. »Wenn er nicht im Abigail's sein muß, brauche ich ihn als Babysitter. Ich kann nicht immer wieder Freddy einspannen; er ist viel zu gutmütig. Er hat gestern abend den Babysitter gespielt, und als wir zurückkamen, war es so spät, daß er letztendlich hier übernachten mußte.«

»Könntest du mal nachsehen, ob er schon nach Hause gegangen ist?«

»Na klar.« Meine Neugier war geweckt. Was sie wohl von Freddy wollte? Ich legte den Hörer hin und ging zur Treppe, nur um zu entdecken, daß mein Cousin, dessen Haar zu einem viel ordentlicheren Pferdeschwanz zusammengebunden war als meins, mir mit Dreifachschritten entgegenkam.

»Schönen guten Morgen, Cousinchen! Ben hat mich geschickt, um dir zu sagen, daß er die Babys geweckt und gefüttert hat und daß das Frühstück in zwanzig Minuten fertig ist.«

»Danke, Hermes«, sagte ich. »Bunty Wiseman wünscht dich am Telefon zu sprechen.«

»Moi?« Freddy erklomm die letzte Stufe, und anstatt so tief zu sinken, die Lauscherin zu spielen, ging ich – mit winzigkleinen Schritten – in mein Schlafzimmer zurück. Mist! Seine Stimme trug nicht, und das einzige, was ich deutlich mitbekam, war das Auflegen des Hörers. Ich zog meinen Morgenmantel über, ging wieder in den Korridor und weiter ins Blaue Zimmer. Bens Frühstücksmeldung hatte nichts von Mrs. Malloy gesagt, deshalb klopfte ich an die Tür, ohne zu wissen, was mich erwartete.

»Wer zum Teufel ist da?«

»Ich bin's nur!« Von Grund auf zerknirscht öffnete ich die Tür und näherte mich dem Heiligen Stuhl ... ich meine Bett.

»Ach, Sie sind es, Mrs. H!« Mrs. Malloy lehnte an einer Schneewehe aus Kissen, die Hände über dem Federbett gefaltet. »Ich dachte gerade schon, ich wäre zu Hause und der Zeitungsjunge hätte wegen dem Geld angeklopft.«

»Haben Sie gut geschlafen?« Ich spürte, wie ich einen halben Knicks machte, was mich an Miss Thorn erinnerte.

»Nicht besonders. Diese Tapete allein reicht, um einem Alpträume zu machen.«

Da hatte sie recht. Ben und ich waren noch nicht dazu gekommen, das Blaue Zimmer neu zu tapezieren, und wo man auch hinsah, waren Mädchen auf Schaukeln – Mädchen mit Zöpfen und Strohhüten, die auf- und abschwangen, vor und zurück, bis das Zimmer selbst einem Anfall von Höhenangst erlag. Vermutlich hatte man ursprünglich das Mobiliar auflockern wollen, das auf traurige Weise stolz auf seine Häßlichlichkeit zu sein schien. Ich hätte schwören können, daß die Frisierkommode an ihrer langen Spiegelnase entlang auf Mrs. Malloy hinuntersah. In dem gestreiften Schlafanzug, den ich ihr geliehen hatte, sah sie aus wie auf Hafturlaub, und das Fehlen ihres Make-ups verstärkte noch den Eindruck, daß sie seit zwanzig Jahren kein Tageslicht gesehen hatte. Erstaunlich, was Augenbrauen an einer Frau ausmachen. Doch wie gewöhnlich war Mrs. Malloys Haltung die eines Menschen, der die Königin nur zu seinen eigenen Bedingungen zu treffen bereit ist.

»Hoffentlich wollen Sie mir nicht das Frühstück ans Bett bringen, Mrs. H. Ich esse meine Eier mit Schinken gern an einem richtigen Tisch.«

»Ben hat alles fertig und wartet unten.«

»Sehr nett, ich werde Sie beide in meinem Testament berücksichtigen. Aber erwarten Sie nicht von mir, daß ich den ganzen Morgen mit Ihnen und Mr. H herumsitze und klöne. Ich hab' viel zu tun.«

»Bewundernswert«, sagte ich und meinte es auch so. Das hier war die alte Mrs. Malloy, bevor sie mit Walter Fisher ins Bett ging und sich darauf verlegte, wie das Opfer des Liebesbisses eines Vampirs dahinzugleiten.

Sie schwang ein gestreiftes Bein aus dem Bett. »Ich habe vor, das Leben bei den Klunkern zu packen.«

»Vortrefflich.«

»Wenn ich von hier verschwinde, werd' ich auf einen Sprung im Pfarrhaus vorbeischauen und meine Dienste beim Bohnern der Altarstufen und was sonst noch alles anbieten.«

»Wie nett.«

»Von jetzt an, Mrs. H, werde ich auf Schritt und Tritt

Sonnenschein verbreiten. Kein Bettler wird mit leeren Händen weggehen, und alle Kinderchen werden mich Großmama nennen. Ich werd' jeden Augenblick voll auskosten. Na, was halten Sie von diesen Dingen … diesen Vorsätzen?«

Was konnte ich darauf sagen? Ich konnte ihr ja kaum mitteilen, daß mir das Herz in die Hose gerutscht war, daß ich dieses Gefasel als ein weiteres, vielleicht noch heimtückischeres Anzeichen des verfluchten Liebesübels ansah.

»Entzückend«, sagte ich und klang genauso wie Mr. Gladstone Spike, und plötzlich hüpfte der ganze Raum mit den Schaukeln auf und ab.

»Einen Penny für Ihre Gedanken, Mrs. H.«

»Oh, soviel sind die gar nicht wert.« Ich griff nach dem Bettpfosten. »Ich habe an Tobias gedacht, das ist alles. Und mich daran erinnert, daß ich heute auf seine Diät achten muß. Gestern abend ging es ihm nicht besonders.«

Was soll die Durchschnittshausfrau tun, wenn sie von einem Mordversuch weiß und einen weiteren vermutet? Sie beißt in mundgerechtere Probleme und fährt mit ihren Tagesgeschäften fort. Sobald Ben, Freddy und Mrs. Malloy aus dem Haus waren, stopfte ich eine Ladung Babykleidung in die Waschmaschine, stellte sie an, versetzte ihr den erforderlichen Schlag und erntete nur einen Rülpser ins Gesicht für meine Bemühungen. Mr. Bludgett, der Klempner, würde noch von mir hören.

»Wie sieht's aus, meine Engel?« Ich hob Abbey aus ihrem Wippstuhl und strahlte Tam an. »Sollen wir alle zum Waschsalon gehen und Geld in die Automaten stecken, so wie in Las Vegas?« Natürlich mußten, bevor wir zu diesem großen Abenteuer aufbrechen konnten, noch zwei von uns ein Bad in der Spüle nehmen. Dann folgte die anspruchsvolle Aufgabe, steife Beinchen in weiche Leggings zu stopfen, bevor wir zum Auto gehen konnten, nur um festzustellen, daß ich vergessen hatte, ein letztes Mal nach Tobias zu sehen, und, ach ja – meine Handtasche war wer weiß wo im Haus.

Eine Stunde später, als ich den Kinderwagen in den Glaspalast schob, fand ich dort halb Chitterton Fells um sechs Maschinen versammelt vor, von denen zwei Pappschürzen mit der Aufschrift »Außer Betrieb!« trugen. Die Zwillinge quietschten, und ich wollte nur noch weg von dem Getöse der Trockner und dem schweißigen Waschmittelgeruch und mich auf die Suche nach einem plätschernden Bach und einigen hübschen glatten Steinen machen, als ausgerechnet Mr. Walter Fisher hereinkam.

Sofort fingen die Leute an, ihren Kaffee schneller zu trinken oder sich konzentrierter über ihre Zeitschriften zu beugen, das heißt, wenn sie nicht das Glück hatten, Wäsche falten zu können. Aber sie hätten sich nichts einzubilden brauchen. Walter weidete seine Fischaugen an mir.

»Guten Morgen, Mrs. Haskell und Familie«, sagte er und wedelte mit einer Flosse in Richtung der Zwillinge. »Ich sah Sie hier hineingehen und dachte, ich schaue mal eben vorbei und rede kurz mit Ihnen.«

»Das ist sehr freundlich.« Ich senkte den Blick und zupfte an der aus aufgerauhter Wolle bestehenden Decke des Kinderwagens herum. Wie konnte Mrs. Malloy diesen Mann, der aussah, als ob er die meiste Zeit in einem Aquarium verbrachte, bloß ertragen? Von seinem angeklatschten Haar bis zu seinen Guppylippen war er schleimig-fahl.

»Bitte denken Sie nicht, daß ich Sie drängen will, Mrs. Haskell ...«

»Wie bitte?«

Ein Schrammen von Stühlen, als meine Mitwaschenden

ihre Kaffeebecher und Zeitschriften sinken ließen, um zu horchen.

Mr. Fisher senkte die Stimme. »Am Montagabend beim Heim-und-Herd-Verein spürte ich ein Interesse Ihrerseits – und besonders auf seiten Ihres Mannes –, die Vorkehrungen für Ihre Bestattung zu treffen.«

»Ich glaube wirklich nicht« – ich packte den Griff des Kinderwagens –, »daß dies die rechte Zeit oder der rechte Ort ist ...«

»Was du heute kannst besorgen, das verschiebe nie auf morgen.« Mr. Aufgewärmter Tod drohte mit einem wächsernen Finger. »Keiner von uns kann wissen, wann wir verlöschen wie eine Kerze. Und wollen wir denn unsere Hinterbliebenen mit all den Kleinigkeiten belasten, die man beachten muß, um uns die Verabschiedung zuteil werden zu lassen, die wir verdienen?«

»Mir persönlich«, sagte ich, und meine Eingeweide rumpelten und schäumten wie die Waschmaschinen, bis ich sicher war, daß mir Blasen zu Nase und Mund herauskommen würden, »mir ist piepegal, was nach meinem Tod mit mir passiert. Meinetwegen kann mein Mann mich ruhig auf den Komposthaufen schmeißen.«

»Das ist nicht Ihr Ernst, Mrs. Haskell!«

»O doch.«

Das blasse Gesicht zuckte. »Sie haben doch zumindest vor, sich insoweit an die herkömmlichen Bräuche zu halten, daß Sie sich einäschern lassen.«

»Ich glaube schon.« Egal, Hauptsache, er hielt den Mund.

»In diesem Falle« – Mr. Fisher sah längst nicht so geknickt aus, wie ich gehofft hatte – »wären Sie möglicherweise an einem ganz neuen Angebot von Fisher Funerals interessiert. Wir nennen es den Schaukasten – eine Präsentation, die die Sparsamkeit ...« – er wischte seine nassen Lippen mit einem schwarzumränderten Taschentuch ab –, »... die Sparsamkeit der Einäscherung mit der Feierlichkeit und der Pracht einer traditionellen Bestattung verbindet. Wir stellen zwei Behältnisse zur Auswahl – den Royal Mahagoni und die Jungfräuliche Königin, in denen der Leichnam vor und während des Gedenkgottesdienstes ruhen und besichtigt werden kann.«

»Geht es um eine Art Mietsarg?«

»Gewissermaßen.« Mr. Fishers Augen wölbten sich ärgerlich vor. »Nach der letzten Besichtigung wird der Klient zur Einäscherung entfernt und der Sarg wiederverwendet.«

»Ich muß darüber nachdenken.« Ich lächelte den Zwillingen zu, falls sie aufgrund meines Tonfalls annahmen, daß ich sauer auf sie war. »Es war nett, sich mit Ihnen zu unterhalten, Mr. Fisher, aber ich glaube, ich sehe da eine freie Waschmaschine.«

»Ja ... will Sie nicht aufhalten.« Zu schade, daß er sich nicht daran hielt. Als ich mich abwandte, folgte er mir an einem grauhaarigen Mann vorbei, der seinen Kaffeebecher auf seinem Bauch balancierte, und an zwei Frauen, die ein Laken zum Falten ausbreiteten. »Auf ein Wort noch, Mrs. Haskell.«

»Ja?« Ich zog Kleidungsstücke aus der Tasche des Kinderwagens.

»Könnten Sie mir freundlicherweise sagen, was Sie von Mrs. Malloy halten? Ich weiß, sie arbeitet für Sie, und ich frage mich, ob Sie in den letzten paar Tagen eine Veränderung an ihr bemerkt haben?«

»Sie ist ...« Ich wollte sagen, daß Mrs. Malloy quietschfidel wäre, doch Mr. Fishers Gesichtsausdruck hielt mich davon ab. Du meine Güte, dieser Mann war ein einziges Zittern, und ich schämte mich plötzlich zutiefst. Hier war ein Mitglied eines ehrenwerten Berufsstands, und ich rümpfte die Nase über ihn, weil mich Gespräche über Sargfutter nervös machten. Solch ein Vorurteil war ebenso schändlich wie die, die sich gegen übergewichtige Menschen richteten. Und konnte der Mann etwas dafür, daß er nicht Cary Grant war ... oder Ben Haskell? Wenn ein Büßergewand in der Nähe gewesen wäre, dann hätte ich es über den Kopf gezogen.

»Was wollten Sie gerade sagen, Mrs. Haskell?«

»Verzeihung.« Ich stand mit einem Armvoll Klamotten da. »Aber ich glaube nicht, daß es fair wäre, wenn ich mit Ihnen über Mrs. Malloy spreche.«

»Ich verstehe.«

»Ich will nur soviel sagen« – unmöglich, ihm nicht ein paar Brosamen der Hoffnung hinzustreuen –, »sie läuft durch die Gegend wie eine Frau in Trance.«

»Vielen Dank für diese Information.« Der Ausdruck in Mr. Fishers Augen, als er sich zurückzog, war unergründlich, und die Guppylippen verzogen sich zu einem Lächeln, einer Verheißung, daß Mrs. Malloy noch alle möglichen aufregenden Dinge bevorstanden.

Im Ernst, ich habe keinen Schimmer, wo der Rest des Tages blieb. Er schien unter den Türen hindurch und durch Ritzen in den Fensterrahmen zu entwischen, in Wölkchen vertaner Zeit und geplünderter Augenblicke, bis ich plötzlich kurz nach sieben Uhr abends wie eine Topfpflanze in Bunty Wisemans frühägyptischem Salon stand. Wie ich Ben dazu überredet hatte, mich nicht zu begleiten, hätte mir den Oscar für mein Lebenswerk in ehelicher Täuschung einbringen müssen. An einem Punkt schien es fast einfacher, ihm zu gestehen, daß ich Fully Female beigetreten war, aber irgendwie brachte ich es nicht fertig, die Worte auszusprechen. Ich wußte, daß er mich lieber mit blankem Busen in der Öffentlichkeit herumlaufen lassen würde, als daß ich unser Intimleben in *Erlebnis Ehe* bloßstellte.

Mrs. Pickle hatte mich ins Haus gelassen, und wo ich auch hinsah, waren Frauen, die ich von meinem einzigen Gastspiel bei Fully Female wiedererkannte. Die meisten hatten ihre Männer im Schlepptau, die alle, nach ihren schmachtenden Mienen zu urteilen, immer noch in ihrem Bann standen. Aber seltsamerweise hatte ich unsere Gastgeberin noch nicht zu Gesicht bekommen, ganz zu schweigen von den Ehrengästen. Der Raum war so blendend weiß, daß man fast erwartete, maskierte Chirurgen hereineilen zu sehen, die ihre Skalpelle wetzten. Tatsächlich war nur ein einziger Medizinmann anwesend. Im Orchestergraben neben dem Flügel stand Dr. Melrose ... mit Gattin. Von meinem Standort aus war schwer zu sagen, ob Flo in Topform war, aber sie stand, was ja schon einiges besagte. Mein Blick schwenkte von den Melroses zu einem Spiegelparavent vor einer Fensternische. Der Paravent war bei meinen früheren Besuchen noch nicht dagewesen – ein Abschiedsgeschenk an Bunty von Lionel? Oder hatte sie einen Einkaufsbummel gemacht, um sich aufzumuntern?

»Champagner, Madam?«

»Mrs. Malloy!« Ich stieß ihr fast das Tablett aus den Händen. »Das ist aber eine Überraschung!«

»Hübscher Fummel.« Sie musterte mein Kleid aus bronzefarbener und olivgrüner changierender Seide. »Könnte man zu einer Beerdigung tragen, ohne zu aufgedonnert auszusehen.«

»Vielen Dank.«

»Aber was haben Sie um Himmels willen mit Ihrem Haar gemacht, Mrs. H? Sieht aus, als hätten Sie's mit einer Harke gekämmt.«

Da ich merkte, daß die Leute zu meiner Rechten ganz Ohr waren, senkte ich die Stimme. »Ich hatte es eilig – und zu Ihrer Information, Mrs. Malloy, der verwuschelte Look ist in.«

Ein verächtliches Naserümpfen. »Ja, in Crufts vielleicht, aber nicht hier.« Sie drückte mir ein Glas in die schlaffe Hand. »Ich bin gern stolz auf meine Damen, und es ist ja nicht so, daß ich immer dasein werde, um ein Auge auf Sie zu haben.«

Vermutlich nicht. Mr. Fisher war zweifellos ein Chauvinist der alten Schule, der nicht wünschte, daß seine Frau die Tische anderer Leute polierte, wenn sie Särge polieren konnte.

»Sie sehen sehr nett aus«, sagte ich. Und genau das tat sie mit ihrem zweifarbigen Haar, jedem Schönheitsfleck an seinem Platz und ihrer Preiselbeerschürze, die ihrem Kleid mit den schwarzen Perlen einen Farbakzent gab.

»Tja, die Bösen ruhen und rasten nicht.« Mrs. Malloy schob die Gläser auf dem Tablett zurecht, trank einen Schluck aus einem – wohl um es mit den anderen auszugleichen –, schmatzte in Anerkennung des Jahrgangs mit ihren Schmetterlingslippen und schwankte dann auf ihren Fünfzehn-Zentimeter-Absätzen davon. Das nächste Paar, dem sie sich näherte, waren die Bludgetts. Ich dachte gerade daran, zu ihnen hinüberzugehen, als niemand anders als die stets elegante und kürzlich verwitwete Jacqueline Diamond zu mir stieß.

»Immer noch keine Spur von unserer Gastgeberin und den Ehrengästen.« Sie drehte den Stiel ihres Glases zwischen den Fingern und taxierte mich mit ihren Lauren-Bacall-Augen.

»Nein«, stammelte ich.

»Unheimlich, finden Sie nicht?«

Was ich für unheimlich hielt war, daß sie – seit ein paar Tagen erst Witwe – eine Party besuchte ... besonders eine Party in den Räumlichkeiten von Fully Female.

»Wie geht es Ihnen denn so?« brachte ich heraus.

»Ich bin nach wie vor zum Glück gefühllos.« Sie angelte in ihrer Gobelinabendtasche nach einem Päckchen Zigaretten und – ihr aschblondes Haar hing auf ihr Handgelenk – klopfte eine Kingsize-Filterzigarette heraus. »Ich hoffe, Sie greifen sich nicht an die Brust und ringen nach Luft, wenn ich rauche« – sie zündete sie an –, »obwohl es mich nicht groß kümmert, wenn es jemanden stört. Das ist einer der Vorteile der Trauer. Ein Tip für die Zukunft, es ist einem alles scheißegal, zum Beispiel, was die Leute davon halten, daß ich heute abend hier bin. Ich weiß nur« – ihre Stimme war so rauchig wie der Qualm, der uns einhüllte –, »daß es besser ist, als allein zu Hause zu sitzen, nur mit Normies Capes zur Gesellschaft.«

»Ist die Polizei hart mit Ihnen umgesprungen?« Ich schob mein Haar zurück, weil es mir in die Augen fiel und sie davon tränten.

»»Sie haben mich behandelt wie ein rohes Ei.«

»Wissen Sie, wann die gerichtliche Untersuchung stattfindet?«

»Nein, aber momentan konzentriere ich mich auch auf die netten Dinge, zum Beispiel das Treffen der letzten Vorkehrungen. Normie war gottesfürchtig, hielt sich aber an keine Religion.«

»Die neue Pfarrerin von St. Anselm's ist sehr nett«, redete ich drauflos, und welch ein Zufall, wer betrat in diesem Augenblick den Raum? Reverend Eudora Spike und ihr Ehemann.

»Danke, meine Liebe.« Jacqueline hielt Ausschau nach einem Aschenbecher. »Aber Normie war Jude.«

»Ach ja?« Ich spürte, wie ich in kalten Schweiß ausbrach, der nichts mit meinem Fauxpas zu tun hatte. Die Spikes kamen auf uns zu. Gladstone sah nach einem solch lieben, guten Mann aus mit seinen krummen Schultern und den kurzsichtigen Augen, daß ich das Gefühl hatte, ich sollte mir an die Brust schlagen und drei Mea Culpas sprechen, weil ich ihn des versuchten Mordes an seiner Frau verdächtigt hatte, damit er wieder dort ansetzen konnte, wo er vor Jahren mit Gladys Thorn aufgehört hatte, der Frau des Tages, deren Auftritt noch immer auf sich warten ließ.

Bevor die Spikes bei uns anlangten, stießen sie auf die Bludgetts, und natürlich wurden sie von der überschwenglichen Moll in ein Gespräch verwickelt.

»Dufte, Sie zu treffen, Reverend.«

»Ganz meinerseits.« Eudora schob die Hand unter den Arm ihres Mannes, und augenblicklich waren sie wie Tasse und Unterteller, separat und doch komplett.

»Nette Party!« Jock Bludgett räusperte sich und verfiel dann in ein vornehmes Falsett. »Eine echte Klassefrau, diese Bunty Wiseman. Nicht viele Frauen würden ihre verletzten Gefühle in 'nen Müllsack packen und 'n Test für den fremdgehenden Ehemann und seine Mieze schmeissen.«

Eine weniger katzenhafte Frau als Gladys Thorn konnte ich mir nicht vorstellen, aber das tat nichts zur Sache. Erinnerte Mr. Bludgett sich daran, wie er seine Moll mit selbiger Femme fatale hintergangen hatte? Und wünschten die Spikes sich möglichst weit von hier weg?

»Ich war überrascht, als Mrs. Wiseman anrief und Gladstone und mich zu der Party einlud.« Eudora nahm ein Glas Champagner von Mrs. Malloy entgegen, die wieder ihre Runde machte. »Und noch überraschter, als sie den Grund für das Beisammensein erklärte.«

»Ein höchst christliches Streben«, warf ihr Ehemann ein.

»Liebe in ihrer reinsten Form.« Eudora blinzelte, als ob sie etwas im Auge hätte. Von meinem Platz aus wirkte ihr Teint so beige wie ihre Seidenbluse. Ich fühlte mit ihr.

»Möchte wissen, wo Mrs. Wiseman steckt.« Mr. Bludgett kaute an seinem Schnäuzer.

Moll, ganz Sprungfeder von Kopf bis Fuß, hob ihr Glas. »Wo auch immer! Ich sage, trinken wir auf Bunty Wiseman, die vollendete Fully-Female-Frau!«

»Auf Bunty!« Der vielstimmige Hochruf ließ das Zimmer erbeben, dann wurde er zu einem Flüstern, das nicht schnell genug verstummen konnte. Denn auf der Schwelle des Zimmers standen die Turteltauben selbst. Lionel Wiseman erstrahlte in einem silbergrauen Anzug, der auf sein Haar abgestimmt war, während seine dunkle Krawatte perfekt mit seinen schwarzen Brauen harmonierte. Was seine Verlobte betraf, so glich sie das, was ihr an Schönheit abging, durch mädchenhafte Bescheidenheit aus.

»Liebe, liebe Freunde von Chitterton Fells, das alles ist einfach zu viel!« Miss Thorn zog ihr schwarzes Spitzentuch um ihre fahlen Schultern und senkte den Kopf, so daß die Gänseblümchenspangen aus ihren mausbraunen Flechten hervorlugten. »Mein geliebter Lionel hat nie mit einem solchen Andrang gerechnet, um unsere Verbindung zu segnen.« Von Gefühlen überwältigt, warf Miss T sich in Mr. Wisemans Arme, und er hielt sie fest, als ein erstauntes Raunen durch die Schar der Gäste ging.

Bunty hatte ihren glanzvollen Auftritt.

»Hallo, Jungs und Mädchen!« Mit den blauen Augen klimpernd, schlängelte Bunty sich ins Zimmer, den blonden Kopf hocherhoben und eine Hand in die scharlachrote Satinhüfte gestemmt. Ihr Gesicht leuchtete heller als die Lampen im Raum. »Hallo, Li, Darling! Und einen guten Tag der Frau, die du liebst. Als die Ehrengäste macht es euch doch bitte auf dem Sofa gegenüber dem Spiegelparavent bequem. Ich bin sicher, daß auch alle anderen ein behagliches Plätzchen für sich finden, damit das Unterhaltungsprogramm beginnen kann.«

»Was kommt denn jetzt?« Jacqueline Diamond klopfte noch eine Zigarette aus dem Päckchen.

»Ist das nicht eine Wucht?« Moll Bludgett trat dicht an mich heran und drückte meinen Arm. »Platzen Sie nicht auch fast vor Spannung?«

»Schsch«, machte Mrs. Wardle, die Bibliothekarin.

Wie angewiesen, setzten Mr. Wiseman und Miss Thorn sich mit ihren Champagnergläsern auf das weiße Sofa mit den riesigen Kissen, während Bunty das Wort hatte. Sie hob eine schneeweiße Hand und trällerte lieblich: »Die Sammelalben unseres Lebens sind voll mit Erinnerungen an teure Ereignisse, die uns ganz persönlich etwas bedeuten, und so präsentiere ich Ihnen, Gladys Thorn, zu diesem feierlichen Anlaß, an dem Tag, an dem Sie aller Welt Ihre Verlobung mit meinem Mann verkünden ... eine Stimme aus Ihrer Vergangenheit, denn Miss Thorn: Das ist Ihr Leben!«

»Oooohhhh!« Ein Keuchen ging durch den Raum, während die Dame des Augenblicks ihren offenstehenden Mund mit einer Hand bedeckte, an der der gewaltigste Diamant funkelte, den ich je gesehen hatte. Das Geblitze machte mich ganz schwindelig, und plötzlich überwältigte mich eine dunkle Vorahnung. Ich wollte Bunty anschreien, daß sie mit diesem Wahnsinn aufhören sollte, bevor es zu spät war. Ich wollte aus diesem Raum mit all seiner falschen Munterkeit davonlaufen und mich zu Hause bei Ben und den Zwillingen vergraben. Aber ich konnte mich nicht rühren, denn ich war zwischen Moll Bludgett, Jacqueline

Diamond, den Spikes und meinem eigenen dummen Sinn für Anstand eingekeilt. Dann, von einem Atemzug auf den anderen, war es zu spät.

Eine Grabesstimme ertönte hinter dem Spiegelparavent. »Umarmungen und Küsse, liebe Miss Thorn, erinnern Sie sich an mich, mein Zuckerwürfel?«

»Ich glaube nicht, daß ich diese Stimme ...«

»Bestimmt, o süße Freude, erinnerst du dich doch, wie du nackt in der Waldesnacht tanztest, meine Nymph...omanin.« Gespenstisches Lachen. »Oder verlange ich zuviel, wenn man bedenkt, daß ich nur einer von hundert Ehemännern war, die du in dein klebriges Netz gelockt hast, du Spinnenfrau.«

Kein Stuhl knarrte, kein Augenlid zuckte, bis der Bann von Lionel Wiseman gebrochen wurde, der mit einer solchen Hast aufsprang, daß er sich in einen rasenden Rächer verwandelte. Gott sei Dank würde er dieser Obszönität ein Ende setzen. Miss Thorn mochte keine Lady im strengen Sinne des Wortes sein, aber niemand verdiente es, solch einer teuflischen Grausamkeit ausgesetzt zu werden ... außer vielleicht der Frau, die sich mit Bentley T. Haskell davonmachte.

Doch ehe Lionel Wiseman seine Stimme wiederfinden konnte, erlebte ich den Schock des Abends, wenn nicht eines ganzen Lebens. Der Spiegelparavent schwankte, dann fand er sein Gleichgewicht wieder. Und hervor trat mein Cousin Freddy.

»Tut mir leid, Mrs. Wiseman, aber das kann ich nicht durchziehen! Als Sie heute morgen mit mir am Telefon sprachen, sagte ich mir, daß ein Schauspieler die Rollen nehmen muß, die sich ihm bieten, aber ich bringe es nicht fertig, das Leben anderer Leute als Sprungbrett zum Starruhm zu mißbrauchen!«

»Ein bißchen spät, um Ideale zu entwickeln!« Ich ging zu ihm und hätte ihm meinen Champagner ins Gesicht gekippt, wenn mein Glas nicht leer gewesen wäre.

»Keine Talentscouts hier, zufällig?« Mein Cousin präsentierte ein Grinsen, das mich in keiner Weise besänftigte. Der ganze Raum war in Aufruhr, oder, besser gesagt, Bunty machte genug Lärm für den ganzen Raum. Sie war völlig ausgerastet, hämmerte mit den Fäusten gegen die Brust ihres Mannes, dann kratzte sie sich aus seinem Griff frei und riß ihn an den Haaren, während Miss Thorn dabeistand und ihre Augen hinter den Brillengläsern zu Pilzen anwuchsen.

»Wie kannst du mich für diese x-beinige Schlampe verlassen?« kreischte Bunty. »Ich habe versucht, alles zu sein, was du dir wünschtest. Ich habe Blasen an den Lippen gekriegt, so lange habe ich an meiner Aussprache herumgedoktert. Wo ich auch hinkam, hieß es, um eine erfüllte Frau zu sein, müßte ich berufstätig sein. Du hast mir gesagt, Li, du wolltest, daß ich ein aktives Mitglied der Gesellschaft bin, und was hat mir das alles gebracht? Ich habe andere Frauen gelehrt, wie sie ihre Ehemänner halten und Frauen wie Gladys Thorn das Leben schwermachen können.« Schluchzend taumelte Bunty rückwärts. »Habe ich dir Angst gemacht, Gladys, altes Mädchen? Habe ich dir vor Augen geführt, daß du besser mit einem eigenen Ehemann dran bist, als sie dir weiter auszuleihen wie Bücher aus der Bibliothek?«

Miss Thorn antwortete nicht. Sie stand nur da und hielt ihren Bauch, und im nächsten Augenblick war die Frage einer Antwort unerheblich. Bunty fuhr herum und stürzte in die Halle. Wenig später ging die Haustür auf und knallte dann hinter ihr zu. Das nennt man eine Party mit einem Knaller beenden. Es fiel kaum ein Wort, als die Frauen ihre

Handtaschen einsammelten und die Männer, Freddy eingeschlossen, die Mäntel holen gingen. Was Lionel Wiseman und seine Verlobte anbelangte, sah ich sie am Kaffeetisch stehen, in eine Umarmung versunken.

»Wie fühlst du dich, meine Taube?«

»Nicht allzu schlimm.« Sie drückte seine Hand an die Lippen. »Natürlich ist diese Art von Aufregung katastrophal für mein Verdauungssystem, aber der Weg wahrer Liebe ist mit Magnesiummilch gepflastert.«

»Mein tapferer Liebling!«

»Morgen ist ein neuer Tag, und da Bunty weg ist, können wir daran denken, diesen Raum neu einzurichten.« Die Pilzaugen schweiften über die Weiß-in-weiß-Vollendung. »Was hältst du vom Boudoir-Look: jede Menge schwarzer Satin und grüne Spitze?«

Aus lauter Angst, daß Miss Thorn mich entdecken und um Mithilfe bei der Renovierung bitten würde, flitzte ich in die Halle. Dort entdeckte ich Mrs. Malloy, die um die Ecke zur Küche spähte.

»Was soll der ganze Aufruhr?« Sie rührte weiter in einem Glas, bei dessen Inhalt es sich, wie ich aus dem Behälter auf dem Tresen schloß, um Fully-Female-Elixier handelte.

»Bunty ist gegangen.«

»Was? Sie hat das Schiff verlassen?« Der Ausdruck war wie geschaffen für die Küche im Kombüsenstil, die, so wie der Rest des Hauses, weiß wie die Uniform eines Seemanns war. Ja, sie war sogar so eng, daß Mrs. Malloy, als sie ihr Glas hinstellte und die Hände in die Hüften stemmte, mit den Ellbogen die Wände auf beiden Seiten berührte.

»Sie macht mir Sorgen«, gestand ich.

»Heiliger Strohsack! Glauben Sie, sie könnte sich umbringen?«

»Das oder etwas ähnlich Verheerendes.«

»Im Leben jedes Menschen gibt es Stürme« – Mrs. Malloy wischte sich die Hände an ihrer Preiselbeerschürze ab –, »die nichts als Schall und Rauch sind.«

»Mag sein«, sagte ich. »Aber ich denke, ich fahre mal herum und halte nach Bunty Ausschau.«

»Tun Sie das«, sagte sie, als sie zwei Weingläser in das Spülwasser legte, »und wenn Sie sie nicht gefunden haben, wären Sie vielleicht so freundlich, hierher zurückzukommen und mich nach Hause zu bringen. Sie kennen mich, Mrs. H, ich bitte die Leute nicht gern um einen Gefallen, aber sehr bald werden Sie unsere gemeinsame Zeit zu schätzen wissen.«

Zutiefst gerührt ging ich zu ihr, um sie zu umarmen, doch der Augenblick war nicht günstig. Mrs. Malloy merkte, daß ihr Fully-Female-Elixier fest geworden war.

»Jetzt gucken Sie bloß, was Sie angerichtet haben!«

»Ich mixe Ihnen ein neues.«

»Bemühen Sie sich nicht, Mrs. H.« Mit einem leidgeprüften Seufzer ließ sie das Glas in die Spüle plumpsen. »Fragen Sie mich nicht warum, aber ich bin das Zeug leid.«

Meinen guten Absichten war kein Erfolg beschieden. Nachdem ich wer weiß wie lange im Kreis herumgefahren war, ging ich kurz ins Black Horse und überprüfte sowohl Lounge als auch Bar, sah jedoch keine Spur von Bunty, wie sie ihren Kummer in Lager mit Limonensaft ertränkte. Warum, ach, warum hatte ich an Ertrinken gedacht? Ich könnte Kilometer um Kilometer Strand absuchen, ohne auf einen mitleiderregenden Haufen Klamotten zu stoßen oder etwas zu entdecken, das am Horizont schaukelte und eine Boje – oder eine Leiche war. Schließlich fuhr ich die Cliff Road hoch zu der Stelle, wo Dr. Melrose sich der armen Flo hatte entledigen wollen. Doch keine Spur von

Buntys Wagen. Von Hoffnungslosigkeit überwältigt, wendete ich und fuhr zum Haus der Wisemans zurück. Waren seine Tage als Hauptquartier von Fully Female vorüber?

Als ich die Marmorstufen zur Haustür hochging, betete ich, daß Bunty heil und unversehrt daheim war. Bevor ich läuten konnte, machte Mrs. Malloy mir auf, schon in ihrem Pelzmantel und mit einem Federhut auf dem Kopf.

»Kein Glück?« Sie zog ihre Handschuhe an.

Ich schüttelte den Kopf.

»Nun, Sie haben getan, was Sie konnten. Und kurz nachdem Sie gefahren sind, hat Mr. Wiseman sich auf die Suche nach ihr gemacht.«

»Was ist mit Miss Thorn?«

»Hat als Hausherrin das Regiment übernommen, wie's aussieht.« Mrs. Malloy rümpfte die Nase. »Kam zum Schnüffeln in die Küche und verschwand dann wieder in der Halle. Was meinen Sie, Mrs. H? Soll ich hingehen und ihr sagen, daß ich verschwinde?«

»Tja ...«

»Da wäre das kleine Problem der Bezahlung.«

»In dem Fall ...« Ich trat über die Schwelle, und als nächstes merkte ich, daß ich Mrs. Malloy durch den Korridor zum großen Schlafzimmer folgte, wo ich zuvor meinen Mantel abgelegt hatte.

»Miss Thorn?« Mrs. Malloy trommelte gegen die Tür.

Keine Antwort.

»Vermutlich eingeschlafen«, sagte ich. Ich war dafür, schnell von hier zu verschwinden, aber meine Gefährtin hatte anderes im Sinn.

»Wenn es Ihnen nichts ausmacht, Mrs. H, möchte ich sie suchen, um mein Geld zu kriegen.« Mit diesen Worten öffnete sie die Tür ... und fiel prompt nach hinten in meine Arme.

Miss Thorn lag auf dem Bett, in eine Toga aus durchsichtiger Plastikfolie eingewickelt und mit einer Kirsche im Nabel. Noch schockierender als ihr Nachtzeug war der Umstand, daß sie ihre Brille nicht aufhatte, was ihr einen auf obszöne Weise nackten, glasigen Starrblick verlieh, der geradewegs durch mich hindurch zur Tür sah … und in die Ewigkeit.

»Sie ist tot!« Von Tränen und Eau de toilette erstickt, wich ich stolpernd vom Bett mit den Cupidos und dem Tüllhimmel zurück.

»Und wessen verdammte Schuld ist das?« schnauzte Mrs. Malloy zurück.

»Niemandes, hoffe ich.«

»Es soll nur einer mit dem Finger auf mich zeigen …«

»Oh, um Himmels willen!« Ich drückte sie auf den Stuhl neben dem Bett und wünschte, ich könnte sie anschnallen, so wie ich es mit den Babys machte. Wie konnte sie auf diese alberne Art wettern, wenn wir – bis auf Buntys Drohungen – keinen Anlaß zu dem Verdacht hatten, daß Miss Thorn das Opfer eines Verbrechens war? Daß die Verstorbene noch vor einer Stunde in bester Verfassung gewesen war, hatte nichts zu sagen. Noch war ihr unbekleideter Zustand auf die eine oder andere Art ein Indiz. Jede von uns kann jederzeit einen Herzinfarkt bekommen, besonders, wenn wir dem Streß ausgesetzt sind, daß zu viele Männer Anspruch auf unseren Körper erheben.

»Der Herr errette uns, sie sieht furchtbar aus!« Mrs. Malloy kaute an einem Fingerknöchel.

Unhöflich, aber unbestreitbar wahr. Miss Thorns Zähne waren gefletscht, und ihre Augen quollen hervor, ein Hinweis darauf, daß sie dem Schnitter noch gesagt hatte, was er sie mal konnte. Um fair zu sein, das Schlafzimmer gab auch nicht gerade den passenden Schauplatz für himmlische Harfen und Stimmen als Untermalung ab. Der kahle Weiß-in-weiß-Modernismus, der im Rest des Hauses herrschte, war nicht bis hierher gedrungen, vermutlich weil Bunty keinen Innenarchitekten durch die Tür gelassen, sondern es vorgezogen hatte, den Raum im Stil ihrer alten Tänzerinnengarderobe zu gestalten. Überall Volants und Flitter. Aber am scheußlichsten waren die blitzenden Spiegel rings an den Wänden und an der Decke, so daß mir, wo ich auch hinsah, die Sterbebettszene grell ins Auge stach wie Szenen auf den Buntglasfenstern von St. Anselm's. Kein Wunder, daß Mrs. Malloy sich den Kopf hielt und sagte, sie fühle sich nicht wohl.

»Warum gehen Sie nicht ins Wohnzimmer und legen sich hin?« schlug ich vor.

»Was, ich soll Sie hier allein lassen, Mrs. H?«

»Ach, raus mit Ihnen«, sagte ich, während ich sie zur Tür hinausscheuchte. »Sie wird schon nicht beißen, oder?«

Tapfere Worte, aber kaum war ich allein mit Miss Thorn, als ein Schauder mich einhüllte wie ein Leichentuch. Diese Zähne sahen aus, als wollten sie mir ein paar Finger abbeißen, wenn ich die Hand in ihre Richtung streckte. Die hervorquellenden Augen verhießen eine andere Art der Rache; sie würden mich in vielen zukünftigen Nächten in meinen Träumen verfolgen.

»Hören Sie« – ich drückte mich um das Bett herum zum Telefon –, »ich mache Ihnen keinen Vorwurf, daß Ihnen die ganze Sache stinkt, aber bitte durchbohren Sie mich nicht so mit Blicken.«

Erstaunlich, wie meine Worte nicht nur dem Zimmer, sondern auch dem Körper von Miss Thorn Leben einhauchten. Ich meine damit nicht, daß sie mit der Gelassenheit ins Leben zurückkehrte, die Flo Melrose am vergangenen Abend gezeigt hatte. Aber mit ihr zu reden würdigte sie als Persönlichkeit.

»Verzeihung.« Ich nahm den Hörer und wählte die Nummer von Dr. Melrose. Macht der Gewohnheit. Ich kam nicht auf den Gedanken, Zeit zu verschwenden, indem ich die Vermittlung nach der Nummer der Notaufnahme des Cottage Hospitals fragte.

»Dr. Melrose, hier ist Ellie Haskell.«

»Ja?« Ich konnte fast hören, wie die Alarmglocken in seinem Kopf schrillten, bevor er sie in ein herzhaftes Lachen ummünzte. »Flo geht's prima, wie Sie wohl selbst heute abend auf der mißlungenen Party der Wisemans gesehen haben.«

»Ach, um Himmels willen!« fuhr ich ihn an. »Es geht nicht um Erpressung, es geht um Miss Gladys Thorn.«

»Ausgezeichnet!«

»Sie ist tot!«

»Super!«

Mir fehlten die Worte. Doch vermutlich riß mein geschocktes Luftschnappen Dr. Melrose aus seiner Euphorie, in die er angesichts der Erkenntnis, daß er lediglich um einen Hausbesuch gebeten wurde, verfallen war. Nachdem ich ihm gesagt hatte, daß ich vom Haus der Wisemans aus anrief, legte ich auf und kehrte ans Bett zurück, um der verstorbenen Miss Thorn Gesellschaft zu leisten.

»Der Doktor wird in einigen Minuten hiersein«, sagte ich besänftigend. Genug der Worte. Ich hätte mich mit stillem Beten beschäftigen können, aber wie immer in Zeiten des Streß plapperte ich ohne Sinn und Verstand drauflos wie ein dahinplätschernder Bach. »Miss Thorn, ich habe nicht immer die freundlichsten Gedanken Ihnen gegenüber gehegt, nicht so sehr, weil ich Ihren amourösen Lebensstil mißbilligte, sondern weil ich Sie für eine Witzfigur hielt. Und ein Mensch mit meinen Komplexen und physischen Mängeln hätte es besser wissen sollen. Sagen Sie, Miss Thorn –« ich zog das Laken glatt, wobei ich sehr wohl registrierte, daß diese widerlichen Cupidos mich vom Kopfteil des Bettes höhnisch angrinsten –, »hatten Sie beschlossen, sich an der ganzen Frauenwelt zu rächen, indem Sie den Beweis antraten, daß Sex-Appeal mehr ist als nur ein hübsches Gesicht?«

Stimmen draußen in der Halle. Eilige Schritte. Als ich die Tür öffnete, rechnete ich fest damit, Dr. Melrose zu sehen. Statt dessen fand ich mich von Angesicht zu Angesicht mit der vermißten Blondine in rotem Satin wieder. Willkommen zu Hause, Madam.

»Ellie!« Buntys Haar stand in alle Richtungen ab, als ob man es durch eine dieser Bleichhauben mit den winzigkleinen Löchern gezogen hätte. Und ihre Augen waren gleichermaßen wild. »Was zum Teufel geht hier vor? Hat Mrs. Malloy gesoffen?«

»Soweit ich weiß, nein.«

»Warum redet sie dann dummes Zeug?«

»Bunty!« Ich versperrte die Sicht aufs Bett, während die Säule von Fully Female gegen den Türrahmen sank, als ob ihre Beine zu Gummi geworden wären. Kein Zweifel, wer hier zur Flasche gegriffen hatte. »Ich weiß, es ist ein furchtbarer Schock, aber Gladys Thorn ist tot.« Ich streckte die Hand aus, um Bunty zu berühren, dann ließ ich sie sinken. Als Kind hatte ich den Druck der Berührung eines Menschen als unerträglich empfunden, wenn ich hinfiel und mir die Knie aufschrammte. Und als ich in den Wehen lag, war selbst das Gewicht von Bens Atem auf meinem Gesicht zuviel gewesen. Jedes Quentchen Energie mußte auf die Schmerzen gerichtet sein.

»Ich glaube dir nicht!«

Bevor ich sagen konnte: »Sieh doch selbst!«, tat die arme Bunty genau das. Sie taumelte und wäre mit dem Gesicht nach unten auf die Leiche gefallen, wenn ich sie nicht unter den Achseln festgehalten hätte.

»Verflixt noch mal, Ellie! Man wird sagen, ich hätte sie *umgebracht.*«

»Unsinn.« Ich verfrachtete sie auf denselben Stuhl, auf den ich vorhin Mrs. Malloy gedrückt hatte. »Sie ist eines natürlichen Todes gestorben.«

»Bist du dümmer, als du aussiehst, oder was?« Ihr schrilles Kreischen ließ mich fast bis zum anderen Ende des Zimmers zurückweichen. »Natürliche Tode kommen nie so gelegen. Ich habe gedroht, sie umzubringen, und nun ist sie tot. Findest du, das klingt nach einem Herzanfall?«

»Das Leben ist berüchtigt für seine Zufälle«, murmelte ich.

»Oh, sei vernünftig!«

»Bunty, du mußt dich zusammennehmen. Dr. Melrose ist auf dem Weg hierher.« Ich ging auf Zehenspitzen zu ihr, glättete ihr wirres blondes Haar, und wenig später ging ihr Atem gleichmäßiger.

»Wo ist Li?« fragte sie matt.

»Mrs. Malloy sagte, er sucht dich.«

»Zum Kuckuck noch mal, Ellie!« Tränen strömten aus ihren himmelblauen Augen. »Li wird mich dafür hassen. Er wird niemals glauben, daß ich sie nicht umgebracht habe. Aber du glaubst mir doch ...« Sie griff nach meiner Hand und drückte meine Finger. »Du hältst mich für unschuldig, oder, Schätzchen?«

»Ja, Bunty.« Diese Worte entsprangen dem Mitgefühl, nicht der Überzeugung, aber kaum waren sie ausgesprochen, wußte ich, daß ich es auch so meinte. Ein Mord war verübt worden, daran zweifelte ich nicht, aber der Übeltäter war nicht die betrogene Ehefrau. Bunty war der handgreifliche Typ. Ich konnte mir vorstellen, wie sie in rasender Wut Miss Thorn die Treppe hinunterstieß oder ihr mit einem bronzenen Kerzenhalter eins über den Schädel gab, aber ich konnte mir nicht vorstellen, daß sie ein tödliches Mittel in das Champagnerglas dieser Frau schmuggelte. Und wenn wir es tatsächlich mit einem Giftmörder zu tun hatten – was als eine Möglichkeit in Betracht kam, wenn man das Fehlen eines Einschusses auf der fahlen Stirn der Verstorbenen oder eines Dolchs, der aus ihrer eingesunkenen Brust ragte, berücksichtigte –, brauchte ich da weiter zurückzuschauen als bis gestern abend? Wenn ein menschliches Wesen die Verantwortung für Tobias' Beinahe-Tod trug, war diese Person dann nicht höchstwahrscheinlich auch der Mörder von Gladys Thorn?

Zitternd stand Bunty auf. »Menschenskind, ist mir kalt, stell dir vor, wie sie sich erst fühlen muß!«

Wir starrten beide auf das Bett, als sich die Tür öffnete und Dr. Melrose hereinkam, mit einer kleinen schwarzen Tasche in der Hand und gerunzelter Stirn. Er winkte uns beiseite und leitete so die folgende flinke Untersuchung der reizenden Leiche ein. Kein Wort fiel über ihre Plastikhülle oder die Kirsche in ihrem Nabel.

Es war Bunty, die sich schließlich über dieses Thema verbreitete. »Verdammte Frechheit, wirklich! Sie hat die Idee für diese Aufmachung aus meinem Handbuch geklaut, um sie bei meinem Ehemann anzuwenden … Aber was soll's, solange sie glücklich waren, wenn sie sich in den Armen lagen, habe ich keinen Grund, mich zu beschweren. Mein

Geschäft besteht darin, Liebe zu verbreiten, nicht sie für mich zu pachten.«

Dr. Melrose musterte sie mit einer Abneigung, die an Abscheu grenzte. Wenn er ihr eine Schlinge um den Hals hätte legen und fest zuziehen können, dann hätte er es ohne zu zögern getan, da hatte ich keinen Zweifel. Den Kopf von Fully Female in seiner Gewalt zu haben mußte wirklich eine süße Rache für all das sein, was er als Ergebnis des leidenschaftlichen Strebens seiner Frau nach einem neuen sexuellen Bewußtsein durchlitten hatte.

»Haben Sie die Polizei angerufen?«

»Noch nicht«, stammelten Bunty und ich gleichzeitig.

»Dann werde ich es tun!« Dr. Melrose legte Miss Thorns Hand auf die Bettdecke und stand auf. Lächelte er? Oder schuf das Licht der Deckenlampe, das auf seinem Gesicht tanzte, die Illusion, daß er seine schmalen Lippen zu einem koboldhaften Grinsen verzog? Er ging auf das Telefon zu, als Bunty sich an ihm vorbeischlängelte und den Apparat hinter ihren Rücken steckte.

»Warten Sie!« Sie stand da wie ein in die Enge getriebenes Kind, ihr Gesicht war von Büscheln engelblonder Haare umrahmt. »Warum all dieses Theater um eine Frau in mittlerem Alter, die im Schlaf stirbt? Warum können Sie nicht einfach den Totenschein ausstellen und ...«

»Mrs. Wiseman!« Dr. Melrose ließ seine schwarze Tasche zuschnappen und ging mit ausgestreckter Hand auf sie zu. »Bitte geben Sie mir das Telefon«, sagte er streng. »Sie behindern mich in der Ausübung meiner hippokratischen Pflicht.«

»Sie ist durcheinander!« meldete ich mich zu Wort.

»Begreiflicherweise.«

»Dann denken Sie also ...«

»Meine Vermutungen, Mrs. Haskell, müssen bis zu den

Ergebnissen der Autopsie warten.« Redliche Worte von einem redlichen Mann. Es war ungerecht von mir, Dr. Melrose als den Feind zu betrachten. Er hatte mich immer gut behandelt und tat jetzt seine Pflicht, wie Königin und Vaterland es von ihm erwarteten.

»Bitte ...« Bunty ließ das Telefon mit einem entsetzlichen Krachen fallen. »Können wir nicht darüber reden? Doktor, ich habe dieses als Geschenk eingewickelte Paket nicht umgebracht, aber wenn Sie mich anzeigen, bin ich erledigt! Warum nach einem Mörder suchen, wenn ich direkt vor jedermanns Nase bin – mit einem Motiv, das zum Himmel schreit?«

»Eine schwierige Lage, ja.« Etwas Menschlichkeit hatte sich in Dr. Melroses Stimme gestohlen, und Bunty machte es sich sofort zunutze. Ihre Stimme nahm einen schmeichelnden Ton an, und ich sah, daß sie mit ihren scharlachroten Satinhüften wackelte, als sie zu ihm trat. »Lieber Doktor, haben Sie sich noch nie in einer Situation befunden, in der die ganze Welt einzustürzen drohte?« Sie schaute mit einem bezaubernden Schmollen zu ihm auf. »Und Sie könnten gerettet werden, wenn jemand so lieb und nett wäre, seinen ... oder ... ihren ... verdammten Mund zu halten.«

»Ja.« Eine Roboterstimme.

»Also könnten Sie nicht möglicherweise« – Bunty streckte die Hand aus und strich seinen Mantelkragen glatt –, »könnten Sie nicht ein Herz haben und einen Totenschein ausstellen, auf dem steht, sagen wir, daß ein böser alter Herzanfall die liebe Miss Thorn erledigt hat?«

»Wenn Sie darauf bestehen.« So langsam und steif, wie die Erde sich um ihre eigene Achse dreht, wandte Dr. Melrose sich zu mir um und sah mich an, und von der Verachtung, die ich in seinen Augen las, wurden mir die Knie weich. Der Mann dachte, daß ich ihn an Bunty verraten hatte. Er glaubte, daß sie über seinen Versuch, die Leiche seiner Frau zu beseitigen, Bescheid wußte und ihn jetzt zum Schweigen erpreßte. Der Feind war sein schlechtes Gewissen, denn ich hatte zu niemandem ein Wort über das Flo-Fiasko gesagt, schon gar nicht zu Bunty. Und Ben, der sein Wort gegeben hatte, hatte auch ganz sicher den Mund gehalten. Was nur Flo übrigließ ... angenommen, sie hatte die Erinnerung an den Vorfall wiedererlangt und sich verpflichtet gefühlt, es Fully Female zu berichten? Also was jetzt? Sollte ich meiner Bürgerpflicht Genüge tun, indem ich dem Doktor ins Ohr flüsterte, daß er nichts zu befürchten hatte, wenn er diesen Hörer aufnahm? Oder sollte ich an das Band der Solidarität zwischen Fully-Female-Frauen denken?

Als ich an diesem Abend nach Hause fuhr, brannte ich darauf, mich direkt in Bens Arme zu stürzen. Aber wie konnte ich Schutz in diesem süßen Hafen suchen, wenn ich mir wie eine Kriminelle vorkam? Es hatte mich schon fix und fertig gemacht, Stillschweigen über meine Verwicklung in den Tod von Norman the Doorman zu bewahren, und meine Komplizenschaft in dieser Sache war nichts im Vergleich zu der Rolle, die ich heute abend gespielt hatte. Schweigen kann einen unglaublich üblen Geschmack haben. Ich würde mich nicht halbwegs wohl fühlen, bevor ich nicht mit Salzwasser gegurgelt hatte, aber leider war der Weg zum Bad von meinem Ehemann versperrt, der oben an der Treppe Wache stand.

»Da bist du ja, Schatz! Ich habe mir schon Sorgen um dich gemacht.« So manchen Mann hätte man in diesem krankenhausgrünen Pyjama für einen Krankenpfleger gehalten, aber Ben sah natürlich aus wie aus einer Modezeitschrift ausgeschnitten, die Nachtzeug für den Herrn zeigte. Jedes besorgte Wort von ihm war ein Dolchstoß in mein Herz. Und eine noch größere Qual sollte folgen, als er mich an sich zog und mein Haar unter meinem Mantelkragen hervorzog. Diese letzten Wochen waren ein von jeder Leidenschaft entblößtes Ödland gewesen, und jetzt, da die Liebe aufs neue erblühte, war ich durch einen Stacheldrahtzaun davon abgeschnitten, den ich durch meine eigenen Täuschungsmanöver errichtet hatte. Aber mußte es denn so sein? Konnte ich weiter in einem Haus mit mir leben, geschweige denn mit Ben, wenn ich ihm nicht erzählte, daß ich Fully Female beigetreten war und wohin mich solche Torheit gebracht hatte? Wie berauscht vor Erleichterung öffnete ich den Mund – fest entschlossen, alles auszupacken – als sich eine innere Stimme zu Wort meldete: *Na toll, Ellie! Entlaste dich, indem du ihn belastest. Bring Ben ruhig in eine unmögliche Lage. Erzähl ihm, daß du schweigend dabeigestanden hast, als Bunty Dr. Melrose dazu überredete, den Totenschein zu fälschen. Dann überlass' die Entscheidung ihm. Was soll werden, Ben, Liebes? Wirst du dein Herz herausreißen und es mir vor die Füße werfen, bevor du voll Kummer zur Polizeiwache gehst, um die ganze schmutzige Geschichte einem wachhabenden Sergeanten zu melden, dessen Frau ihn gerade verlassen hat? Oder wirst du dich meiner weiblichen Intuition beugen, daß Bunty unschuldig ist und mit einem bittersüßen Lächeln einräumen, daß Schweigen Gold ist und ein Mörder, der frei herumläuft, ein kleiner Preis für ihre Freiheit? Oh, mein Liebling … ich mache mich sanft aus seinen Armen los … Keine Ehe ist eine Insel.*

»Bist du eingeschlafen?« Bens Lachen wogte durch mein Haar.

»Fast.«

»Das muß ja eine Party gewesen sein.«

»Total schlimm.«

»Armer Liebling.«

»Wie geht's den Babys?« Mit gesenktem Kopf folgte ich ihm in unser Schlafzimmer.

»Sie waren immer mal wieder ein wenig unruhig, aber als ich vor fünf Minuten nachgesehen habe, schliefen sie tief und fest.«

»Dann gehe ich lieber nicht rein. Ich will sie nicht wecken.«

Sein Lächeln hüllte mich ein. »Kriege ich einen Orden, weil ich deinetwegen aufgeblieben bin?«

Die Kehle schnürte sich mir zu, und meine Augen brannten. Wie leicht wäre es gewesen, Sorgen und Kummer zusammen mit meinem Mantel in einem Haufen auf den Boden zu werfen und mich sanft von ihm bei der Hand zu dem Himmelbett mit der zurückgeschlagenen Decke und den Laken, so glatt und kühl wie seine Haut unter meiner wehmütigen Berührung, führen zu lassen. Aber es hatte keinen Zweck. Morgen früh würde ich mich dafür hassen. Solange ich eine Flüchtige vor dem Gesetz war, konnten Ben und ich nicht im tiefsten Sinne Mann und Frau sein, was positiv betrachtet einen sehr überzeugenden Grund darstellte, den Mörder von Miss Thorn auf der Stelle zu finden.

»Was ist los?«

Ich manövrierte das Bett zwischen uns. »Ben, ich habe zuviel Respekt vor dir, um mit dir zu schlafen, wenn ich in Trauer bin.«

»Was?«

»Um Miss Thorn. Sie starb heute abend auf Buntys Party.«

»Beim Jupiter!« Er schlug sich mit der Hand an die Stirn. »Als du sagtest, die Party sei ein Reinfall gewesen, dachte ich, du meintest lausiges Essen, was mich nicht überrascht hätte angesichts der Tatsache, daß man mich nicht gebeten hatte, es auszurichten.« Ich wußte natürlich, was er da tat. Er redete sich aus dem Schock heraus. »Was für eine schlimme Geschichte. Was war es – ein Herzanfall?«

»Das ... das hat Dr. Melrose auf den Totenschein geschrieben.«

»Liebes!« Ben griff nach mir, dann wich er zurück, weil er mit diesem außergewöhnlichen Feingefühl, das ich so wenig verdiente, erkannte, daß ich es nicht ertrug, berührt zu werden. »Ist sie einfach so in die Punschbowle gekippt?«

»Sie wurde im Schlafzimmer der Wisemans gefunden.«

»Wer hat sie gefunden?«

»Mrs. Malloy und ... ich.«

»Oh, mein Liebling.«

»Die ganze Sache ist ein ziemlicher Schlamassel.« Irgendwie schaffte ich es, den Kopf zu heben und sah das Spiegelbild meines Elends in seinen Augen. »Lionel Wiseman wollte Bunty für Miss Thorn verlassen.«

»Das ist nicht dein Ernst.«

»Könnte ich so etwas erfinden?«

»Das wurde aus heiterem Himmel auf der Party verkündet?«

»Bunty wußte es.«

»Holla! Bei diesem emotionalen Klima bin ich überrascht, daß Miss Thorn die einzige war, deren Herz versagte.«

»Ben«, sagte ich und sank auf das Bett, »ich bin wirklich nicht in der Stimmung, darüber zu reden.«

»Tut mir leid!« Er stand vor mir, und Zärtlichkeit strömte aus jeder seiner Poren, bis ich in Reue und Selbsthaß versank. »Ich bin ein gefühlloser Klotz, diese Einzelheiten aus dir hervorzulocken. Das Bett ist jetzt der einzig richtige Ort für dich. Sobald ich dich gut eingemummelt habe, gehe ich nach unten und hole dir ein Glas heiße Milch. Genau das brauchst du jetzt, würde der Onkel Doktor sagen.«

Ein Schauer durchlief mich, als die Vision von Dr. Melroses hagerer Gestalt vor mir auftauchte, um mich zu quälen. Ich versicherte Ben, daß ich nichts zu trinken wollte, machte mich mechanisch fürs Bett fertig, und fünf Minuten später knipste er das Licht aus.

»Gute Nacht, Liebes.« Er griff nach meiner Hand, und ich klammerte mich an seinen Fingern fest, bis ich spürte, daß er einschlief. Auf dem Rücken liegend, starrte ich in eine Dunkelheit, in der die im Tageslicht vertrauten Gegenstände, der Kleiderschrank und die Frisierkommode, sich in Höllenmonster verwandelten. Ich hatte mich noch nie so allein gefühlt. Na und? Wollte ich mich selbst bemitleiden, oder wollte ich eine Verdächtigenliste erstellen? Verdammt! Bei diesem Gedanken straffte ich meine Schultern und wartete darauf, daß die Parade am Fenster meines Verstandes vorbeimarschierte.

Zuerst Miss Thorn selbst. *Schau mir in die Augen, Madam, und sag mir, ob du dir in einem Anfall von Reue nicht selbst das Leben genommen hast. Hast du eine Kirsche in deinen Nabel gesteckt und dich selbst in Plastik eingewickelt, in der Hoffnung, daß dein Liebster sich immer an dich als an das vollendete Dessert erinnert?*

Es entschwebt Miss T, und an ihre Stelle tritt der ewigattraktive Lionel Wiseman. *Haben Sie es sich, Sir, mit der Verlobung noch einmal überlegt und beschlossen, sich wie ein Gentleman aus der Affäre zu ziehen?*

Und wer kann schon als nächstes kommen, wenn nicht Mr. und Mrs. Jock Bludgett. Er leckt seinen Schnäuzer, und sie verkörpert den alten Spruch: Hüte dich vor der Frau mit dem ewigen Lächeln! *Ich habe nicht vergessen, daß Sie*

J. B., einmal eine Affäre mit der unwiderstehlichen Gladys hatten, die sowohl Sie als auch Ihre Frau mit einem guten Mordmotiv versorgte. Ihres ist Reue und Molls ist gute alte Eifersucht.

Weg mit euch beiden. Macht Platz für die verwitwete Jacqueline Diamond. *Verzeihen Sie die Frage, teure Lady, aber war der kürzliche Tod Ihres Gatten tatsächlich das peinliche Mißgeschick, als den Sie ihn mir beschrieben? Oder löschten Sie sein Lebenslicht in der Hitze eines Streits, und als Sie erkannten, daß er tot war, inszenierten Sie das Fully-Female-Szenarium, in dem Sie nackt aufs Bett gefesselt waren und er ein zerknittertes Cape auf dem Fußboden? Ja, Jacqueline, ich weiß, Sie haben viel Wirbel darum gemacht, die anrüchigen Details vor der Polizei zu verbergen, aber war ich Ihre Trumpfkarte, die gezückt werden sollte, falls Ihre Geschichte nicht so wie geplant ankam? Und wenn Miss Thorn sich als das unerwartete Haar in der Suppe herausstellte? Ich weiß, daß sie ebenfalls in der Rosewood Terrace lebte. Und ich erinnere mich, daß ich an dem verhängnisvollen Abend Licht in einem Zimmer im oberen Stockwerk des Hauses gegenüber sah. Und wenn es Miss Thorns Haus war und sie zufällig gerade von ihrem Fenster aus die Vögel beobachtete, genau im falschen Moment, und einige Zeit später nebenbei bemerkte, sie hätte gesehen, wie Sie Norman abmurksten?*

Abblende Jacqueline. Du meine Güte, da ist Mr. Walter Fisher! *Ich denke, es ist etwas weither geholt, zu behaupten, daß Sie in dieser Woche wenig Betrieb hatten und beschlossen, das Bestattungsgeschäft etwas anzukurbeln. Wie sagt man noch so schön? Ich bin schuld an der Verzögerung, weil ich nicht bereit bin, meinem Hauptverdächtigen ins Auge zu blicken?*

Tiefes Luftholen. Bringt Mr. Gladstone Spike herein. *Ja, Sir, ich weiß, es verstößt gegen alles durch und durch Britische, einen Mann, der graue Wolle trägt und den perfekten Sandkuchen backt, als kaltblütigen Mörder zu verdächtigen. Aber ich wüßte nicht, wie ich Sie davon freisprechen sollte. Nicht nach dem Lachs.*

Meine Behauptung ist, Sir, daß Sie zunächst versuchten, Ihre Frau umzubringen, weil Sie frei sein wollten, um dort anzuknüpfen, wo Sie vor Jahren mit Miss Thorn aufgehört hatten. Zum Glück aller – ausgenommen Tobias – neutralisierten die Umstände dieses Unternehmen, aber heute abend ist es Ihnen gelungen, die Femme fatale beseitezuschaffen. Wieso jetzt dieses Opfer? Ganz einfach. Sie entdeckten, daß Miss Thorn Lionel Wiseman heiraten wollte. Wenn Sie sie nicht haben konnten, dann sollte er sie auch nicht bekommen.

Ich wurde schläfrig. Ein Gähnen spaltete mein Gesicht in zwei Hälften, und einen Moment lang dachte ich, daß Mr. Spike von der Schwelle meines Verstandes aus zugepackt hatte, um sicherzustellen, daß ich nie wieder den Mund aufmachte.

»Sie spielen ein gefährliches Spiel, Mrs. Haskell.« Gladstones Stimme flüsterte hinunter, hinunter in die tiefsten Tiefen des Schlafs, wo Miss Thorn auf einer tönernen Urne an einem Wasserfall saß und auf der Orgel »Bleib bei mir« spielte, während zu einer Seite, in Schatten gehüllt, Reverend Eudora Spike stand – und aus einem schwarzen Buch las, das entweder die Bibel oder das Fully-Female-Handbuch war. *»Die ersten werden die letzten sein, Ellie, und die letzten die ersten!«* Wie lieb, wie professionell von ihr, darauf hinzuweisen, daß sie ganz oben auf meiner Liste der Verdächtigen hätte stehen sollen. Und wie sehr ich ihr – und allen meinen Mitfrauen – wünschte, die Liebe wäre ein einziges langes Schaumbad.

Der Morgen begann wie immer.

»Ellie, sag mir, daß ich dich nicht in der Stunde der Not verlasse.« Ben beugte sich übers Bett, ein fragendes Lächeln spielte um seine Lippen, und in seinen Augen lag ein Funkeln, das mich an einen Sonnenstrahl denken ließ, der einen Blick in die Schatztruhe eines Piraten warf. »Ich würde mir den Vormittag freinehmen, aber wir erwarten eine Menge Gäste zum Mittagessen.«

»Nichts als Ausreden!« Ich schlang die Arme um seinen Nacken und hielt ihn so lange fest, wie ich es wagen konnte. »Weg mit dir. Die Kinder und ich haben den Tag voll verplant.«

In der Tür schaute er zurück, und ich wußte, daß er den Augenblick einstecken und mitnehmen wollte. Doch dann sagte er: »Ich möchte wissen, wie es Flo Melrose geht.«

»Sie war gestern abend auf der Party«, erwiderte ich, »und schien ganz und gar von den Toten auferstanden.«

»Gut.« Nachdenkliche Miene. »Bis heute abend, Liebes.« Die Tür schloß sich mit einem letzten Blick auf sein atemberaubendes Profil, und ich kletterte mit neuem Feuer aus dem Bett, um den Mörder von Miss Thorn zu finden, bevor das Zölibat mich endgültig schaffte.

Doch eine halbe Stunde später, mitten in dem Unterfangen, die Zwillinge zu wecken und zu füttern, ging das Feuer langsam aus. Bei Tageslicht besehen, wirkten die Überlegungen der gestrigen Nacht dürftig, dürftiger als eine Handvoll Kaffeebohnen. Welch schreckliche Ironie, wenn Miss Thorn ganz natürlich an einem Herzanfall gestorben war und Bunty und ich uns in die unmögliche Lage gebracht hatten, einen Mord zu vertuschen, der keiner war. Was diesen Quatsch über Gladstone Spike betraf, war mit Sicherheit meine Phantasie vergiftet gewesen, nicht der Fisch.

»Was meint ihr?« wandte ich mich an Abbey und Tam, die in ihren Wippen saßen und aussahen wie die Sprößlinge von Apoll mit ihren Sonnenstrahlhaaren und ihrem Sonnenscheinlächeln. »Sagt mir die volle Wahrheit, meine Lieblinge. Meint ihr, Mummy sollte Bunty Wiseman anrufen und versuchen, ihr gut zuzureden? Wir könnten dann zu Dr. Melrose gehen und ihn bitten, den Totenschein zu zerreißen. Mit ein wenig Glück braucht niemand je etwas davon zu erfahren.«

Die Zwillinge zerrten an ihren Riemen und gurrten Worte der Weisheit.

»Ihr meint, ich drücke mich, weil ich keinen Schimmer habe, wie ich den Mörder stellen kann?«

Keine Reaktion. Von Unschlüssigkeit wie gelähmt, kämpfte ich mich durch den Vormittag. Mittags war ich immer noch so durcheinander wie die Küche, die wieder einmal bis zur Decke voll war mit Wäsche, die nicht gewaschen werden konnte, weil die Waschmaschine sich gegen die Knüffe und Püffe abgehärtet hatte, die sie angeblich in Gang setzen sollten.

»Masochistin!« höhnte ich sinnloserweise, warf schließlich meine seifigen Hände hoch und ging in die Halle, um Mr. Bludgett anzurufen.

»Guten Morgen, hier ist Mrs. Haskell von ...«

»Ellie«, kreischte eine Stimme in mein Ohr. »Wie aufregend, an diesem herrlichen Apriltag von Ihnen zu hören.«

»Pardon?«

Wildes Gelächter. »Na, jetzt machen Sie sich mal nicht über mich lustig, indem Sie so tun, als wüßten Sie nicht, wer hier ist. Wir Mitfrauen halten zusammen wie Klebstoff, stimmt's?«

»Moll?«

»Die einzige meines Jock.« Etwas von dem Schwung verschwand aus ihrer Stimme, aber nicht alles. »Haben Sie mit Bunty gesprochen?«

»Nicht heute morgen.«

»Dann wissen Sie noch nicht, daß Halbmast angesagt ist?«

»Was?« Manchmal glaube ich, daß ich ein angeborenes Talent habe, mich dumm zu stellen.

»Gladys Thorn ist *tot!*«

»Das ...« – ich hielt inne, um tief Luft zu holen – »wußte ich bereits, aber leider kann ich jetzt nicht darüber reden, meine Babys sind allein im Laufstall. Also, wenn Sie Ihren Mann bitten könnten, herzukommen und sich die Waschmaschine anzusehen ...«

»Na klar!« Kein Anzeichen, daß sie beleidigt war. Konnte eine Frau so unzerstörbar fröhlich sein und nie zusammenbrechen oder sich verkneifen, andere Leute rasend zu machen? »Noch eines, Ellie.«

»Ja?«

»Freuen Sie sich für Gladys. Denken Sie mal darüber nach, was könnte schöner sein, als zu sterben, wenn Sie vor Glück überschäumen?«

»Moll«, sagte ich, bemüht, jede Schärfe aus meiner Stimme zu tilgen, »Sie haben sich einen Orden verdient, wie Sie immer alles von der positiven Seite sehen.«

»Danke!« Ihr fröhliches Lachen bohrte ein Loch in meinen Kopf. »Es schadet nichts, nicht wahr, daß die Lady ein Dorn in meinem Fleisch war. Und ich nehme an, Bunty wird auch kein Schwarz tragen.«

»Vermutlich nicht.«

»Sie sagte, Lionel sei am Boden zerstört. Weinte die halbe Nacht in ihren Armen, was ja nicht schlecht ist.«

»Nein.«

»Oh, noch ein letztes, Ellie! Heute abend um sechs ist bei Fisher Funerals eine kleine Andacht angesetzt.«

»Nett«, sagte ich, bevor ich es verhindern konnte. Es war, als hätte Gladstone Spike sich in meinem Kopf versteckt.

Irgend etwas fehlte auf Merlin's Court, und ich brauchte

bis zum Spätnachmittag, um herauszufinden, was es war: Mrs. Malloy. Die Zwillinge legten immer wieder den Kopf auf die Seite, als ob sie auf ihre Schritte in der Halle lauschten. Und selbst Tobias ließ den Schwanz hängen als Hinweis darauf, daß ihm die Untertasse Milch fehlte, die sie ihm heimlich hinstellte, wenn ich ihr den Rücken zuwandte. Gestern abend, als ich sie zu Hause absetzte, hatte sie nichts davon gesagt, heute vorbeizukommen, deshalb war es eigentlich ziemlich dreist, sich wegen ihrer Abwesenheit Sorgen zu machen. Ich konnte fast ihre Stimme hören. »Ist das der Dank, den ich kriege, Mrs. H, weil ich Ihnen soviel von meiner kostbaren Zeit geopfert habe? Nicht mal meine verdammte Seele gehört mir!«

»Ganz recht, Mrs. Malloy«, sagte ich, und das immer wieder, den ganzen Weg durch die Halle, wo ich ihre Nummer wählte. Aber ich hätte mir keine Sorgen zu machen brauchen, daß sie mir die Meinung sagte. Gibt es ein einsameres Geräusch auf Erden als das Läuten eines Telefons, das niemand abhebt? Und gibt es jemals einen unwillkommeren Anblick als den eines Menschen, der unangemeldet und uneingeladen dein Haus betritt, wenn dein Kopf bereits ein Keller ist, bevölkert von allen möglichen Pistolenhelden und chaotischen Gedanken? Entschuldigen Sie, ich muß mal eben kräftig fluchen.

»Freddy!« Der Hörer sprang mir aus der Hand. »Du mußt wirklich öfter hereinplatzen und mir einen Todesschreck einjagen.«

»Spar dir dein Entzücken, Cousine! Und erspare es mir, rot zu werden!« Bevor ich zweimal erblassen konnte, ließ er sich auf ein Knie fallen wie ein Soldat aus einem Shakespeare-Drama, in Wams und Kniebundhose, und schlug sich einmal, zweimal, dreimal an die Brust, bevor er mit entsetzlicher Geschwindigkeit auf mich zurobbte, immer noch auf den Knien und mit ausgestreckten Armen. »Ellie, leih mir dein Ohr!«

Albern, aber es war der struppige Bart, der mich erweichte. »Freddy, was würde ich ohne dich anfangen? Ich höre dir deinen Text ab … und hinterher, auch wenn ich dadurch auf ewig in deiner Schuld stehe, paßt du dann kurz auf die Zwillinge auf?«

Mrs. Malloy reagierte nicht auf mein Klopfen. Das Haus in der Herring Street erwiderte meinen Blick so hochmütig, wie man es bei seinem schmallippigen Briefkasten bis hin zu den mißtrauischen Augen aus Spitzengardinen erwarten würde. *Für wen halten Sie sich, Mrs. Hocherhaben Haskell, daß Sie herkommen und Ihre Nase in meine Angelegenheiten stecken?*

»Ich bin eine Freundin, dafür halte ich mich!« Mein Flüstern kräuselte sich zum Himmel hoch wie Rauch aus einem der Kamine ringsum. Aus Mrs. Malloys Kamin kam kein Rauch, und pötzlich hatte ich den absurden Gedanken, daß das daher kam, weil das Haus zu atmen aufgehört hatte. Und was ich für die Kenntnisnahme meiner Anwesenheit gehalten hatte, war in Wahrheit der reglose Blick der Leichenstarre. Als ich zum Wagen zurückging, merkte ich, daß ich noch Zeit totzuschlagen hatte – hübscher Ausdruck –, bevor ich mich zu Miss Thorns Andacht bei Fisher Funerals einstellen mußte. Und als zauberte ich ein Kaninchen aus dem Hut, kam mir die schlaue Idee, Flo Melrose einen Besuch abzustatten. Ich weiß auch nicht, was ich mir davon erwartete, aber ich hatte das Gefühl, daß es möglicherweise etwas bringen könnte.

Ich war einige Jahre zuvor einmal in ihrem Haus gewesen, im Rahmen eines Workshops für den Basar von St. Anselm's, und ich fand meinen Weg jetzt mit fast der gleichen unheimlichen Leichtigkeit wie in der Nacht des Todes von

Norman, als ich zu Jacqueline Diamonds Heim fuhr. Du meine Güte, war das wirklich erst ein paar Tage her? Traumatische Ereignisse dehnen die Zeit unglaublich. Aha, da war die vertraute Auffahrt zu dem Gebäude, das eher nach einer Schule oder der Feuerwehr aussah als nach einem Wohnhaus. Keine Spitzengardinen hier. Überhaupt keine Gardinen, soweit ich sehen konnte.

Der Vorgarten war ein asphaltierter Parkplatz mit einigen Tannen, die wie Hindernisse wirkten, die man bei einem Kurventest umfahren mußte, und ich überquerte die Fläche unsicheren Schrittes, überzeugt, daß ich die Prüfung irgendwie nicht bestehen würde, noch bevor ich die Haustür erreichte. Schlechtes Gewissen, Ellie! Falls Dr. Melrose wegen Fälschung medizinischer Dokumente die Zulassung entzogen wird, wirst du dir das nie verzeihen. Und das alles ist so albern. Du bist ein Opfer der Umstände. Eine unbeteiligte Zuschauerin, in Ereignisse verwickelt, die eine Nummer zu groß für sie sind. Ein kleiner Punkt im kosmischen Großen und Ganzen.

Welch ein Bild! Da stand ich auf der Türschwelle der Melroses, überwältigt von einem Gefühl der Bedeutungslosigkeit. Ich hatte noch keinen Finger gerührt, um die Türklingel zu drücken, als Flo schon öffnete. Sie sah aus wie Prinz Eisenherz in einem braunen Kleid, unter dem sich, danach zu schließen, wie sich ihre ausladenden Formen abzeichneten, nicht einmal ein Büßerhemd verbarg.

»Ellie Haskell!« Ihr Blick war so leer wie die ungeschmückten Wände der Diele, selbst als ihre ausgestreckten Hände, die durch rötlichbraune Flecke monströs wirkten, mich über die Türschwelle winkten. »Was führt dich hierher?«

»Ich …« Ich vergrub die Hände in den Taschen meiner beigefarbenen Leinenjacke und nahm sie wieder heraus.

»Ich … ich war in der Nähe und dachte, ob ich dich vielleicht zu der Andacht für Miss Thorn mitnehmen soll.«

»Das war lieb von dir.« Flos Lächeln schien über ihre Schulter zu gleiten. Ich merkte, daß ihre Aufmerksamkeit, obgleich sie mich voll ansah, von etwas hinter ihr in Anspruch genommen war. Verständlich! Ich hatte Mühe, meinen Blick von diesen Händen zu lösen und ihn auf … die Spur von Spritzern … von demselben grausigen Braun … zu richten, die von der Stelle, an der Flo stand, über das blaßgrüne Linoleum der Diele in eines der angrenzenden Zimmer führte. »Ja, wirklich sehr freundlich, Ellie, aber ich gehe nicht zu der Andacht.«

»Oh!«

»Aber irgendwann in nächster Zeit« – das Prinz-Eisenherz-Haar wippte gegen ihre Wangen – »müssen du und ich uns mal zum Kaffee oder Mittagessen treffen.« Kein Zweifel, ihre Stimme wollte mich zur Tür hinausscheuchen, die sie strategisch klug aufgelassen hatte. Diese Frau konnte mich nicht schnell genug loswerden, was bedeutete, daß sie etwas zu verbergen hatte. Was bedeutete, daß ich mich dumm stellen mußte – eine Rolle, die ich, wie Freddy sagen würde, bis zur Perfektion beherrsche.

»Oh, gern!« Als Strafe würde dieses Lächeln für immer auf meinem Gesicht kleben. »Warum schmieden wir das Eisen nicht, solange es heiß ist? Und –« ich stieß die Tür zu – »werfen einen Blick in deinen Terminkalender?«

»Das ist wirklich nicht die günstigste Zeit –«

»Das ist es nie! Deshalb läuft sie uns ja immer davon.«

»Da hast du sicher recht.« Mit hochgezogenen Schultern, vielleicht war es ein Achselzucken, blickte Flo zum Treppenaufgang, dann drehte sie sich um und ging mit erstaunlicher Anmut zu einer Tür links am anderen Ende der Diele. »Gladys Thorn ist die Zeit tatsächlich davongelaufen. Ich möchte wissen, ob sie eine Vorahnung hatte, als sie an jenem Abend zur Kirche ging?«

»An welchem Abend?«

»Vorgestern abend – als ich den Autounfall hatte, in den deine arme Katze verwickelt war. Als wir ganz langsam über die Cliff Road nach Hause fuhren, sah ich sie kurz hinter dem Tor zum Friedhof, ihr Fahrrad war gegen die Eiben gelehnt, und der Mond stand hinter ihr ... wie ein Heiligenschein. Nach dem, was ich gerade durchgemacht hatte, war mir dabei ziemlich unheimlich.«

»Natürlich.« Demnach war es nicht Gladstone Spike gewesen, den ich gesehen hatte, als ich mit Tobias in den Armen auf Bens Rückkehr mit dem Picknickkorb wartete! Was bedeutete – ich starrte nervös auf Flos Hinterteil –, daß Dr. Melrose auf meine Verdächtigenliste gesetzt werden mußte. Miss Thorns Anwesenheit am Schauplatz – ihrem alten Orgelterrain – an dem Abend bedeutete, daß sie gesehen haben konnte, wie er mit der »Leiche« seiner Frau über der Schulter am Rand der Klippe stand. Und wenn man bedachte, welch ein Plappermaul unsere Gladys war, hatte sie vielleicht mit ihm über seinen mitternächtlichen Streifzug gesprochen, vielleicht während ihrer Verlobungsparty, und so ihr Schicksal besiegelt. Vorausgesetzt, ich hatte mit meinem bösen Verdacht recht – welch ein Spaß für den Doktor, sich Buntys Flehen anzuhören, daß er auf dem Totenschein eine natürliche Todesursache angab!

»Mein Kalender müßte hier drin sein.« Flo schob die Tür zu einem Zimmer auf, das nach Terpentin und Ölfarbe roch. Anders als in der Diele waren die Wände förmlich gepflastert mit Porträts ... nackter Männer.

»Sei ehrlich.« Flo schlängelte sich zwischen zwei Tischen aus Sägeböcken und Spanplatten hindurch. »Sei brutal, wenn du willst. Stört mich nicht. Ich genieße Kritik.«

»Sie sind wunderbar«, schwärmte ich. »Welch eine Formgebung und Aussagekraft!« Mein Blick hing an einem blonden Typ, der offensichtlich immer brav seine Cornflakes gegessen hatte. »Sind die ... anatomisch korrekt? Oder sind manche ... überlebensgroß?«

»Nein. Alle im richtigen Maßstab.«

»Du meine Güte!« Ich ging um einen Drehtisch mit Farbdosen herum, rutschte mit dem Fuß auf einer nassen Stelle auf dem Boden aus und wäre hingeknallt, wenn Flo mich nicht am Oberarm gepackt hätte.

»Tut mir leid.« Sie hielt ihre verschmierten Hände hoch. »Hatte gerade eine inspirierte Phase, bevor du kamst.«

»Aha!« Noch eines der kleinen Geheimnisse des Lebens klärte sich auf. Die grausigen Spritzer waren Farbflecke.

»Und hier ist auch der Kalender.« Er wurde schwungvoll zum Vorschein gebracht, in einer Art, die deutlicher als alle Worte sagte: *Nur noch zwei Minuten, und ich kann dich zur Tür hinausbefördern, Ellie Haskell.* Dann trat ein Blick in ihre Augen, der rief: *Zu spät!* Ich drehte mich um und sah, wie die Tür zur Halle geöffnet wurde. Ich machte mich schon auf den Auftritt von Dr. Melrose gefaßt ... und sah statt dessen einen weit attraktiveren Herrn – in einem rotbraunen Morgenmantel. Ich fiel nicht in Ohnmacht. In Ohnmacht zu fallen ist eine Kunst, die ich nie beherrscht habe, aber ich betete um Vergessen, als ich zurückwich und den Farbtöpfen gefährlich nahe kam.

»Hallo, Ellie!« sagte Ben mit einem Lächeln, so frisch wie seine frottierten Haare. »Was führt dich hierher?«

»Ich ...« Krächzstimme. »Ich stelle hier die Fragen.«

»Wißt ihr was«, sagte Flo, während sie um uns herumglitt, »ich glaube, es ist am besten, wenn ich euch zwei allein lasse.« Die Tür ging klickend hinter ihr zu.

»Na, ist das nicht nett.« Mit verschränkten Armen stand

mein abtrünniger Gatte vor mir und klopfte mit dem bloßen Fuß auf den bloßen Fußboden.

»Wie kannst du so dastehen ...?«

»Meine Liebe, ich weiß nicht, wovon du redest.«

»Hast du denn keine *Scham?«* Ich sprang vor Wut fast auf und ab.

»Nanu, Liebes« – in seinen Augen lag ein Glitzern, das mich an meinem Platz festnagelte –, »hast du das Recht, meine Ehre anzuzweifeln, wenn du seit Tagen, wenn nicht seit Wochen eine Lüge lebst?«

»Was?«

»Ich bin aus den Socken gekippt« – er schaute auf seine bloßen Füße hinunter –, »als Flo erwähnte, was du wohlweislich zu erwähnen vergessen hast, Ellie: deine Mitgliedschaft bei Fully Female.«

»Aber ...« Das Schuldbewußtsein heizte meine Stimme auf. »Warum sollte ich denn nicht eintreten, wenn ich will.«

»Ellie, du hast nicht gerade Tennisstunden genommen. Das war eine Sache, die uns beide angeht.« Er band den rotbraunen Morgenmantel fester um seine apollgleiche Taille. »Und ich verwahre mich dagegen, wie eine dressierte Robbe behandelt zu werden.«

»Das war nicht Sinn und Zweck der Sache.«

»Ach nein? Denk an den Abend, als du diese verdammten, albernen Hörner aufhattest. Ich würde das durchaus als Zirkusnummer betrachten.«

»Damals hast du das nicht gesagt!«

»Weil ich nun an deine Verrücktheiten gewöhnt bin.«

»Herzlichen Dank.«

»Du verstehst es nicht, oder?« Ben sah mich jetzt eher traurig als ärgerlich an. »Ich erwarte gern das Unerwartete von unserer Beziehung. Was ich nicht will ist, Paragraph eins, Seite zehn in einem Gewußt-wie-Sexhandbuch zu sein. Wie fändest du es denn, wenn ich mit einem Anleitungsbuch ausgerüstet zu dir käme: ›Halten Sie die rechte Brust fest …‹«

»Weißt du, was ich denke?« Ich klang wie ein zänkisches Fischweib, als ich mit einer weitausholenden Geste auf die Porträts an der Wand wies. »Ich glaube, du versuchst den Spieß umzudrehen, Bentley T. Haskell, damit ich kein Wort gegen deinen halbausgezogenen Zustand sagen kann, dessen Grund abscheulich offen zutage liegt. Aber wenn du glaubst, daß ich dir erlaube, deine Männlichkeit an diesen Wänden zur Schau zu stellen, geschweige denn an denen von Merlin's Court, bist du schief gewickelt!«

»Ellie …«

»Ich weigere mich, Abigails Porträt vom Kamin herunterzuholen!«

»Könntest du mal aufhören, solchen Unsinn zu reden!« Zwei lange Schritte, und er stand Nase an Nase mit mir. Das Feuer in seinen Augen versengte meine Haut. »Ich bin heute nicht hergekommen, um mein Porträt malen zu lassen. Ich kam, um Flo darum zu bitten, eines von dir und den Zwillingen zu malen, nach einem Schnappschuß, den ich mitgebracht hatte. Wir sprachen gerade über den Plan, als ich ungeschickterweise eine Farbdose umwarf und das Zeug sich über mich und den Fußboden ergoß. Woraufhin ich ihr freundliches Angebot annahm, mich zu duschen und … da wären wir.«

»Oh!«

»Ich bin heruntergekommen, um sie um etwas Reinigungsflüssigkeit für meine Kleidung zu bitten.«

»Sag kein Wort mehr!« rief ich. »Du bist ein Heiliger, und ich bin ein völliger Schwachkopf!« Von Reue geschüttelt, stürzte ich aus dem Zimmer und flüchtete durch die Diele und zur Haustür hinaus, wobei ich mir nicht wirklich mit dem Gedanken schmeichelte, daß Ben mir in Dr. Melroses Morgenmantel nach draußen folgen würde. Aber er tat es, woraufhin ich in dem Fluchtauto davonbrauste. Seine Stimme übertönte fast das Dröhnen des Motors.

»Ellie!«

So viele Nuancen in einem Namen. Rief er mich zurück, oder sagte er auf Wiedersehen?

Die Fisher-Funeral-Kapelle war so gut beleuchtet, daß ich mich nicht durch den Gang zu tasten brauchte, um zu der Gruppe zu gelangen, die in den vorderen Bänken versammelt war, doch niemand hätte dem Raum mangelnde Nüchternheit vorwerfen können. Die Fenster waren mit dem traurigsten Violett behängt, und die Luft war schwer vom Duft der Gardenien, vermutlich aus einer Sprühdose, aber wir wollen nicht bissig werden. *Konzentrier dich auf die Zeremonie, Ellie! Weide deine Augen an den hübschen kleinen Bänken und der mit der Himmelspforte bemalten Decke. Sieh nicht den Sarg an.* Doch selbst mit dem Blick auf den Mosaikfußboden sah ich ihn, wie er vor dem Puppenhausaltar stolz seinen Platz behauptete. Das Gesicht auf dem Satinkissen konnte jedem gehören, tot oder lebendig. Trug sie ihre Brille? Ein Schritt nach dem anderen. Und schneller, als mir lieb war, glitt ich in die Bank neben Leuten, die ich nicht von Adam und Eva unterscheiden konnte, was aber wohl besser war, als neben Moll Bludgett zu sitzen, die zusammen mit ihrem Ehemann zwei Reihen vor mir saß. Wer weiß, vielleicht hätte die stets muntere Moll mich zu überdrehten Lachsalven veranlaßt, was einfach nicht anging. Ich warf tapfer einen Blick zwischen den Köpfen vor mir hindurch. Ja, Miss Thorn trug ihre Brille, was bei geschlossenen Augen etwas albern wirkte, aber ich mußte zugeben, bei dem Material, mit dem Walter Fisher hatte arbeiten müssen, sah sie geradezu strahlend aus in ihrem bräutlichen Weiß. Sie hielt einen Strauß weißer Veilchen, und als sich jemand bewegte und eine Veränderung an dem Einfall des Lichts auf den Sarg verursachte, bemerkte ich ein Blitzen an den gefalteten Händen und sah, als ich mich vorbeugte, daß sie ihren diamantenen Verlobungsring trug. Wie romantisch von Lionel Wiseman, ihn mit ihr begraben zu lassen. Aus den Augenwinkeln sah ich besagten Verlobten neben seiner Frau in der ersten Reihe stehen. Ich hoffte, Bunty würde in meine Richtung sehen, damit ich mir ein Bild machen konnte, wie sie es durchstand. Aber sie tat es nicht. Mein Blick schweifte zu Spike und Dr. Melrose, aber keine Spur von Mrs. Malloy. Dumm von mir, damit zu rechnen, daß sie hier sein würde …

Der Duft nach Gardenien war überwältigend. Ich stützte mich auf die Lehne der Bank vor mir und senkte den Kopf, und als ich wieder aufschaute, war Walter Fisher zusammen mit Reverend Eudora Spike aufgetaucht. Verwandelte das Licht ihr Gesicht in Wachs? Oder war der Kontrast, der durch ihre schwarze Robe erzeugt wurde, dafür verantwortlich? Das war nicht die fest geschnürte Frau mit der Fönwelle, die in meiner Küche gesessen und Tee getrunken hatte. Sie hob sich deutlich von den Laien ab. Sie trat auf die unterste Altarstufe hinunter, neigte den Kopf und stieß einen Seufzer aus, der die Kapelle zu erfüllen schien wie der Flügelschlag von Engeln. Sie bereitete sich spirituell darauf vor, so nahm ich an, zu den Hinterbliebenen zu sprechen. Doch bevor sie auch nur ein Wort des Trostes sprechen konnte, hörte Mr. Fisher auf, an dem Sarg herumzufuhrwerken, die Kissen aufzuschütteln, an den Veilchen zu zupfen und kam die Stufen hinuntergetapst, um zuerst seine Rede vom Stapel zu lassen.

»Mr. Wiseman.« Tiefe Verbeugung vor dem Cheftrauernden. »Ladies und Gentlemen, ich gehe davon aus, daß jeder von Ihnen diese letzten Augenblicke in der Gegenwart dieser wahrhaft geliebten Dame hochhalten wird. Wenn ich das selbst sagen darf, so meine ich, Gladys Thorn alle Ehre gemacht zu haben. Auf jeden Fall sollte jeder nach den Gebeten nach vorn kommen und sich persönlich von ihr verabschieden. Aber keine Küsse auf die Stirn bitte, wir wollen doch nicht ihre Frisur ruinieren, oder? Und noch eine letzte Ermahnung: Wenn Sie unbedingt rauchen müssen, um Ihre Nerven zu beruhigen, bitte ich Sie, die Asche nicht in den Sarg fallen zu lassen, wir wollen die Dame doch nicht hier und jetzt schon einäschern.«

Versuchte dieser Mann, witzig zu sein? Kaum hatte er sich unter Verbeugungen von der Bühne – ich meine, vom Altar zurückgezogen, rief Reverend Spike uns alle zum Gebet.

»Himmlischer Vater, wir bitten dich um deinen Segen für unsere dahingegangene Schwester, Gladys Thorn. Gewähre ihr deine himmlische Vergebung, und sieh auch mit Erbarmen auf die herab, die ihr Dahinscheiden betrauern. Befreie uns, die wir unsere irdische Reise fortsetzen, von der Last der Sünde, und lass' uns einander unsere Fehler gestehen, in der sicheren Hoffnung auf deine großzügige Vergebung.«

Sie hob den Kopf und schaute in die Gesichter der Versammelten. Ihr Blick glitt über die Sitzreihen und begegnete meinem. Er wäre weitergegangen, doch in diesem Sekundenbruchteil kam mir ... nennen Sie es eine himmlische Erleuchtung, nennen Sie es, wie Sie wollen. Ohne es vorzuhaben, ohne es zu wollen, streckte ich die Hand hoch und rief mit lauter Stimme: »Bitte, Reverend, ich habe eine Sünde zu beichten.«

Alle Köpfe drehten sich. Alle Blicke wandten sich mir zu.

»Ellie, meine Liebe«, sagte Eudora Spike sanft, »ich meinte nicht jetzt. Wenn Sie nach der Andacht zu mir kommen möchten ...«

»Nein, ich kann es keinen Augenblick länger aushalten. Ich kann nicht länger schweigen. Ich bin nicht ich selbst, seit ich weiß, daß ein gemeiner Mord begangen wurde.«

»An *ihr* sollte jemand einen Mord begehen.« Die Worte kamen von irgendwo aus der Menge, aber ich machte den Sprecher nicht ausfindig, ich wartete nicht so lange, um mehr zu hören. Ich nahm meine Handtasche und rannte zur Kapelle hinaus. Du meine Güte, solche Abgänge schienen mir zur Gewohnheit zu werden. Aber selbst als ich schon in meinem Wagen saß und in ungewohnt schnellem Tempo über die Cliff Road fuhr, hatte ich nicht das Gefühl, meine Flucht gut inszeniert zu haben. Der Duft von Gardenien hing an meinen Händen, die das Lenkrad drehten. Der Klang dieses Wortes – Mord – hallte mir noch in den Ohren. Aber trotz all der Schimpfnamen, die ich mir selbst gab, bedauerte ich meinen verrückten Ausbruch nicht wirklich. Indem ich Bunty zur Seite stand, hatte ich einen Mörder unbehelligt gelassen, also wessen Aufgabe wenn nicht meine war es, ihn ... oder sie ... zu ködern. Und all das half dabei, mich von meinen Problemen mit meinem geliebten Ehemann abzulenken.

Ich hatte die Absicht, direkt nach Hause zu fahren. Aber scheinbar wie aus eigenem Willen bog der Wagen in das Tor zum Kirchhof von St. Anselm's ein. Ich wußte, daß ich meine Gedanken ordnen mußte – wohl im Unterbewußtsein –, so wie ein Sterbender seine Angelegenheiten regelt. Ehe ich mich versah, ging ich zwischen den in Mondschein getauchten Grabsteinen hindurch und die Stufen zu der schweren Eichentür hinauf. Ich war sicher, daß sie abgeschlossen sein würde – aber wieder falsch, und schon trugen mich meine Füße in das dämmerige Kirchenschiff. Ich fragte mich nicht, warum Licht brannte. Ich wünschte nur, es wäre heller. Die Bänke und kannelierten Säulen hatten etwas Geisterhaftes, da sie ebensowenig von dieser Zeit und von dieser Welt waren wie die Menschen, die hier vor hundert Jahren gebetet hatten.

Hörte ich da Schritte hinter mir? Ich sagte mir, ich solle nicht albern sein, aber halt – da war das Geräusch erneut, und diesmal konnte ich mir nicht einreden, daß es das Echo meiner eigenen Schritte war. Die beschattete Strecke, an deren Ende ich jetzt stand, mit dem Rücken zur Tür, schien sich von Metern in Kilometer zu verwandeln. Keine gute Idee, daß ich mich dieser Angst ausgesetzt hatte. Meine Augen schossen hierhin und dorthin auf der Suche nach einem Fluchtweg, während die Schritte lauter wurden und näher kamen – vermutlich, weil ich sie mit meinem Herzklopfen durcheinanderbrachte. Aber vielleicht hatte ich ja Glück, zu meiner Linken entdeckte ich den Beichtstuhl, den Reverend Spike angekündigt hatte. Schnell wie ein Blitz, still wie ein Schatten öffnete ich eine der beiden Türen – ich hatte keine Ahnung, ob es die des Geistlichen oder die des Büßers war – und glitt hinein. Ich ließ die Tür angelehnt, damit ich nicht im Stockdunkeln eingesperrt war. Eine Berührung wie von einer Feder streifte meinen Nacken, und fast schrie ich auf. Ich Dummkopf. Es war nur mein Haar. Langsam normalisierte sich mein Atem, und ich hatte mir gerade eingeschärft, daß ich mir diese Schritte eingebildet hatte … als ich die Tür auf der anderen Seite des Beichtstuhls knarrend auf- und zugehen hörte.

Eine erstickte Stimme erfüllte die Dunkelheit, und bevor ich mich zurückhalten konnte, hatte ich mit zitternder Hand die Holzscheibe aufgeschoben und ein kleines Gitter freigelegt … und das Gesicht von Gladys Thorn.

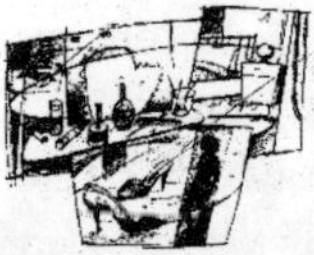

»Bitte weinen Sie nicht«, bat ich. Absolut sinnlos. Ich hätte ebensogut eine Fledermaus bitten können, nicht mehr mit den Flügeln zu schlagen. Wir saßen in der Bank unmittelbar vor dem Beichtstuhl und nahmen tiefe Atemzüge der abgestandenen Luft, die schmeckte, als wehe sie seit dem elften Jahrhundert hier in der Kirche. Hoch oben auf ihren Sockeln, in Schatten gehüllt, warteten die Steinheiligen atemlos auf eine neue Enthüllung.

»Miss Thorn?«

»Ja?« Das durchnäßte Taschentuch senkte sich einen Zentimeter, und die Pilzaugen blickten in meine. Scheu.

»Sind Sie es wirklich?« Ich konnte nicht weitersprechen. Meine Zunge war zu Staub und Asche geworden.

»Wer denn sonst?«

»Aber Sie sind tot!«

»Ach herrje, nein!« Das aufgeregte Lachen ließ mich fast von der Bank fallen. »Sie müssen mich mit meiner Schwester Gladys verwechseln.«

»Sie meinen …?« Ich mußte meinen Kopf festhalten, damit er nicht davonflog.

»Ich bin Gladiola Thorn.«

»Ihr Zwilling?«

»Eigentlich« – die Spitze ihrer roten Nase zuckte stolz – »sind wir ... *waren* wir ... Drillinge.«

»Drillinge! Alle eineiig?«

»Nicht ganz. Da war Gladys, ich selbst und unser Bruder Gladstone, mit dem Sie derzeit, glaube ich, bekannt sind.«

»Ich ...«

Sie ließ mich nicht ausreden. »Gladys und ich ... wenn Sie mir verzeihen, daß ich ein so delikates Thema anspreche ... wir schlüpften sozusagen aus demselben Ei – was uns zu eineiigen Zwillingen machte. Aber beim Aussehen endete die Ähnlichkeit auch schon. In unserer Mädchenzeit war ich die Wilde, brach mit der Kirche von England und trat zu den Methodisten über.«

»Ich erinnere mich, daß Gladys erwähnte ... Also waren *Sie* es, die Mrs. Melrose in die Unity Methodist gehen sah – und die Pfarrerin mit einer Ausrede versorgte, um ihre Schwester zu feuern.«

Die neue Miss Thorn blickte durch mich hindurch in die Vergangenheit. »Meine Eltern verstießen mich, und zu meinem Bedauern muß ich sagen, daß ich es ziemlich genoß, das schwarze Schaf zu sein, bis dieses Etikett mir durch Gladys entrissen wurde, indem sie einen ... liederlichen Lebenswandel begann. Ein Mann nach dem anderen. Man konnte sie nicht mehr zählen – nur den Preis, den unser lieber Bruder Gladstone dafür zahlte. Seine Qual war kaum mitanzusehen. Er hatte, als Gladys' Lebenswandel ans Licht kam, gerade angefangen, Eudora den Hof zu machen. Gab es irgendeinen Zweifel, daß eine Frau, die entschlossen war, in den Dienst der Kirche zu treten, seinen Heiratsantrag zurückweisen würde, sobald sie das mit Gladys herausfand? Mein armer Bruder! Er klopfte eines Tages an meine Tür und kein einziges Wort über meine

Sympathien für die Wesleyianer. Er bat um Rat, und den bekam er von mir.«

»Sie sagten ihm, er solle seinen Namen in Spike umändern?«

»Uns fiel nichts ein, was Thorn ähnlicher war. Und Männer sind das sentimentale Geschlecht, so hat man mir gesagt. Ich persönlich weiß nichts über sie – im biblischen Sinne. Anders als meine Schwester, mag ihre Seele ... nicht in der Hölle brennen ..., bin ich berechtigt, mit dem edelsten aller Titel angesprochen zu werden: Miss.« Edle Worte, die in einem Schwung himmlischer Musik ausklingen sollten. Was in der Tat geschah. Von irgendwo in diesen muffigen Höhen hoch über unseren Köpfen kam das disharmonische *Plonk, Plonk* von Orgelpfeifen.

»O mein Gott!« Miss Gladiola Thorn fiel auf die Knie, die Hände zum Gebet gefaltet, und machte deutlich, daß sie keineswegs Gott lästern wollte, sondern ihm Respekt zollte. Ich hätte gern dasselbe gemacht, für alle Fälle, aber ich hatte diesen nagenden Verdacht, daß wir es mit Gottes Schöpfung zu tun hatten. Nicht mit dem Allmächtigen selbst – pardon, Fully-Female-Frauen –, der Allmächtigen selbst. »Miss Thorn«, sagte ich und zog sie am Arm. »Ich glaube, wir sollten möglichst schnell verschwinden.«

»Aber Mrs. ... Oje, ich habe Sie nicht nach Ihrem Namen gefragt.«

»Ellie Haskell.«

»Und Sie wollen damit sagen?«

»Daß ein Eindringling hier ist.«

»Dann bin ich verloren!« Miss Thorns Schrei blies ihr das Taschentuch aus der Hand. »Das kann nur bedeuten, daß der Mörder von Gladys auch hinter mir her ist!«

»Schsch!« Ich nahm ihre Hand, und wir traten auf Zehenspitzen in den Gang.

»Glauben Sie wirklich ...«

»Ohne den Hauch eines Zweifels.«

Sie stolperte über meine Füße. »Gladys war so gesund wie ein Pferd, abgesehen von der gelegentlichen« – ihre Stimme wurde zu einem Flüstern – »Verstopfung, die sie sich selbst zuzuschreiben hatte, weil sie sich als Kind weigerte, ihren Feigensirup zu nehmen. Ich war immer die Zarte. Immerzu beim Arzt. Bestimmt erinnern Sie sich, daß Sie mich neulich bei Dr. Melrose gesehen haben. Ich habe Sie wegen der Babys bemerkt.«

»Also das erklärt, warum Sie an mir vorbeigingen, ohne hallo zu sagen!« So lächerlich es auch klingt, das Gespräch war so faszinierend geworden, daß ich mitten im Gang stehenblieb und momentan vergaß, daß der Sinn der Übung die Flucht vor den Klauen des übelwollenden Orgelspielers war. Gladiola stieß von hinten gegen mich, beförderte mich in die Bank gegenüber, und ich packte zu, um mich zu retten, mit dem Ergebnis, daß ein Stapel Gesangbücher zu Boden fiel. O Gnädiger Vater, errette uns! Der Lärm, der in alle Richtungen ertönte, war schlimmer als der Einsturz der Mauern von Jericho. Ich hatte Mühe zu atmen, geschweige denn, mich zu bewegen, als eine Stimme aus den dämmerigen oberen Regionen dröhnte.

»Was zur Hölle geht da unten vor?«

Gladiola Thorn schickte sich an, in Ohnmacht zu fallen, aber ich versperrte ihr den Weg zum Fußboden. Wenn meine Ohren mir keinen Streich spielten, gab es keinen Grund für hysterische Anfälle.

»Na los, raus damit! Was soll all dieser verdammte Lärm?«

»Mrs. Malloy?« Indem ich meinen Hals reckte und die Hand über die Augen hielt, gelang es mir, jemanden zu erkennen, die meine Haushaltshilfe sein konnte, wie sie sich von der Chorempore beugte.

»Tja, wer sonst sollte es sein? Ich komme hier rein, um meine gute Tat des Tages zu verrichten, indem ich hier saubermache, ohne Bezahlung zu verlangen, nur für ein bißchen Ruhe und Frieden, und was kriege ich? All diesen Lärm! Das reicht mir schon, um mein Staubtuch hinzuwerfen! Wirklich!« Ob sie auf die Worte die Tat folgen ließ, oder ob das Tuch auf Treu und Glauben hin sprang, weiß ich nicht. Es kam jedoch heruntergeflattert und veranlaßte Gladiola, sich hinzuknien und den Rand der Bank zu umklammern.

»Mrs. Malloy, ich bin's, Ellie Haskell!«

»Das weiß ich, Mrs. H.« Schwere Schritte. »Ich mag hier oben zwar blind wie eine Fledermaus sein, aber ich bin nicht taub und war es auch noch nie.«

»Wie dumm von mir! Ich hätte wissen müssen, daß hier jemand an der Arbeit ist, als ich die Kirchentür unverschlossen vorfand und einige der Lichter brannten. Verzeihen Sie die Störung ...« Ich ging um Gladiola herum und sah, wie die vertraute Gestalt aus dem trüben Licht trat. »Ich bin nur so froh, Sie zu sehen, Mrs. Malloy. Nach gestern abend, nach den Ereignissen auf Buntys Party, war ich ein bißchen nervös, und als ich keinen Kontakt mit Ihnen aufnehmen konnte ...«

Untypisch für Mrs. Malloy, mich so plappern zu lassen! Vielleicht war es die geweihte Atmosphäre, die sie schweigen ließ. Aber ihr Gesicht sprach Bände. Ich sah, wie ihr Mund aufging. Ich sah, wie ihre Augenbrauen in ihrem Haar verschwanden. Aber erst als sie langsam den Arm hob und mit zitterndem Finger auf etwas zeigte, merkte ich, daß sie über meine Schulter hinweg auf Gladiola Thorn sah, die sich hinter mir erhoben hatte.

»Es ist schon gut«, rief ich. »Es ist nicht, was – *wer* – Sie denken.« Aber Mrs. M hörte nichts mehr. Sie taumelte vorwärts und wäre wie ihr Staubtuch geendet, als ein zerknittertes Häuflein auf dem Fußboden, aber zum Glück ... *ächz, ächz* ... gelang es mir, sie gerade noch rechtzeitig festzuhalten.

»Oh, du meine Güte!« Miss Thorn klammerte sich an meinen Arm und ließ uns alle fast zu Boden gehen. »Wenn sie mir nur etwas Zeit gegeben hätte, mich vorzustellen. Ich hätte erklären können, daß ich nur hierher gekommen bin, um meinem Bruder in der Stunde der Not beizustehen. Ich hätte niemals die Schwelle dieser Kirche überschritten, wenn ich nicht gedacht hätte, daß das hier der rechte Ort ist, um meiner sündigen Schwester adieu zu sagen.«

»Könnten wir das später diskutieren?« keuchte ich. »Wenn Sie mir helfen, Mrs. Malloy auf diese Bank zu setzen ... Genau so. Ich hole etwas Wasser vom Weihwasserbecken. Bestimmt gibt es einen Dispens für Aktionen aus Mitleid. Wenn sie wieder bei Kräften ist, könnten Sie mir helfen, sie nach draußen zu meinem Wagen zu schaffen. Ganz ruhig, Mrs. Malloy!« Sie blinzelte verängstigt. »Ich nehme Sie für heute nacht mit zu mir nach Hause.«

Die Fenster von Merlin's Court waren verschwommen im Morgennebel, oder vielleicht sahen sie nur so aus, weil mein Blick vor Tränen verschwommen war. Ich hatte geschlafen – na ja, fast –, als Ben am Abend zuvor nach Hause gekommen war. Doch jetzt standen wir einander im Schlafzimmer gegenüber, und ich sagte Dinge, die ich nicht sagen wollte, steife Worte, die in peinliche Sätze gestopft waren und ihn sprachlos machten.

»Bitte!« rief ich, als ich die Stille, die über meinem Kopf hing wie ein Schwert, nicht länger ertragen konnte. »Steh nicht nur so da! Sag mir, daß du mich verstehst.«

»Aber ich tu's nicht!« Er ging auf dem Kaminvorleger auf und ab, mit gesenktem Kopf. »Du bittest mich, zu gehen.«

»Nicht für immer!«

»Ellie, das ist doch nicht der richtige Weg, um Meinungsverschiedenheiten zu klären.«

»Aber hier geht es nicht nur um Fully Female.« Ich umklammerte den Bettpfosten, als ob er der Mast eines sinkenden Schiffes wäre. »Es geht darum, daß ich ein, zwei Tage für mich allein brauche. Ich habe nie Zeit nur für *mich.* Nicht seit die Babys da sind, und ich brauche Zeit – jetzt, heute. Ich will, daß du Abbey und Tam zu deinen Eltern mitnimmst. Du weißt doch, wie deine Mutter ständig davon redet, daß sie ihre Enkel sehen will. Mach ihr diese Freude. Sie wird dich dafür lieben, und ich auch.«

»Da steckt doch mehr dahinter ...«

»Das stimmt nicht!« Mit hinter dem Rücken gekreuzten Fingern.

»Es wäre schwierig für mich, das Abgail's so kurzfristig unbeaufsichtigt zu lassen.«

»Wo ein Wille ist!«

»Ich nehme an«, sagte Ben, während er seine sorgenvolle Stirn rieb, »daß Freddy für zwei Tage einspringen könnte.«

»Du denkst nicht richtig nach«, sagte ich. »Du wirst Freddy mitnehmen müssen. Du kannst unmöglich ohne eine Verstärkung für die Zwillinge nach London fahren. Sie werden bestimmt manchmal Theater machen, und vielleicht mußt du unterwegs anhalten, um sie zu füttern oder zu wickeln.«

»Und wer leitet also das Abigail's?«

»Ich bin sicher, das Personal wird an einem Strang ziehen.«

»Aus deinem Mund klingt das alles so einfach.«

Dann hatte ich mehr von einer Schauspielerin, als ich wußte. Ich durfte die Sache nicht verderben, indem ich Ben die Tränen in meinen Augen sehen ließ. Das Haus von meiner geliebten Familie freizumachen, war eine entsetzliche Aufgabe. Aber es mußte sein. Um ihretwillen. Ich hatte ein unwirkliches Gefühl, als ich ins Kinderzimmer ging und die Sachen der Babys zusammenpackte, während Ben sie anzog und fertigmachte. Freddy leistete erwartungsgemäß keinen Widerstand dagegen, daß er praktisch gekidnappt wurde. So wie er die Dinge sah, wäre Ben mehrere Stunden lang sein gebanntes Publikum. Und ich hoffte stark, daß sein Vortrag aus *Normannen der Götter* die Babys einschläfern und auch bis zum Ende der Reise weiterschlafen lassen würde.

Um kurz vor neun Uhr stand ich im Hof und winkte der kleinen Reisegesellschaft zum Abschied.

»Ellie ...« Ben steckte zum drittenmal den Kopf aus dem Autofenster.

»Fahr!« flüsterte ich. Und weil ich es uns beiden leichter machen wollte, drehte ich mich um und ging zum Haus. Als ich mich noch einmal umschaute, kurz bevor ich hineinging, war die Kieseinfahrt leer, und was ich für das ferne Dröhnen des Motors gehalten hatte, könnte die See gewesen sein. Als ich die Stufen hinaufging, hörte ich das *Plip, Plop* von Regentropfen an den Fenstern. Aber mein Gesicht war trocken. Mir war so kalt geworden da draußen, daß ich vielleicht erst ein wenig auftauen mußte, bevor ich weinen konnte. Außerdem war da noch eine Person im Haus, deren Gefühle berücksichtigt werden mußten: Mrs. Malloy. Sie hatte gestern abend einen schlimmen Schock erlitten und brauchte wirklich nicht vom Antlitz des Kummers geweckt zu werden.

Ich klopfte an ihre Tür. »Guten Morgen!«

»Herein!«

Na, das klang ja einigermaßen munter! Als ich hineinging, fand ich sie in dem schwarzem Taftkleid mit dem Jettperlenbesatz vor, das sie gestern abend getragen hatte. Jedes Härchen und jeder Schönheitsfleck waren an ihrem Platz.

»Keine Sorge, Mrs. H, ich brauchte meinen Schlüpfer nicht verkehrt herum anzuziehen. Ich hab' eine Männerunterhose in einer der Schubladen gefunden. Eine gute aus Wolle und keine Spur von Motten.«

»Ausgezeichnet.«

»Sie brauchen sich nicht selbst auf den Rücken zu klopfen.« Sie eilte mit einem Stapel Wollhosen zum Bett hinüber. »Ich war noch nie im Leben so schockiert. Haben Sie noch nie von Mottenkugeln gehört?«

»Tut mir leid, Mrs. Malloy, ich enttäusche Sie immerzu.«

»Verdammt noch mal!« Sie ließ die Wollhosen in einer Zeitlupe aufs Bett fallen, die einer Reklame für Weichspüler zur Ehre gereicht hätte. »Was ist los mit Ihnen, mein Mädchen?«

»Na ja ...« Ich setzte mich aufs Bett und fing an, meinen Rock zu fälteln. »Ich habe mich in letzter Zeit etwas eingeengt gefühlt. Kurz und gut, Ben ist gerade mit Freddy und den Zwillingen weggefahren, um für ein paar Tage meine Schwiegereltern zu besuchen und ...«

Mrs. Malloy senkte ihre Neonlider und schmatzte mit ihren Schmetterlingslippen. »Da steckt doch mehr dahinter, Kleines, als man auf den ersten Blick sieht. Meine Vermutung ist, Mrs. H, daß Sie die Luft rein haben wollten, weil Sie einen Plan aushecken, wie Sie den Mörder von Miss Thorn fangen können.«

Ich sprang auf und rief: »Was bleibt mir denn für eine

andere Wahl? Es wäre nicht richtig, einen solchen Menschen frei herumlaufen zu lassen. Er oder sie könnte wieder zuschlagen. Indem ich schwieg, um Bunty zu schützen, habe ich die Polizei daran gehindert, ihre Arbeit zu tun.«

»Und jetzt müssen Sie sie tun, verflixt noch mal?« Zu meinem Erstaunen sah Mrs. Malloy aus, als wollte sie in Tränen ausbrechen.

»Ich wüßte nicht, welche andere Wahl ich hätte.«

»Na schön, Sherlock«, sagte sie resolut, Bauch rein, Brust raus, »nennen Sie mich einfach Watson.«

»Auf keinen Fall.«

»Mrs. H, ich mache keine Decken, ich mache keine Dachrinnen, und ich lasse keine Freundin im Stich, die mich braucht. Und jetzt« – sie führte mich beim Ellbogen zum Bett – erzählen Sie mir Ihren Plan.«

Ich seufzte. Aber die Erfahrung hatte mich gelehrt, daß es keinen Sinn hatte, mit ihr zu diskutieren. »So einfach wie das ABC, wirklich. Gestern abend bei Miss Thorns Andacht habe ich ein öffentliches Geständnis abgelegt. Ich sagte, bevor ich aus der Kapelle rannte, daß ich mich des Vergehens schuldig gemacht hätte, einen Mord zu verschweigen. Natürlich muß der Täter nicht dagewesen sein, aber Chitterton Fells ist ein solch kleiner Ort, daß die Dinge in aller Schnelle die Runde machen. Und ich rechne damit, daß der Mörder rasch handelt, um mich zum Schweigen zu bringen. Deshalb mußte ich Ben und die Babys aus dem Haus schaffen. Ich konnte ihre Sicherheit nicht aufs Spiel setzen, und wirklich, Mrs. Malloy, mir wäre leichter ums Herz, wenn Sie auch gehen würden.«

»Hab' noch nie solch einen Bockmist gehört! Sie werden mit diesem Mörder fertig?« sagte sie und erstickte fast an den Worten. »Ganz im Alleingang?«

»Na klar!« Ich setzte mich aufrecht hin. »Ich habe Ihre

Pistole. Lionel Wiseman hat sie mir zurückgegeben, nachdem ich sie in seinem Haus verlegt hatte, und sie ist … lassen Sie mich überlegen … noch in der Tasche meines Regenmantels.«

»Das muß ich Ihnen lassen, Mrs. H, Sie sprudeln über vor Kompetenz.«

Eine Herabsetzung, die es zu überhören galt. »Mein Plan ist, meine zuverlässige Waffe zu zücken und den Bösewicht in Schach zu halten, während ich die Polizei verständige. Übrigens, die Pistole ist doch geladen, oder?«

»Jetzt haben Sie mich kalt erwischt.« Mrs. Malloy sah ziemlich geknickt aus, und ich versicherte ihr eiligst, daß es nicht die geringste Rolle spielte. Ich würde nicht in die Lage kommen, das Ding abfeuern zu müssen, ich brauchte nur damit herumzufuchteln und so auszusehen, als könnte ich ein Ende vom anderen unterscheiden.

»Das mag sein, wie es will!« Die Hände in die schwarzen Tafthüften gestemmt. »Aber Sie können mir nicht weismachen, daß die Chancen auf Erfolg nicht viel besser stehen, wenn wir zwei gegen einen … wen auch immer sind.«

»Aber es ist Ihnen gegenüber nicht fair.«

»Doch, das ist es, verdammt noch mal.«

»Wieso?«

»Weil ich es sage!« Ohne sich zu einem Blick auf mich herabzulassen, stolzierte sie zur Tür und sagte, sie werde einen Tee aufbrühen. Der Himmel sei dem Mörder gnädig, der anklopfte, bevor Mrs. Malloy ihren Tee getrunken hatte. Zu behaupten, ich wäre nicht froh gewesen, sie dabeizuhaben, wäre eine Lüge. Wäre sie noch immer wie in einem posterotischen Nebel herumgelaufen, dann hätte die Sache anders ausgesehen. Aber wer kann ewig im siebten Himmel schweben? Sie schien auf jeden Fall wieder mit beiden Beinen fest auf der Erde zu stehen. Ich konnte sie in der Küche herumspazieren hören, als ich auf der Suche nach meinem Regenmantel nach unten ging. Bis ich diese Pistole in meiner Hüfttasche hatte, würde ich keine ruhige Minute haben. Mir ging flüchtig durch den Sinn, daß ich mich eventuell für eine Begegnung vorbereiten könnte, zu der es nicht kommen sollte. Aber tief im Innern wußte ich, daß der Mörder mich aufsuchen würde. Viellcicht war er oder sie sogar schon auf dem Weg. Der Regen half mir nicht gerade, um mich zu beruhigen. Er klang wie ein Mensch, der gegen eine Fensterscheibe klopft, um seine Nervosität zu bekämpfen … oder bewußt Nervosität schuf.

Mein Regenmantel war nicht im Schrank in der Halle und auch nicht im Wandschrank unter der Treppe. Als ich die Küche betrat, war ich mehr als nervös, und als ich schließlich den Haufen von Mänteln am Ständer bei der Gartentür durchsucht und noch mal durchsucht hatte, war ich geradezu in Panik.

»Können Sie ihn nicht finden?« Mrs. Malloy stellte ihre Tasse mit einem Klappern ab, das meine Zähne aufeinanderschlagen ließ.

»Ich habe noch nicht richtig gesucht.« Mit diesen Worten tauchte ich wieder in die Halle ab, rannte nach oben und fing an, Türen aufzureißen, hinter Kommoden zu sehen, sogar unter Betten zu kriechen. Die meisten Orte, an denen ich nachsah, ergaben keinen Sinn, aber ich dachte nicht mehr logisch. Mein Regenmantel war zum Feind geworden, der mich in ein tödliches Versteckspiel verwickelte. Und der Faktor Zeit, zum Teufel mit ihr, kam zusätzlich ins Spiel. Ich sah um zehn auf die Uhr, dann wieder zwei Minuten später, um festzustellen, daß es zwanzig nach war. Hätte sich Mrs. Malloy einen Zacken aus der Krone gebrochen, wenn sie hochgekommen wäre, um mir zu helfen? Als ich aus dem Bad kam, wo ich den Wäschekorb und das Medizinschränkchen durchsucht hatte, hörte ich einen Knall ... dann noch einen ... gefolgt von dem Geräusch einer Tür, die ganz leise geschlossen wurde. Mit kopfendem Herzen schob ich mich durch den Korridor. Nichts mehr, nur noch das *Plitsch, Platsch* des Regens gegen die Fenster und das Knarren der Stufen unter meinen Füßen. Wir hätten von Anfang bis Ende zusammenbleiben sollen. Die Versuchung, ihren Namen zu rufen, war überwältigend, aber ohne die Pistole war mein einziger Verbündeter die Heimlichkeit! Ach komm, Ellie, sei nicht solch ein Feigling! Nimm diese vollkommen scheußliche Vase, die Tante Astrid dir zur Hochzeit geschenkt hat, und schleich dich kampfbereit durch die Halle.

Jemand pfiff eine Melodie, schauderhaft munter, als ich die Küchentür aufschob.

Krach! Ich schlug die Vase blitzschnell gegen seine Stirn und sah durch einen Splitterregen, wie ein Körper rückwärts taumelte, um dann mit einem Getöse zu Boden zu gehen, der das ganze Haus erschütterte. Hinter meinen geschlossenen Lidern zogen die Verdächtigen in grimmiger Prozession vorüber, wie die Geister der Vergangenheit eines Ertrinkenden – all die alten Bekannten, und Gladiola Thorn bildete das Schlußlicht. Doch als ich mich zwang, die Augen zu öffnen, sah ich jemanden in einem grauen Overall ausgestreckt auf dem Fußboden liegen, der noch einen Schraubenschlüssel in der Hand hielt.

»Jock Bludgett!«

Das Geräusch meiner Stimme rief mich mit einem Ruck wieder ins Leben zurück, doch zum Glück hatte sie nicht dieselbe Wirkung auf Mr. B, den Bösewicht, denn im Innersten hatte ich immer gewußt, daß der Klempner der Mörder war. Es war möglich, daß er jeden Moment wieder zu sich kam. Ich sollte mich nach etwas umsehen, womit ich ihn fesseln konnte, bevor ich mich auf die Suche nach Mrs. Malloy machte. So sagte ich mir, während ich gegen Wellen der Übelkeit ankämpfte und auf die Tür zum Arbeitszimmer starrte, die nur einen Zentimeter weit offenstand. Einen verräterischen Zentimeter, denn sie war doch geschlossen gewesen, als ich herunterkam? Kauerte meine Assistentin hinter dieser Tür, zu ängstlich, um sich zu rühren, zu ängstlich, um zu rufen, weil sie nicht wissen konnte, ob der Eindringling mich erwischt hatte oder andersherum?

»Mrs. Malloy!« Ich fand mich an der Tür wieder, die Hand auf dem Türknauf, und meine Stimme stahl sich durch den Spalt in das Dämmerlicht hinein. Keine Antwort, nur der heisere Atem des Windes und das *Tropf, Tropf* des Regens. Unfähig, die quälende Ungewißheit noch länger zu ertragen, stolperte ich ins Arbeitszimmer, um zu sehen, wie Mrs. Malloy ... bewußtlos auf dem Fußboden vor dem krankenhausgrünen Gasofen lag.

»O mein Gott!« Ich ging zwei Schritte auf sie zu, bevor ich ein verdächtig leises Geräusch hinter mir hörte. Ein Schatten löste sich von der Wand.

»Mrs. Haskell?«

»Ja?«

»Ich denke, wir sollten uns unterhalten.« Die Stimme legte sich um meinen Hals, drückte so wirksam die Luft aus mir heraus wie zwei kräftige Hände. Meine Brust tat weh, aber in meinem übrigen Körper breitete sich eine gnädige Taubheit aus, als ich mich umdrehte zu ... Mr. Walter Fisher.

»Meinen Dank.« Sein Guppylächeln erfüllte den ganzen Raum mit Eiseskälte. »Meinen tiefempfundenen Dank, daß Sie sich um den Klempner gekümmert haben. Er hätte alles verderben können. Aber zwei erledigt, noch einer übrig.«

»Ich verstehe nicht«, rief ich.

»Das weibliche Geschlecht ist immer so ungeduldig.«

»Was haben Sie Mrs. Malloy getan?«

»Ich habe ihr etwas gegeben, damit sie schläft.«

»O, du lieber Gott! Sie dachte, Sie liebten sie.«

»Das tat ich, eine ganze Nacht lang.« Seine Augen wurden trüb in der Erinnerung. »Sie warf ihren Fully-Female-Köder aus. Ihr Lächeln täuschte. Und diese pochenden Lenden versetzten mich in einen Taumel des Verlangens, das nur befriedigt werden konnte, indem ich mich ganz und gar in ihre Macht gab. Und in diesem Augenblick der Unachtsamkeit erzählte ich ihr von Madge.«

»Madge?«

»Meine Frau.«

»Die, die Sie eines dunklen Abends verlassen hat?«

»Genau die ...« Endlich wärmte sein Lächeln seine Augen. »Die, die ich eines dunklen Abends erdrosselte, weil ich ihre lärmende Fröhlichkeit keine Stunde länger ertragen konnte. Sie war wie diese schreckliche Bludgett. Immerzu lächelnd. Immerzu lachend.« Ein Schauder lief durch Mr. Fishers hageren Körper. »Zum Glück hatte ich bei meinem Beruf keinerlei Probleme, ihre Leiche zu beseitigen.«

»Bitte erzählen Sie es mir nicht«, bat ich.

»Feuerbestattung ist nicht jedermanns Sache. Aber ich habe nie bestritten, daß sie ihre Vorteile hat.«

»Arme Mrs. Malloy!« Ich meinte nur, weil sie so betrüblich betrogen worden war.

»Na, keine Sorge«, versicherte Mr. Fisher mir schnell. »Im kalten Licht des Tages erkannte ich, daß ich Roxie Malloy nicht bei einer ihrer gemütlichen *Erlebnis-Ehe*-Sitzungen ausplaudern lassen durfte, daß ich Madge erledigt hatte, aber keine Sorge, ich habe nicht die Absicht, Roxie so zu beseitigen wie meine Frau. Zwei Frauen, die mir verschwinden, sind eine zuviel. Ja, wirklich, aber keine Zeit, zu Zittern und Zagen. In einem ihrer leidenschaftlicheren Momente erzählte Roxie mir, wie sie sich hier auf Merlin's Court das Leben nehmen wollte, Sie sie jedoch davon abgebracht hätten. Jammerschade –« er rieb sich die Nase –, »daß Sie nicht mehr dasein werden, um es bei der gerichtlichen Untersuchung zu bestätigen. Aber da sie eine Fully-Female-Frau war, wird sie mit Sicherheit auf einer der Sitzungen mit ihrem Selbstmordversuch geprahlt haben.«

»Wo«, stammelte ich, »werde ich sein?«

»Sie, Mrs. Haskell, kommen mit mir, nachdem ich das Gas angestellt und Roxie etwas bequemer hingelegt habe.«

»Nein!« In einem Ansturm wütender Energie schlug ich mit meinen Fäusten zu. Aber wenn es jemals ein sinnloses Unternehmen gab, dann dieses. Er griff in seine Tasche und zog eine Pistole heraus, deren gemeines kleines Auge sich fest auf mein Gesicht richtete, während Mr. Fisher den Ofen andrehte. Und mit diesem furchtbaren Zischen in den Ohren scheuchte er mich in die Halle. Ich war etwas überrascht, daß er es vorzog, das Haus durch die Küche zu verlassen, was bedeutete, daß er um die reglose Gestalt von Mr. Bludgett herumgehen mußte, aber er erklärte, daß sein Wagen vor der Gartentür stünde. Einen wilden, flirrenden Moment lang war ich, als wir um Jocks graue Overall-Gestalt herumgingen, überzeugt, er werde zum Leben erwachen, Mr. Fisher an den Beinen packen und ihn zu Fall bringen. Aber mitnichten. Und außerdem konnte man von Mr. B wohl kaum erwarten, mich als Dame in Not zu betrachten. Er war auf meinen gestrigen Anruf hin hier aufgetaucht, um die Waschmaschine zu reparieren und hatte für seine Mühe eins über den Schädel bekommen. Ich konnte ihn fast sagen hören:

»Lady, hätten Sie Ihre Beschwerde nicht in schriftlicher Form einreichen können?«

Inzwischen waren meine Gedanken, wie man merkt, extrem wirr. Als Mr. Fisher an der Gartentür stehenblieb, sah ich, wie er zwei Regenmäntel von dem Haken in der Nische nahm und stellte mit einer Art ironischer Belustigung fest, daß einer von ihnen – der unter dem anderen gehangen hatte – genau der Mantel war, nach dem ich gesucht hatte, während er sich ganz wie zu Hause fühlte und die arme Mrs. Malloy betäubte.

»Hier, ziehen Sie den an.« Er gab mir den alten, der Dorcas gehörte, während er meinen anzog, wobei er die Pistole in die andere Hand nahm. Ich verlor vollends den Mut. »Nett zu wissen, nicht wahr, Mrs. H, daß das Zeitalter der Galanterie nicht tot ist? Was mich betrifft, ich kann es nicht riskieren, durchnäßt zu werden, ich habe es auf der Brust.«

Ich antwortete nicht. Draußen brachte der Regen die stechende Erleichterung einer Akupunktur und tötete die oberste Schicht meines Verstandes noch weiter ab, ebenso wie die meiner Haut. Ich wußte, daß ich in seinem Wagen saß, und ich ahnte, wohin er mich brachte. Aber ich hatte keine Angst. Ich war nichts ... oder niemand. Nicht Ellie Haskell. Nicht Bens Frau. Nicht die Mutter der Zwillinge.

Aber Walter Fisher war offenbar in Plauderstimmung. »Ich hatte nicht erwartet, Roxie in Ihrem Haus vorzufinden, als ich dort eintraf, Mrs. Haskell.«

»Nun, sie hat Sie erwartet.« Als ich auf die Windschutzscheibe starrte, sah ich Mrs. Ms Gesicht in den Regenbächen. Ihre Mundwinkel verliefen. Würde ich jemals wieder mit ihr sprechen? Würde ich ihr jemals sagen können, daß ich ihr keinen Vorwurf machte, daß ich mir Vorwürfe machte, weil ich die Signale mißverstanden hatte, die sie mir gegeben hatte?

Mr. Fisher – nichts konnte mich dazu bringen, ihn Walter zu nennen – stützte die Pistole auf das Lenkrad, als wir über die Einfahrt und auf die Cliff Road schnurrten. »Roxies Anwesenheit war ein Problem, obwohl Sie wissen müssen, daß ich jetzt schon seit mehreren Tagen versuche, sie zu beseitigen. Es war nur eine Frage der Zeit, bevor sie zur Polizei gegangen wäre. Trau niemals einer Frau. Gerade eben, sie sollte sich schämen, hat sie mich noch angelogen – sagte, Sie hätten zusammen mit Ihrem Mann und den Kindern das Haus verlassen. Äußerst niederträchtig von ihr, die Sache zu verkomplizieren. Besonders, wo ich dachte, es würde so einfach sein.«

Ein Licht ging in einem Fenster an und in meinem Kopf. »Sie haben etwas in ihr Fully-Female-Elixier gegeben?«

»Eibenblätter.« Noch ein blasses Lächeln. »So erfreulich zugänglich am Pfarrhaus.«

»Ja«, sagte ich ganz automatisch. »Mrs. Malloy erwähnte, daß es eine Initiative gab, die Eibenbäume fällen zu lassen, weil man Angst vor Vergiftungen hatte.«

»Ich zerhackte die Blätter und gab einige in das Glas mit dem Elixier. Nichts einfacher als das. Ich weiß auch nicht, was schiefgelaufen ist. Roxie behauptete, sie sei geradezu religiös im Einnehmen des Zeugs.«

»Das war sie auch«, sagte ich. »Aber wir hatten alle mehrere Flaschen des Elixiers. Sie hätte eine Zeitlang gebraucht, um zu der Erkenntnis zu kommen, die Sie gepanscht hatten. Ich erinnere mich, daß sie an dem Abend der Party der Wisemans eine neue öffnete. Sie mixte sich sogar ein Glas, aber es wurde fest, bevor sie es trinken konnte. Statt dessen ...« Ich starrte aus dem beschlagenen Fenster. »Statt dessen muß Gladys Thorn in die Küche gegangen sein. Sie muß das Elixier versehentlich für ein Beruhigungsmittel gehalten haben und ...«

»Du liebe Zeit!« Mr. Fisher schüttelte den Kopf. »Was für eine Verschwendung!« Ob er meinte, eine Verschwendung von Eibenblättern oder von Gladys Thorn, wußte ich nicht. »Muß ich es so verstehen«, fragte er und fuhr vorsichtig um eine Biegung in der Straße, »daß Sie, als Sie gestern abend in der Kapelle zur Ruhe gestanden, Sie wären Mitwisserin eines Mordes, über Miss Thorn sprachen und nicht über meine Frau?«

»Ja.«

»Das zeigt, wie naiv ich bin.« Mr. Fisher schnalzte tadelnd mit der Zunge. »Ich dachte wahrhaftig, sie wäre eines natürlichen Todes gestorben.«

»Mrs. Malloy hat mir kein Sterbenswort über Ihre Frau gesagt. Und die bittere Ironie ist, daß sie, wenn Sie sie in Ruhe gelassen hätten, meines Erachtens nie zur Polizei gegangen wäre. Das Fully-Female-Handbuch ordnet an, daß alle Vertraulichkeiten, die während der Liebe ausgetauscht werden, wie das Weihesiegel des Beichtstuhls zu betrachten sind, und Roxie war nicht nur im Einnehmen ihres Elixiers religiös. Sie war eine waschechte Konvertitin, bereit, die Regeln einzuhalten, auch wenn es sie umbrachte.« Ich fügte nicht hinzu, daß er noch einen weiteren Vorteil gehabt hatte – nämlich daß seine Roxie ihn aufrichtig geliebt hatte. Liebe! Eine gute Dienerin, aber eine schlechte Herrin. Arme Mrs. M. Die Kehle schnürte sich mir zu. Möge sie in Frieden … leben.

Zerknirschung malte sich auf Mr. Fishers wächsernen Zügen ab. Durch seine Fehleinschätzung der Lady hatte er sein Leben wie das ihre und meines verkompliziert. Bring ihn aus der Fassung – das ist der richtige Weg. Er war nicht daran gewöhnt, daß die Leichen, die er fuhr, ihm antworteten, deshalb würde ich weitersprechen. Das Thema spielte keine Rolle, solange sich die Lippen nur bewegten.

»An dem Morgen nach dem Stelldichein mit Ihnen war sie völlig benommen, und später tauchte sie aus heiterem Himmel bei mir zu Hause auf, aber ich hätte nie vermutet, daß sie Angst um ihr Leben hatte. Selbst als sie gute Taten verrichtete – zum Beispiel in der Kirche aushalf –, schrieb ich das der Macht der Liebe zu. Mir kam nie der Gedanke, daß sie sich darauf vorbereitete, ihr Leben in Ordnung zu bringen.«

»Sie brauchen es nicht weiter auszuführen, Mrs. Haskell.« Er schürzte seine schmalen Lippen. »Roxie wußte, daß ich sie nicht weiterleben lassen konnte. Was ich nur nicht verstehe ist, wie sie so lange durchhielt. Zusätzlich zu dem Elixier fügte ich meine eigenen Spezialkräuter auch einem Kräuterpaket bei, das sie von Fully Female hatte.« Mr. Fisher bremste sorgfältig an einer gelben Ampel, bog in die Market Street ein und schwenkte aus, um einer Frau auf einem Fahrrad Platz zu machen. Ihr Winken sagte alles: Welch ein Gentleman!

»Mrs. Malloy scheint unter einem glücklichen Stern gelebt zu haben … eine Zeitlang. Sie ist eine eigenwillige Frau.« Mein Blick hing die ganze Zeit an der Pistole. »Und ich denke, sie rechnete mit einem offenen Messer in den Rücken, nicht, daß ihre Kräuter-Kraftkur gepanscht wurde. Aber ich glaube, ich kann eine Vermutung anstellen, was damit passiert ist. Neulich konnte sie ihren Vorrat nicht finden, wahrscheinlich weil Sie ihn verräumt hatten, und deshalb lieh sie sich ein Paket von mir. Sie muß das mit den Eibenblättern später mir gegeben haben, weil wir ein kleines Zwischenspiel mit unserer Katze hatten, das ich einem anderen in die Schuhe schob. Man möge mir verzeihen.«

Diese letzten Worte brachten mir Mrs. M näher, als wenn sie mit mir im Wagen gesessen hätte. Führte sie bereits ein Gespräch mit Petrus, in dem sie von Anfang an klarstellte, daß sie nicht ewig die Himmelspforte wienern wollte? Oder konnte es sein, daß drüben auf Merlin's Court ein Wunder geschehen war? Oh, bitte, lieber Gott! Lass' Mr. Bludgett benommen aufgewacht sein und ins Eßzimmer stolpern, wo er gerade noch rechtzeitig den Gashahn zudrehen kann.

»Wir sind da, Mrs. Haskell.« Mr. Fisher beendete mein Gebet abrupt. Er war in eine Seitenstraße gefahren, und durch den zerrissenen Schleier des Regens sah ich das Schild von Fisher Funerals über der Tür schaukeln. Er steckte die Pistole in seinen Ärmel, kam auf meine Seite, um mir aus dem Wagen zu helfen, und führte mich über einen gepflasterten Platz und durch eine Glastür in einen Schauraum, der nach Bienenwachs und Gardenien roch, mit Kränzen statt Bildern an den Wänden und einem Ausstellungsbereich, in dem sich Särge drängten – Verzeihung, Behältnisse für jeden Geschmack von Barock bis Dänische Moderne.

Das Unwirkliche daran war, daß ich nicht vor Angst schlotterte. Meine einzige Erklärung ist, daß der Horror in meinem Fall eine anästhetische Wirkung hatte. Mein Verstand sagte mir, daß ich zu dem Schicksal bestimmt war, das die arme Mrs. Fisher und all diese Abendessen ereilt hatte, die mir verkohlt waren. Aber ich glaubte nicht richtig daran, selbst als der Schurke auf eine Art zusammenzuckte, die ich für künstlich gehalten hätte, wenn Freddy es so auf der Bühne gemacht hätte.

»Da kommt jemand!«

Ich hörte es auch: das Geräusch eines Wagens, der in die Seitenstraße bog, und – mir stockte der Atem – das Verstummen eines Motors, der ausgeschaltet wurde. Wer es auch war, es spielte keine Rolle. Ich legte keinen Wert auf den Sheriff oder auf die Soldaten mit Rin Tin Tin, der wuffend das Schlußlicht bildete, ein x-beliebiger Bursche mit normalem Gehör genügte mir völlig. Zeit für den Schrei deines Lebens! Ich hatte den Mund schon geöffnet und meine Stimmbänder angespannt, als Mr. Fisher mich daran erinnerte, daß er eine Pistole hatte, indem er sie mir unter die Nase hielt. Und im nächsten Moment schob er mich durch einen Torbogen mit violettem Vorhang dahin, wo der Geruch des Todes am stärksten war – in die Kapelle zur Ruhe.

»Schneller!« Ein kräftiger Stoß in meinen Rücken, der mich stolpernd zum Altar trieb, wo Miss Thorns Sarg in all seinem trauervollen Glanz ruhte.

Ich horchte angestrengt auf das Geräusch, mit dem sich die Eingangstür öffnete, und war mir nicht sicher, ob ich mich nicht nur einem Wunschdenken hingab. »Lassen Sie sich von mir nicht aufhalten, Mr. Fisher«, sagte ich, »wenn Sie vorn einen Kunden haben.«

»Noch ein Piep, und ich lege Sie und diesen Jemand um, wer immer es auch ist.«

»Damit werden Sie nicht davonkommen.«

»Wie alle Frauen reden Sie zuviel.« Mr. Fisher trat mir jetzt praktisch in die Hacken, und sein Atem kam pfeifend tief aus der Brust, als er sagte: »Heben Sie den Deckel.«

»Sie haben mich gehört.« Ein echt schmerzhafter Stoß diesmal, als ich angestrengt auf Schritte horchte. Es kamen keine. Langsam öffnete ich den Sargdeckel. Was sollte ich zu Miss Thorn sagen: Rücken Sie ein Stück, und machen Sie Platz für mich?

Sie war nicht da.

»Klettern Sie rein.«

Ach, die perverse Schlüpfrigkeit dieses weißen Satins, aber ich sagte mir immer wieder, daß es nicht wirklich passierte, selbst als Mr. Fisher seinen … meinen Regenmantel auszog und – perfider Mensch – zu mir hineinwarf. Wir dürfen keine verwunderten Blicke riskieren, indem wir in Frauenkleidern erwischt werden, oder, Walter? Hoffentlich gefror ihm das Blut bei meinem höhnischen Lächeln, als er den Sargdeckel schloß. Man behält so gern die Oberhand in solchen Momenten.

Dunkelheit. Selbst als ich die Augen öffnete.

Instinktiv spürte ich, daß die Luft rationiert war und ich wie verrückt würde haushalten müssen. Und es gab nicht sehr viel Spielraum für meine Arme (und meine Nase), aber ansonsten hätte es schlimmer kommen können. Ich hätte schon tot sein können, anstatt auf Mr. Fisher zu warten, der bei seiner Rückkunft, nachdem er seinen Kunden losgeworden war, sein Werk vollenden würde.

Die Dunkelheit wurde muffig von Angst, die ein wenig nachließ, als ich an Ben und seine Klaustrophobie dachte. Gott sei Dank war er es nicht, der in dieser Klemme steckte. Und dem Himmel sei Dank für mein Wunder! Dieser dumpfe Schlag war nicht mein Herz. Ich hatte meinen Regenmantel verschoben. Und in der Tasche des Regenmantels befand sich Mrs. Malloys Pistole. Vergiß das Morgennickerchen, Ellie, es sind Windeln zu waschen, ein Tag sinnvoll zu gestalten. Meine Finger schoben sich seitwärts und ertasteten die Pistole. Jeden Augenblick würde ich sie in der Hand halten und, mit dem Finger am Abzug, aus meiner engen Zelle ausbrechen, der Inbegriff der Fully-Female-Frau.

Soviel der großen Worte. Mir war das Vorrecht, mich selbst zu retten, nicht vergönnt. Jedenfalls nicht wie geplant. Bevor ich buh! sagen konnte, wurde mein Sargdeckel angehoben, und ich starrte mit offenem Mund in das ewig attraktive, wenn auch aschfahle Gesicht von Lionel Wiseman.

»Meine Güte! Mrs. Haskell!« Er wich die Altarstufen hinunter zurück und warf dabei einige Kränze um.

Ich setzte mich in meinem Satinsarg auf und zielte mit der Pistole auf ihn. »Tut mir leid, Miss Thorn empfängt keinen Besuch.«

»Was soll das? Eine Art Mutprobe, die Sie mit den anderen Fully Females ausgeheckt haben?«

»Ihre Fragen«, sagte ich, »richten Sie am besten an Mr. Walter Fisher, der vermutlich derzeit hinter einem dieser violetten Vorhänge lauert.«

»Meine liebe Dame, ich sollte wohl einen Arzt rufen.«

»Schsch!« Ich brachte ihn zum Schweigen, indem ich die Hand hob, die mit der Pistole. Ich hörte flüchtende Schritte, dann das Starten eines Wagens draußen, ganz in der Nähe des Hauses, und mir dämmerte, warum ich diese Unterhaltung mit Mr. Wiseman ungestört führen konnte. Walter Fisher, seines Zeichens Mörder, war verduftet, möglicherweise weil er selbst einsah, daß es zuviel verlangt war, mit drei Morden an einem Tag davonzukommen, aber wahrscheinlicher noch, weil er die Pistole in meiner Hand gesehen hatte. »Ich glaube nicht, daß Sie Dr. Melrose belästigen sollten«, sagte ich zu Mr. Wiseman. »Er wird einen geruhsamen Tag zu Hause mit Flo verbringen und mit ihr über seine Pensionierung sprechen, während er für eines ihrer Gemälde posiert. Viel besser wäre, Sie rufen die Polizei an, sie wird ihren Spaß bei der Verfolgung von Mr. Fisher haben. Das Leben ist so öde in Chitterton Fells.« Ich streckte die Arme über meinen Kopf und nahm einen tiefen, belebenden Zug von der Gardenienluft. »Oh, Mr. Wiseman, bevor Sie diesen Anruf erledigen, könnten Sie mir freundlicherweise noch sagen, was Sie hierherführt?«

»Der Ring.« Für einen großen Mann war seine Stimme furchtbar klein.

»Was?«

»Ist mir schrecklich peinlich, Mrs. Haskell.«

»Nur weiter.«

»Wenn Sie darauf bestehen.« Er richtete sich auf, ohne daß es ihm gelang, so groß auszusehen wie gewöhnlich. »Zum Zeitpunkt von Gladys' Tod machte ich diese alberne Geste, ich sagte, daß ich ihren Verlobungsring mit ihr begraben lassen wollte. Aber bei näherem Überlegen wurde mir klar, daß das nicht der Platz war ...«

»Sondern Ihre Tasche?«

»Verehrte Dame, es ist ein sehr wertvolles Schmuckstück. Wo kann es sein? Wo ist Gladys?«

»Sie haben nicht ...« Ich fühlte plötzlich mit ihm. Der arme falsche Hund. »Sie sind nicht zufällig zu der Entscheidung gelangt, daß es passender wäre, ihre Asche in der Kirchenorgel zu verstreuen und eine Schaukastenbestattung für sie zu veranlassen?«

»Nein! Noch nie davon gehört.«

»Dann vermute ich, daß der nächste Verwandte – in diesem Fall Miss Thorns Bruder Gladstone – sich eingeschaltet und darum gebeten hat, im Sinne der Sparsamkeit und ...« Ich wandte den Blick ab. »... und um absolut sicherzugehen, daß sie nicht in zwanzig Jahren wieder auftaucht.«

Ich streckte die Hand aus und ließ mir von ihm aus dem Sarg helfen. »Das Leben ist sehr teuer, aber, lieber Mr. Wiseman« – ein Lächeln wuchs in mir, um hervorzubrechen und zu erblühen –, »es ist alles wert, was man dafür bezahlt.«

Epilog

Irgendwie hatte ich gespürt, daß Mrs. Malloy durchkommen würde. Und so war es auch, weil Ben auf seine männliche Intuition gehört hatte – diese innere Stimme, die ihm sagte, daß ich nicht ehrlich zu ihm gewesen war. Auf halber Strecke nach London hatte er zu Freddy gesagt, daß er umkehren wollte, und bei ihrer Rückkunft auf Merlin's Court stießen sie auf Mr. Bludgett, wie er eifrig Mrs. Malloy wiederbelebte, indem er den Gehilfen des Klempners benutzte – den getreuen Sauger. Es klappte so gut, daß Mrs. Malloy in Rekordzeit alles auspacken konnte, und noch bevor Freddy den Zwillingen die Mäntel ausgezogen hatte, telefonierte Ben schon mit der Polizei. Eine halbe Stunde später erwischten sie Walter Fisher; zu diesem Zeitpunkt waren allerdings weder er noch sein Wagen unversehrt. Er war auf der anderen Seite der Landspitze am Rand von Pebblewell von der Klippe gestürzt. Mrs. Malloy, ganz leichenblasse Haltung, bestand darauf, daß der Fall anders ausgegangen wäre, wenn der zuständige Polizeibeamte eine Frau gewesen wäre. Lass' nie einen Mann die Arbeit einer Frau tun. Als ich die Nachricht erhielt, waren meine Gefühle furchtbar konfus. Das Entsetzen, das ich verdrängt hatte, schäumte an die Oberfläche. Da war Erleichterung, weil der Schwarze Mann fort war, ausgelöscht auf Nimmerwiedersehen. Und da war Trauer für Mrs. Malloy, obwohl ich das Gefühl hatte, daß sie sich erholen würde, als sie mich an jenem Abend anrief und berichtete, daß sie jeden einzelnen Tropfen ihres Fully-Female-Elixiers in den Ausguß kippen würde.

»Gute Idee«, sagte ich zu ihr. Aber zu meiner großen Überraschung zeigte Ben sich nicht überzeugt, als ich ihm erzählte, was sie gesagt hatte.

»Ich weiß nicht, Ellie.« Er lag auf dem Bett, eine Hand unter dem Kopf, auf dem Bauch ein aufgeschlagenes Buch. »Ich denke allmählich, daß ich voreingenommen gegenüber Fully Female war. Hör dir nur das hier an.« Er drehte den Band um und las in selbstgefälligem Ton vor:

Der alte Spruch, daß das Heim eines Engländers seine Burg ist, sollte aktualisiert werden. Wieviel schöner ist es, liebe Mitfrau, zu sagen, daß das Bett eines Engländers seine Burg ist. Welche Kämpfe er auch draußen in der kalten, grausamen Welt bestehen muß, zwischen den Laken ist er der König.

»Gib das her!« Ich riß ihm das Handbuch weg. »Wie kannst du nur so lachen?«

»Wie könnte ich nicht?« Er richtete sich auf, saß ganz still da, und seine Augen wurden zu einem sehr dunklen Smaragdgrün. »Ich muß schon aus Freude lachen, weil ich dich wohlbehalten bei mir habe.«

»Ich begreife nicht, daß du nicht wütend auf mich bist, weil ich dir nicht erzählt habe, was ich vorhatte. Besonders, wo wir gerade diesen Krach wegen Fully Female hatten.«

»Das war etwas anderes.« Er rückte zur Seite, um mir auf

dem Bett Platz zu machen. »Was du getan hast, war verrückt, Ellie, aber ich verstehe, warum du es getan hast und warum du es mir nicht sagen konntest.«

»Du hättest mich aufgehalten.«

»Da hast du verdammt recht.«

»Ich hatte das Gefühl, keine Wahl zu haben.«

»Oh, Ellie!« Er zog mich in seine Arme und streute Küsse so weich wie Blumen über mein Gesicht. »Verstehst du denn nicht? Ich habe dich nie um deine Seele gebeten – nur um dein Herz.«

Atemlos hob ich ihm das Gesicht entgegen. »Es gehört dir, für immer und ewig. Ich bin nur zu Fully Female gegangen, weil ich Angst hatte. Ich hatte Angst, daß die Geburt mich plump und unattraktiv gemacht hatte. Ich hatte Angst, dich zu wollen« – ich vergrub das Gesicht an seiner Schulter –, »und du würdest mich nicht wollen.«

Sein Lachen zerzauste mein Haar. »Das ist komisch. Weil es mir nämlich genauso ging. Ich hatte Angst, daß die Verantwortung der Vaterschaft mich meines jungenhaften Charmes beraubt hätte.«

Ich wollte für immer an diesem verzauberten Ort bleiben, aber plötzlich wimmerte eines der Babys. Kein Laut des Hungers, sondern der Angst.

»Ich gehe schon«, sagte ich.

»Nein.« Er drückte einen Finger an meine Lippen, stand auf, zog seinen schwarzen Seidenmorgenmantel an und verschwand, um gegen die Drachen zu kämpfen, so wie es Ritter, kühn und treu, seit Jahrhunderten tun. Was die Schloßherrin betrifft, so ist ihre Rolle, das Herdfeuer brennen zu lassen. Ich ging zu dem Tisch am Fenster hinüber und wollte die Kerze anzünden, damit sie die Laken in bernsteinfarbenes Licht tauchte, aber auf einmal warf ich das Streichholz hin und ging in einem Wirbel von Flanell im Nachthemd auf den Korridor hinaus. Wenn ich meinem Liebsten schon nicht bis ans Ende der Welt folgen konnte, so doch zumindest bis ins Kinderzimmer. Wir würden uns gemeinsam um unsere Babies kümmern, und danach …

Danach ist immer ein Geheimnis.

Und manchmal eine Liebesgeschichte.